[redacted]

Richard C. Morais
Madame Mallory und der Duft von Curry

PIPER

[redacted]

Zu diesem Buch

Seine früheste Erinnerung ist der Duft von scharfem Curry. Als Hassan Haji über einem turbulenten Imbissladen in Bombay das Licht der Welt erblickt, ahnt niemand, welch großes Talent in ihm schlummert. Erst Tausende Kilometer entfernt, in einem verschlafenen französischen Dorf, entdeckt der Junge seine Leidenschaft für die hohe Kunst des Kochens – und gerät mitten in eine handfeste Restaurantfehde: Seiner indischen Großfamilie und ihrem lebhaften Lokal schlägt die offene Verachtung der alteingesessenen Madame Mallory entgegen, die genau gegenüber einen sternedekorierten Gourmettempel führt. Bis sie Hassans Gabe erkennt und anbietet, ihn in die Geheimnisse der gehobenen Küche einzuführen. Doch nur wenn der Lehrling die Straßenseite wechselt und bei ihr einzieht – in die Höhle der Löwin …

Der zweifach Oscar®-nominierte Regisseur Lasse Halström (»Chocolat«) brachte die Bestsellervorlage 2014 in die Kinos. Für die Rolle der Madame Mallory konnten die Produzenten, Steven Spielberg und Oprah Winfrey, keine Geringere als die Queen des britischen Films gewinnen: Oscar®-Preisträgerin Helen Mirren. In weiteren Rollen spielen Manish Dayal, Charlotte Le Bon und Om Puri.

Richard C. Morais ist in Portugal geboren, in der Schweiz aufgewachsen und besitzt einen amerikanischen Pass. Er lebte 18 Jahre in London, wo er das Büro des Wirtschaftsmagazins »Forbes« leitete. Heute ist er Redakteur der Zeitschrift »Barron's Penta« und lebt mit seiner Frau und seiner Tochter in New York.

[redacted]

Richard C. Morais

Madame Mallory
UND DER DUFT VON CURRY

Roman

Aus dem Amerikanischen von
Monika Köpfer

Mit 8 Seiten farbigem Bildteil und Rezepten zum Film

Piper München Zürich

Mehr über unsere Autoren und Bücher:
www.piper.de

Von Richard C. Morais liegen bei Piper vor:
Madame Mallory und der kleine indische Küchenchef
Buddha in Brooklyn

Die deutsche Erstausgabe erschien 2011 unter dem Titel »Madame Mallory und der kleine indische Küchenchef« im Verlagsprogramm Pendo, Piper Verlag GmbH, München.

MIX
Papier aus verantwortungsvollen Quellen
FSC® C083411

Ungekürzte Taschenbuchausgabe
September 2014

Titel der amerikanischen Originalausgabe:
»The Hundred-Foot Journey«, Scribner, Simon & Schuster, Inc.,
New York 2010

Umschlaggestaltung: Cornelia Niere, München
Szenenfotos und Umschlagmotiv: © DreamWorks II Distribution CO., LLC
Satz: Satz für Satz. Barbara Reischmann, Leutkirch
Gesetzt aus der Hoefler
Papier: Munken Print von Arctic Paper Munkedals AB, Schweden
Druck und Bindung: CPI books GmbH, Leck
Printed in Germany ISBN 978-3-492-30620-1

Für Katy und Susan

Bombay

Kapitel Eins

Ich heiße Hassan Haji und wurde als zweites von sechs Kindern über dem Restaurant meines Großvaters in der Napean Sea Road geboren, in einer Gegend, die sich damals West Bombay nannte, lange bevor die Megacity ihren alten Namen Mumbai zurückerhielt. Vermutlich wurde mein Schicksal in jenem ersten Moment besiegelt, denn meine früheste Sinneswahrnehmung war der Duft von Machli ka Salan, eines scharfen Fischcurrys, der durch die Ritzen zwischen den Dielenbrettern vom Restaurant zu meinem Kinderbettchen im Zimmer meiner Eltern aufstieg. Noch heute meine ich die kühlen Gitterstäbe des Bettchens auf meinem Babygesicht zu spüren, wie damals, als ich die Nase zwischen den Stäben hinausreckte, um dieses aromatische Duftbündel aus Kardamom, Fischköpfen und Palmöl zu erschnuppern, das mich trotz meines zarten Alters gleichsam erahnen ließ, welch unergründlicher Erfahrungsschatz in der freien Welt jenseits meiner Stäbe darauf wartete, entdeckt oder besser gesagt gekostet zu werden.

Doch ich will von vorn beginnen. 1934 kehrte mein Großvater als junger Mann der Provinz Gujarat den Rücken und gelangte auf einem Waggondach der Dampfeisenbahn nach Bombay. Heutzutage entdecken in Indien zahlreiche aufstrebende Familien auf wundersame Weise edle Wurzeln, zum Beispiel Verwandte, die seinerzeit Seite an Seite mit dem jungen Mahatma Gandhi in Südafrika gearbeitet haben, doch mit derlei vornehmen Vorfahren kann ich nicht aufwarten. Wir waren arme Muslime, Kleinbauern aus dem staubigen Distrikt Bhavnagar, wo 1917 eine schlimme Braunfäule die Baumwollfelder zerstörte und meinem siebzehnjährigen Großvater keine andere Wahl ließ, als nach Bombay abzuwandern, in diese quirlige Metropole – seit jeher Anziehungspunkt für die kleinen Leute, die sich dort ein neues, besseres Leben erhofften.

Kurz und gut, die Weichen für mein späteres Berufsleben wurden also schon lange vor meiner Geburt mit der Hungersnot meines Großvaters gestellt. Und seine dreitägige Reise auf dem Dach der Dampfeisenbahn, an das er sich unter Lebensgefahr festklammerte, während die Dampflok unter der glühenden Sonne durch die indische Ebene tuckerte, war der nicht eben verheißungsvolle Beginn der langen Reise meiner Familie. Großvater sprach nie gern von seiner ersten Zeit in Bombay, doch ich weiß von Ammi, meiner Großmutter, dass er mehrere Jahre lang auf der Straße lebte und seinen kärglichen Lebensunterhalt durch das Ausliefern von Lunchpaketen an indische Angestellte verdiente, die damals in den Hinterzimmern der Verwaltung des Britischen Empire arbeiteten.

Um sich ein Bild von dem Bombay zu machen, das meine Geburtswiege war, sollte man sich während der Rushhour zum Victoria Terminus in Mumbai begeben. Dieser verkehrsreichste Bahnhof der Stadt spiegelt wie kein anderer Ort das Wesen indischen Lebens wider. Es gibt getrennte Abteile für Frauen und Männer, und Trauben von Pendlern hängen aus den Fenstern und Türen der Waggons, während die Züge ratternd auf den Gleisen in die Victoria und Churchgate Station einfahren. Die Waggons sind so überfüllt, dass nicht einmal mehr die Lunchpakete Platz finden, die dann in separaten Zügen außerhalb der Hauptverkehrszeit geliefert werden. Diese Lunchboxes – mehr als eine Million zerbeulte Blechdosen mit Deckel, die einen Geruch nach Daal, mit Ingwer gewürztem Kohl und Reis mit schwarzem Pfeffer verströmen und von treu sorgenden Ehefrauen auf den Weg gebracht wurden – finden, nachdem sie sortiert und auf Handkarren gestapelt wurden, mit äußerster Zuverlässigkeit ihren Weg zu sämtlichen Versicherungsangestellten und Bankkassierern in ganz Bombay.

Und genau das war die Aufgabe meines Großvaters. Er lieferte Lunchboxes aus.

Er war ein *dabba-wallah*. Nicht mehr. Und nicht weniger.

Großvater war ein ziemlich verdrießlicher Geselle. Wir nannten ihn Bapaji, und ich erinnere mich, wie er während des Ramadan kurz vor Sonnenuntergang auf der Straße vor dem Haus auf den Fersen kauerte, das Gesicht blass vor Hunger und Wut, und eine Bidi paffte, eine dieser indischen Zigaretten. Noch immer sehe ich ihn mit seiner dünnen Nase und den drahtigen Augenbrauen, seinem Käppi und seiner Kurta, beides fleckig, und seinem dünnen weißen Bart vor mir.

Nun, mürrisch hin oder her, er war für seine Familie ein verlässlicher Versorger. Mit dreiundzwanzig lieferte er täglich an die tausend Lunchboxes aus. Inzwischen arbeiteten vierzehn Boten für ihn, die – die wieselflinken Beine in einen Lungi gehüllt, den Männerrock armer Inder – mit ihren Karren durch die verstopften Straßen

Bombays zuckelten und die Blechdosen zu den Verwaltungsgebäuden der Scottish Amicable und Eagle Star brachten, oder wie die Versicherungen und Banken alle hießen.

Es war 1938, wenn ich mich nicht irre, als er endlich Ammi nachkommen ließ. Die beiden waren schon mit vierzehn verheiratet worden, und so traf sie nach all den Jahren – eine winzige Kleinbäuerin mit öliger dunkler Haut und klimpernden, billigen Armreifen – mit dem Zug aus Gujarat ein. Auf den von einer Dampfwolke eingehüllten Gleisen kauerten die Gassenjungen rasch nieder, um ihr Geschäft zu verrichten, die Wasserträger priesen lauthals ihre Ware an und ein Strom müder Passagiere und Gepäckträger ergoss sich auf den Bahnsteig. Und ganz hinten, aus einem Waggon der dritten Klasse, stieg meine Ammi mit ihrem armseligen Bündel aus.

Großvater rief schroff ihren Namen und dann trotteten sie aus dem Bahnhofsgebäude hinaus, die brave Ehefrau vom Land in gebührendem Abstand zu ihrem Ehemann aus Bombay.

Am Vorabend des Zweiten Weltkriegs bauten meine Großeltern im Slum hinter der Napean Sea Road ein kleines Schindelhaus. Bombay war das Hinterzimmer der Alliierten bei ihren Kriegsaktivitäten in Asien, und bald strömten Millionen von Soldaten aus aller Welt durch die Pforten der Stadt. Für viele Soldaten waren es die letzten friedlichen Tage, ehe sie sich in die heiß umkämpften Kriegsgebiete Burmas und der Philippinen begeben mussten. Ausgelassen tummelten sich die jungen Männer auf den Küstenstraßen Bombays, eine Zigarette im Mundwinkel, und beäugten neugierig die Prostituierten am Chowpatty-Strand.

Die Idee, den Männern kleine Mahlzeiten zu verkaufen, kam von meiner Großmutter Ammi, und mein Großvater willigte schließlich ein, neben dem Lunchbox-Lieferservice ein zweites Standbein zu errichten, eine mobile Imbiss-Kette in Form mehrerer Essensstände auf Fahrrädern. Und so hetzten diese Garküchenräder vom Juhu-Strand, wo sie die badenden Soldaten mit Snacks versorgt hatten, zur Churchgate Station, um sich dort in das allabendliche Gedränge zu mischen. Im Angebot hatten sie Zuckerwerk aus Honig und Nüssen, milchigen Tee und vor allem Bhelpuri, ein Gericht aus Puffreis, Chutney, Kartoffeln, Zwiebeln, Tomaten, Minze und Koriander, das in einer Zeitungstüte gereicht und üppig mit Gewürzen bestreut wurde.

Mmh, ein Gedicht, kann ich euch sagen, und es ist nicht weiter verwunderlich, dass diese Imbissstände auf Rädern ein kommerzieller Volltreffer wurden. Angespornt durch ihren Erfolg, rodeten meine Großeltern ein verlassenes Grundstück an der Napean Sea Road und eröffneten dort ein primitives Straßenrestaurant. Die Küche war mit einem US-Army-Zelt überdacht und bestand aus drei Tandori-Öfen und einer Reihe von Holzfeuern, über denen in eisernen Kadais Lamm-Masala schmorte. Im Schatten von Banyan-Bäumen stellten meine Großeltern Tische aus grob behauenem Holz auf und spannten ein paar Hängematten zwischen die Bäume. Großmutter engagierte Bappu, einen Koch aus einem Dorf in Kerala, und erweiterte so ihr nordindisches Repertoire durch Gerichte wie Zwiebel-Theal und scharfe, gegrillte Garnelen.

Soldaten, Seeleute und Flieger wuschen sich mit englischer Seife die Hände, in einem mit Wasser gefüllten

Ölfass, und trockneten sie mit einem Handtuch ab, das man ihnen reichte, ehe sie es sich in einer Hängematte im Schatten eines Baumes bequem machten. Inzwischen waren einige Verwandte meiner Großeltern aus Gujarat zu den beiden gestoßen und verdingten sich als Kellner. Sie legten Holzbretter als behelfsmäßige Tische quer über die Hängematten und bestückten sie flink mit Schüsseln voller Hühnchenspieße, Basmatireis und Süßspeisen aus Butter und Honig. Wenn gerade mal wenig Betrieb herrschte, zeigte sich meine Großmutter in langem Hemd und Hose, der traditionellen Kleidung, die wir *salwar kamiz* nennen, und schlenderte zwischen den Hängematten umher, um mit den heimwehgeplagten Soldaten zu plaudern, die sich nach ihren Leibspeisen sehnten.

»Worauf haben Sie Lust?«, fragte sie. »Welches Gericht essen Sie am liebsten bei sich zu Hause?«

Die britischen Soldaten nannten die von ihnen so heißgeliebten Steaks mit Nierenpastete und schwärmten von dem heißen Dampf, der von der klumpigen Füllung aufstieg, sobald man die Teigkruste mit dem Messer zerteilte. Die Soldaten versuchten, einander in ihren Schwärmereien zu überbieten, und bald konnte man unter dem Zeltdach viele Ahs und Ohs vernehmen. Die Amerikaner, die den Briten in nichts nachstehen wollten, mühten sich redlich, die angemessenen Worte für ein Grillsteak zu finden, das von Rindern stammte, die auf den Sumpfweiden Floridas gegrast hatten.

Ausgerüstet mit diesem neuen Wissen, das sie auf ihren Rundgängen durch die Reihen der Gäste aufgeschnappt hatte, zog sich Ammi in die Küche zurück, um in ihren Tandori-Öfen Nachbildungen jener Gerichte zu kreieren, Interpretationen dessen, was sie vernommen hatte. Zum Beispiel ihre indische Variante eines Bread-and-Butter-Puddings, den sie mit frisch geriebener Muskatnuss bestäubte und der sich zum Schlager unter den britischen Soldaten mauserte. Die Amerikaner hingegen, fand sie heraus, waren sehr angetan von einer in ein Naan-Brot eingeschlagenen Füllung aus Erdnusssauce und Mango Chutney. Und so dauerte es nicht lang und die Kunde von unserem Restaurant verbreitete sich von den Gurkhas bis zu den britischen Soldaten und von den Kasernen bis zu den Kriegsschiffen. Den ganzen Tag lang hielten Jeeps vor dem Zelt an der Napean Sea Road.

Ammi war eine bemerkenswerte Person, und mein Werdegang ist zum großen Teil ihr Verdienst. Es gibt nichts Exquisiteres als ihren Pearlspot, einen einheimischen Fisch, den sie in einer Sweet-Chili-Gewürzmischung wendete, in ein Bananenblatt einschlug und mit einem Tropfen Kokosnussöl in einer Tawa-Pfanne briet. O ja, dieses im Grunde deftige, aber zugleich raffinierte Gericht ist für mich der Gipfel indischer Kultur und Kochkunst, und alles, was ich im Laufe meiner Karriere gekocht habe, musste sich an der Leibspeise meiner Großmutter messen lassen.

Auch besaß sie die erstaunliche Fähigkeit, über die jeder gute Chefkoch verfügen muss – sich gleichzeitig mehreren Aufgaben widmen zu können. Meine Kindheit verbrachte ich zum Gutteil damit zuzuschauen, wie dieses zarte Persönchen barfuß über den irdenen Küchenfußboden hin und her flitzte, schnell ein paar Auberginenscheiben in Kichererbsenmehl wendete und sie dann im Kadai briet, einer kleinen wokähnlichen Pfanne, während sie gleichzeitig einen Koch in die Seite knuffte, mir eine Mandelwaffel reichte und meine Tante wegen irgendeines Missgeschicks ausschalt.

Kurz und gut, Ammis Straßenzelt entpuppte sich bald als Goldesel und bescherte meinen Großeltern ein kleines Vermögen, angehäuft durch die harte Währung, die eine Million Soldaten und Matrosen und Flieger auf ihrer Zwischenstation bei uns in Bombay daließen.

Mit dem Erfolg kamen auch die Probleme. Bapaji war ein notorischer Geizhals. Die ganze Zeit schrie er uns wegen der geringsten Kleinigkeit an, etwa, wenn man zu viel Öl auf den Tawa-Grill träufelte. Das Geld war ihm sozusagen zu Kopf gestiegen. Misstrauisch gegenüber Nachbarn und unseren Verwandten aus Gujarat, versteckte Bapaji seine Ersparnisse in Kaffeedosen und fuhr jeden Sonntag zu einem geheimen Ort auf dem Land, wo er seinen schnöden Mammon in der Erde vergrub.

Doch der eigentliche Durchbruch meiner Großeltern ereignete sich 1942, als die britische Verwaltung in ihrem Bemühen, Geldmittel für den Krieg zu beschaffen, Grundstücke in Bombay versteigerte. Die meisten befanden sich auf Salsette, der großen Insel, auf der Bombay errichtet wurde. Doch auch schmale Landstreifen und Parzellen auf der im Süden gelegenen Halbinsel Colaba kamen unter den Hammer. Und darunter: das verlassene Grundstück an der Napean Sea Road, das sich meine Familie ohne Genehmigung angeeignet hatte.

Für Bapaji – im Innersten noch immer ein einfacher Bauer – war Land wertvoller als Papiergeld. Und so grub er eines schönen Tages all die Dosen wieder aus der Erde und begab sich mit einem Nachbarn an der Seite, der des Lesens und Schreibens kundig war, zur Standard Chartered Bank. Mit der Unterstützung der Bank ersteigerte Bapaji das 1,6 Hektar große Grundstück an der Napean Sea Road. Er bezahlte 1.016 englische Pfund, zehn Shilling und acht Pence für ein Stück Land zu Füßen des Malabar Hill, heute eine der beliebtesten Gegenden der Stadt.

Dann, und erst dann, stellte sich bei meinen Großeltern der Kindersegen ein. Dank der zupackenden Hilfe mehrerer Hebammen kam am Abend der berühmten Munitionsexplosion im Hafen von Bombay mein Vater, Abbas Haji, zur Welt. Riesige Feuerbälle schossen in den Abendhimmel, gewaltige Explosionen ließen in der ganzen Stadt die Fenster erbeben, als meine Großmutter plötzlich einen markerschütternden Schrei ausstieß und mein Vater aus ihrem Schoß plumpste und mit seinem Gebrüll den Explosionslärm und die Schreie seiner Mutter noch übertönte. Wann immer Ammi uns diese Anekdote in ihrer typischen Art erzählte, mussten wir herzlich lachen, denn jeder, der meinen Vater kannte, stimmte zu, dass er keine bessere Kulisse für seine Geburt hätte wählen können. Tantchen, die zwei Jahre später geboren wurde, sollte unter wesentlich ruhigeren Umständen das Licht der Welt erblicken.

Es folgten die Unabhängigkeit und Teilung Indiens. Das genaue Schicksal meiner Familie in jenen unrühmlichen Jahren ist und bleibt wahrscheinlich für immer ein Rätsel, denn auf keine der Fragen, die wir Papa später stellten, bekamen wir eine zufriedenstellende Antwort. »Ach, wisst ihr, es waren schlimme Zeiten damals«, sagte er zum Beispiel, wenn wir ihn wieder einmal bedrängten. »Aber wir haben uns durchgeschlagen. Und nun hört endlich auf mit eurem Polizeiverhör und bringt mir meine Zeitung.«

Wir wussten nur, dass die Familie meines Vaters, wie so viele andere auch, auseinandergerissen worden war. Die meisten unserer Verwandten flohen nach Pakistan, doch Bapaji blieb in Bombay, wo er seine Familie im Keller eines Warenlagers versteckte, das einem befreundeten Geschäftsmann, einem Hindu, gehörte. Ammi erzählte mir einmal, dass sie damals tagsüber schliefen, weil sie des Nachts von den Schreien und grausamen Straßenkämpfen wach gehalten wurden, bei denen die verfeindeten Hindus und Muslime einander die Kehle aufschlitzten.

Tatsächlich war das Indien, in dem Papa aufwuchs, ein ganz anderes als das, welches sein Vater gekannt hatte. Großvater war Analphabet, Papa besuchte die örtliche Hauptschule, die freilich alles andere als elitär war, doch immerhin schaffte er es später auf die Hotelfachschule, eine polytechnische Oberschule in Ahmedabad.

Im Zuge der Schulbildung wurden althergebrachte Stammessitten über Bord geworfen, und so lernte Papa in Ahmedabad Tahira kennen, ein hellhäutiges Mädchen, das eine Buchhaltungsausbildung absolvierte – meine Mutter. Papa erzählte, er habe sich zuerst in ihren Duft verliebt. Er war in ein Buch aus der Bücherei vertieft, als ihm ein höchst berauschendes Aroma in die Nase stieg, eine Mischung aus Chapati- und Rosenwasserduft.

»Und das«, sagte er, »war deine Mutter.«

Eine meiner frühesten Erinnerungen an Papa ist, wie wir auf der Mahatma Gandhi Road standen und er fest meine Hand drückte, während er zum »Hyderabad« starrte, einem damals äußerst beliebten Lokal. Gerade stiegen die steinreichen Banajis mit Freunden aus einem Mercedes aus, der von einem Chauffeur am Bordstein geparkt worden war. Die Frauen schnatterten mit schrillen Stimmen, gaben sich Küsschen und kommentierten gegenseitig ihre Gewichtsprobleme. Hinter ihnen stand ein Portier, ein Sikh, und riss schwungvoll die gläserne Restauranttür für die Ankommenden auf.

Das Hyderabad und sein Besitzer Uday Joshi, eine Art indischer Douglas Fairbanks junior, füllten regelmäßig die Klatschspalten der *Bombay Times*, und wann immer jener Name erwähnt wurde, fluchte mein Vater leise und raschelte aufgebracht mit der Zeitung. Obwohl unser eigenes Restaurant nicht in derselben Liga wie das Hyderabad spielte – unser Lokal war einfach und für jedermann, man bekam gutes Essen zu vernünftigen Preisen –, betrachtete Papa Uday Joshi als seinen größten Rivalen.

Und da stand mein Vater nun und sah zu, wie diese schicke Gesellschaft aus der Oberschicht in das Restaurant hineinschneite, um ein Mehndi zu zelebrieren, ein vorhochzeitliches Ritual, bei dem die Braut mit ihren Freundinnen auf Kissen thront und sich Hände und Füße kunstvoll mit Henna bemalen lässt. Bei dieser Gelegenheit gab es feines Essen, Live-Musik und reichlich gewürzten Tratsch. Und garantiert noch mehr Schlagzeilen für Joshi.

»Schau«, sagte Papa, »Gopan Kalam.«

Er kaute auf einer Schnurrbartspitze und knetete mit

seiner feuchten Pranke meine Hand. Seinen Gesichtsausdruck werde ich nie vergessen. Es war, als hätten sich plötzlich die Wolken geteilt und als wäre ihm Allah persönlich erschienen. »Er ist Milliardär«, flüsterte Papa. »Sein Vermögen hat er mit Petrochemie und Telekommunikation gemacht. Da, sieh dir nur die Smaragde an, mit denen diese Frau behängt ist. Mein lieber Mann, sind das Klunker!«

Im selben Moment trat Uday Joshi durch die Glastür und mischte sich wie selbstverständlich unter die eleganten pfirsichfarbenen Saris und seidenen Nehru-Anzüge. Augenblicklich begannen die vier, fünf Zeitungsfotografen um seine Aufmerksamkeit zu buhlen, und von allen Seiten wurde er aufgefordert, hierhin und dorthin zu schauen. Joshi liebte bekanntermaßen alles Westliche, und so warf er sich in seinem schwarzen Pierre-Cardin-Anzug selbstbewusst vor den klickenden Kameras in Pose und ließ seine weißen Porzellankronen im Sonnenlicht aufblitzen.

Trotz meines zarten Alters zog mich der berühmte Gastronom in seinen Bann, als wäre er ein gefeierter Bollywood-Leinwanddarsteller. Ganz genau erinnere ich mich noch an das gelbe Seidenplastron, das er um den Hals trug, und seine luftig nach hinten toupierte silbrige Schmalzlocke, die zu fixieren wohl Unmengen von Haarspray gekostet hatte. Nie zuvor hatte ich eine elegantere Erscheinung gesehen.

»Schau ihn dir an«, zischte mir Papa zu, »nun schau dir bloß diesen kleinen aufgeplusterten Gockel an.«

Schließlich beschloss er, Joshis Anblick nicht eine Sekunde länger ertragen zu können. Er wandte sich abrupt um und zerrte mich hinter sich her, in Richtung des Suryodhaya-Supermarkts, um das Sonderangebot des Tages, ein Fünfzig-Liter-Fass mit Sonnenblumenöl, zu ergattern. Mit meinen acht Jahren hatte ich Mühe, mit seinem raschen Gang Schritt zu halten, während ihm die Kurta um die Beine flatterte.

»Hör mir gut zu«, brüllte er gegen den Verkehrslärm an. »Eines Tages wird der Name Haji in aller Munde sein und kein Hahn wird mehr nach diesem aufgeblasenen Schnösel krähen. Du wirst schon sehen. Frag dann die Leute, ob sie einen Uday Johsi kennen. ›Wer ist das?‹, werden sie antworten. ›Ich kenne nur die Hajis. Die Hajis‹, werden sie sagen, ›die sind eine vornehme, bedeutende Familie.‹«

Der langen Rede kurzer Sinn: Papa war ein Mensch mit großem Appetit. Mit seinen eins achtzig hatte er eine stolze Größe für einen Inder, war außerdem sehr beleibt, hatte pausbäckige Wangen, drahtiges Kraushaar und einen gewachsten Schnurrbart. Sein Lebtag lang trug er traditionelle indische Kleidung – Hose und darüber eine Kurta.

Aber ein kultivierter Mann war er nicht. Papa aß wie alle muslimischen Männer mit den Händen, mit der rechten Hand, um genau zu sein, während die linke im Schoß ruhte. Doch statt manierlich mit den Fingern das Essen zum Mund zu führen, beugte sich Papa tief über den Teller und schaufelte gierig fettes Lammfleisch und Reis in sich hinein, als wäre es seine erste Mahlzeit seit langem. Während er aß, geriet er heftig ins Schwitzen, und unter seinen Achseln breiteten sich tellergroße Schweißflecken aus. Und wenn er schließlich das Gesicht wieder hob, hatten seine Augen den glasigen Ausdruck eines Betrunkenen und Kinn und Wangen glänzten orange vor Fett.

Ich liebte ihn zwar sehr, doch kann ich nicht verhehlen, welch abschreckenden Anblick er in solchen Momenten bot. Nach dem Abendessen watschelte Papa zum Sofa und ließ sich schwer daraufplumpsen. Dann fächerte er sich eine halbe Stunde lang Luft zu, während er alle Anwesenden daran teilhaben ließ, wie er sich mit ausgiebigem Rülpsen und Furzen Erleichterung verschaffte. Meine Mutter, die aus einer geachteten Beamtenfamilie aus Delhi stammte, schloss angesichts dieses Verdauungsrituals angewidert die Augen. Und bei Tisch ermahnte sie ihn immerzu: »Iss langsam. Du wirst noch mal ersticken, wenn du dein Essen so hinunterschlingst. Gütiger Himmel, wir sind hier doch nicht im Schweinestall.«

Und doch musste man Papa bewundern für sein Charisma und die Entschlossenheit, mit der er seinen Weg ging. Als ich 1970 zur Welt kam, war das Familienrestaurant bereits fest in seinen Händen. Großvater, der unter einem Lungenemphysem litt, saß die meiste Zeit in einem Lehnstuhl im Hof, wo er – an guten Tagen – den Lunchbox-Lieferservice beaufsichtigte.

Ammis Zelt war durch einen grauen Gebäudekomplex aus Beton und Ziegeln ersetzt worden. Unsere Familie wohnte im ersten Stock über dem Restaurant im Haupthaus. Meine kinderlose Tante – wir nannten sie Tantchen – und ihr Mann hatten das Haus nebenan, und den Abschluss unserer kleinen Familienenklave bildeten zwei würfelartige zweigeschossige Bretterbuden, in denen Bappu, unser Koch aus Kerala, und die anderen Bediensteten auf dem Boden schliefen.

Das Herzstück des alten Familienbetriebs war indessen der Innenhof. An der hinteren Mauer lehnten die Lunchbox-Handkarren und Imbissstände auf Rädern, und im Schatten einer schlaffen Plane lagerten die großen Kessel mit Karpfenkopfsuppe, Stapel von Bananenblättern und frisch zubereitete Samosas auf Wachspapier. An der gegenüberliegenden Mauer standen große Blechfässer mit gesprenkeltem Reis, gewürzt mit Lorbeerblättern und Kardamom, und über allen Köstlichkeiten war das unaufhörliche Summen unzähliger Fliegen vernehmbar.

Für gewöhnlich saß ein Diener auf einem Segeltuchsack an der Hintertür der Küche und säuberte die Basmatikörner von schwarzen Verunreinigungen; eine Dienerin mit ölgetränktem Haar, den Sari zwischen den Beinen hochgerafft, um sich tief hinabbeugen zu können, kehrte mit einem kurzen Handbesen unermüdlich den Boden aus gestampfter Erde. Unser Hof war immer voller Leben, es herrschte ein ständiges Kommen und Gehen, sodass die Hühner den ganzen Tag aufgescheucht hin und her rannten. Noch heute meine ich, ihr nervöses Gackern zu hören.

Wenn ich in der größten Nachmittagshitze von der Schule zurückkam, traf ich dort Ammi an. Sie saß im Schatten des Dachvorsprungs, der einen Teil des Innenhofs überdeckte. Ich kletterte auf eine Kiste, um an ihrer scharfen Fischsuppe zu schnuppern, deren Dampf mir das Gesicht rötete. Sie fragte mich, wie es in der Schule gewesen sei, ehe sie mir den Kochlöffel reichte, damit ich weiter in dem Kessel rührte. Und noch immer sehe ich sie vor mir, wie sie grazil den Saum ihres Saris hielt und sich an die Mauer zurückzog, von wo aus sie mich im Auge hatte, während sie ihre eiserne Pfeife paffte, eine Angewohnheit, die sie sich aus ihrer Zeit im dörflichen Gujarat bewahrt hatte.

An all dies erinnere ich mich, als wäre es erst gestern gewesen: wie ich beim unaufhörlichen Rühren im Takt des Straßenlärms zum ersten Mal jenes Gefühl magischer Trance verspürte, das mich stets beim Kochen begleitet. Ein laues Lüftchen wehte über den Hof und trug das entfernte Kläffen der Hunde, das Rauschen des Verkehrs und den beißenden Abwassergeruch Bombays zu uns herüber. Währenddessen kauerte Ammi in ihrer schattigen Ecke, das winzige, runzlige Gesicht eingehüllt in eine Tabakwolke; und von oben hörte man die mädchenhaften Stimmen meiner Mutter und Tante, die auf der Veranda im ersten Stock Teigtaschen mit einer Füllung aus Kichererbsen und Chili formten. Doch am gegenwärtigsten von allem ist mir noch immer das rhythmische Kratzen meines eisernen Kochlöffels auf dem Boden des Kessels, der die verborgenen Schätze aus den Tiefen der Suppe emporförderte: knochige Fischköpfe mit weißen Augen, die auf rubinroten Strudeln an die Oberfläche trudelten.

Noch heute träume ich von jenem Ort. Kaum hatte man die Geborgenheit unseres Grundstücks hinter sich gelassen, fand man sich am Rand der berüchtigten Barackenstadt an der Napean Sea Road wieder. Das Elendsviertel war ein Meer aus zusammengeflickten Dächern über schiefen Schindelhütten, zwischen denen sich stinkende Rinnsale hindurchschlängelten. Aus den Behausungen stieg der beißende Geruch von Kohlefeuer und verrottetem Kohl auf, und in den Straßen hörte man das

Krähen der Hähne, das Meckern der Ziegen und das dumpfe Klatschen von Wäschestücken auf Zementplatten. Ein Ort, an dem Kinder und auch Erwachsene ihre Notdurft auf den Straßen verrichteten.

Doch die gegenüberliegende Seite der Stadt kündete von einem anderen Indien. So wie ich wurde das Land groß. Auf dem Malabar Hill hinter uns wuchsen bald unzählige Kräne in den Himmel, mit denen zwischen den alten umzäumten Villen weiße Hochhäuser hochgezogen wurden, die auf »Miramar«, »Palm Beach« oder einen ähnlich verheißungsvollen Namen getauft wurden. Ich habe keine Ahnung, wo all die Wohlhabenden plötzlich herkamen, die gleich Göttern vom Himmel gefallen schienen. Ringsherum war nur noch die Rede von frischgebackenen Informatikern, Paschminaschal-Exporteuren oder Regenschirmherstellern und was es noch an neuen Berufszweigen gab – Millionären, die zunächst Hunderte zählten und schließlich Tausende.

Einmal im Monat besuchte Papa den Malabar Hill. Zu diesem Anlass zog er eine frische Kurta an, ehe er mich bei der Hand nahm und mit mir den Berg hinaufging, um den mächtigen Politikern »unsere Aufwartung« zu machen. Diskret wählten wir die Hintereingänge der vanillefarbenen Villen, und ein weiß behandschuhter Butler wies wortlos auf einen Terrakottatopf am Eingang. Dort hinein legte Papa seinen braunen Umschlag auf den Berg bereits vorhandener Kuverts, ehe die Tür ganz und gar unfeierlich vor unserer Nase wieder zugeschlagen wurde und wir unseren Weg mit den Umschlägen voller Rupien fortsetzten, zum nächsten Mitglied des Regionalkongresses von Bombay. Aber dabei gab es gewisse Regeln zu beachten. Niemals die Vordertür zu benutzen, lautete eine. Immer durch die Hintertür.

Danach kaufte uns Papa, ein Ghasel auf den Lippen, Mangosaft und gegrillte Maiskolben, und wir setzten uns auf eine Bank in den Hanging Gardens, dem öffentlichen Park auf dem Gipfel des Malabar Hill. Von unserem Aussichtsplatz unter Palmen und Bougainvillea konnten wir das Kommen und Gehen vor dem »Broadway« beobachten, einem funkelnagelneuen Apartmenthochhaus jenseits der brennend heißen Grünanlage: ein Geschäftsmann, der in seinen Mercedes stieg; die Kinder, die in ihren Schuluniformen herauskamen; die Ehefrauen auf ihrem Weg zum Tennis oder Nachmittagstee. Ein unaufhörlicher Strom wohlhabender Jains – seidene Gewänder, offene Hemden, die behaarte Männerbrüste entblößten, goldgefasste Brillen – zog an uns vorbei zum Jain Mandir, um in dem Tempel ihre Götzenbilder mit Sandelholzpaste zu waschen.

Papa senkte die Zähne in die Maiskörner und arbeitete sich nagend am Kolben entlang. Gelbe Körner blieben an seinem Schnurrbart, den Wangen und im Haar haften. »Geld wie Heu«, sagte er und leckte sich die Lippen, während er mit seinem abgenagten Kolben in Richtung der gegenüberliegenden Straßenseite fuchtelte. »Stinkreiche Leute.«

Ein Mädchen und ihre Nanny, offensichtlich auf dem Weg zu einem Kindergeburtstag, tauchten aus einem Apartmenthaus auf und hielten ein Taxi an.

»Das Mädchen dort drüben ist an meiner Schule. Ich sehe sie ab und zu auf dem Schulhof.«

Papa schleuderte seinen abgenagten Kolben in die

Büsche und wischte sich mit dem Taschentuch übers Gesicht.

»So?«, sagte er. »Ist sie nett?«

»Nein. Sie glaubt, sie ist rattenscharf.«

Ich erinnere mich, wie in diesem Moment ein Lieferwagen vor dem Eingang des Apartmenthauses vorfuhr. Er gehörte unserem legendären Gastronom Uday Joshi, der sich einen neuen Geschäftszweig hatte einfallen lassen – Heimservice für die gutsituierten Bewohner, für jene beschwerlichen Tage, an denen das Hauspersonal frei hatte. Ein riesenhaftes Abbild eines winkenden Joshi starrte uns von der Wagenflanke an, und eine Sprechblase aus seinem Mund verkündete: Kein Schmutz. Kein Verdruss. Überlassen Sie's uns.

Der Portier hielt die Tür auf, während der Catering-Lieferant in weißem Jackett aus dem hinteren Teil des Lieferwagens sprang, beladen mit mehreren Aluminiumbehältern und folienbedeckten Tabletts. Und noch heute höre ich Papa mit tiefer Stimme grollen:

»Was hat dieser Joshi denn jetzt wieder vor?«

Es war lange her, dass mein Vater das US-Army-Zelt durch ein Backsteingebäude und Plastiktische ersetzt hatte. Das Restaurant war ein einfacher, lang gezogener Saal, der vom Lärm widerhallte. Als ich zwölf war, beschloss Papa, eine weitere Stufe auf der gastronomischen Leiter zu erklimmen, etwas mehr in Richtung von Joshis Hyderabad. Und so verwandelte er unser altes Familienlokal in ein 365 Sitzplätze fassendes Restaurant und nannte es »Bollywood Nights«.

Ein steinerner Springbrunnen musste her. An die Deckenmitte des Speisesaals brachte Papa eine verspiegelte Diskokugel an, die über einer winzigen Tanzfläche rotierte. Die Wände hatte er golden streichen lassen, ehe er sie nach und nach mit signierten Fotos von Bollywoodstars bestückte – so hatte er es auf Abbildungen eines Hollywood-Restaurants gesehen. Er hatte Filmsternchen und ihre Ehemänner bestochen, damit sie dem Restaurant mehrmals im Monat einen Besuch abstatteten, und – welch ein Zufall – ausgerechnet zu diesem Zeitpunkt war jedes Mal ein Fotoreporter des Hochglanzmagazins *Hello Bombay!* zugegen. Für die Wochenenden engagierte er zwei Sänger, die den äußerst populären Stars Alka Yagnik und Udit Narayan wie aus dem Gesicht geschnitten waren.

Das Restaurant schlug ein wie eine Bombe, sodass Papa nur wenige Jahre nach der Eröffnung von Bollywood Nights unserem Familienbetrieb ein Chinalokal hinzufügte. Und eine richtige Disko mit einer Rauchmaschine, die zu meinem Verdruss nur Umar, mein ältester Bruder, bedienen durfte. Inzwischen wurde unser gesamtes anderthalb Hektar umfassendes Gelände von Restaurants eingenommen, die 568 Sitzplätze boten, pulsierende Lokale, die von den Yuppies Bombays frequentiert wurden.

Die Räume hallten von stampfenden Diskorhythmen und ausgelassenem Gelächter wider. In der Luft hing der Geruch von Chili und gegrilltem Fisch, der sich mit dem feuchten Aroma von verschüttetem Kingfisher-Bier vermischte. Papa, den jeder nur Big Abbas rief, war für diese Arbeit wie geschaffen, und den lieben langen Tag watschelte er durch seine Restaurants wie ein Bollywood-Produzent über sein Filmgelände, während er Befehle bellte und gelegentlich einem nachlässigen Servierjungen eine Ohrfeige gab, und begrüßte die Gäste. Immer unter Strom. »Los, nun mach schon!«, rief er ständig. »Geht's auch schneller, oder warum schleichst du rum wie ein altes Weib?«

Meine Mutter hingegen war der dringend benötigte Ruhepol, stets bereit, Papa mit ihrem gesunden Menschenverstand auf den Boden der Tatsachen zurückzuholen. Ich erinnere mich, wie sie direkt über dem Eingang des Hauptrestaurants in einem käfigartigen Bau saß und in ihrem luftigen Hochsitz Zahlen in die Geschäftsbücher kritzelte.

Doch über allem kreisten die Geier, die sich von den Leichen im Turm des Schweigens nährten, der Begräbnisstätte der Parsen oben auf dem Malabar Hill.

An diese Geier erinnere ich mich ebenfalls.

Immerzu kreisten sie und kreisten und kreisten.

Kapitel Zwei

Doch ich will lieber in schöneren Erinnerungen schwelgen. Wenn ich die Augen schließe, sehe ich unsere alte Küche vor mir, rieche die Nelken und Lorbeerblätter und höre das Zischen des Öls im Kadai. Linkerhand befanden sich Bappus Gasherd und Tawa-Grills. Für gewöhnlich stand er davor und nippte an seinem milchigen Tee, während die vier verschiedenen Masalas, die die Basis der indischen Küche bilden, unter seinem wachsamen Auge vor sich hin blubberten. Auf seinem Kopf saß eine Toque, die hoch aufragende weiße Mütze des Chefkochs, auf die er so stolz war. Muntere Küchenschaben flitzten mit wackelnden Antennen über die bereitstehenden Tabletts mit rohen Meeresfrüchten und Seebrassen. Und stets hatte er jene kleinen Schüsseln zur Hand, die zu seinem Berufsstand gehören: gefüllt mit Knoblauchwasser, grünen Erbsen, einem cremigen Kokosnuss- und Cashew-Mus, Chili- und Ingwerpürees.

Wenn Bappu mich an der Tür erspähte, winkte er mich zu sich, damit ich zuschaute, wie er Lammhirn von einer Platte in den Kadai gleiten ließ, wo sich die rosa Masse mit brutzelnden Zwiebeln und heftig spuckendem Zitronengras vereinte. Neben Bappu stand ein zweihundert Liter fassendes Stahlfass mit Hüttenkäse und Bockshornklee, eine leise köchelnde milchige Suppe, in der zwei Küchenjungen gleichmütig mit Holzkochlöffeln rührten. Und auf der rechten Seite der Küche, in gebührendem Abstand, machten sich unsere Köche aus Uttar Pradesh zu schaffen.

Meine Großmutter hatte beschlossen, dass nur diese Nordländer das richtige Gespür für die Tandori hatten, die zylindrischen Holzkohleöfen, aus denen die Männer Grillspieße mit marinierten Auberginen und Hühnchenfleisch oder grüner Paprika mit Garnelen hervorzauberten. Und oben im ersten Stock arbeiteten die Lehrlinge, kaum älter als ich, unter einem gelben Blumenkranz, eingehüllt in Weihrauch.

Ihre Aufgabe war es, das restliche Tandori-Hühnchenfleisch von den Knochen zu lösen, Bohnen über einem Fass aufzubrechen und Ingwer zu schälen und zu raspeln. Diese Jungen, die in ihrer Freizeit in den Gassen Zigaretten rauchten und den Mädchen hinterherpfiffen, waren meine Idole. Einen beträchtlichen Teil meiner Jugend verbrachte ich damit, auf einem Schemel in der Kaltküche zu sitzen und mit ihnen zu plaudern. Aufmerksam schaute ich zu, wenn einer der Lehrlinge mit einem Messer fein säuberlich Okras zerteilte und mit der Fingerspitze grellrote Chilipaste auf die weißen Innenseiten der Gemüseschenkel strich. Es gibt wohl kaum eine anmutigere Erscheinung als einen kohlrabenschwarzen Jungen aus Kerala, der Koriander klein hackt: ein blitzschnelles Hantieren mit einem scharfen Messer und einem Wiegemesser – und in Sekundenschnelle werden widerborstige Blätter und Stängel zu einer feinen grünen Farce zerkleinert. Welch faszinierender Anblick.

Eine meiner liebsten Ferienbeschäftigungen war

jedoch, Bappu frühmorgens zum Crawford Market in Bombay zu begleiten. Eigentlich ging ich mit, weil ich hoffte, bei dieser Gelegenheit meine geliebten Jalebis zu ergattern, in heißem Fett ausgebackene Spritzgebäckteilchen aus Daal und Mehl, die anschließend in Zuckersirup getränkt werden. Doch auch wenn ich am Ende in Sachen Jalebis meist leer ausging, bot sich mir eine viel wertvollere Gelegenheit: Ich erlernte die für einen guten Chefkoch so unerlässliche Fähigkeit, die frischesten Produkte auszuwählen.

Wir begannen unsere Tour bei den Obst- und Gemüseständen, wo sich in den schmalen Gängen die Körbe türmten. Die Obsthändler hatten aus Granatäpfeln kunstvolle Türme errichtet, zu deren Füßen ein fächerförmiges purpurrotes Gewebe in Form von Lotusblüten drapiert war. Körbe voller Kokosnüsse, Sternfrüchte und Bohnen stapelten sich zu mehreren Etagen und bildeten eine süßlich duftende Gruft. Stets waren die Korridore zwischen den Ständen sauber gefegt und die kostbaren handpolierten Früchte glänzten wächsern.

Ein Junge meines Alters kauerte hoch oben in einem Regal auf den Fersen, und als Bappu stehen blieb, um eine neue kernlose Traubensorte zu kosten, hoppelte der Kleine zu einer Messingschüssel mit Wasser, die ein paar Meter entfernt stand, wusch rasch drei, vier Trauben und reichte sie zu uns hinunter, damit wir sie kosteten. »Sie sind kernlos!«, rief uns der Standbesitzer aus dem Schatten seines Standes zu, wo er auf einem dreibeinigen Hocker saß. »Das Allerneuste. Kriegst 'n Sonderpreis, Bappu, wenn de 'n Kilo nimmst.« Manchmal kaufte Bappu die Ware und manchmal nicht, stets darauf bedacht, die Verkäufer gegeneinander auszuspielen.

Zum Fleischmarkt nahmen wir eine Abkürzung zwischen Ställen und Käfigen hindurch, in denen hechelnde Hasen und kreischende Papageien ihrem Schicksal entgegensahen. Die Hühner und Truthähne verströmten einen beißenden Geruch, ähnlich wie eine Dorflatrine. Aus den überfüllten Käfigen dröhnte ein ohrenbetäubendes Gackern, und immer wieder ragte zwischen dem Gefieder ein nackter Bürzel hervor, dem in dem Gedränge die Federn abhandengekommen waren. Der Geflügelmetzger stand, ein Liedchen auf den Lippen, in einem roten Blutregen hinter dem Hackblock, zu seinen Füßen ein Korb mit blutigen Hühnerköpfen und Kehllappen.

Dort lehrte mich Bappu, wie man die Haut eines Huhns begutachtet, wie man sich davon überzeugt, dass das Fleisch zart ist, und wie man das Alter eines Huhns ermittelt, indem man die Flügel spreizt und den Schnabel aufbiegt, um so die Elastizität zu überprüfen. Doch das untrüglichste Zeichen für ein schmackhaftes Huhn seien pummelige Knie, wie er mir erklärte.

Sobald wir die kalte Halle des Fleischmarktes betraten, bekam ich eine Gänsehaut, und meine Augen brauchten eine Weile, um sich an das schummrige Licht zu gewöhnen. Ein übler Geruch schlug einem entgegen. Und das Nächste, was ich wahrnahm, war ein Metzger, der mit einem riesigen Messer zähes, sehniges Fleisch zerkleinerte. Von rhythmischem Hacken begleitet gingen wir weiter, vorbei an Abflussrinnen rot vor Blut, während in der Luft der süßliche Geruch des Todes lag.

Am Stand des Halal-Metzgers Akbar hingen Schafe mit frisch aufgeschlitzter Kehle in Reih und Glied an Haken. Bappu schlängelte sich zwischen diesen wie seltsame Bäume anmutenden Wesen hindurch und betatschte das fellbedeckte Fleisch der Tiere. Wenn er schließlich eines fand, das seinen Ansprüchen genügte, feilschten Akbar und Bappu eine Weile miteinander, begleitet von den üblichen Ritualen wie Brüllen und gelegentlichem Ausspucken, bis sie sich schließlich handelseinig wurden, indem sie sich mit den Fingerspitzen berührten. Dann brauchte Akbar nur die Hand zu heben und einer seiner Gehilfen senkte eine Axtschneide in die Brust des ausgewählten Tiers. Ein roter Schwall ergoss sich auf unsere Sandalen und aus dem klaffenden Schnitt quollen die graublauen Schläuche der Eingeweide zu Boden.

Ich erinnere mich, wie ich den Kopf in den Nacken legte und zu den Raben blickte, die über uns auf den Dachsparren hockten und zu uns herabstarrten, während der Schlachter routiniert den Hammel häutete und zerlegte und die Läufe in Wachspapier wickelte. Die Vögel stießen ihr raues Krächzen aus und lüpften die Flügel, und an den Pfeilern zogen sich die weißen Spuren ihres Kots herab, der mitunter auf das Fleisch tropfte. Und wann immer ich heute in meinem Pariser Restaurant eine meiner aberwitzigen »künstlerischen« Kreationen ersinne, rufe ich mir dieses raue Krächzen der Raben im Crawford Market ins Gedächtnis, die mich warnen, doch besser mit beiden Beinen auf dem Boden zu bleiben.

Mein bevorzugtes Ziel war jedoch der Fischmarkt. Bappu und ich suchten ihn stets erst zum Schluss auf. Beladen mit unseren morgendlichen Einkäufen, hüpften wir über die von Fischinnereien verstopften Abflussrinnen, die sich im Laufe des Morgens in öliggraue Seen verwandelten. Zielsicher steuerten wir den Stand des Fischhändlers Anwar im hinteren Teil des überdachten Markts an.

Die Hindus hatten die Betonsäulen, die das Dach des Fischmarktes trugen, mit gelben Girlanden geschmückt, und verbrannten Weihrauch unter den Abbildungen von Shirdi Sai Baba. Bottiche mit Fischen wurden hereingetragen – ein silbernes Gemisch aus großäugigen Pomfrets, Karimeen und Seebrassen –, und hie und da sah man einen Haufen schwefliger Bombay Ducks, dieser gesalzenen Shiner, die nicht aus der indischen Küche wegzudenken sind. Um neun Uhr morgens, wenn die Frühschicht Feierabend hatte, zogen sich die Arbeiter unter einem weiten Gewand um, wuschen sich über einem rostigen Eimer und schrubbten sich mit Kernseife die Schuppen von ihren Lungis. In dunklen Nischen glühten Kohlefeuer, die die Arbeiter durch behutsames Luftfächern am Leben hielten, um darüber ihr einfaches Reis- und Linsengericht zuzubereiten. Nach dem Essen legten sich die Männer, unempfindlich gegenüber dem Lärm, zu einem Nickerchen auf den Boden, ein Stück Pappe als Unterlage und den Kopf auf ihre Jutetasche gebettet.

Ach, welch herrliche Fische es hier gab! Wir passierten ölige Bonitos mit silbrigen Leibern und platten glasig-gelblich Köpfen. Ich konnte mich nicht sattsehen an den Tabletts voller Tintenfische mit ihrer lila schillernden Haut, glänzend wie eine Penisspitze, und an den Weidenkörben voller Seeigel, die aufgeschnitten dalagen, um ihre saftigen orangen Eier zur Schau zu stellen.

Und überall auf dem Zementboden türmten sich Berge von Eis auf, aus denen Fischköpfe und Flossen in merkwürdigen Winkeln herausragten. Es herrschte ein ohrenbetäubender Lärm. In das Rattern von Eisenketten, das krachende Geräusch der Eismühlen und das Krächzen der Raben oben in den Dachsparren mischten sich die monotonen Singsänge der Versteigerer. Eine Welt, die mich unweigerlich in ihren Bann zog.

Und schließlich, ganz am Ende des Crawford Market, betraten wir Anwars Reich. Der Fischhändler thronte ganz in Weiß im Schneidersitz auf einem Metallschreibtisch, inmitten brusthoher Eisberge mit Fisch. Neben ihm auf dem Schreibtisch standen drei Telefone, ein weißes, ein rotes und ein schwarzes. Als ich ihn zum ersten Mal sah, musste ich blinzeln, und ich brauchte eine Weile, bis ich erkannte, dass die Kreatur, die er in seinem Schoß streichelte, eine Katze war. Dann rührte sich noch etwas, und mit einem Mal wurde mir bewusst, dass der ganze Metallschreibtisch von etwa einem halben Dutzend zufriedener Katzen eingenommen wurde. Hin und wieder bewegten sie träge den Schwanz, leckten sich die Pfoten und hoben bei unserer Ankunft hochmütig den Kopf.

Und ob ihr's glaubt oder nicht: Sowohl Anwar als auch seine Katzen kannten sich mit Fisch aus. Gemeinsam verfolgten sie wachsamen Auges das Hin- und Herschieben der Kisten auf dem Boden. Eine leichte Bewegung mit dem Kopf oder ein leises Schnalzen mit der Zunge genügte, und schon flitzte einer von Anwars Arbeitern herbei, um einen rosa Auftragszettel entgegenzunehmen, oder lief einem Koli-Fischer entgegen, einem Nachfahren der Ureinwohner Bombays, der mit seinem frischen Fang gerade die Halle betrat. Anwars Arbeiter stammten allesamt aus der benachbarten Mohammed

Ali Road und waren ihm zutiefst ergeben. Den lieben langen Tag kauerten sie zu seinen Füßen und sortierten Hummer und Krebse, zerteilten fleischigen Thunfisch und entschuppten mit grimmigem Gesicht Brassen.

Fünf Mal am Tag rollte Anwar hinter einer Säule seinen Gebetsteppich aus, um seine Gebete zu sprechen. Doch ansonsten traf man ihn stets im Schneidersitz auf seinem zerbeulten Metallschreibtisch im hinteren Teil des Marktes an. Den ganzen Tag verbrachte er damit, seine nackten Füße mit den langen gelben, gebogenen Zehennägeln zu massieren.

»Hassan«, sagte er und zupfte an seinem großen Zeh, »du bist zu klein. Sag Großem Abbas, er soll dir mehr Fisch zu essen geben. Gerade ist guter Thunfisch aus Goa eingetroffen.«

»Was, das soll Fisch sein, guter Mann? Der taugt höchstens als Katzenfutter«, entgegnete ich.

Anwar ließ ein raues Husten und Krächzen vernehmen, was bedeutete, dass er sich köstlich über meine im Tonfall von Bappu geäußerte Replik amüsierte. An Tagen, an denen seine Telefone nicht stillstanden – wenn die Restaurants und Hotels von Bombay ihre Bestellungen durchgaben –, bot Anwar Bappu und mir höflich milchigen Tee an und fuhr dann fort, rosa Auftragszettel auszufüllen und mit strenger Miene aufmerksam seine Arbeiter beim Bestücken der Kisten zu überwachen. An Tagen, an denen wenig los war, nahm er mich beiseite und zeigte mir anhand einer frisch eingetroffenen Kiste, wie man die Qualität eines Fischs bestimmte.

»Das Auge muss klar sein, Junge, nicht wie das hier«, sagte er und deutete mit einem geschwärzten Fingernagel auf das trübe Auge eines Pomfrets. »Schau, dieser is' frisch. Siehste den Unterschied? Klare Augen und weit offen.«

Er wandte sich einem anderen Korb zu. »Aha, ein alter Trick. Die obere Lage Fisch is' fangfrisch. Aber was ham wir hier ...« Er langte mit der Hand tief in die Kiste und zog einen zerdrückten Fisch an seinen Kiemen hervor. »Fühl mal. Das Fleisch is' weich. Und die Kiemen, siehste? Die Kiemen sind nich' rot wie bei dem frischen, sondern blass. Fast schon grau. Und wennde die Kiemen zurückziehst, sollten die sich steif anfühlen, nich' so schlaff wie diese.« Anwar wedelte mit der Hand und der junge Fischer nahm seinen Korb wieder an sich. »Und schau dir diesen Thunfisch an. Schlechte Ware, Junge. Sehr schlechte Ware.«

»Zerquetscht und eingedrückt. Is' einem Nichtsnutz von *wallah* wohl hinten vom Laster gerutscht«, konstatierte ich.

»Ha!«, sagte er kopfschüttelnd, zufrieden, dass ich meine Lektion gelernt hatte.

Eines Nachmittags im Monsun saßen Papa, Ammi und ich an einem Tisch im hinteren Teil des Restaurants. Die beiden brüteten über mehreren Stapeln aufgespießter Essensbons. Anhand der hingekritzelten Essensbestellungen wollten sie herausfinden, welche Gerichte in der vergangenen Woche am besten gegangen waren und welche weniger gut. Bappu hatte uns gegenüber in einem Lehnstuhl Platz genommen, wie ein Angeklagter vor Gericht, und strich sich nervös über seinen gezwirbelten Schnurrbart. Es handelte sich um ein allwöchentliches Ritual, das Bappu anspornen sollte, die alten Rezepte noch ein wenig zu verbessern. Genau darum ging es. Noch besser zu werden. Immer noch besser zu werden.

Der Stein des Anstoßes stand zwischen ihnen: eine Kupferschüssel mit Hühnchen. Ich streckte die Hand aus, tauchte die Fingerspitzen hinein und schob mir ein Stück purpurrotes Fleisch in den Mund. Das Masala rann mir die Kehle hinab, eine ölige Paste aus feinem roten Chili, gemildert durch eine Prise Kardamom und Zimt.

»Wurde nur drei Mal bestellt letzte Woche«, sagte Papa und blickte zwischen Großmutter und Bappu hin und her. Er nahm einen Schluck seines Lieblingsgetränks: Tee gewürzt mit einem Löffel Garam Masala. »Entweder wir kriegen das jetzt hin oder ich nehm's von der Karte.«

Ammi griff nach dem Schöpflöffel und träufelte sich ein wenig auf den Handrücken, ehe sie konzentriert daran leckte und mit den Lippen schmatzte. Untermauert vom Klimpern ihrer Goldarmreifen, drohte sie Bappu mit dem Finger: »Was ist denn das? Soll ich dir das etwa beigebracht haben?«

»Wieso?«, fragte Bappu. »Neulich haben Sie mir gesagt, ich soll das Rezept ändern. Ich soll mehr Sternanis reintun. Und mehr Vanille. Immer heißt es: Mach dies, mach das. Und wenn ich es mache, ist es auch nicht recht! Wie kann ich etwas Anständiges kochen, wenn ich ständig die Rezeptur ändern soll? Sie treiben mich noch in den Wahnsinn mit diesem Hin und Her. Vielleicht sollte ich doch besser für Joshi arbeiten ...«

»Aiiii...«, kreischte meine Großmutter, »du drohst mir? Wer hat dich zu dem gemacht, was du heute bist, hm? Und nun willst du zu diesem Kerl überlaufen? Geh nur, dann werfe ich auch den Rest deiner Familie auf die Straße ...«

»So beruhige dich doch, Ammi!«, rief Papa. »Und du, Bappu, hör auf, dummes Zeug zu reden. Niemand wird hier beschuldigt. Es geht nur um dieses Gericht – könnte besser sein. Findest du nicht auch?«

Bappu rückte seine Chefkochmütze zurecht, als wollte er seine Würde wiederherstellen, und nippte seinerseits an seinem Tee.

»Hm«, sagte er.

»Mhm«, sagte meine Großmutter.

Alle starrten das Beweisstück an, das Gericht, das ihren Ansprüchen nicht genügen wollte.

»Es muss trockener sein«, sagte ich.

»Wie bitte? Soll ich jetzt vielleicht auch noch die Anweisungen von einem Kind befolgen?«

»So lass ihn halt auch was sagen.«

»Es ist zu ölig, Papa. Bappu brät das Fleisch in Butter und Öl und schöpft dann das Fett ab. Es wäre aber besser, wenn er es mit weniger Fett braten würde. Dann wird es knuspriger.«

»So, so, der Junge hat also etwas gegen das Abschöpfen. Na ja, er muss es ja wissen ...«

»Jetzt halt doch mal die Klappe, Bappu!«, schrie Papa. »Warum musst du immer jammern wie ein altes Weib?«

Letztlich, nachdem Papa seine Standpauke gehalten hatte, befolgte Bappu meinen Vorschlag, und als sich das Gericht zu einem unserer gefragtesten mauserte, taufte es mein Vater um in »Hassan's Dry Chicken« – der einzige Hinweis auf meine spätere Karriere.

»Komm, Hassan.«

Mami nahm mich bei der Hand und wir schlüpften durch die Hintertür hinaus zur Bushaltestelle, wo wir in die Nummer 37 stiegen.

»Wo fahren wir hin?«

Natürlich kannte ich die Antwort, aber wir machten jedes Mal ein Spiel daraus.

»Ach, ich weiß nicht. Vielleicht zu einem Einkaufsbummel? Ein bisschen Abwechslung vom Alltag kann schließlich nicht schaden.«

Meine Mutter, die gut mit Zahlen umgehen konnte, war zwar schüchtern, doch wenn mein Vater mal wieder von seinem Tatendrang überwältigt zu werden drohte, fuhr sie ihm in die Parade. Auf ihre stille Art war sie der tragende Pfeiler unserer Familie, und eben nicht mein Vater, der stets so viel Tamtam machte. Zum Beispiel sorgte sie dafür, dass wir Kinder immer ordentlich angezogen waren und unsere Hausaufgaben erledigten.

Was nicht bedeutete, dass Mami keine heimlichen Gelüste hatte.

Nach Schals etwa. Mami liebte ihre *dupatta* über alles.

Aus einem unerfindlichen Grund nahm mich Mami gelegentlich mit auf ihre heimlichen Streifzüge durch die Stadt, so als wäre ich der Einzige, der ihre verrückten Kaufrauschanfälle verstehen könnte. Im Grunde waren es ja harmlose Exkursionen. Ein, zwei Schals, hie und da mal ein Paar Schuhe und, eher selten, einen teuren Sari. Und für mich gab es ein Bilderbuch oder ein Comic-Heft und danach ein herrliches Essen.

Es war unser geheimes Band, ein Abenteuer, das nur uns beiden vorbehalten war. Vermutlich hoffte sie, damit zu verhindern, dass ich im Durcheinander des Restaurantbetriebs und angesichts der Ansprüche, die der übermächtige Papa und ihre restliche laute Kinderschar an sie stellten, zu stark vernachlässigt wurde. (Aber vielleicht irrte ich ja auch in meinem Glauben, bevorzugt behandelt zu werden, denn Jahre später sollte mir meine Schwester Mehtab erzählen, dass Mami sie heimlich ins Kino und Umar zum Go-Kart-Fahren mitgenommen hatte.)

Mir schien auch, dass es ihr gar nicht so sehr um den Kick des Kaufens ging, sondern dass es sich um eine andere Art Hunger handelte, etwas, das viel tiefer reichte. Bisweilen blieb sie unschlüssig vor einem Geschäft stehen, schürzte gedankenverloren die Lippen, ehe sie dann urplötzlich in eine ganz andere Richtung strebte, etwa zum Prince of Wales Museum, um kurz die Mogul-Miniaturen zu betrachten, oder zum Nehru-Planetarium, das auf mich wie eine Turbine wirkte, die man in die Erde gerammt hatte.

An jenem besonderen Tag stand wieder ein Einkaufsausflug in die Stadt an. Mami hatte zwei Wochen lang ununterbrochen gearbeitet – um die Restaurantbücher für den Steuerberater vorzubereiten, damit dieser ein weiteres profitables Jahr abschließen konnte – und wollte uns beide mit diesem Ausflug belohnen. Doch diesmal stiegen wir von der Buslinie 37 in einen anderen Bus um und wagten uns noch tiefer in das Gewimmel der Stadt hinein. In diesem Viertel Bombays waren die Boulevards so breit wie der Ganges und wurden von großen Geschäften mit Glasfronten gesäumt, deren Türsteher ebenso wie die Teakholzregale im Inneren mächtig herausgeputzt waren.

Das Sari-Geschäft, das wir betraten, hieß »Hite of

Fashion«. Der Blick meiner Mutter glitt über die Stoffballen, die sich bis zur Decke türmten und deren Farbpalette von glänzenden Blautönen bis zu stumpfem Mausgrau reichte. Die Hände unter dem Kinn gefaltet, sah sie staunend zu, wie der Ladenbesitzer, ein Parse, von der Leiter herab seinem Assistenten Ballen glänzender Seidenstoffe reichte. Ihre Augen funkelten, wie geblendet von der schieren Schönheit der Stoffe, so als blickte sie geradewegs in die Sonne. Und als Krönung jenes Tages gab es für mich ein schickes Baumwolljackett, auf dessen Brust aus welchem Grund auch immer das goldene Emblem des Jacht-Clubs von Hongkong prangte.

In dem Laden mit Öl-Essenzen nebenan waren die Regale gefüllt mit bernsteinfarbenen und blauen Glasflakons, deren lange Hälse schwanengleich anmutig gebogen waren. Eine Frau in einem weißen Laborkittel träufelte Öltropfen mit den verschiedensten Aromen auf unsere Handgelenke – Sandelholz, Kaffee, Ylang Ylang, Honig, Jasmin und Rosenblätter –, bis uns ganz rauschhaft zumute, ja geradezu schwindlig wurde von all den Düften und wir rasch nach draußen mussten, um frische Luft zu schnappen.

Dann kamen die Schuhe an die Reihe. Wir saßen in einem piekfeinen Schuhpalast auf einem goldenen Sofa mit vergoldeten Armlehnen und Löwenfüßen. Die Schaufenster rahmte ein diamantenbesetztes Omega ein, und das Schuhwerk auf den Glasregalen – hochhackige Pumps, Krokodilleder-Pumps und purpurrote Sandalen – wurde präsentiert, als handelte es sich um einzigartige Juwelen. Ich erinnere mich noch, wie der Schuhverkäufer zu Mamis Füßen kniete, als wäre sie die

Königin von Saba, und meine Mutter kokett wie ein junges Mädchen die Füße hierhin und dorthin drehte, sodass ich die goldenen Sandalen von allen Seiten bewundern konnte, bis sie schließlich sagte: »Na, Hassan, was meinst du?«

Doch vor allem eines ist mir im Gedächtnis haften geblieben: wie wir auf dem Rückweg zur Bushaltestelle an einem Hochhaus vorbeikamen, in dessen Erdgeschoss sich eine Schneiderstube und ein Schreibwarenladen befanden, sowie ein merkwürdig anmutendes Restaurant mit dem Namen »La Fourchette«, an dessen Zementfassade schlaff die französische Flagge hing.

»Komm, Hassan«, sagte Mami, »lass uns hineingehen und das Restaurant ausprobieren.«

Beladen mit unseren Einkaufstüten rannten wir kichernd die Eingangsstufen hinauf, stießen die schwere Tür auf, traten ein und verstummten. Im Inneren des Restaurants war es düster und bedrückend wie in einer Moschee. Nur die tief über jedem Tisch hängenden Lampenkugeln spendeten ein gedämpftes Licht. In der Luft das säuerliche Aroma von in Wein gedünstetem Rindfleisch und der Rauch ausländischer Zigaretten. Zwei Mitarbeiter standen hinter einer dunklen Theke und einige wenige Büroangestellte saßen in weißen Hemden und mit hochkrempelten Ärmeln beim Businesslunch und nippten an ihrem Rotwein – im damaligen Indien noch eine exotische Rarität. Weder Mami noch ich waren je in einem französischen Restaurant gewesen, und tief beeindruckt von diesem Speisesaal, der äußerst distinguiert auf uns wirkte, wählten wir bescheiden einen Tisch im hinteren Teil, wo wir unter der tief hängenden Kupferlampe miteinander flüsterten, als befänden wir uns in einer Bibliothek. Spitzengardinen, grau vor Staub, filterten das spärliche Licht, das durch die braun gerahmten Fenster drang. Die Atmosphäre des Restaurants gemahnte alles in allem an eine schäbige Lasterhöhle. Wir waren begeistert.

Eine ältere Frau, extrem dünn, mit einem Kaftan bekleidet und mit unzähligen klimpernden Reifen am Arm, kam an unseren Tisch geschlurft. Sie gehörte, wie unschwer zu erkennen war, zu den in die Jahre gekommenen europäischen Hippies, die eine Zeit lang in einem Aschram gelebt hatten und in Indien hängen geblieben waren. Ausgezehrt vom Zahn der Zeit und indischen Parasiten, wirkte sie auf meine kindlichen Augen wie ein vertrocknetes Insekt. Ihre tiefen Augenhöhlen waren mit Kajal umrandet, der sich jedoch in der Hitze verflüssigt und in ihren Falten verfangen hatte; roter Lippenstift war, einige Stunden zuvor, mit zittriger Hand aufgelegt worden. In dem schlecht beleuchteten Raum sah sie geradezu zum Fürchten aus, und man hatte beinahe das Gefühl, von einer Toten bedient zu werden.

Doch ihr mit gewichtiger Betonung gesprochenes Hindi klang lebendig, als sie uns die Speisekarten reichte, um dann zur Theke zurückzuschlurfen und unsere Mango-Lassis zuzubereiten. Die Fremdheit dieses Ortes war überwältigend für mich. Ich wusste nicht, wo ich angesichts der mächtigen Speisekarte beginnen sollte – mit all den exotisch klingenden Speisen wie Bouillabaisse oder Coq au Vin – und suchte panisch den Blick meiner Mutter.

Doch Mami lächelte mir aufmunternd zu und sagte: »Du darfst nie Angst davor haben, etwas Neues auszuprobieren, Hassan. Das ist wichtig. Es ist die Würze des

Lebens.« Sie deutete auf ein Blatt Papier. »Was hältst du davon, wenn wir das Tagesmenü nehmen? Dazu gehört ein Dessert. Und gar nicht mal teuer. Ich finde, nach den Einkaufsstrapazen haben wir uns das verdient.«

Ich weiß noch genau, dass das *menu complet* mit einem Friséesalat begann, gefolgt von der Hauptspeise – einem Minutensteak, auf dem eine Scheibe Café de Paris saß (ein köstlicher Klecks Knoblauchbutter mit Kräutern) – mit Pommes frites, und von einer feuchten, wackligen Crème brûlée beschlossen wurde. Rückblickend bin ich mir sicher, dass es sich um ein mittelmäßiges Mittagessen handelte – das Steak so zäh wie das Leder von Mamis neu erworbenen Schuhen –, doch weil der Tag so fantastisch für mich gewesen war, erhob ich es sogleich in mein Pantheon unvergesslicher Mahlzeiten.

Und für immer wird das Zerfließen der süßen Karamellkruste auf meiner Zunge mit dem Gesichtsausdruck meiner Mutter verbunden bleiben, der die Freude über unser sorgloses Abenteuer widerspiegelte. Noch heute sehe ich das Glitzern in ihren Augen, als sie sich vorbeugte und mir zuflüsterte: »Wir wollen deinem Vater sagen, dass die französische Küche im Kommen ist, nicht wahr? Sie ist viel besser als die indische, werden wir sagen. Das wird ihn ganz schön wurmen. Was meinst du, Hassan?«

Ich war vierzehn.

Beladen mit Mathe- und Französischbüchern trottete ich von der St.-Xavier-Schule nach Hause und naschte ein Bhelpuri, als meine Aufmerksamkeit plötzlich von etwas angezogen wurde. Ich hob den Kopf und erblickte in einer schmutzigen Bretterbude am Straßenrand einen ungefähr gleichaltrigen Jungen, der aus dunklen Augen zurückstarrte. Er wusch sich über einem zersprungenen Kübel und die blendende Sonne zauberte hie und da weiße Flecken auf seine nasse braune Haut. Zu seinen Füßen lag erschöpft eine Kuh. Seine Schwester hockte in einem feuchten Graben in der Nähe, während etwas weiter hinten eine Frau mit verfilztem Haar ihre schäbigen Habseligkeiten neben einem Betonwasserrohr ausbreitete.

Einen Moment lang trafen sich unsere Blicke, ehe der Junge spöttisch grinsend seinen Penis ergriff und damit in meine Richtung wedelte. Es war einer jener Kindheitsmomente, in denen man begreift, dass die Welt nicht ist, wie man bislang dachte. Es gab Menschen – so wurde mir mit einem Mal klar –, die mich hassten, obwohl sie mich gar nicht kannten.

Ein silberfarbener Toyota brauste in Richtung Malabar Hill an uns vorbei und brach den bösen Zauber des Jungen. Dankbar löste ich den Blick, um ihn stattdessen auf die Dieselfahne zu heften, die der glänzende Wagen hinter sich herzog. Als ich mich wieder umwandte, war der Junge verschwunden. Nur noch die Kuh, die träge den Schwanz im Straßenstaub bewegte, und das Mädchen, das in ihren verwurmten Fäkalien herumstocherte, waren noch da.

Und aus dem Wasserrohr hörte man ein dumpfes Rauschen.

Bapaji war in der Barackenstadt eine Respektsperson. Er gehörte zu denen, die es geschafft hatten. Wenn er hochmütig durch den Slum fuhr und den kräftigsten unter den jungen Männern auf den Kopf klopfte, legten die Armen ehrfürchtig die Handflächen aneinander. Die Auserwählten kämpften sich durch die schreiende Menge und zwängten sich auf die Ladefläche des knatternden Dreirads, das am Straßenrand wartete. Bapaji rekrutierte die Jungen für seinen Lunchpaket-Service immer in der Barackenstadt und wurde dafür dort allseits verehrt. »Nirgendwo sonst gibt's billigere Arbeiter«, raunte er mir mit krächzender Stimme zu.

Mein Vater hingegen brach mit dieser Tradition. Als er sich auf Restaurants mit höheren Gewinnmargen verlegte, hörte er auf, junge Männer aus den Slums anzuheuern. Papa meinte, dass unsere Gäste aus der Oberschicht saubere Kellner erwarteten und kein schmutziges Gesindel aus den Baracken. Und so hielt er es dann auch. Trotzdem kamen die Armen aus der Barackenstadt noch immer zu unserem Restaurant und pressten ihre hageren Gesichter an die Glasscheibe der Hintertür, doch Papa jagte sie brüllend und mit Fußtritten davon.

Papa war ein Mann mit kompliziertem Charakter, den man nicht so einfach in eine Schublade stecken konnte. Ein frommer Muslim war er zwar kaum, und doch achtete er paradoxerweise darauf, es sich mit Allah nicht zu verscherzen. So standen Papa und Mama zum Beispiel jeden Freitag vor dem Gebetsruf an der Hintertür, um persönlich aus großen Kesseln Essen für eben jene Slumbewohner zu schöpfen, die sonst abgewiesen wurden. Doch das war ihre Versicherung für das Leben nach dem Tod. Wenn es darum ging, Personal anzuheuern, war Papa unbarmherzig. »Nichts als Abfall«, sagte er. »Menschlicher Abfall.«

Eines Tages brauste ein hinduistischer Nationalist

auf seinem roten Moped in unsere Welt hinein, und vor unseren Augen weitete sich die Kluft zwischen dem armen Viertel hinter der Napean Sea Road und dem der Reichen am Malabar Hill, als hätte man plötzlich einen tiefen Graben ausgehoben. Zu jener Zeit bemühte sich die Shiv Sena, sich selbst zu »reformieren« – es sollte nur wenige Jahre dauern, bis sie gemeinsam mit der Bharatiya Janata Party an die Macht kam –, doch nicht alle hitzigen Extremisten gaben einfach klein bei. Eines heißen Nachmittags kam Papa mit einem Stoß Flugblätter nach Hause. Mit grimmiger Miene, die Lippen zu einem Strich zusammengepresst, ging er in sein Büro hinauf, um mit Mami zu reden.

Mein Bruder Umar und ich besahen uns die gelben Blätter, die er auf dem Rattansessel zurückgelassen hatte und die in der vom Deckenventilator aufgewühlten Luft flatterten. Die Flugblätter bezeichneten uns – eine Muslimfamilie – als die Wurzel der Armut und des Leids der Slumbewohner. Eine Karikatur zeigte einen ungemein fetten Papa, der eine Schüssel voll Rinderblut trinkt.

Diese Bilder schieben sich jetzt wie Postkarten vor mein geistiges Auge, darunter auch jene Szene, als meine Großmutter und ich unter der Veranda Nüsse knackten. Von der Straße hörte man die Nationalisten, die ihre Kampfparolen in Megafone schrien. Ich blickte zum Malabar Hill empor und sah auf einer Terrasse zwei Mädchen in weißem Tennisdress an ihren Fruchtdrinks nippen. Es war ein denkwürdiger Moment, denn instinktiv wusste ich, wie die Sache ausgehen würde. Wir gehörten weder zur Barackensiedlung noch zur Oberschicht des Malabar Hill, sondern wohnten genau auf der Verwerfungslinie zwischen beiden Welten.

Dennoch hege ich auch an jenen letzten Sommer meiner Kindheit süße Erinnerungen. Eines späten Nachmittags unternahm Papa mit der ganzen Familie einen Ausflug zum Juhu Beach. Beladen mit Strandtaschen, Bällen und Decken stapften wir durch eine schmale Gasse, wo sich der Duft von Frangipani mit dem Geruch frischen Kuhdungs mischte. Immer wieder mussten wir den kitschig dekorierten Pferdekutschen und ihren dampfenden Hinterlassenschaften ausweichen. Auf dem heißen Strand breitete Papa drei karierte Decken aus, während wir Kinder jauchzend zu dem platinblauen Wasser und wieder zurück flitzten.

Mami hatte noch nie so schön ausgesehen. Sie trug einen rosa Sari und hockte elegant auf dem Boden, die in goldenen Sandalen steckenden Füße anmutig gekreuzt, ein weiches Lächeln auf den von Ghee glänzenden Lippen. Drachen in Fischgestalt flatterten knatternd über uns am Himmel, und der Wind trieb Mami Tränen in die kohlumrandeten Augen. Ich schmiegte mich an ihren warmen Schenkel, während sie sich zu ihrem Beutel umdrehte und nach einem Taschentuch suchte, um sich vor einem Handspiegel die Augen trocken zu tupfen.

Papa verkündete, er wolle zum Wasser hinuntergehen, um Zainab, meiner jüngsten Schwester, bei einem Strandverkäufer eine Federboa zu kaufen. Wir vier, Mukhtar, Zainab, Arash und ich, rannten hinter ihm her. Schmerbäuchige alte Männer mühten sich ab, mit einer Partie Kricket ihre Jugend heraufzubeschwören. Mein ältester Bruder Umar schlug vor den Augen seiner Freunde angeberisch Rückwärtssaltos im Sand. Strandverkäufer schleppten Kühlboxen und dampfende Tabletts am Strand entlang und priesen in ihrem Singsang süße Teilchen, Cashewnüsse, Fanta und Ballonäffchen an.

»Warum kriegt nur Zainab was?«, heulte Mukhtar. »Warum, Papa?«

»Jeder kriegt was!«, brüllte Papa über den Lärm hinweg. »Aber nur eine Sache, mehr nicht, verstanden?«

Die gestrafften Drachenschnüre ächzten im Wind.

Aus der Ferne sah Mami in ihrer kauernden Pose wie ein rosa Granatapfel aus. Tantchen musste sie mit einer Bemerkung zum Lachen gebracht haben, denn ihre weißen Zähne blitzten im Sonnenlicht auf. Dann wandte sie sich ausgelassen meiner Schwester Mehtab zu, um ihr zu helfen, sich einen weißen Blumenkranz ins Haar zu flechten. Und so möchte ich meine Mutter für immer in Erinnerung behalten.

Dann ein heißer, feuchter Nachmittag im August. Ich spielte im Hinterhof mit Bapaji Backgammon. Eine chilirote Sonne war soeben hinter den Banyan-Baum getaucht und die Moskitos ließen uns keine Ruh. Ich wollte Bapaji gerade vorschlagen, lieber ins Haus zu gehen, als er jäh den Kopf hob, »Lass mich nicht sterben« krächzte und dann ruckartig nach vorn kippte. Er zitterte und zuckte, und der Tisch mit den spindeldürren Beinen krachte unter ihm zusammen.

Mit Bapaji starb der letzte Hauch von Respekt, den wir noch in der Barackenstadt genossen. Zwei Wochen nach seiner Beerdigung kam mitten in der Nacht der Pöbel und presste seine Fratzen an die Fensterscheiben von Bollywood Nights. Ich erinnere mich nur noch an die Schreie, die fürchterlichen Schreie. Der fackelbewehrte Mob zerrte meine Mutter aus ihrer Gitterkabine über dem Eingang, während Vater uns Kinder und die panisch fliehenden Restaurantgäste zur Hintertür hinaus und zu den Hanging Gardens auf dem Malabar Hill trieb. Als Papa zum Restaurant zurückeilte, um Mami zu holen, drangen bereits Flammen und beißender Rauch aus den Fenstern.

Mutter lag blutüberströmt und bewusstlos unter einem Tisch im unteren Speisesaal, während das Feuer um sie herum wütete. Während Papa versuchte, zu ihr vorzudringen, fing seine Kurta Feuer und er musste zurückweichen. Panisch schlug er mit den Händen nach den Flammen, die ihn selbst zu verzehren drohten. Oben auf dem Hügel hörten wir seine verzweifelten Hilfeschreie, während er vor dem Restaurant hin und her lief und hilflos zusehen musste, wie Mamas Haarzopf wie ein Kerzendocht Feuer fing. Bislang habe ich es noch nie jemandem erzählt, weil ich es immerhin für möglich hielt, dass mir meine ausgeprägte Fantasie einen Streich gespielt hatte, doch heute könnte ich schwören, da oben auf unserem sicheren Hochsitz den Geruch ihres brennenden Fleischs gerochen zu haben.

An das, was hinterher geschah, erinnere ich mich nicht mehr, nur dass ich einen Mordshunger verspürte. Normalerweise bin ich ein maßvoller Esser, doch noch Tage nach Mamis Ermordung stopfte ich unaufhörlich Hammel-Masala und Klöße aus frischer Milch und Eier-Biryani in mich hinein.

Und in dieser Zeit weigerte ich mich auch, mich von ihrem Schal zu trennen. Tagelang war ich wie erstarrt und trug ihren Lieblingsseidenschal fest um die Schultern gewickelt, den Kopf über einen Teller Lammfußsuppe gebeugt. Natürlich war es nur der verzweifelte Versuch eines Jungen, sich an die Gegenwart seiner Mutter festzuklammern, an den viel zu schnell verebbenden Geruch von Rosenwasser und frisch gebackenem Brot, den das zarte Gewebe verströmte und der mich einlullte.

Wenige Stunden nach ihrem Tod wurde Mami beigesetzt, so wie es die muslimische Tradition verlangt. Ich erinnere mich an Staub, an den erstickenden Staub roter Erde, der sich in den Nasenhöhlen festsetzte und mir das Atmen schwer machte. Und ich erinnere mich an die roten Mohnblumen und das Traubenkraut neben dem Erdloch, das Mamis Leichnam verschlang. Ich fühlte nichts, war innerlich vollkommen leer. Papa schlug sich an die Brust, bis seine Haut feuerrot, seine Kurta von Schweiß und Tränen getränkt war und die Luft erfüllt von seinem Klagegeschrei.

In der Nacht nach der Beisetzung meiner Muter starrten mein Bruder und ich von unseren Betten in die Dunkelheit und hörten Papas Schritte, der im Zimmer nebenan auf und ab ging und bitterlich jeden und alles verfluchte. Die Ventilatoren ratterten, über die mit Rissen übersäte Zimmerdecke flitzten giftige Tausendfüßler. Angespannt lauschten wir auf jenen entsetzlichen Laut – *platsch* –, der durch Papas Schlafzimmertür ertönte, wann immer er heftig in die verbundenen Hände klatschte. Und wir hörten sein unaufhörliches Flüstern – halb Stöhnen, halb Singsang –, während er auf dem Bettrand sitzend den Oberkörper vor- und zurückwiegte: »Tahira, an deinem Grab gelobe ich, dass ich unsere Kinder aus diesem verfluchten Land wegschaffe, das dich getötet hat.«

Tagsüber schienen uns die hitzigen Emotionen in den Räumen unseres Anwesens zu erdrücken, die ständig überzukochen drohten wie Fett, das ewig vor sich hin siedet, ohne je zu erkalten und zu erhärten. Meine kleine Schwester Zainab und ich versteckten uns zusammengerollt und aneinandergeschmiegt in dem Stahlschrank im ersten Stock. Wann immer von unten ein markerschütterndes Heulen an unsere Ohren drang, suchten wir zwei Zuflucht in den Hunderten von Schals – Mutters einziges bescheidenes Zugeständnis an die Eitelkeit.

Die Trauergäste fielen gleich Geiern über uns her. Die Zimmer füllten sich mit dem Mief säuerlicher Körperausdünstungen, dem Rauch billiger Zigaretten und siedenden Öls, das die Moskitos fernhalten sollte. Es herrschte ein unaufhörliches schrilles Geplapper, und die Trauergäste aßen marzipangefüllte Datteln, während sie schnatternd unser Unglück bedauerten.

Mamis hochnäsige Verwandten aus Delhi standen in ihrem seidenen Putz in der Ecke und drehten den anderen den Rücken zu, während sie knuspriges Papad – hauchdünne, frittierte Fladen aus Linsenmehl – und gebratene Auberginen knabberten. Papas pakistanische Verwandten hingegen strichen lärmend durchs Zimmer und suchten Streit. Ein religiöser Onkel krallte seine knochigen Finger um meinen Arm und zog mich zur Seite. »Allahs Strafe«, zischte er, sein weißes Haupt von krankhaftem Zittern geschüttelt. »Allahs Strafe für deine Familie, weil sie während der Trennung hiergeblieben ist.«

Meine Großtante raubte Papa den letzten Nerv; schließlich zog er die kreischende Frau durch die Fliegengittertür hinaus und bugsierte sie unsanft in den Hinterhof. Die Hunde spitzten die Ohren und jaulten. Dann ging er wieder hinein, um ihr die Tasche mit ihren Habseligkeiten hinterherzuwerfen. »Wage es noch mal zurückzukommen, du alte Krähe, und ich versetz dir einen Tritt in den Hintern, der dich bis nach Karatschi zurückbefördert!«, brüllte er von der Veranda hinab.

»Aiiiii!«, kreischte die alte Frau. Sie presste die Hände an die Schläfen und stolzierte vor der verkohlten Ruine des Restaurants auf und ab. Die Sonne brannte noch immer unerbittlich. »Und was mach ich jetzt«, wimmerte sie. »Was mach ich?«

»Was du machen sollst? Du kommst in mein Haus, isst mein Essen und trinkst meine Getränke und weißt nichts Besseres, als über meine Frau herzuziehen? Glaubst wohl, du kannst sagen, was du willst, nur weil du alt bist?« Er spuckte ihr vor die Füße. »Du Bauerntrampel. Verlass mein Grundstück. Geh nach Hause. Ich will dein dummes Gesicht nicht mehr sehen.«

Plötzlich sauste im Wohnzimmer Ammis Gekreische wie ein Axthieb durch die Luft. In den Händen hielt sie Büschel ihres weißen Haars, das aussah wie haarige Zwiebelwurzeln, und mit den Fingernägeln kratzte sie sich das Gesicht blutig. Der Lärm und das Durcheinander nahmen noch zu, als Tantchen und Onkel Mayur herbeistürzten, ihr die Arme herunterrissen und sie festklammerten, damit sie sich keinen weiteren Schaden zufügen konnte. Einen Moment lang sah man nur das bunte Durcheinander ihrer *salwar kamiz,* ihrer traditionellen indischen Gewänder, und ihr Keuchen war zu vernehmen, dann herrschte im Zimmer einen Moment lang eine verdutzte Stille, und nur noch Ammis Kreischen war zu hören, als man sie hinauszerrte. Papa, der es nicht mehr aushielt, stürmte ebenfalls nach draußen, und die Hühner stoben flatternd auseinander.

Währenddessen saß ich neben Bappu, dem Koch, auf dem Sofa, der schützend den Arm um mich gelegt hatte, und schmiegte mich an seine fleischige Seite. Ich erinnere mich, wie im Wohnzimmer der Lärm während Papas und kurz darauf Ammis Ausbruch einen Augenblick lang erstarb und Hände, die Samosas zum Mund führten, für einen Moment in der Luft innehielten. Es sah aus, als spielten die Erwachsenen ein Gesellschaftsspiel. Denn kaum war Papa gegangen, blickten sich unsere Gäste verstohlen um, als wollten sie sich vergewissern, dass die Luft rein war und nicht etwa die Gefahr bestand, dass ein weiterer verrückt gewordener Hadsch über sie hereinbrach, ehe sie wieder zufrieden ihr goldbezahntes Kauen und teeschlürfendes Geplauder aufnahmen, als wäre nichts gewesen. Ich fürchtete, ebenfalls den Verstand zu verlieren.

Wenige Tage später erschien ein dicklicher Mann mit nach hinten gekämmtem, pomadisiertem Haar und einer schwarz gerahmten Brille an unserer Tür; er roch nach Fliederwasser. Ein Immobilienhai, wie sich herausstellte. Er war nur der erste einer Reihe weiterer betelkauender Parasiten, die oftmals gleichzeitig auf unserer vorderen Veranda erschienen und einander mit Angeboten übertrafen, weil sie es allesamt auf Großvaters anderthalb Hektar großes Grundstück abgesehen hatten, um darauf ein weiteres Hochhaus zu errichten.

Das Schicksal wollte es, dass der Brandanschlag auf unser Restaurant ausgerechnet in die kurze Zeitspanne gefallen war, in der Bombays Immobilienmarkt den größten Boom weltweit erfuhr und die Preise höher kletterten als in New York, Tokio oder Hongkong. Und wir besaßen ein anderthalb Hektar großes Grundstück, das von keiner Hypothek belastet war.

Vater indes zeigte den Männern die kalte Schulter. Mehrere Tage lang saß er dick und träge auf der feuchten Couch unter der Veranda und beugte sich nur gelegentlich vor, um für ein halbes Dutzend Immobilienmakler Tee in kleinen Gläsern zu bestellen. Papa sprach nur sehr wenig und machte eine gewichtige Miene, während er seine Betperlen klicken ließ. Je schweigsamer er war, desto heftiger wurde auf den Tisch gehauen und umso zahlreicher waren die blutroten Betel-Flecken, die an die Mauer klatschten. Schließlich machte sich unter den Bietern jedoch Erschöpfung breit, und Papa stand auf, nickte dem Mann mit dem in Fliederwasser getränkten Haar zu und ging nach drinnen.

Von einem Tag auf den anderen war Mutter für immer von uns gegangen, und kurz darauf waren wir Millionäre.

Das Leben ist manchmal seltsam, nicht wahr?

Als wir nachts das Flugzeug der Air India bestiegen, lastete die schwüle Luft Bombays auf uns und unsere feuchten Haare rochen nach Abgasen und Abwasser. Bappu, der Koch, und seine Cousins ließen ihren Tränen freien Lauf und pressten die Handflächen an die Fensterscheiben des Flughafens, sodass sie wie Geckos aussahen. Es war das letzte Mal, dass wir Bappu sahen oder von ihm hörten, aber das wusste ich damals noch nicht. An den Flug erinnere ich mich kaum noch; mir ist nur im Gedächtnis geblieben, dass Mukhtar die ganze Nacht über würgend den Kopf in die Spucktüte steckte.

Der Schock über den Tod meiner Mutter hielt lange an, und meine Erinnerungen an diese Zeit sind recht verschwommen. Zurückgeblieben sind merkwürdig lebhafte Empfindungen, aber kein zusammenhängendes Bild. Nur eines ist gewiss: Mein Vater hat das Versprechen gehalten, das er an Mamis Grab machte, sodass wir auf einen Schlag nicht nur unsere geliebte Mutter, sondern auch unser Zuhause verloren.

Wir – sechs Kinder im Alter von fünf bis neunzehn, meine verwitwete Großmutter, Tantchen und ihr Mann Onkel Mayur – saßen stundenlang am Flughafen von Heathrow in grellem Licht auf Plastiksitzen, während Papa den verkniffen dreinblickenden Einwanderungsbeamten anbellte, der über unser Schicksal entschied, und mit einem Kontoauszug vor dessen Augen wedelte. Und auf diesen Plastiksitzen bekam ich meinen ersten kulinarischen Eindruck von England: ein Sandwich mit eiskaltem, pampigem Eiersalat, das in ein dreieckiges Stück Folie eingewickelt war. Vor allem an das Brot erinnere ich mich noch gut und wie es sich im Mund auflöste.

Nie zuvor hatte ich etwas gegessen, das dermaßen geschmacklos, nass und weiß war.

London

Kapitel Drei

Unser Wagnis, Bombay zu verlassen, glich gewissermaßen der Oktopus-Fangtechnik, die man in einem kleinen portugiesischen Dorf praktiziert, wo die Menschen von der rauen Atlantischen See leben. Junge Fischer befestigen Kabeljaustücke an großen Drillingen, die an drei Meter langen Stangen angebracht sind. Bei Ebbe nehmen sie sich die felsigsten Küstenabschnitte vor und stoßen die Ruten mit dem Kabeljau in die Felshöhlen unter Wasser, die bei hohem Seegang unzugänglich sind. Es dauert nicht lang und ein Oktopus schießt unter dem Felsen hervor, um sich den Kabeljau zu schnappen. Was folgt, ist eine lange, zähe Schlacht: Die Fischer versuchen ächzend, mit dem Enterhaken am Stangenende, den Oktopus auf den Felsen zu ziehen. Es passiert allerdings öfter, dass sie in einem Tintenregen die Schlacht verlieren. Wenn ein Fischer hingegen erfolgreich ist, wird der überwältigte Oktopus auf den aus dem Wasser ragenden Felsen geklatscht, dann springt der Mann neben seinen Fang, greift in die taschenähnliche seitliche Öffnung am Kopf des Oktopus und stülpt dessen Inneres nach außen, sodass die inneren Organe des Tiers der Luft ausgesetzt sind. Der Tod kommt dann sehr schnell.

Und so fühlte sich England für mich an. Als wir aus unserer behaglichen Felsenhöhle gezerrt worden waren, war auch das Innere unserer Köpfe nach außen gestülpt worden. Zweifellos waren unsere zwei Jahre in London, im Nachhinein betrachtet, äußerst wichtig für unseren Werdegang, denn diese Periode bot uns die Zeit und den Raum, die wir brauchten, um gebührend von Mami und der Napean Sea Road Abschied zu nehmen, ehe unser Leben wieder seinen gewohnten Gang gehen konnte. Mehtab bezeichnet diesen Abschnitt zu Recht als »Zeit des Trauerns«. Und Southall – weder Indien noch wirklich Europa – war vermutlich der ideale Ankerplatz für uns, während wir uns in unserer neuen Umgebung akklimatisierten. Doch derlei Vorzüge erkennt man erst im Rückblick. Seinerzeit erschien es uns, als wären wir geradewegs in der Hölle gelandet. Wir fühlten uns verloren. Und vielleicht auch ein bisschen verrückt.

Onkel Sami, der jüngste Bruder meiner Mutter, holte uns in Heathrow ab. Eingezwängt zwischen Tantchen und meiner neu entdeckten Cousine Aziza saß ich auf dem Rücksitz des Lieferwagens. Aziza, die in London zur Welt gekommen war, und ich waren gleichaltrig, doch sie sah mich weder an, noch redete sie mit mir, stattdessen klopfte sie sich, die Stöpsel ihres Walkmans im Ohr, im Takt der stampfenden Diskomusik auf den Schenkel und blickte zum Fenster hinaus.

»Southall sehr gutes Viertel«, brüllte Onkel Sami von vorn. »Alle indische Geschäfte vor der Haustür. Beste Gegend für asiatische Läden in ganz England. Und ich habe für euch ein Haus gefunden, das bei uns um die Ecke liegt. Sehr groß. Sechs Zimmer. Muss ein bisschen renoviert werden. Aber keine Angst. Besitzer sagt, will alles tiptop machen.«

Aziza war ganz anders als die Mädchen, die ich in Bombay gekannt hatte. Sie hatte nichts Albernes oder Kokettierendes an sich, und ich musterte sie verstohlen aus dem Augenwinkel. Unter ihrer Lederjacke trug sie lauter sexy Sachen, ein Oberteil aus zerrissener Seide über einem schwarzen Trikotanzug. Und ihr Teenagerkörper strahlte eine Hitze ab, die sich mit dem schweren Duft von Patschuli-Öl vermischte. Jedes Mal wenn sie ihre Kaugummiblase platzen ließ, zuckten wir erschrocken zusammen, als hätte sie einen Pistolenschuss abgegeben.

»Nur noch zwei Kreisverkehre, dann sind wir da«, sagte Onkel Sami, als wir zum x-ten Mal mit quietschenden Reifen ein Rondell auf der Hayes Road umfuhren. Während wir in der Kurve zur Seite gedrückt wurden, spürte ich das heiße Knie meiner Cousine an meinem Schenkel und augenblicklich wölbte sich meine Hose. Meine adleräugige Tante, die offenbar meine Gedanken gelesen hatte, machte ein Gesicht, als hätte sie in eine Zitrone gebissen, und lehnte sich auf der anderen Seite gegen mich.

»Sami wäre mal besser in Indien geblieben«, zischte sie mir ins Ohr. »Dieses Mädchen. So jung und schon schmutzig wie ein Klodeckel.«

»Psst, Tantchen.«

»Sag du mir nicht, ich soll still sein. Du hältst dich fern von der, hast du mich verstanden? Die macht nur Ärger.«

Southall war das inoffizielle Hauptquartier der indischen, pakistanischen und bangladeschischen Bevölkerung in Großbritannien. Es war auf einem Stück Flachland in unmittelbarer Nachbarschaft zum Flughafen Heathrow erbaut. Die Hauptraße, die Broadway High Street, war ein glitzerndes Band, auf dem sich ein Juwelier aus Bombay an den nächsten reihte, dazwischen kalkuttische Großhandelsmärkte und Balti-Curry-Houses. Diese vertraute Geräuschkulisse unter dem ungewohnten grauen englischen Himmel war äußerst verwirrend für mich. Die umliegenden Wohnstraßen waren gesäumt von dicht an dicht stehenden Doppelhaushälften, die wiederum in einzelne Wohnungen aufgeteilt waren. Und anhand der schäbigen Laken, die aus den undichten Fenstern hingen, konnte man auf Anhieb sagen, wo die letzten Neuankömmlinge aus »Mutter Indien« wohnten. Nachts glühten die schwefelgelben Lichtkörper der Straßenlaternen von Southall gespenstisch im Abendnebel, der von der ständigen Feuchtigkeit zeugte, die aus den Sümpfen Heathrows herüberzog und sich mit dem Curry- und Dieselgeruch vermischte.

Zu jener Zeit erfuhren einige Straßenzüge gerade eine Aufwertung, und zwar durch die Bemühungen ehrgeiziger Immigranten der zweiten Generation. Papa nannte sie die »Anglopfauen«, und ihre renovierten Häuser mit den weißen Gipsstuckfassaden sahen aus, als wären sie unter Zuhilfenahme von Steroidhormonen aufgebläht worden – mit ihren massiven Vorderanbauten und den gewellten Hinterfassaden mit Pseudo-Tudorfenstern, Satellitenschüsseln und Wintergärten. Auf den halbkreisförmigen Auffahrten parkte nicht selten protzerisch ein Jaguar aus zweiter Hand oder ein Range Rover.

Mamis Verwandte lebten seit dreißig Jahren in Southall und hatten für uns eines dieser großen Stuckhäuser gesichert, das sich zwei Querstraßen von der Broadway High Street entfernt befand. Es gehörte einem pakistanischen General – ein Schlupfloch für alle Fälle, das er zwischenzeitlich vermietete, während er auf den Tag wartete, da er sein Land Hals über Kopf verlassen müsste. Dem Haus – schnell bekam es von uns den Spitznamen »Generalsloch« verpasst – sah man sein verzweifeltes Bestreben an, eines der größeren Anglo-pfauen-Häuser zu sein. Allerdings wurde es seinen Ambitionen in keiner Weise gerecht. Es war plump und hässlich, und seine schmale Vorderseite bildete einen seltsamen Kontrast zu seiner Länge nach hinten hinaus, die sich beinahe über einen ganzen Häuserblock zog. Den Abschluss bildete ein kleiner Garten, der von einem rostigen Grill und einem eingefallenen Zaun begrenzt wurde. Ein kränklicher Kastanienbaum stand vorn am buckligen Straßenrand, und als wir einzogen, waren sowohl der Vorder- als auch Hintergarten von Abfall übersät. Auch erinnere ich mich, dass ein trübes Licht durch die Zimmer sickerte, das von dem städtischen Wasserturm herrührte, in dessen Schatten das Haus stand. Die schäbigen Linoleumböden waren teilweise mit abgewetzten Läufern bedeckt. Und auch die wenigen Glas- und Chrommöbelstücke sowie die wackligen Lampen vermochten dem Haus keinen heitereren Anstrich zu verleihen.

Und so wurde es auch nie zu unserem Zuhause. Für immer werde ich es aufgrund des fortwährenden Lärmpegels, der dort herrschte, mit einem Gefängnis assoziieren: die klopfenden Heizkörper, das alarmierende Rauschen in den Wasserleitungen, sobald irgendwo ein Hahn aufgedreht wurde, das ununterbrochene Ächzen und Knarren der Bodendielen und Fensterrahmen. Und in allen Räumen war es feucht und klamm.

Papa war besessen von dem Gedanken, in England einen ganz neuen Geschäftszweig zu gründen. Doch kaum hatte er einen Plan, ließ er ihn nach wenigen Wochen auch schon wieder fallen, sobald eine neue Idee von ihm Besitz ergriff. Zunächst hatte er vor, einen Import/Export von Feuerwerkskörpern und Partybedarf zu eröffnen; als Nächstes einen Großhandel mit Küchenartikeln aus Uttar Pradesh; und schließlich begeisterte er sich für den Plan, tiefgefrorenes Bhelpuri an die Sainsbury-Supermarktkette zu verkaufen.

Seinen letzten unternehmerischen Geistesblitz hatte Papa jedoch, als er mit Tantchens Duschhaube auf dem Kopf in der Badewanne saß und sein Oberköper wie ein behaarter Eisberg aus dem milchig-weißen Wasser ragte. Neben ihm auf dem Wannenrand stand ein Becher mit seinem Lieblingstee, gewürzt mit Garam Masala, und der Schweiß strömte ihm übers Gesicht.

»Wir müssen unbedingt Recherchen anstellen, Hassan. Recherchen.«

Ich hockte auf dem Wäschekorb und sah Papa zu, der sich eifrig die Füße wusch.

»Recherchen – wonach, Papa?«

»Wonach? Nach neuen Geschäftszweigen ... Mehtab! Komm her! Los. Mein Rücken.«

Mehtab betrat das Bad und setzte sich pflichtbewusst auf den Wannenrand, während sich Papa vorbeugte und mich über die Schulter ansah. »Links«, sagte er. »Unter dem Schulterblatt. Nein, Mädel, nein. Das andere.«

Seit seiner Teenagerzeit war Papa mit einem unattraktiven Befall von Mitessern geschlagen, außerdem mit Pickeln und Geschwüren, einem Ausschlag, der sich über die gesamte, umfangreiche Fläche seiner haarigen Rückseite erstreckte. Als Mami noch gelebt hatte, war ihr die Aufgabe zugefallen, den schlimmsten Missetätern zu Leibe zu rücken.

»Drücken!«, brüllte er Mehtab an. »Drücken sollst du!«

Papa kniff das Gesicht zusammen, während Mehtab einen Pickel zwischen die lackierten Nägeln zwängte und presste, und als das feindliche Ding unversehens explodierte, kreischten beide kurz auf.

Papa reckte den Kopf nach hinten, um einen Blick auf das ihm dargebotene Papiertuch zu erhaschen.

»Ganz schön viel von dem Zeug rausgekommen, was Mädel?«

»Was für ein Geschäft meinst du denn, Papa?«

»Ich denke da an Saucen. Scharfe Saucen.«

Von diesem Moment an gab es kein anderes Thema mehr als Madras-Saucen. »Ich zeig dir jetzt, wie das geht, Hassan«, sagte Papa über den Verkehrslärm der Broadway High Street hinweg. »Bevor du ein Geschäft eröffnest, muss du dir erst die Konkurrenz anschauen. Marktforschung nennt man das.«

Der Shahee-Supermarkt war der König unter den Geschäften in Southall. In Besitz einer wohlhabenden Hindufamilie aus Ostafrika, nahm er das gesamte Erdgeschoss eines Bürohochhauses ein, das 1970 erbaut worden war und am Ende der High Street stand. An manchen Stellen des Geschäftes ging es ein halbes Stockwerk hinab in eine Art Untergeschoss, wo man tiefgefrorene Minzeerbsen und Chapatis bekam, in anderen Bereichen wiederum ging es drei Stufen zu einer befestigten Plattform hinauf, wo es nichts anderes als Fünf-Kilo-Tüten gebrochenen Basmatireis gab. Jeder Quadratzentimeter des Ladens war vom Boden bis zur Decke mit Regalen bedeckt, in denen sich Dosen an Säcke und Kisten reihten, mit allem, was man sich nur vorstellen kann. Hier kauften entwurzelte Inder wie wir aromatische Reminiszenzen an die Heimat – Tüten voller Butterbohnen und Thums Up, die indische Variante von Coca-Cola, Dosen mit Kokoscreme und Granatapfelsirup und bunte Päckchen mit Sandelholz-Räucherstäbchen, auf denen stand: »Zu unserem Vergnügen und zum Gebet«.

»Und was ist das?«, wollte Papa wissen und deutete auf ein Glas.

»Patak's-Madras-Currypaste, Sir.«

»Und das?«

»Rajah's Limonen- und Chili-Pickle, Sir.«

Und so ging Papa die ganzen Regalreihen durch, während er sich immer wieder laut schnäuzte, und trieb den armen Verkäufer schier in den Wahnsinn.

»Und das da ist von Shardee, mein Freund?«

»Nein, Sir, von Sherwood. Und es handelt sich nicht um Pickles, sondern um eine Balti-Currypaste.«

»Ach so? Öffnen Sie ein Glas, ich will daran riechen.«

Der Verkäufer blickte sich nach dem Marktleiter um, aber der, ein Sikh, stand auf der Broadway High Street und wachte über eine Lieferung eingeschweißter Rollen rosa Toilettenpapiers. Als der junge Mann sah, dass er allein mit dem Problem fertigwerden musste, schob er sich hinter einen Kistenstapel mit eingedellten Dosen

Kichererbsen, ehe er höflich entgegnete: »Tut mir leid, Sir. Verkostungen dieser Art sind bei uns nicht üblich. Wenn Sie davon probieren wollen, müssen Sie ein Glas kaufen.«

»Gute Dienstleistung, das ist es, was wir brauchen«, sagte Papa zu Onkel Sami.

Meine Cousine Aziza sah mich an und bedeutete mir, mit ihr durch die Hintertür hinauszuschlüpfen und ein Zigarettchen zu rauchen.

»Nicht diese unbedarften Burschen aus Ostafrika«, fuhr Papa fort, indem er Onkel Sami am Ellbogen anstupste, sodass dem armen Kerl nichts anderes übrig blieb, als von seiner Zeitung aufzublicken.

»Mein Gott. Dieser dämliche Junge bei Shahee, fehlte nur noch, dass er einen Knochen durch die Nase trug.«

»Ja, ja. Sehr gut«, sagte Onkel Sami. »Liverpool führt, zwei zu eins.«

Aber Papa war wie eine Katze, die hinter einer Maus her ist. Und so fuhren wir unter dem Vorwand, nach »guter Dienstleistung« zu suchen, zu jenem geheimnisvollen Ort, von dem er schon so viel gehört hatte: der Feinkostabteilung von Harrods. Es war ein denkwürdiges Ereignis, als unsere Familie vollzählig im Londoner West End einfiel. Sofort wärmte uns das geschäftige Treiben von Knightsbridge das Herz, erinnerte es uns doch an unsere vom Hupen der Autos begleiteten Einkaufsbummel in Bombay. Einige Minuten lang standen wir wie gebannt vor dem eleganten Sandsteingebäude und starrten zu den vier »Royal Warrants« empor, den Wappen, die das Warenhaus als Hoflieferanten auswiesen. »Sehr wichtig, diese Dinger«, erklärte Papa ehrfürchtig. »Das bedeutet, dass die Royals ihr Chutney hier kaufen.«

Und dann betraten wir den Einkaufstempel. Wir gingen an den Handtaschen, dem Porzellan und an Sphinxen aus Pappmaché vorbei, die ganze Zeit den Kopf in den Nacken gelegt, weil wir den Blick nicht von der golden schimmernden, sternenübersäten Decke abwenden konnten.

In der Feinkostabteilung roch es nach gebratenem Perlhuhn und Mixed Pickles. Unter einem Deckengewölbe, das einer Moschee zur Ehre gereicht hätte, erwartete uns ein fußballfeldgroßes Areal, das ausschließlich dem Essbaren gewidmet war und in dem ein ziemlich weltlich anmutender kommerzieller Lärmpegel herrschte. Außerdem bekamen unsere Augen zu sehen: viktorianische Nymphen in Muschelschalen, einen Keramik-Eber, einen mit violetten Fliesen dekorierten Pfau. Die Austernbar befand sich in unmittelbarer Nachbarschaft zu herunterhängenden Fleischhälften aus Plastik, und so weit das Auge reichte, reihte sich eine Theke aus Marmor und Glas an die andere. Eine davon war, wie ich mich noch gut erinnere, mit allen möglichen Schinkensorten bestückt, die ziemlich illustre Bezeichnungen trugen: »Smoked Streaky«, »Oyster-Back« oder »Suffolk Sweet Cure«.

»Schaut mal!«, rief Papa in einer Mischung aus Entzücken und Abscheu, als er die Vitrinen mit Schweinefleisch sah. »Schweinebauch. Brrr. Und seht mal hier …«

Papa schüttete sich aus vor Lachen angesichts der Dummheit der Engländer, die sich doch allen Ernstes von den glänzenden Karotten ködern ließen, die mit ihrem giftgrünen ellenlangen Möhrenbusch zur Schau gestellt waren. »Schaut her. Vier Karotten für ein Pfund neununddreißig. Die bezahlen sogar für das Grünzeug, hahahaha. Für das Grünzeug. Und essen es wohl auch noch. Wie die Kaninchen.«

Unter viktorianischen Kronleuchtern schritten wir von Abteilung zu Abteilung und besahen uns Produkte aus den entlegensten Winkeln der Erde, von denen wir noch nie etwas gehört hatten. Papas schallendes Gelächter wurde immer seltener und verebbte schließlich. Am besten erinnere ich mich noch an seinen verwirrten Gesichtsausdruck, als er vor der Käsetheke stand und nicht weniger als siebenunddreißig verschiedene Ziegenkäsesorten zählte, mit exotischen Namen wie »Pouligny-Saint-Pierre« oder »Sainte-Maure de Touraine«.

Was war die Welt doch für ein schrecklich großer Ort, wurde uns mit einem Mal bewusst, und den Beweis bekamen wir hier vor Augen geführt: zart geräuchertes Straußenfleisch aus Australien, italienische Gnocchi und schwarze Kartoffeln aus den Anden, finnischer Hering und Cajun-Würste. Und, vielleicht am schockierendsten, aber durchaus naheliegend, Englands eigene kulinarische Vorkommen – herrlich klingende Kreationen wie »Enten-, Apfel- und Calvados-Pie«, »Hasenlende in Biermarinade« oder »Wildwurst mit Pilzen und Preiselbeeren«.

Das alles war überwältigend. Ein Sicherheitsbeamter von Harrods, in Splitterschutzweste und mit Knopf im Ohr, schritt um uns herum.

»Wo gibt es indische Saucen, bitte?«, fragte Papa kleinlaut.

»Unten in der Gewürzabteilung, Sir, hinter den Gewürzen.«

Wir passierten Türme von Jelly-Belly-Geleebohnen in der Süßwarenabteilung, dann ging es mit dem Aufzug ins Untergeschoss, durch die Weinhandlung und in die Gewürzabteilung. Und dort hob Papa die Hand. Ein flüchtiger Hoffnungsschimmer huschte ihm übers Gesicht, nur um gleich wieder zu erlöschen angesichts der Vielfalt an kosmopolitischen Etiketten, mit denen er sich auch hier konfrontiert sah: französischer Thymian, italienischer Majoran, holländische Wacholderbeeren, ägyptische Lorbeeren, englischer Schwarzer Senf und ja sogar – das brachte das Fass zum Überlaufen – deutsche Nelken.

Papa ließ geräuschvoll die Luft entweichen. Und der Laut brach mir das Herz.

In eine Ecke verbannt, nahezu verborgen hinter Packungen mit japanischem Seegras und rosa Ingwer, fanden sich ein paar symbolische Beiträge des kulinarischen Indiens. Einige Flaschen Curry Club. Ein paar läppische Beutel Chapati. Papas ganze Welt, zusammengeschrumpft auf einige wenige nichtssagende Artikel – auf nichts.

»Lasst uns gehen«, sagte er apathisch.

Und das war's dann mit den großen Plänen, dem Neustart in England. Aus und vorbei.

Harrods hatte Papa den Wind aus den Segeln genommen. Und kurz darauf erlag er der Depression, die die ganze Zeit unter seiner manischen Suche nach einer neuen Beschäftigung gelauert haben musste. Denn von da an bis zu dem Tag, da wir England wieder den Rücken kehrten, schlug Papa die Zeit tot, indem er wie eine Steckrübe auf dem Sofa in Southall saß und wortlos Videos in Urdu anschaute.

Kapitel Vier

Wenn der tief hängende Himmel über Southall allzu grau und beklemmend wurde und wir uns nach den Farben und dem Leben von Bombay sehnten, fuhren Umar und ich mit der U-Bahn in die Innenstadt, wo wir in die Bahn zu den Camden Lock Markets in Nordlondon umstiegen. Die Reise war lang und umständlich, aber wenn man aus den höhlenartigen U-Bahn-Schächten der Northern Line in die bevölkerten Straßen von Camden auftauchte, war es, als würde man neu geboren.

Dort waren die Häuser kunterbunt gestrichen, und unter schlaffen Markisen befanden sich Tattoo- und Piercingstudios neben Läden, die Dr.-Martens-Stiefel verkauften, und Geschäfte mit handgemachtem Hippieschmuck neben miefigen kleinen Lokalen, aus denen die ohrenbetäubende Musik von Clash oder Eurythmics dröhnte. Auf der High Street erholten wir uns ein wenig von dem Lärm, auch wenn dort Marktschreier mit fettigen Haaren versuchten, uns in ihre Läden zu locken, um uns CDs aus zweiter Hand, Aromatherapieöle oder Vinyl-Miniröcke, Skateboards oder Batik-T-Shirts anzudrehen. Und all diese Leute, die sich auf den Gehsteigen drängten – die mit Ringen bespickten Goths in ihren schwarzen Lederklamotten, die Punks mit ihren grünen Irokesenschnitten, die Mädchen aus gutem Haus, die eine Privatschule in Hampstead besuchten und sich hier unters gemeine Volk mischten, oder die Penner, die von Abfalleimer zu Abfalleimer zogen –, diese ganze menschliche Bandbreite vermittelte mir das Gefühl, dass es noch weit seltsamere Menschen gab als mich, der ich mich so fremd in dieser Stadt fühlte.

An jenem denkwürdigen Tag bogen Umar und ich in den überdachten Markt direkt am Kanal ab, um dort einen Lunch einzunehmen. In den früheren Backsteinlagerhallen und auf den Kopfsteinstraßen entlang der Schleusen hatten sich unzählige Stände und Buden angesiedelt, in denen es preiswertes Essen aus aller Welt gab. Asiatische Mädchen mit großen Brillen und Papierhüten riefen: »Hallo Jungs, kommt hierher«, und winkten uns herbei. Die einen Stände boten Gerichte mit Tofu und grünen Bohnen an, andere Thai-Hühnchenspieße in Satay, und in wieder anderen stand ein mürrisch dreinblickender Koch an einem Wok und häufte dampfende Portionen von süß-saurem Schweinefleisch auf Reis. Ehrfürchtig zogen wir durch die Straßen und spähten wie Zoobesucher neugierig in die Buden, die iranische Grillgerichte, Fischeintopfgerichte aus Brasilien, karibische Ziegenschmorgerichte und Kochbananen oder riesige Pizzastücke feilboten.

Doch Umar, mein älterer Bruder, dem ich wie ein Schaf auf diesen Ausflügen folgte, führte uns zielstrebig zum Mumbai Grill, dessen Standwände beschichtete Bollywood-Filmplakate zierten, etwa von Klassikern wie *Awara* oder *Mother India* aus den Fünfzigern. Dort bekamen wir aus den großen Töpfen, die auf der Theke standen, einen großzügigen Schlag Lamm-Madras, Hühnchencurry oder Hühnchen-Vindaloo in unsere Styroporschalen und dazu Reis und Okra, alles für 2,80 £.

Mit Plastikgabeln bewaffnet und mit den heißen Schalen in der Hand, schaufelten wir uns im Gehen das Essen in den Mund. Immer tiefer wanderten wir in die Eingeweide der Camden Markets und gerieten unwillkürlich zu den Ständen, die Mami angezogen hätten. Da waren sie, die Halsketten mit bunten Glasperlen, die Suzie-Wong-Cocktailkleider aus schwarz-rotem Satin, die Gebetsschals, Seidenpaschminas, Jamawars. Wie luftig-leichte Blumenranken hingen die Stoffe von Haken herab – cin einziges glitzerndes Farbenmeer, das uns an Mami und Bombay denken ließ. An einem Eckstand blieb ich unter einem schlaffen Sonnensegel stehen, um die billigen indischen Reisetaschen aus Baumwolle zu bewundern, die sich auf den Regalbrettern aneinanderreihten. Jede kostete nur neunundneunzig Pence, ganz gleich ob in lebhaftem Rost, Braun oder Aquamarinblau, oder ob mit zierlichen Blüten, Perlen oder Glassplittern bestickt. Diese Taschen zogen mich ebenso magisch an wie die Baumwolllampenschirme mit Seidenquasten, in deren röhrenförmigem Inneren eine schwache Birne ein gelbes Licht verströmte. Und es gab *dupatta,* die über Regale drapiert waren oder verknotet wie dicke Seile von Haken baumelten, rosa und blumig, mit psychedelischen Mustern bedruckt oder gestreift. Alle vier Wände des Ladens waren mit einem atemberaubenden Flickenteppich aus farbenprächtigen Schals bespannt, ein einziges großes *dupatta*-Universum.

»Ja, kann ich Ihnen helfen?«

Und da war sie, Abhidha, ein Name, der wörtlich »Sehnsucht« bedeutet, in eng sitzender Jeans und einem einfachen schwarzen Wollpullover mit V-Ausschnitt, und sie schenkte mir ein neugieriges Lächeln.

Ja, wäre ich am liebsten herausgeplatzt, *hilf mir. Hilf mir, Mami zu finden. Hilf mir, mich selbst zu finden.*

Doch ich sagte: »Ähm ... ich suche etwas für meine Tante, bitte.«

Ich weiß nicht mehr genau, welche Worte zwischen uns fielen, während sie mir einen purpurnen Paschminaschal hinhielt und mich aufforderte, ihn zu befühlen. Jedenfalls sprach sie mit sanfter Stimme, und ich bekam Herzklopfen. Immer wieder bat ich sie, mir ein weiteres Stück zu zeigen, um diese Stimme nicht versiegen zu lassen, bis ihr Vater aus dem hinteren Teil des Ladens ihr barsch zurief, sie werde an der Kasse gebraucht. Sie blickte mich bedauernd an, und ich folgte ihr zur Kasse, wo ich meine Taschen leerte, um für meine Tante diesen purpurnen Schal zu kaufen. Und zum Schluss brachte ich stammelnd hervor, dass ich sie gern wiedersehen würde, vielleicht bei einem Essen oder Kinobesuch, und sie sagte Ja, das wäre schön. Mit meinen siebzehn Jahren fand ich so inmitten der Schals meine erste Liebe, Abhidha.

Abhidha, bereits zweiundzwanzig, war keineswegs eine klassische Schönheit. Um ehrlich zu sein, hatte sie ein rundes Gesicht mit Aknenarben. Als wir nach Hause kamen, erzählte Umar unserer Schwester Mehtab, dass ich verliebt sei, um dann auf seine barsche Art hinzuzufügen: »Heiße Figur, aber das Gesicht ... wie ein Zwiebel-Bhaji.« Was Umar im Gegensatz zu mir offensichtlich nicht sah, war das zauberhafte Lächeln, das Abhidhas Gesicht erstrahlen ließ. Ich wusste nicht, woher es rührte, doch es schien, als hätte Allah ihr einst einen kosmischen Witz ins Ohr geflüstert und als betrachte sie seither die Welt mit einem amüsierten Blick. Im Übrigen kümmerte es mich nicht, was Umar oder sonst wer dachte, denn fortan war ich getrieben von dem Wunsch, Abhidha zu sehen, wann immer unsere Zeit und unsere Familien es erlaubten. Instinktiv spürte ich, dass sie eine verwandte Seele war und die Fähigkeit besaß, das in mir schlummernde Verlangen zu wecken, jenen Teil meines Selbst, der danach lechzte, den Geschmack des Lebens in all seinen Facetten zu kosten, und zwar jenseits der Behaglichkeit meines familiären Erbes.

Abhidhas Familie stammte aus Uttar Pradesh, lebte in Golder's Green und betrieb besagtes Import-/Export-Geschäft in Camden. In Großbritannien geboren und Studentin im letzten Jahr am Queen Mary College der University of London, war sie erschreckend intelligent und ehrgeizig und hatte nur eines im Auge: stets noch besser zu werden. Aus diesem Grund stimmte sie nur zu, sich mit mir zu treffen, wenn unsere Ausflüge gleichzeitig der Bildung dienten und etwa eine Ausstellung im British Museum oder im Victoria and Albert Museum zum Ziel hatten. Stets hatte sie ihre Schultertasche dabei, die beim Gehen an ihre Hüfte stieß, und hielt einen mit Tintenflecken übersäten Schreibblock sowie einen Stift in der Hand. Und wenn wir uns abends trafen, dann um im National Theatre Aischylos' *Orestie* oder in einem heißen, stickigen Saal über einem Pub irgendein anderes unverständliches Stück zu sehen – meist aus der Feder eines verrückten Iren.

Anfangs leistete ich noch Widerstand, konnte diesem Kulturkram nichts abgewinnen, bis zu jenem Samstagabend, da wir die Münze über unsere abendliche Unternehmung entscheiden ließen. Ich favorisierte einen Film mit Bruce Willis, der von wilden Helikopterjagden und explodierenden Bürowolkenkratzern handelte, während sie – und diesmal haute mich ihr Vorschlag beinahe um – ein Sowjetdrama sehen wollte, das im Dissidentenmilieu angesiedelt war und in dem es um drei Homosexuelle ging, die in ein Straflager nach Sibirien verbannt wurden.

Als Samstagabendprogramm war dies für mich ungefähr so attraktiv wie ein Zahnarztbesuch, doch da sie das glücklichere Händchen beim Münzenwerfen hatte und ich mit ihr zusammen sein wollte, fügte ich mich zähneknirschend in mein Schicksal. Wir fuhren also mit der U-Bahn zum Almeida Theatre in Islington. Drei Stunden lang saßen wir in einem dunklen Saal hinter einer Säule und rutschten auf der harten Bank hin und her, weil uns der Hintern wehtat.

Und irgendwann im Laufe des Stücks geschah es: Tränen strömten mir über die Wangen. Ich weiß nicht mehr genau, weswegen, in jedem Fall schien mir die eigentliche Thematik nicht die Diskriminierung von Homosexuellen zu sein, sondern die Verletzungen der Seele eines Menschen, dessen Schicksal es ist, von den gesellschaftlichen Umständen ins Exil getrieben zu werden. Und so ging es vor allem um das Heimweh dieser Männer, die schmerzhaft ihre Mütter und das vertraute Essen vermissten, und wie ihr erzwungener Aufenthalt in Sibirien sie an den Rand des Wahnsinns trieb. Aber natürlich handelte das Stück auch von ihrer Würde als Homosexuelle, von der besonderen Kraft in ihnen, die sie nicht verleugnen konnten, und davon, dass letztendlich keiner von ihnen sein Schicksal gegen das bequeme Leben hätte eintauschen wollen, das sie in Moskau zurückgelassen hatten, egal, wie sehr sie auch leiden mussten. Und zum Schluss starben alle. Es war furchtbar.

Gütiger Himmel. Als wir schließlich in die dunkle, feuchte Nacht von Islington hinaustraten, war ich zutiefst aufgewühlt. Und weil es mir unendlich peinlich war, mich während dieses seltsamen Stücks wie eine Heulsuse aufgeführt zu haben, war ich verdrießlich und mürrisch. Abhidha hingegen – nie werde ich verstehen, warum Frauen von ganz anderen Dingen gerührt sind – zückte ihr Handy und telefonierte mit ihrer besten Freundin, ehe sie mich in den Fond eines schwarzen Taxis schob. Kurz darauf waren wir auf dem Weg zu deren Wohnung in Maida Vale.

Wie sich herausstellte, war die Freundin nicht da; nur ihre Katze saß auf dem Fenstersims und blickte uns ziemlich beleidigt an. Auf dem Esszimmertisch stand eine Holzschale mit Bananen, und es roch nach verfaultem Obst, Katzenstreu und einem muffigen, alten Teppich. Doch in eben diesem Zimmer, auf dem Bett unter dem Mansardenfenster zog Abhidha ihren Pullover mit dem V-Ausschnitt aus und bot mir ihre Kokosnüsse dar, während sich ihre Hände an meinem Gürtel zu schaffen machten. Und nachdem ich zum ersten Mal die Freuden der Liebe genossen hatte, schliefen wir ein, sie mit dem Po an meine Lenden geschmiegt – ein Bild, das mich an ein marokkanisches Ramadanteilchen aus zwei Halbmonden erinnert.

Zeit und Schwerkraft: Einige Wochen danach, an einem strahlendblauen Tag im April, schlug Abhidha ein Treffen in der Royal Academy of Arts am Piccadilly vor, um gemeinsam eine Ausstellung mit Gemälden von Jean-Siméon Chardin zu besuchen, eines französischen Malers des achtzehnten Jahrhunderts, über den sie eine Seminararbeit schrieb. Hand in Hand schlenderten wir durch die Galerie und betrachteten die mit reichlich Öl gemalten Stillleben, die einen Tisch mit einer Orange aus Toledo zeigten oder auf denen ein Fasan oder Steinbutt von einem Haken baumelte.

Abhidha schritt durch den lichtdurchfluteten Saal – wie immer ihr unglaubliches Lächeln auf den Lippen – und bewunderte ganz offensichtlich Chardins Werke. Ich folgte ihr und kratzte mich ratlos am Kopf, bis ich schließlich herausplatzte: »Und diese Schinken gefallen dir tatsächlich? Ich meine, was findest du an einem Haufen toter Hasen auf einem Tisch?«

Da nahm sie mich bei der Hand und führte mich abermals zu den Bildern mit dem toten Hasen, dem Rebhuhn, dem Tisch mit dem Weinpokal – lauter Küchenszenen. Ein weiteres Mal musste ich die Hausfrau mit der Dienstmagd und dem Laufburschen betrachten – noch eine Küchenszene. Und als ich dieses Muster endlich begriff, begann sie mir mit leiser, aber für meine Ohren erotisch klingender Stimme aus einem schulmeisterlichen Text vorzulesen, den irgendein Kunsthistorikerfossil verfasst hatte. »Chardin glaubte, Gott im Alltäglichen zu finden, in den Alltagszenen seiner Küche. Nie suchte er Gott woanders, sondern malte wieder und wieder dasselbe Fenstersims und das Stillleben seiner Küche.«

Abhidha sagte im Flüsterton: »Ich liebe diese Bilder einfach.«

Ich erinnere mich noch gut, was mir auf den Lippen lag: *Und ich liebe dich einfach.*

Aber ich sagte es nicht. Nachdem wir die Ausstellung verlassen hatten, liefen wir lachend quer über den Piccadilly, als die Ampel schon auf Rot schaltete und die Autos dröhnend auf uns zubrausten. Wir wollten bei der St. James's Church eine Teigrolle mit gebackenem Hühnchen essen, die Abhidha mitgebracht hatte.

Die St. James's Church, die ein wenig zurückversetzt von dem lärmenden Verkehr des Piccadilly liegt, ist ein graues, verrußtes Backsteingebäude und wurde einst von Christopher Wren errichtet. Der mit Steinplatten ausgelegte Hof davor war von einigen wenigen Antiquitätenständen gesäumt, die Porzellan, Briefmarken und Silberbesteck verkauften. Wir aber steuerten den kleinen, herrlich englischen Garten an, der versteckt um die Ecke lag, mit seinen zarten Lavendelsträuchern, den Grassternmieren und Akeleien, die sich selbst überlassen wild zwischen alten Eichen und Eschen wuchsen.

Eine grüne Bronzestatue – die Jungfrau Maria vermutlich – stand mit erhobenen Armen zwischen den Büschen und lud die verlorenen Schäfchen Londons in diese Oase der Ruhe inmitten des Verkehrstohuwabohus ein. Am Rand des winzigen Gartens parkte ein grünes Wohnmobil. Als wir eine Bank ansteuerten, kamen wir an dem zerbeulten alten Vehikel vorbei und erhaschten durch die offene Wagentür einen Blick ins Innere: Ein Sozialarbeiter mit zerzaustem Haar blätterte durch eine Hochglanzzeitschrift und wartete vermutlich geduldig auf den nächsten Obdachlosen, der auf eine Tasse Tee und einen wohlmeinenden Ratschlag vorbeischaute.

Und in diesem idyllischen Garten ließ Abhidha, während wir unseren Lunch aßen, die Bombe platzen. Sie bat mich, am folgenden Samstag zu einer Lyriklesung und anschließender Party nach Whitechapel zu kommen, um ihre Freunde von der Universität kennenzulernen. Mir war augenblicklich klar, was sie mir damit sagen wollte, schließlich hatte es durchaus etwas zu bedeuten, wenn sie mich mit ihren Kommilitonen zusammenbringen wollte, und ich erwiderte stammelnd: »Natürlich, ich komme gern.«

Dazu muss man eines wissen: Für einen Jungen, dessen Mutter ermordet wird, während er sich in jenem zarten Alter befindet, in dem man gerade beginnt, das andere Geschlecht zu entdecken, ist dies ein traumatisches Ereignis. Alles Weibliche ist für ihn zutiefst verwirrend, und auf seiner Seele bleibt eine Narbe zurück wie die schwarzen Flecken auf dem Boden eines Kochtopfs, in dem Essen angebrannt ist. Egal, wie sehr man diesen mit Stahlwolle und Scheuermittel schrubbt, die Flecken bleiben.

Zu der Zeit, als ich Abhidha begegnete, besuchte ich regelmäßig Deepak, einen Jungen aus unserer Nachbarschaft in Southall. Deepak war einer der »Anglopfauen«, und seine Eltern hatten ihm das gesamte Untergeschoss ausgebaut, wahrscheinlich weil sie ihn loshaben wollten. Er hatte sein Reich mit der neuesten Hifi- und TV-Technik ausgestattet, riesige Sitzsäcke lagen auf dem Boden, und in der Ecke gab es einen Kicker-Tisch.

Kicker – war für eine teuflische Erfindung des Westens! Man vergisst alles andere dabei. Man geht ganz und gar darin auf, diese Griffe zu drehen und den Ball treffen zu wollen. Was für ein herrliches Gefühl, die kleine weiße Kugel durch die Luft zu schmettern, gefolgt von dem unglaublich befriedigenden Geräusch, wenn sie im Tor landet, in dem Loch verschwindet und über den

Holzboden darunter rollt. Immer öfter zog es mich in Deepaks unterirdisches Reich, wo wir zuerst stets einen Joint rauchten, ehe dann im Nu vier Stunden vergingen und wir noch immer wie die Verrückten die Griffe drehten und diese kleinen hölzernen Fußballspieler in tödlichem Tempo herumwirbeln ließen.

An dem Freitag, bevor ich Abhidhas Freunde in einer Wohnung im East End treffen sollte, begab ich mich wieder in Deepaks Keller. Wie zwei plumpe Pfirsiche saßen auf den Sitzsäcken zwei kichernde englische Mädchen. Deepak machte mich mit Angie bekannt, einem pummeligen Ding mit Stupsnase, dessen blondes Haar zu einer wilden Vogelnestfrisur aufgetürmt und mit Haarnadeln befestigt war. Sie trug einen glänzenden schwarzen Minirock, und so wie sie auf dem Sitzsack lümmelte, konnte ich einen Blick auf ihren blauen Slip erhaschen. Und wenn sie die pummeligen weißen Beine öffnete und wieder schloss und wie zufällig mein Knie streifte, Mann, o Mann ...

Wir plauderten eine Weile, und als ich Angie den Joint reichte, legte sie mir die Hand aufs Bein und fuhr mit ihren Nägeln – deren Nagellack bereits abblätterte – am Saum meiner Jeans entlang, und augenblicklich spannte meine Hose. Was folgte, war heftiges Knutschen, Einzelheiten erspare ich euch lieber. Jedenfalls landeten wir beide schließlich bei ihr zu Hause – ihre Eltern waren übers Wochenende weggefahren – und verbrachten zwei Tage im Bett.

Zu Abhidhas Party ging ich nicht. Ich rief sie nicht einmal an, um abzusagen. Erst ein paar Tage später griff ich mit schlechtem Gewissen zum Hörer und versuchte mehrmals vergeblich, sie zu erreichen. Als sie schließlich ans Telefon kam, um sich meine zerknirschte Entschuldigung anzuhören, klang sie genauso liebevoll wie immer.

»Es ist in Ordnung, Hassan«, sagte sie. »Die Welt ist ja nicht untergegangen deswegen. Ich bin ein großes Mädchen. Aber ich glaube, es ist an der Zeit, dass du dir jemanden deines Alters suchst. Findest du nicht auch?«

Mein damaliges Verhalten sollte zu einem Muster werden, das bis zum heutigen Tage meine Beziehung zu Frauen bestimmt: Sobald eine Beziehung ernster zu werden droht, ziehe ich mich zurück. Ich gebe es nicht gern zu, aber meine Schwester Mehtab, die heute die Buchhaltung meines Restaurants führt und sich um meine Wohnung kümmert, ist die einzige Frau, mit der ich es geschafft habe, über längere Zeit eine Beziehung zu führen. Sie ist davon überzeugt, dass meine emotionale Uhr – jener Teil in mir, der mit Frauen zu tun hat – in dem Moment zu ticken aufhörte, als Mami starb.

Vielleicht. Aber man könnte es auch von einer anderen Warte aus betrachten: Frei von den emotionalen Ansprüchen einer Ehefrau und eventueller Kinder, war es mir möglich, mein Leben ganz dem warmem Schoß der Küche zu widmen.

Aber um zum Rest der Haji-Familie zurückzukommen, dem es auch nicht viel besser erging als mir: Als Ammi anfing, wieder die alten Lieder aus Gujarat zu singen und unsere Namen zu vergessen, dachten wir zunächst an nichts Schlimmes. Doch dann entwickelte sie einen Tick mit ihren kranken Zähnen. Sie spreizte die Lippen auseinander und zwang uns Kinder, ihr entzündetes

Zahnfleisch und die verfaulten, blutigen Zahnstümpfe zu betrachten, bei deren Anblick uns übel wurde. Nie werde ich die entsetzliche Nacht vergessen, als ich nach Hause kam, die Haustür öffnete und zusehen musste, wie meiner Großmutter auf der Treppe hinauf zu ihrem Zimmer ein Schwall Urin die Beine hinabrann – sie war inkontinent geworden.

Es war jedoch mein in London geborener Cousin, eine ziemliche Nervensäge, der uns darauf aufmerksam machte, dass Ammi unter Demenz litt. Jedes Mal, wenn der Student durch das Generalsloch stolzierte und uns seine Vorträge über Makroökonomie und Geldfluss und dergleichen hielt, konnte man beobachten, wie die kleine Ammi sich leise zu ihm schlich. Und plötzlich hielt er mitten im Satz inne, jaulte vor Schmerz auf und schnellte zu der winzigen Gestalt hinter sich herum. Der Anblick seines indischen Hintern, der in eine Ralph-Lauren-Jeans gezwängt war, brachte sie immer wieder aufs Neue auf, und mochten wir auch noch so brüllen, sie möge aufhören, ihn in den Allerwertesten zu kneifen, so spornte sie das nur noch mehr an, den armen Jungen durchs Haus zu jagen. Und als wollte er sich für die erlittene Schmach revanchieren, legte er uns daraufhin dar, wie sich Ammis Geisteszustand stetig verschlechtern würde, wobei er nicht an klinisch-nüchternen Details sparte.

Doch sie war nicht die Einzige. Der Virus des Wahnsinns schien in der Luft zu liegen.

Mehtab widmete sich auf krankhafte Weise der Pflege ihres Haars und beschäftigte sich ohne Unterlass damit, sich für Männer aufzudonnern, die niemals kamen, um sie auszuführen. Und was mich betraf, so zog ich mich so oft es ging in die dunstige Haschisch- und Kickerhöhle im Keller meines Freundes zurück.

Doch selbst in der Hölle gibt es Licht. Eines Tages, als ich im Auftrag von Tantchen auf dem Weg zur Bank of Baroda war, erregte etwas Glänzendes meine Aufmerksamkeit. Ein Essensstand auf Rädern, von den Engländern *chippie* genannt, stand zwischen dem »Tax Free!«-Juwelierladen von Ramesh und einem Großmarkt für Kunstseidenballen. Der *chippie* hatte eine etwas ungewöhnliche Form: Ein Stück Blech in Gestalt eines Zuges war unbeholfen an die Vorderseite geschraubt, und auf dem Schild darüber stand: JALEBI JUNCTION.

Da bemerkte ich, dass der merkwürdige Stand ausschließlich jenes köstliche Frittiergebäck im Angebot hatte, das Bappu, der Koch, mir immer auf dem Crawford Market gekauft hatte. Ein Anflug von Heimweh überkam mich, und mit einem Mal hatte ich das unbändige Verlangen, diesen vertrauten Geschmack wieder auf der Zunge zu spüren, doch der unbemannte Wagen war verlassen an einen Laternenpfahl gekettet. Ich trat näher und las, was auf einem rosa Blatt stand, das verloren im Wind flatterte: AUSHILFE GESUCHT. ANSPRECHPARTNER: BATICA CHIPS.

In der folgenden Nacht träumte ich, ich würde eine einsame Lokomotive lenken, die fröhliche Pfiffe ausstieß. Das Gefährt rollte durch eine atemberaubende Berglandschaft mit schneebedeckten Gipfeln und führte mich in eine Welt jenseits meiner wildesten Fantasien. Nicht zu wissen, welch aufregender Anblick mich hinter dem nächsten Gebirgstunnel erwartete, erfüllte mich mit einem beschwingten Gefühl.

Ich hatte keine Ahnung, was der Traum bedeutete, doch dieses unbeschwerte Dahinrollen des Zuges hatte mir etwas sagen wollen, das spürte ich. Gleich am nächsten Morgen begab ich mich in die High Street. Batica Chips war einer der zwei »Qualitätssüßwarenhersteller« von Southall, und die Schaufenster lockten mit Honig-, Pistazien- und Kokosnuss-Gebäck. Die Türglocke bimmelte, als ich in den Laden trat, wo es nach Bananenchips roch. Eine korpulente Frau vor mir bestellte gerade große Mengen Galubjamun, gebratenen Weichkäse in Sirup. Als sie gegangen war, reichte ich dem Mann hinter der Theke den rosa Zettel, den ich von der Jalebi Junction abgerissen hatte, und verkündete schüchtern, ich interessiere mich für den Job.

»Nicht kräftig genug«, sagte der unrasierte Bäcker im weißen Kittel, ohne sich auch nur die Mühe zu machen, mich anzusehen, während er einen Karton mit Mandelhalbmonden füllte.

»Ich kann hart arbeiten. Schauen Sie, ich habe muskulöse Beine, und das Stehen macht mir nichts aus.«

Der Süßwarenhändler schüttelte den Kopf, und da wurde mir klar, dass mein Bewerbungsgespräch bereits vorüber war und man mich als ungeeignet für den Job befunden hatte. Doch so leicht ließ ich mich nicht unterkriegen und weigerte mich, den Rückzug anzutreten. Schließlich kam die Frau des Inhabers um den Tresen herum zu mir und befühlte meinen mageren Arm. Sie roch nach Mehl und Curry.

»Ahmed, der schafft das«, sagte sie. »Aber er kriegt erst mal den niedrigsten Stundenlohn.«

Kurz darauf schob ich die Jalebi Junction die Broadway High Street entlang und verkaufte in meiner Batica-

Chips-Uniform klebrige Jalebi-Kringel an Kinder und Großeltern.

Der »Jalebi Junction«-Job brachte mir einen Stundenlohn von 3,10 £ ein. Zu meinen Aufgaben zählte es, den flüssigen Teig nach dem Rezept des Hauses herzustellen, nämlich aus Mehl und Kondensmilch. Dann wurde die Mischung in einen Spritzbeutel gegeben und unter ständig kreisenden Bewegungen in heißes Fett gespritzt. Das Ergebnis waren Teigkringel, die ein wenig wie Brezeln anmuteten. Wenn sie fertig gebacken waren, tunkte ich sie in Sirup, wickelte das klebrige Gebäck sorgfältig in Wachspapier, reichte sie den ausgestreckten Händen und nahm im Gegenzug achtzig Pence entgegen.

Noch immer erinnere ich mich an die Freude, die das Geräusch des siedenden Öls in mir hervorrief, ebenso wie der männliche Klang meiner Stimme, wenn ich meine Ware ausrief. Oder der Sirupgeruch und die wohltuende Kühle des Wachspapiers an meinen von heißen Fettspritzern malträtierten Händen. Je nach Laune schob ich die Junction mal hierhin und dorthin, mal vor den »Kwik Fit«, dann wieder vor den »Harmony Frisiersalon«. Es war ein herrliches Gefühl der Freiheit. Für immer werde ich England dafür dankbar sein, mir gezeigt zu haben, dass mein Platz in der Welt nirgendwo sonst als vor einer Pfanne mit heißem Öl ist.

Ebenso Hals über Kopf wie wir zwei Jahre zuvor nach England aufgebrochen waren, brachen wir unsere Zelte wieder ab.

Ich selbst war, ob bewusst oder unbewusst, der Grund unserer überstürzten Abreise aus Großbritannien.

Wieder einmal war eine Frau im Spiel.

»Und wie geht's so, Hassan?«

Es war dunkel, und ich konnte ihr Gesicht nicht erkennen.

Ihr Patschuli-Öl indes war unverkennbar.

Die Stimme meiner Cousine Aziza klang sanft, und irgendwie berührte sie mich.

Ich konnte nichts dagegen tun, wieder strömten mir Tränen über die Wangen.

»Ich vermisse unser früheres Leben.«

Ich schniefte und wischte mir mit dem Ärmel über die Nase.

Aziza wickelte zärtlich eine Strähne meines Haars um den Finger.

»Armer Junge«, sagte sie flüsternd, die Lippen an meinem Ohr. »Armer Kerl.«

Und dann küssten wir uns, heiße Zungen erkundeten einander, und betatschten uns durch den Stoff unserer Kleidung, während ich nur einen Gedanken fasste: Verdammt, was ist das für ein herrliches Gefühl. Noch ein Mädchen, für das du etwas empfindest, und diesmal ist es sogar deine Cousine.

»Aiii!«

Wir sahen hoch.

Tantchen klopfte von der anderen Seite an die Glastür, und ihre heruntergezogenen Mundwinkel verliehen ihr ihren berühmt-berüchtigten Zitronenausdruck.

»Abbas!«, kreischte sie hinter der Glastür. »Komm her, schnell! Hassan und der Toilettendeckel.«

»Scheiße«, sagte Aziza.

Zwei Tage später saß Aziza in einem Flugzeug nach Delhi, und die verwandtschaftlichen Bande zwischen Onkel Samis Familie und unserer wurden gekappt. Papa erhielt eine Rechnung von Onkel Sami über Renovierungsarbeiten an unserem Haus, die dieser angeblich geleistet hatte. Es folgte ein großes Drama, Papa und Mamis Verwandte vergossen Tränen, es gab sogar Faustschläge und Schreiwettbewerbe in den Straßen von Southall. Doch der Aufruhr weckte Papa schließlich aus seinem Tiefschlaf. Er raffte sich auf und blickte sich zum ersten Mal wirklich in seiner neuen Umgebung um, besah sich, was aus uns geworden war. Drei Tage später standen drei gebrauchte Mercedesse vor dem Haus – ein roter, ein weißer und ein schwarzer. Wie die Telefonapparate von Fischhändler Anwar.

»Auf geht's«, sagte er. »Zeit zu gehen.«

Mukhtar feierte unseren Auszug aus England, indem er auf der Fähr-Überfahrt nach Calais prompt die zuvor gegessene Pasta mit Garnelensahnesauce wieder von sich gab. In Calais angekommen, begann unsere Reise erst richtig: Unsere Mercedes-Karawane rollte durch Belgien und Holland nach Deutschland, dann in rascher Abfolge durch Österreich, Italien und die Schweiz, ehe uns die Route über gewundene Bergstraßen wieder nach Frankreich zurückführte.

Die Feinkostabteilung von Harrods hatte Papa schwer zugesetzt. Nachdem er seine Grenzen nur allzu deutlich vor Augen geführt bekommen hatte, hatte er entschieden, sein Wissen über die Welt zu erweitern. Und das hieß in seinem Fall, dass er sich systematisch durch die verschiedenen Küchen Europas essen und jedes nur erdenkliche Gericht kosten wollte, das neu und verheißungsvoll war. Also aßen wir Muscheln zu Bier in belgischen Bars, aßen gebratene Ente mit Blaukraut in einer dunklen deutschen Wirtsstube. In Österreich nahmen wir ein schweißtreibendes Wildmenü zu uns, in den Dolomiten Polenta und in der Schweiz Felchen, einen grätenreichen Süßwasserfisch, begleitet von Weißwein.

Nach den bitteren Erfahrungen in Southall fühlten sich jene ersten Wochen unseres Abenteuers so an, wie wenn man zum ersten Mal Crème brûlée kostet. In besonders lebhafter Erinnerung ist mir unser Blitztrip durch die Toskana geblieben, wo unsere Wagenkolonne im goldenen Spätaugustlicht durch Cortona rollte, um vor einer senffarbenen Pension zum Stehen zu kommen, die sich an einen von Büschen bewachsenen Berghang schmiegte.

Kurz nach unserer Ankunft in dem mittelalterlichen Bergstädtchen entdeckten wir durch Zufall, dass wir mitten in das jährlich stattfindende Steinpilzfest geplatzt waren. Als die Sonne im Tal und hinter dem Trasimenischen See unterging, versammelte uns Papa vor dem Tor des terrassenartigen Parks von Cortona. Dessen zypressengesäumte Promenade erstrahlte im märchenhaften Glanz bunter Lichter und wurde von Holztischen gesäumt, auf denen Wildblumensträuße in Marmeladengläsern standen.

Das Fest war in vollem Gang. Eine Klarinette und eine kleine Trommel gaben eine rasante Tarantella zum Besten, zu deren Klängen Paare älteren Jahrgangs auf einer hölzernen Tanzbühne die Beine in die Luft warfen. Das ganze Städtchen schien unterwegs, selbst die Kinder, die scharenweise für Zuckerwatte und geröstete Mandeln anstanden, waren noch auf. Trotzdem gelang es uns, einen freien Tisch unter einem Kastanienbaum zu ergattern. Und da waren wir, mittendrin in dem Gewirr aus Einheimischen – Alt und Jung, dazwischen Großeltern und die Kleinsten in ihren Kinderwägen –, dem Gelächter und Geschnatter, das von zahlreichen Gesten begleitet wurde.

»*Menu completo trifolato*«, bestellte Papa.

»Was?«, fragte Tantchen.

»Sei du still.«

»Was soll das denn heißen? Sag du mir ja nicht, ich soll still sein! Warum will mir eigentlich jeder den Mund verbieten? Ich will wissen, was du bestellt hast.«

»Musst du immer alles wissen?«, herrschte Papa seine Schwester an. »Ein Pilzgericht, verdammt. Pilze aus der Region.«

Und die kamen dann auch, o ja. Was folgte, war ein Teller nach dem anderen – Pasta mit Steinpilzen, Kalbsschnitzel mit Steinpilzen –, die Plastikteller strömten nur so heraus aus dem gegenüberliegenden Zelt, in dem einheimische Frauen in mehlbestäubten Schürzen Steinpilze zubereiteten, die für mich erschreckende Ähnlichkeit mit klitschigen Leberscheiben hatten. Neben dem Zelt befand sich ein riesiges Gefäß mit brutzelndem Öl von der Größe eines kalifornischen Whirlpools, das aber unverkennbar die Form einer gigantischen Bratpfanne hatte, deren Stiel kunstvoll aus den dampfenden Schwaden herausragte. Um die Pfanne herum standen drei dicke Männer mit Kochmützen und tauchten die mehlbestäubten Steinpilze in das siedende Öl, während sie einander Anweisungen zubrüllten und Rotwein aus Pappbechern schlürften.

Drei Tage lang tankten wir die toskanische Hitze und

gingen schwimmen, während wir abends auf der Dachterrasse unserer Pension zuschauten, wie die Sonne hinter den Bergen versank.

»Cane«, sagte Papa zu dem Kellner. *»Cane rosto.«*

»Papa! Du hast gerade Hundebraten bestellt.«

»Nein. Nein. Das hab ich nicht. Er hat schon verstanden.«

»Es heißt *carne.* Fleisch.«

»O ja. *Carne rosto.* Und *un piatto di Mussolini.*«

Nachdem wir dem verdutzten Kellner erklärt hatten, dass Papa Muscheln wünsche und nicht etwa den Diktator auf dem Teller serviert, zog er sich zurück. Bald wehten die Düfte toskanischer Gerichte zu uns heran, vermischt mit den nächtlichen Aromen von Lavendel, Salbei und Zitronen, die in Terrakottatöpfen am Rand der Terrasse wuchsen. Wir aßen wilden Spargel mit *fagioli* – weißen Bohnen – und köstliche dicke Rindersteaks vom Holzkohlegrill und tunkten zum Abschluss Mandel-Biscotti in hausgebrannten Vin Santo, den süßen Dessertwein der Toskana. Und das alles begleitet von fröhlichem Lachen.

Der Himmel auf Erden, nicht wahr?

Zehn Wochen nachdem wir zu unserem Europatrip aufgebrochen waren, bliesen wir abermals Trübsal. Die ganze Familie war des Herumfahrens und Papas ruheloser Eile überdrüssig, die diesen von hier nach dort trieb, zu Zielen, die er aufs Geratewohl aus seiner eselsohrigen Ausgabe des *Bottin Gourmand* herauspickte. Und ebenso gründlich hatten wir das ewige Restaurantessen satt. Wir lechzten nach unserer eigenen Küche und einem einfachen Kartoffel-Blumenkohl-Pfannengericht.

Doch ein weiterer Tag wartete auf uns, den wir dicht gedrängt wie die Ölsardinen in einem Wagen mit beschlagenen Scheiben verbringen mussten.

An jenem Oktobertag in einem französischen Mittelgebirge, wo unsere Reise schließlich ein Ende nehmen sollte, erreichte unsere Stimmung ihren Tiefpunkt. Ammi weinte leise auf dem Rücksitz, während sich der Rest stritt und Vater dazwischenbrüllte, wir sollten endlich den Mund halten. Nach einer kurvenreichen, übelkeitserregenden Bergfahrt erreichten wir einen Pass, auf dem sich links und rechts eisbedeckte Felsbrocken türmten. Die Landschaft war in gespenstischen Nebel getaucht. Der Skilift war außer Betrieb, ebenso wie das Bergrestaurant aus Zement mit seinen geschlossenen Fensterläden. Schweigsam fuhren wir auf der anderen Seite des Berges wieder hinunter.

Doch jenseits dieses Bergrückens lichtete sich der Nebel unversehens, ein blauer Himmel tat sich vor uns auf, und plötzlich waren wir umgeben von sonnenlichtbetupften Kiefern und einem klaren Gebirgsbach, der neben der Straße dahinrauschte.

Zwanzig Minuten später tauchten wir aus dem Wald auf und sahen auf eine abfallende Wiese, deren seidenes Gras mit weißen und blauen Herbstblumen gesprenkelt war. Und als wir um eine Haarnadelkurve bogen, erhaschten wir einen Blick auf das unter uns liegende Tal mit seinem Dorf und dem gletscherblauen Forellenbach, der unter dem wolkenlosen Herbsthimmel im französischen Jura glitzerte.

Unsere Autos schlängelten sich schwankend ins Tal hinab, wie trunken von der Schönheit der Landschaft. Kirchglockengeläut hallte über die gepflügten Felder;

eine Waldschnepfe strich über den Himmel und verschwand zwischen den goldbraunen Blättern einer Birkengruppe. An den sanften Hängen sahen wir Männer mit Körben auf dem Rücken, die zwischen Reihen von Reben die letzten Trauben ernteten, und dahinter die schroffen grau-weißen Juragesteinsgipfel.

Ach, und was für eine Luft, so frisch und klar! Sogar Ammi zeigte sich berührt und hörte auf zu heulen. Unsere Autos segelten an aus Holz gebauten Bauernhöfen vorbei, über deren Scheunentore Hirschgeweihe genagelt waren, an Kühen mit großen Glocken um den Hals, deren Gebimmel die Luft erfüllte, und an einem gelben Postauto, das über einen Feldweg holperte. Als wir die Talsohle erreicht hatten, gelangten wir über eine Holzbrücke in das Städtchen mit seinen Steinhäusern.

Unser Mercedes schaukelte über die schmalen Straßen, an kopfsteingepflasterten Gässchen, einem Schuhgeschäft und mehreren Uhrenläden vorbei. Zwei Mütter schoben plaudernd ihre Kinderwägen über einen Zebrastreifen und steuerten das Café einer Pâtisserie an; ein beleibter Geschäftsmann stieg die Eingangsstufen zu einer Bank hinauf. Die Kleinstadt strahlte eine gewisse Eleganz aus, als blicke sie auf eine stolze Vergangenheit zurück. Mit seinen Zunfthäusern und Bleiglasfenstern, den alten Kirchtürmen, grünen Fensterläden und in Stein gehauenen Gedenktafeln zum Ersten Weltkrieg bot sie eine einladende Atmosphäre.

Schließlich ließen wir den Hauptplatz des Städtchens mit seinen Blumenkästen voller gelber Nelken und dem Brunnen mit einem wasserspeienden Fisch hinter uns und fuhren weiter in Richtung der N 7. Wir überquerten einen rauschenden Fluss, und ich blickte versonnen aus dem Fenster, um einem Fischer zuzuschauen, der im schnell dahinfließenden Wasser angelte.

»Papa, warum halten wir nicht hier an?«, fragte Mehtab.

»Nein. Ich will in Auxonne zu Mittag essen. Dort gibt es eine hervorragende Zunge, steht in meinem Führer. In Madeirasauce.«

Doch dann geschah etwas, was mir, nicht zum ersten Mal in meinem Leben, das Gefühl vermittelte, dass die äußere Welt hin und wieder genau auf meine inneren Bedürfnisse reagierte.

»Was ist denn das? Verdammt, was ist denn jetzt los?«

Der Wagen stieß schwarzen Rauch aus und schüttelte sich. Papa haute aufs Lenkrad, doch der Wagen zeigte keine Reaktion. Meinem Vater blieb nichts anderes übrig, als ihn an den Straßenrand zu lenken. Die jüngeren Kinder jubelten, als wir alle ausstiegen und die frische Landluft einatmeten.

Unser Wagen hatte auf einer von Laub übersäten Straße den Geist aufgegeben, an deren Rand adrette Kalksteinhäuser standen, mit gemauerten Kaminen und Fenstersimsen, die von roten Geranien überquollen. Hinter den Häusern zogen sich Apfelgärten hangaufwärts, und nicht weit entfernt befand sich eine Kirche mit Friedhof.

Meine jüngeren Geschwister spielten Fangen, und hinter einer Steinmauer bellte ein kleiner Terrier sie wütend an, während von einem Haus in der Nähe ein köstlicher Duft nach brennendem Holz und frisch gebackenem Brot zu uns herüberwehte.

Vater fluchte und schlug mit der Faust auf die Motorhaube. Mein Onkel stieg aus dem zweiten Wagen aus und reckte sich dankbar, ehe er sich zu Papa vor die geöffnete Motorhaube gesellte. Tantchen und Ammi rafften den Saum ihrer Saris und machten sich auf die Suche nach einer Toilette. Mein ältester Bruder, der allein im hintersten Auto saß, das über und über mit Gepäck beladen war, zündete sich griesgrämig eine Zigarette an.

Papa kam unter der Motorhaube hervor, wischte sich die ölverschmierten Hände ab und sah zu uns auf. Er wirkte erschöpft, seine schier unendliche Energie schien mit einem Mal erloschen. Er atmete tief ein, rieb sich die Augen, und plötzlich zerzauste ein Stoß sauerstoffgetränkter Luft sein Haar. Unwillkürlich musste er die belebende Kraft dieser Brise gespürt haben, denn zum ersten Mal nahm er die Schönheit der Berglandschaft um sich herum wahr. Er lehnte sich an das Tor des Hauses, vor dem unsere Wagenkolonne zum Stehen gekommen war, und atmete tief ein und aus, sodass das Holztor in seinem Rücken wackelte.

Das Gebäude war ein stattliches steinernes Herrenhaus. Auf einer Seite des abgeschlossenen Areals standen – beschirmt von Linden – ein Stall und ein Torwärterhäuschen. Die Steinmauer, die das Anwesen einfriedete, war mit dichtem Efeu bewachsen.

»Auf dem Schild steht, dass es zu kaufen ist«, sagte ich.

Die Macht des Schicksals eben.

Irgendwann holt es einen ein.

Das Städtchen Lumière war, wie wir später erfahren sollten, im achtzehnten Jahrhundert ein geschäftiges Uhrmacherzentrum gewesen. Im Laufe der Jahrzehnte war die Bevölkerung jedoch auf fünfundzwanzigtausend Einwohner geschrumpft und mittlerweile allenfalls noch dank einiger weniger Prädikatsweine bekannt. Nennenswerte Industrie gab es nicht, abgesehen von einem Unternehmen, das Aluminiumverkleidungen fertigte und sich in dem kleinen Industriegebiet etwa zwanzig Kilometer weiter unten am Talausgang befand, sowie von drei familienbetriebenen Sägewerken, die wie hingetupft am Fuß der Berge lagen. Einen weiteren Wirtschaftszweig bildeten Molkereiprodukte, und die Spezialität des Städtchens war ein mit Asche gereifter Weichkäse. Seinen Namen verdankte es übrigens dem rosa Schimmer, mit dem das frühe Tageslicht die westlichen Hänge des Tals überzog.

Papa und Onkel Mayur, denen es nicht gelang, den Motor zum Anspringen zu bewegen, gingen zu Fuß ins Stadtzentrum zurück und kamen eine Stunde später wieder – nicht mit einem Automechaniker, sondern mit einem örtlichen Immobilienmakler, der ein Jackett mit einem Seidentuch in der Brusttasche trug. Die drei Männer verschwanden in dem Haus, und wir Kinder ließen es uns nicht nehmen, ihnen auf den knarrenden Parkettböden von Zimmer zu Zimmer zu folgen.

Obwohl der Immobilienmakler eine Art Franglais sprach, und zwar sehr schnell, bekamen wir immerhin so viel mit, dass das Herrenhaus im achtzehnten Jahrhundert von Monsieur Jacques Dufour, einem Erfinder von Armbanduhrwerken, erbaut worden war. Wir bewunderten die alte Küche, die groß und weitläufig war und über handbemalte Vorratschränke und einen Steinkamin verfügte. Als Papa die Idee ansprach, ein Restaurant zu eröffnen, versicherte der Immobilienmakler ihm, dass sich ein indisches Restaurant in dieser Gegend bestimmt gut machen würde. »Das ganze Gebiet gehört

Ihnen«, sagte er und machte enthusiastisch eine ausladende Handbewegung. »In dieser Ecke Frankreichs gibt es weit und breit kein indisches Lokal.«

Davon abgesehen sei das Haus, so fügte er feierlich hinzu, eine hervorragende Geldanlage. Gewiss würde bald die Nachfrage nach Immobilien steigen und somit auch der Preis. Er hatte mit eigenen Ohren im Rathaus gehört, dass das Printemps-Kaufhaus kurz davor sei, ein riesiges Warenhaus in der Industriezone von Lumière zu eröffnen.

Wir traten alle wieder auf den Vorhof hinaus, und hinter dem Schieferdach des Herrenhauses erhoben sich die schroffen weißen Gipfel des Juras.

»Was meinst du, Mayur?«

Mein Onkel kratzte sich im Schritt und blickte geheimnisvoll zu den Bergen hinüber, ohne dass seine Miene verriet, was er davon hielt. Aber so reagierte er immer, wenn es um eine Entscheidung ging.

»Gut, hm?« Papa ließ nicht locker. »Also für mich ist die Sache geritzt. Wir haben ein neues Zuhause.«

Unsere Trauerzeit war offiziell zu Ende. Die Haji mussten endlich mit dem Leben weitermachen, ein neues Kapitel aufschlagen und die verlorenen Jahre hinter sich lassen. Und schließlich waren wir wieder dort, wo wir hingehörten, zurück im Restaurantgewerbe, was auch immer daraus werden würde. Lumière war der Flecken Erde, an dem wir wieder Wurzeln schlagen wollten.

Aber natürlich ist eine Familie keine einsame Insel. Stets ist sie auch Teil einer Kultur, einer Gemeinschaft, und wir tauschten unsere vertraute Napean Sea Road gegen eine Welt, von der wir absolut nichts wussten. Sogar das kalte Southall mit seiner asiatischen Lebenswelt war uns vertrauter gewesen als das hier. Ich vermute allerdings, genau das war der ausschlaggebende Punkt. Papa hatte ganz von vorn beginnen und uns deshalb so weit wie möglich von Mumbai und der dort erlittenen Tragödie wegbringen wollen. Und diese Voraussetzung erfüllte Lumière gewiss. Hier befanden wir uns schließlich in *la France profonde,* tief im Herzen Frankreichs.

Ich stand auf dem Treppenabsatz im ersten Stock – um mich herum rannten meine Geschwister türenknallend über den Gang –, als ich zum ersten Mal das Gebäude auf der gegenüberliegenden Straßenseite wahrnahm.

Aus demselben silbrigen Stein erbaut, war es nicht minder elegant als das Dufour-Herrenhaus. Eine alte Trauerweide beherrschte fast den ganzen Vordergarten und wölbte die ausladenden Äste anmutig wie ein knicksender Höfling am Hof von Louis XIV. über den Holzzaun und das helle Trottoir. Aus den oberen beiden Fenstern hingen weiße Daunendecken zum Lüften heraus, und dahinter machte ich den grünen Samtschirm einer Nachttischlampe aus sowie einen Messingkerzenleuchter und getrocknete Fliederzweige in einer Glasvase. Vor dem alten Stall, der zu einer Garage umfunktioniert war, parkte auf der Kieselsteinzufahrt ein zerbeulter schwarzer Citroën, und entlang des Steingartens an der einen Seite des Hauses führte eine Treppe aus verwitterten Steinstufen zu der Haustür aus polierter Eiche hinauf. Und darüber prangte ein diskretes Schild: »Le Saule Pleureur« – Die Trauerweide – ein sterngekrönter Landgasthof.

Noch heute erinnere ich mich an das Gefühl, das mich überkam, als ich zum ersten Mal einen Blick auf das Saule Pleureur warf. Der Gasthof war für mich beeindruckender als das Taj in Bombay. Nicht wegen seiner Größe, sondern weil alles so perfekt war – der moosbedeckte Steingarten, die luftigen Daunenbettdecken, die alten Ställe mit den Bleiglasfenstern. Alles fügte sich makellos zu einem stimmigen Gesamteindruck zusammen, der das Wesen europäischer Eleganz widerspiegelte, die meinem eigenen Kulturkreis so absolut fremd war.

Doch je mehr ich versuche, mir jenen Moment ins Gedächtnis zu rufen, da ich zum ersten Mal das Saule Pleureur erblickte, umso sicherer bin ich, dass ich damals in einem der Dachfenster auch ein weißes Gesicht ausmachte, das düster auf mich herabschaute.

Lumière

Kapitel Fünf

Die ältere Frau, die mich am Tag unseres Einzugs in das Dufour-Herrenhaus so eindringlich vom gegenüberliegenden Fenster aus gemustert hatte, war Madame Gertrude Mallory. Die Geschichte, die ich nun erzählen werde, ist wahr, auch wenn ich nicht jede Einzelheit miterlebt habe. Tatsächlich erfuhr ich einige Details erst Jahre nach den Ereignissen, als nämlich Madame Mallory und andere mir ihre Version der Geschehnisse berichteten.

Madame Mallory war die Besitzerin des Gasthofs, der gegenüber des Dufour-Herrenhauses lag, und entsprang einem alten Hoteliersgeschlecht, das seine Wurzeln an der Loire hatte. Zum Zeitpunkt unserer Ankunft bewohnte sie bereits seit dreißig Jahren ehelos wie eine Nonne ein Appartement im Dachgeschoss. Sie war nicht nur die Besitzerin des Saule Pleureur, sondern auch seine Chefköchin. So wie der Name Bach für ein großes deutsches Musikergeschlecht steht, brachten die Mallorys von Generation zu Generation angesehene französische Hoteliers und Restaurateure hervor, und Gertrude Mallory war diesbezüglich keine Ausnahme.

Mit siebzehn wurde sie auf die beste Hotelschule in Genf geschickt, um ihre Ausbildung zu vervollkommnen, und lernte während dieser Zeit den schroffen Gebirgszug entlang der französisch-schweizerischen Grenze schätzen und lieben. Sie war eine merkwürdige, scharfzüngige junge Frau, die sich nicht leicht Freunde machte und ihre Freizeit damit verbrachte, allein durch die Alpen und den Jura zu wandern. Dabei entdeckte sie an einem freien Wochenende Lumière. Kurz nachdem sie ihr Diplom erhalten hatte, starb eine Tante und hinterließ Gertrude ein beträchtliches Erbe. Die junge Frau nutzte den unerhofften Geldsegen, um ein großes Haus in dieser abgelegenen Gegend zu kaufen. Lumière schien ihrem Wunsch, ein der Kochkunst gewidmetes Leben zu führen, auf ideale Weise zu entsprechen.

Und so machte sie sich ans Werk. Im Laufe der nächsten drei Jahrzehnte stellte Madame Mallory ihre hervorragende Ausbildung und ihre Ausdauer in den Dienst der Haute Cuisine und baute so ein feines kleines Landhotel auf, das unter Kennern als eines der besten Frankreichs galt – »Le Saule Pleureur«.

Sie war ganz der klassischen Tradition verpflichtet, nicht nur wegen ihrer Erziehung, sondern auch aus einem inneren Bedürfnis heraus. Ihre exquisite Kochbuchsammlung füllte die Regalwände in ihrem Appartement unter dem Dach und reichte vom Boden bis zur Decke – ein Archiv, das sich wie ein Pilz um ihre exquisiten Möbel herum ausbreitete – den Nipptisch aus dem siebzehnten Jahrhundert oder den Armsessel aus Walnussholz von Bergère im Louis-Quinze-Stil. Über dreißig Jahre hinweg baute sie ihre Büchersammlung auf, die inzwischen, und das ist nicht übertrieben, einen internationalen Ruf genoss. Dank ihres guten Auges wurde sie immer wieder in Antiquariaten und auf Buchauktionen fündig, und die Beträge, die sie für ihre Fundstücke hinblätterte, waren eher bescheiden.

Ihr wertvollstes Buch war eine frühe Ausgabe des *De Re Coquinaria* von Apicius, des einzigen überlieferten Kochbuchs aus dem alten Rom. Wenn sie frei hatte, saß Gertrude Mallory oft in ihrem Appartement unter dem Dach, auf dem Schoß dieses wertvolle Dokument, verlor sich in der Vergangenheit und staunte über die Bandbreite der römischen Kochkunst, während sie hin und wieder an ihrem Kamillentee nippte. Sie bewunderte Apicius' Vielseitigkeit, seinen Einfallsreichtum, mit dem er die verschiedensten Tierarten auf die ihnen gemäße Weise zubereitete, ganz gleich ob es sich um Wühlmäuse, Flamingos, Meerschweinchen oder aber Schwein und Fisch handelte.

Freilich waren die meisten seiner Rezepte mit dem Geschmack des modernen Gaumens unvereinbar – nicht zuletzt wegen der allzu üppigen Beigabe von Honig –, doch Madame Mallorys Neugierde obsiegte stets. Und da sie selbst gern Stierhoden aß, vor allem die *criadillas* von Kampfstieren nach baskischer Art, widerstand sie natürlich nicht der Versuchung, Apicius' Rezept von *lumbuli-lumbuli* für ihre Gäste nachzukochen – die lateinische Bezeichnung für die Hoden junger Bullen, die der römische Koch mit Pinienkernen und zerstoßenem Fenchelsamen füllte und anschließend in einer Pfanne mit Olivenöl und gebeiztem Fisch sautierte, ehe er sie im Ofen backte. Klassisch und herausfordernd musste es für Gertrude Mallory sein. Und Letzteres wurde es auch für ihre Gäste.

De Re Coquinaria war das älteste Kochbuch ihrer Bibliothek, aber nicht das einzige antike. Die Sammlung war eine einzige Zeitreise in die Vergangenheit und dokumentierte Jahrhundert für Jahrhundert die verschiedenen Epochen kulinarischer Vorlieben. Beschlossen wurde die Reihe von dem handgeschriebenen *Journal et recettes d'une cuisinière au pays d'Auvergne* – »Tagebuch und Rezepte einer Köchin aus der Auvergne« –, das 1907 von einer Frau namens Margaridou verfasst worden war und auch das klassische Hausfrauenrezept der französischen Zwiebelsuppe enthielt.

Es war nicht zuletzt diese intellektuelle Herangehensweise an die Haute Cuisine, die Madame Mallory in den Rang eines der angesehensten französischen Chefköche erhob, von den Kollegen bewundert und geschätzt. Dieser Reputation in Fachkreisen hatte sie es zu verdanken, dass sie eines Tages eine Einladung zu einem Interview bei einem großen Fernsehsender in Paris erhielt.

Da Lumière ein abgelegenes Provinznest war, erstaunte es nicht weiter, dass Madame Mallorys Fernsehdebüt zu einem Lokalereignis wurde. Überall im Tal schalteten die Menschen France 3 ein, um dabei zu sein, als ihre Madame Mallory live ihr faszinierendes kulinarisches Wissen preisgab. Und während die Dorfbewohner in den Bars oder ihrer Bauernhausstube selbstgebrannten Trester tranken, erzählte eine strahlende Madame Mallory im Fernsehen, dass die Pariser Bevölkerung während des deutsch-französischen Kriegs von 1870/71 die Belagerung ihrer Hauptstadt unter anderem deswegen überlebt hatte, weil sie Hunde, Katzen und Ratten gegessen hatte. Ein erstauntes Raunen ging durch die Zuschauerreihen, als sie aus der Ausgabe von 1871 des *Larousse Gastronomique* zitierte, des Standardwerks der französischen Küche, das seinen Lesern empfahl, am besten Ratten aus den Weinkellern zu häuten und auszunehmen, da sie um einiges schmackhafter seien als andere Artgenossen. Als Zubereitungsart, so führte die Chefköchin stolz aus, schlug man vor, die Ratte in Olivenöl und klein geschnittenen Schalotten zu wenden und sie über einem Feuer aus dem Holz eines alten zersägten Weinfasses zu grillen, um sie anschließend mit einer Sauce Bordelaise zu servieren, selbstverständlich nach dem Rezept von Curnonsky. Nun ja, man kann sich sicherlich vorstellen, welche Reaktionen diese Darlegungen auslösten. Auf einen Schlag wurde Madame Mallory in Frankreich zu einer kleinen Berühmtheit, weit über die Grenzen Lumières hinaus.

Tatsache ist allerdings auch, dass sie sich nie auf dem guten Ruf ausruhte, den ihre Familie in der Gastronomie genoss, sondern sich aus eigener Kraft ihren Platz an der kulinarischen Spitze Frankreichs erkämpfte. Und sie stellte sich der Verantwortung, die mit dieser elitären Position einherging. Unermüdlich schrieb sie Briefe an die Presse, wann immer sie es für nötig erachtete, die Tradition der französischen Küche vor den Einmischungsversuchen und lächerlichen Richtlinien der EU-Bürokraten in Brüssel zu schützen. Ganz besonders schätzten die nationalen Meinungsmacher ihren verzweifelten Aufschrei in einem Büchlein vom Charakter eines Pamphlets, das den Titel *La Charcuterie Française* trug, mit dem sie unerbittlich die französischen Schlachtmethoden verteidigte.

Und so waren die wenigen freien Wandflächen zwischen den Regalen mit Madame Mallorys unbezahlbarer Sammlung antiker Kochbücher mit gerahmten Auszeichnungen und Würdigungsbriefen bedeckt, etwa aus der Feder von Valéry Giscard d'Estaing, Baron de Rothschild oder Bernard Arnault. Die Wände ihrer Gemächer unter dem Dach waren das Spiegelbild eines äußerst erfolgreichen Berufslebens, gekrönt von der Urkunde zur Verleihung des *Ordre des Arts et des Lettres* aus dem Élysée-Palast.

Doch es gab in ihrem Dachappartement ein kleines Plätzchen an der Wand, das noch der allerhöchsten Auszeichnung harrte, und zwar über ihrem Lieblingssessel aus rotem Leder. Diese Ecke des Zimmers behielt Madame Mallory ausschließlich ihren wertvollsten Preisen vor. Links und rechts von der leeren Stelle hingen bereits zwei goldgerahmte Artikel aus *Le Monde*. Der Artikel auf der linken Seite vom Mai 1986 kündete von ihrem ersten Michelin-Stern. Der Artikel auf der rechten Seite datierte vom März 1986 und gab die Verleihung des zweiten Sterns an sie bekannt. Die freie Stelle in der Mitte wartete auf den dritten Artikel, der noch immer nicht erschienen war.

Am Tag vor unserer Ankunft in Lumière feierte Madame Mallory ihren fünfundsechzigsten Geburtstag. Am Abend versammelte der ihr treu ergebene Hotelmanager Monsieur Henri Leblanc die gesamte Belegschaft des Saule Pleureur in der Küche und ließ die große alte Dame bei einem Geburtstagskuchen und einem Ständchen hochleben.

Madame Mallory war außer sich vor Wut. Mit scharfen Worten gab sie den Anwesenden zu verstehen, es gebe nichts zu feiern und sie sollten sich schleunigst wieder an ihre Arbeit begeben, anstatt ihre Zeit zu vertun. Und noch ehe die verdutzten Mitarbeiter begriffen hatten, was passiert war, stapfte Madame Mallory die dunkle Holztreppe zu ihrer Dachgeschosswohnung hinauf.

Als sie nachts auf dem Weg zu ihrem Schlafzimmer erneut an der verwaisten Stelle an der Wand vorbeikam, tat sich in ihrem Herzen ebenfalls ein Vakuum auf. Von diesem Schmerz niedergedrückt, setzte sie sich aufs Bett und stöhnte auf bei dem Gedanken, der sich unwillkürlich in ihrem Kopf festgesetzt hatte.

Sie würde diesen dritten Stern niemals bekommen.

Eine Zeit lang war Madame Mallory unfähig, sich zu rühren. Schließlich riss sie sich aus ihrer Erstarrung und zog sich leise im Dunkeln aus. Sie schälte sich aus ihrem steifen Korsett wie aus der Haut einer Avocado. Dann streifte sie das Nachthemd über und ging ins Badezimmer. Unbarmherzig bürstete sie die Zähne, gurgelte und trug ihre Antifaltencreme auf.

Aus dem Spiegel starrte ihr das blasse Gesicht einer alternden Frau entgegen. Mit lautem Klicken wechselte die Minutenanzeige ihres Digitalweckers im angrenzenden Schlafzimmer.

Und mit einem Mal traf sie die Erkenntnis so heftig und ungeheuerlich, dass sie die Hand vor den Mund schlug. Aber da war sie, klar und unvermeidbar.

Sie war gescheitert.

Nie würde sie über das bisher Erreichte hinausgelangen. Nie würde sie ins Pantheon der Drei-Sterne-Köche aufsteigen. Nur noch der Tod wartete auf sie.

In dieser Nacht tat Madame Mallory kein Auge zu. Schlaflos wanderte sie durch ihre Zimmer, rang die Hände und klagte leise murmelnd über die Ungerechtigkeit des Lebens. Draußen vor dem Fenster flitzten die Fledermäuse durch die Nacht und jagten Falter. Jenseits des Kirchenfriedhofs bellte ein Hund seine Ängste hinaus, und die Laute der Tiere erschienen ihr wie der

Widerhall ihrer einsamen Qual. Doch irgendwann in den frühen Morgenstunden, als sie ihre Pein nicht länger ertrug, tat Madame Mallory etwas, was sie viele Jahre lang nicht mehr getan hatte. Sie kniete nieder und betete.

»Was …«, flüsterte sie in ihre verschränkten Hände hinein, »was ist jetzt noch der Grund meines Lebens?«

Nur die Leere antwortete ihr. Das Nichts.

Anschließend kroch die erschöpfte Frau in ihr Bett und fiel zwischen den zerwühlten Laken endlich in einen Zustand der Bewusstlosigkeit.

Am nächsten Tag war das Saule Pleureur mittags geschlossen, sodass sich Madame Mallory gestattete, länger im Bett zu bleiben als üblich. Zuerst dachte sie, dass das Gurren einer Taube auf dem Fenstersims sie geweckt habe, doch als der Vogel wegflog, hörte sie Stimmen und Rufe von der Straße, und sie stand steif von ihrem Bett auf, ging quer durchs Zimmer und blickte aus dem kleinen Dachfenster hinaus.

Und da sah sie uns: struppige indische Kinder, die aus den Fenstern der Zimmer und Türmchen des gegenüberliegenden Hauses herauslugten.

Zunächst traute sie ihren Augen nicht, begriff nicht, was da vor sich ging. Ein ganzer Fuhrpark von dieselhustenden Mercedessen. Gelbe und rosa Saris. Auf dem Kopfsteinpflaster des Vorhofs türmten sich Gepäckstücke und Kisten, und auf das Dach des letzten Wagens der Karawane war Mamis grauer Stahlschrank geschnallt.

Und mitten auf dem Vorhof mein bärenhafter Vater, der wild mit den Armen fuchtelte und Befehle bellte.

Kapitel Sechs

Was waren das doch für glückselige Tage damals. Lumière war ein einziges großes Abenteuer – die vielen Schränke, Dachkammern, Schuppen, Ställe und Scheunen, die es zu entdecken gab. Und die Konditoreien und Forellenbäche in der Umgebung. Es war eine Zeit voller Freude, die uns half, über die erlittenen Verluste hinwegzukommen. Selbst Papa erholte sich allmählich wieder, entsprach das Restaurantleben doch ganz seinem Wesen. Als Erstes requirierte er den wackligen Schreibtisch im Eingangsbereich des Restaurants und machte ihn zu seiner Schaltzentrale, ehe er begann, das Dufour-Herrenhaus im Bollywood-Stil wiederauferstehen zu lassen. Binnen kurzem bevölkerten einheimische Handwerker mit ihren Gerätschaften die Zimmer, Klempner und Schreiner hämmerten und sägten unermüdlich. Und in dieser fiebrigen Betriebsamkeit auf diesem abgelegenen Flecken der französischen Provinz fühlten wir uns wieder an unser altes Leben in Bombay erinnert.

Ungefähr eine oder zwei Wochen nach unserem Einzug bekam ich Madame Mallory zum ersten Mal bewusst zu Gesicht. Ich schlenderte auf dem nahe gelegenen Friedhof zwischen den Grabsteinen umher und rauchte heimlich eine Zigarette, als mein Blick zufällig zum Saule Pleureur hinüberschweifte. Im Steingarten erspähte ich Madame Mallory, die, eine Pflanzschaufel in der behandschuhten Hand, am Boden kniete und vor sich hinsummte. Eine erstaunlich kraftvolle Morgensonne heizte die vom Morgentau noch feuchten Steine auf, Dampfsäulen stiegen empor und verflüchtigten sich in der Luft.

Dahinter erhoben sich in der Ferne die majestätischen Berge des Jura. Die flaschengrünen Fichtenwälder an den Hängen wurden immer wieder von Weiden unterbrochen, auf denen die robusten Kühe der Gegend weideten. Madame Mallory rückte dem Unkraut voller Inbrunst zu Leibe, als wäre es eine Form der Therapie; trotz der Entfernung konnte ich das Reißen der Wurzeln hören. Doch ihr rundes Gesicht spiegelte Ruhe und Frieden wider, während sie sich mit ihrem Stückchen Erde befasste.

In diesem Moment wurde auf der anderen Straßenseite die Stalltür aufgerissen. Mit einem lauten Krachen schlug sie an die Mauer. Aus dem Schatten der Tür tauchten Papa und ein Dachdecker mit einer Leiter auf und stapften zur Vorderseite des Hauses. Der Dachdecker lehnte die Leiter gegen die Regenrinne, während Papa aufgeregt hin und her lief und den armen Dachdecker durch seine ständigen Zwischenrufe schier in den Wahnsinn trieb.

»Nein, nein!«, brüllte er. »Die Regenrinne da drüben. Sind Sie taub, Mann? Die da, verdammt.«

Die friedliche Ruhe des Jura war mit einem Mal dahin. Madame Mallory drehte den Kopf und fixierte Papa mit ihrem Blick. Unter ihrem Strohhut blinzelte sie, die leberfarbenen Lippen zu einem Strich zusammengepresst. Ich konnte sehen, dass Papas massive Gestalt und vulgäres Gehabe sie gleichzeitig schockierten und in ihren Bann zogen. Doch dieser Moment verflog wieder, und mit ihrer beschaulichen Gartenarbeit war es vorbei. Sie streifte die Segeltuchhandschuhe ab, packte den Korb mit den Gartengerätschaften und stieg müde die Treppe zu ihrem Landgasthof hinauf.

Mit dem Rücken zur Straße schloss sie die Haustür auf und hielt einen Augenblick inne, als ein besonders lauter Ausbruch Papas aus unserem Vordergarten zu ihr hinüberscholl und sie zusammenfahren ließ. Von dort, wo ich stand, erhaschte ich einen seitlichen Blick auf ihr Gesicht, das blanke Abscheu spiegelte, eine Maske eisiger Verachtung. Noch oft in den folgenden Jahren, während ich in Frankreich meinen beruflichen Weg beschritt, sollte ich diesen Ausdruck zu sehen bekommen, diese charakteristisch gallische Verachtung gegenüber allem »Primitiven«. Aber dieses erste Mal war besonders einprägsam.

Und dann flog die Tür mit einem lauten Knall ins Schloss.

Wir hatten eine Brotsorte entdeckt, das *pain chemin de fer* – Eisenbahnerbrot –, die rau und schmackhaft war, und sie wurde unsere Lieblingssorte zum Auftunken von Saucen. Papa und Tantchen wurden nicht müde, mich zu bitten, Nachschub in der Boulangerie zu holen. Einmal unternahm ich auf dem Rückweg aus der Stadtmitte, das in Papier geschlagene Brot unter dem Arm, einen kleinen Streifzug durch die hinteren Gässchen, wo die reichen Uhrmacher früher ihre Pferdeställe gehabt hatten. Zufällig fiel mein Blick über eine verputzte Steinmauer.

Ich befand mich, wie mir sogleich klar wurde, auf der Rückseite des Saule Pleureur. Der von der Straße aus schmal wirkende Hotelgarten zog sich nach hinten in die Länge und fiel wie ein lang gezogenes Feld leicht ab. Auf der grünen Wiese standen Apfel- und Birnbäume mit reifen Früchten, und an der gegenüberliegenden Mauer lehnte ein Steinschuppen, in dem Früchte gelagert und getrocknet wurden.

Die Birnenbäume bogen sich unter der Last der reifen, braunen Bosc's-Flaschenbirnen, die nur darauf warteten, geerntet zu werden, und Bienen summten trunken um die süßen Früchte herum. Doch der Garten hatte noch mehr zu bieten – ordentliche Reihen von durch Holzrahmen abgetrennten Kräutern neben bogenförmigen Beeten mit Wildblumen und Gemüsebeeten mit Kohl, Rhabarber und Karotten, und dazwischen ein akkurater Plattenweg, der sich durch den fruchtbaren Garten zog.

Am unteren Gartenrand befand sich in der linken Ecke ein Komposthaufen, während auf der rechten Seite aus einem Kupferhahn in Gestalt einer Nymphe Wasser in einen schweren Steintrog plätscherte. Daneben stand, im Schatten einer alten, majestätischen Trauerweide, eine Bank.

Ich blieb fasziniert stehen. Am oberen Ende des Gemüsegartens, dort wo das Gelände noch nicht abschüssig war, erblickte ich wieder Madame Mallory. Sie saß mit geradem Rücken an einem Holztisch, neben sich eine Frau, von der ich annahm, dass sie ihr Souschef, also ihre Stellvertreterin war, denn beide trugen unter ihren Wolljacken eine weiße Kochmontur.

Mit gebeugtem Kopf und routinierten Bewegungen

arbeiteten sie an einem Tisch, der mit zahlreichen Schüsseln, Tellern und Küchenutensilien bedeckt war. Madame Mallory legte eine Frucht in eine Schüssel, während sie mit der anderen Hand nach unten in eine Holzkiste langte, die zwischen den beiden Frauen auf dem Boden stand. Das, was sie zum Vorschein brachte, sah für mich wie ein stacheliger Granatapfel aus. Erst später erfuhr ich, dass es sich um eine Artischocke handelte.

Eine Weile sah ich zu, wie die berühmte Meisterköchin mit einer Schere gekonnt die gezackten Blätter stutzte und zwar so, dass diese ihren ästhetischen Ansprüchen genügten. Es schien, als würde sie dabei einem bestimmten, von der Natur vorgegebenen Muster folgen. Dann nahm sie eine der vorbereiteten Zitronenhälften und träufelte großzügig Saft über jedes einzelne beschnittene Blatt. Heute weiß ich, warum sie das tat: Artischocken enthalten den Bitterstoff Cynarin, und mit diesem Trick verhindert man, dass sich die nässenden Wunden an den Blättern dunkel verfärben.

Als Nächstes ergriff Madame Mallory ein schweres scharfes Messer und trennte mit einem festen, sauberen Schnitt die obere Hälfte der Frucht ab. Ein paar Sekunden lang war ihr Kopf wieder gebeugt, während sie unreife rosa Blätter aus der Mitte zupfte. Dann griff sie zu einem anderen Werkzeug und schabte die harten, ungenießbaren Fasern – Heu genannt – aus. Als sie schließlich mit chirurgischem Griff ihre weiche Beute, das Herz der Artischocke, freilegte und in eine Schüssel mit einer Marinade tat, in der bereits weitere fleischige Kelche ihrem Schicksal harrten, konnte ich einen zufriedenen Ausdruck auf ihrem Gesicht erkennen.

Es war für mich eine Offenbarung. Nie zuvor hatte ich gesehen, dass sich ein Chefkoch mit derart künstlerischer Akribie mit den Vorbereitungen eines Gerichts beschäftigte, vor allem nicht bei einer hässlichen Gemüsefrucht wie dieser.

Die Glocke von Sainte-Augustine läutete zu Mittag. Die Kiste war fast leer, und ich sah, dass die junge Frau an Madame Mallorys Seite langsamer war, ihrer *Maîtresse* an Geschick nicht das Wasser reichen konnte. Die Chefköchin sah ihrer rechten Hand eine Weile zu, dann streckte sie ihr das kleine Messer hin, das sie selbst benutzt hatte. In einem nicht unfreundlichen Ton sagte sie: »Margaret, nimm lieber das Grapefruitmesser. Das ist ein Trick, den *maman* mich gelehrt hat. Durch die gebogene Klinge ist es einfacher, das Heu herauszulösen.«

Etwas an Madame Mallorys rauer Stimme ließ mich aufhorchen: Ihr Ton war zwar nicht mütterlich, aber wohlmeinend, so als würde es ihre kulinarische Noblesse ihr gebieten, die erlernten Techniken an die nächste Generation weiterzugeben.

Offensichtlich hatten ihre Worte die gleiche Wirkung auf die junge Köchin, die den Kopf hob und dankbar das Grapefruitmesser ergriff. *»Merci, madame«,* sagte sie, und der Wind trug ihre Stimme, die nach Waldbeeren mit Sahne zu duften schien, an mein Ohr.

Zum ersten Mal nahm ich Margaret Bonnier in Augenschein, die ruhige Souschefin des Saule Pleureur. Sie war ein paar Jahre älter als ich und hatte das blonde Haar zu einem nüchternen Bob frisiert, in einer Länge, die es gerade noch erlaubte, die Haare hinters Ohr zu klemmen, damit man die modischen Silberohrringe sah. Ihre dunklen Augen saßen tief in dem blassen Gesicht, wie

Perlen auf austerngroßen, vom Wind geröteten Wangen, und sie hatte den stämmigen Körperbau der Jurabewohner.

Ich wurde in meinem unverfrorenen Starren unterbrochen, als Marcel, der dickliche Lehrling, und Jean-Pierre, der dunkle, gut aussehende Chef de Cuisine, aus dem Seiteneingang traten, um das Mittagessen für das Personal aufzutragen. Die Zeit drängte, denn in einer halben Stunde würde das Restaurant seine Pforten öffnen. Die Minutensteaks und Pommes frites auf der flachen Edelstahlplatte in Jean-Pierres Hand dampften heiß, während Marcel Besteck und eine Glasschüssel mit Kopfsalat und Schnittlauch auf den Tisch stellte.

Madame Mallory hieß den Lehrling die Artischocken und die marinierten Herzen in die Küche bringen, während Margaret geübt den Tisch deckte – einschließlich Servietten, Rotweingläsern und einer Karaffe mit frischem Brunnenwasser aus dem Jura. Als Jean-Pierre die Platte in die Tischmitte platzierte, schoss Margarets schmale Hand vor, die anmutig wie die eines Pianisten, aber von zahlreichen Brandnarben übersät war, und ihre langen Finger schnappten nach einem goldgelben Pomme frite. Sie führte es an die Lippen und biss sanft die Spitze ab, woraufhin ein Lächeln, hervorgerufen durch eine Bemerkung Jean-Pierres, über ihr Gesicht huschte.

Die Kirchenglocke schlug Viertel nach zwölf.

Ich wandte mich ab, denn auch mein Mittagessen rief – es gab Madras-Lamm. Doch mein Herz flatterte, denn in Gedanken war ich noch immer bei der Szene, der ich soeben beigewohnt hatte. Unwillkürlich hatte sie Erinnerungen an Mami heraufbeschworen und daran, wie wir zusammen Steaks mit Café de Paris und Pommes frites gegessen hatten. Doch plötzlich fuhr ein Windstoß von den Bergen herab und fegte diese alten Erinnerungen an Bombay und Mami und Mutter Indien weg. An ihre Stelle trat eine vollkommen neue Empfindung, zitternd zunächst, doch mit jedem Schritt intensiver werdend. Das Gefühl, das mich damals vor so vielen Jahren in dem aufkommenden Wind befiel, war eine Sehnsucht, ausgelöst von dem Anblick und den Gerüchen französischer Speisen, vermischt mit dem pudrigen Duft von Frauen. Vielleicht rührte dieses Gefühlsgemisch aus meiner Kindheit, doch in jenem Moment bekam es eine andere, erwachsenere Note.

Einige Tage später versammelte Papa die ganze Familie auf dem Vorhof. Sogar der schüchterne französische Junge, den er als Kellner eingestellt hatte, wurde nach draußen beordert. Nervös stand er unter uns und polierte mit seiner Schürze ein Weinglas.

Der Dachdecker und Umar balancierten auf der Leiter über uns und hantierten mit Flaschenzügen und Schraubenschlüsseln. Während wir mit offenem Mund dastanden und nach oben starrten, stieg über dem Eisentor des ehemaligen Herrenhauses ein großes Schild auf.

»Da!«, brüllte Umar hoch oben auf der Leiter.

MAISON MUMBAI – die massiven Goldlettern prangten auf islamisch grünem Untergrund.

Ein Freudengeschrei erhob sich. Alle waren außer sich.

Hindustanische klassische Musik plärrte knisternd aus den behelfsmäßigen Lautsprechern, die Onkel Mayur im Garten aufgestellt hatte. Und das – zumindest wurde mir das später zugetragen – brachte das Fass zum Überlaufen. Unten in der Küche des Saule Pleureur vernahm das Personal einen gellenden Aufschrei, der aus dem Dachgeschoss ertönte. Monsieur Leblanc legte schnell den Hörer auf, als Madame Mallory an seinem Büro im ersten Stock vorbeieilte, und begab sich rasch zum Treppenabsatz, um gerade noch mitzubekommen, wie seine *Maîtresse* im Erdgeschoss wütend im Schirmständer nach ihrem Schirm suchte. Leblanc schwante nichts Gutes. Er erhaschte nur noch einen Blick auf ihren Hinterkopf, an dem eine Haarspange, die aussah wie ein afrikanischer Speer mit Schild, ihren silbernen Haarknoten im Zaum hielt.

»Jetzt reicht's, Henri«, zeterte sie und zerrte den sperrigen Schirm aus dem Ständer. »Haben Sie dieses Schild gesehen? Und die schreckliche Klimpermusik gehört? *Quelle horreur. Non. Non.* Das kann er nicht tun. Nicht in meiner Straße. Er zerstört das ganze Ambiente. Vertreibt unsere Gäste. Was werden die bloß denken?« Noch ehe Leblanc etwas erwidern konnte, war Madame Mallory auch schon zur Tür hinausgerauscht.

Madame Mallory versuchte es gar nicht erst auf die freundliche Art. Sie ging nicht über die Straße und redete mit Papa, bemühte sich nicht, vernünftig mit ihm zu verhandeln. Nie gab sie uns zu verstehen, dass wir willkommen waren. Nein, ihr erster Impuls war, uns unter ihrem Absatz zu zermalmen. Wie Ungeziefer.

Genauer gesagt ereignete sich Folgendes: Madame Mallory marschierte schnurstracks zum Bürgermeister. Natürlich hatte jeder im Dorf Angst vor der scharfzüngigen Gastronomin, und deswegen war es nicht weiter verwunderlich, dass man sie umgehend in den Sitzungssaal des Rathauses bat.

Und wenn es nach ihr gegangen wäre, wäre dort unser Untergang besiegelt worden. Aber die Leute, die sich für besonders klug hielten, hatten Papa schon immer unterschätzt. Sein Geist war scharf wie ein Filetiermesser. Und er ging davon aus, dass sich die Politik in einer französischen Kleinstadt kaum von der in Bombay unterschied – mit ein paar Tropfen Öl lief vieles geschmierter. Und so hatte seine erste Amtshandlung in Lumière darin bestanden, den Bruder des Bürgermeisters, einen Rechtsanwalt, gegen einen satten Vorschuss zu verpflichten. Ganz so schlimm wie auf dem Malabar Hill waren die hiesigen Verhältnisse zwar nicht, aber seine Bemühungen waren nicht minder effektiv gewesen.

»Sag diesem Mann, er soll aufhören«, befahl Madame Mallory hoch erhobenen Hauptes dem Bürgermeister. »Diesem Inder. Hast du gesehen, was er gemacht hat? Er hat das wunderschöne alte Dufour-Anwesen in ein Bistro verwandelt. Ein indisches Bistro! *Horrible.* In der ganzen Straße riecht es nach dem öligen Essen. Und das Schild erst – hast du das Schild gesehen? *Mais non.* Das ist unmöglich.«

Der Bürgermeister zuckte die Achseln. »Was soll ich denn tun?«

»Ihn dazu bringen, dass er wieder schließt.«

»Monsieur Haji hat sein Restaurant in derselben Gegend wie du eröffnet, Gertrude. Wenn er zumachen muss, dann müsstest du deins auch schließen. Sein Anwalt hat sich beim Stadtplanungskomitee die Genehmigung für das Schild eingeholt. Du siehst also, mir sind die Hände gebunden. Monsieur Haji hat sich streng an die Vorschriften gehalten.«

»*Mais non.* Das ist doch nicht möglich.«

»Doch, das ist es. Ich kann seinen Laden nicht ohne Grund schließen, so lange er sich im Rahmen des Gesetzes bewegt.«

Ihr Kommentar, ehe sie aus dem Saal rauschte, muss besonders unfreundlich gewesen sein, habe ich mir sagen lassen.

Drei Tage später begegneten wir der Grande Dame zum ersten Mal von Angesicht zu Angesicht. Madame Mallory stand jeden Morgen um sechs auf. Nachdem sie ein leichtes Frühstück aus Birnen, gebuttertem Toast und starkem Kaffee zu sich genommen hatte, fuhr Monsieur Leblanc sie in dem zerbeulten Citroën zum Markt von Lumière. Man hätte die Uhr danach stellen können. Auf die Minute genau um sechs Uhr fünfundvierzig zog sich Monsieur Leblanc mit der Tageszeitung *Le Jura* ins Café Bréguet zurück, wo sich ein paar Einheimische an der Bar bereits den ersten *ballon* Wein genehmigten. Währenddessen wanderte Madame Mallory in ihrem grauen Flanellponcho und mit einem Korb an jedem Arm von Marktstand zu Marktstand und kaufte frische Produkte ein.

Wie ein Ackergaul durchpflügte sie die Straßen und stieß weiße Atemwolken in der frischen Morgenluft aus. Die Waren, die sie in großen Mengen bestellte – zum Beispiel ein halbes Dutzend Kaninchen, fünf Säcke Kartoffeln –, mussten eine halbe Stunde später mit einem Lieferwagen zum Saule Pleureur gebracht werden. Exquisitere Lebensmittel hingegen, wie Pfifferlinge oder delikater belgischer Endiviensalat oder auch eine Papiertüte voller Wacholderbeeren – wanderten direkt in die Körbe an ihren muskulösen Armen.

An jenem denkwürdigen Morgen, einige Wochen nach unserer Ankunft in Lumière, begann Madame Mallory wie üblich ihre Einkaufstour bei »Iten et Fils«, dem Fischhändler, der einen weißgekachelten Eckladen an der Place Prunelle betrieb.

»Was ist das?«

Monsieur Iten kaute auf dem Ende seines Schnurrbarts. »Hm?«

»Das da, hinter Ihnen. Lassen Sie mich mal vorbei. Was ist das?«

Iten trat zur Seite, und Madame Mallory warf einen Blick in den Pappkarton auf der Theke. Der reichte ihr, um zu erkennen, dass die Scheren, die herausragten und sich noch bewegten, zu Flusskrebsen gehörten, die übereinanderkrabbelten.

»Wunderbar«, sagte sie. »Es ist Monate her, seit ich zuletzt Flusskrebse gesehen habe. Sie scheinen frisch zu sein, jedenfalls leben sie ja noch. Sind es französische?«

»*Non, Madame.* Spanische.«

»Egal. Ich nehme sie.«

»Non, madame. Je regrette.«

»Pardon?«

Iten wischte ein Messer an einem Geschirrtuch ab.

»Tut mir leid, Madame Mallory, aber ein Kunde war vor Ihnen da und ... und ... hat sie gekauft.«

»Wer?«

»Monsieur Haji. Und sein Sohn.«

Madame Mallory blinzelte ungläubig, als verstünde

sie nicht, was Monsieur Iten soeben gesagt hatte. »Der Inder? Der Inder hat die Krebse gekauft?«

»Oui, Madame.«

»Damit wir uns richtig verstehen: Seit mehr als dreißig Jahren komme ich nun schon jeden Morgen zu Ihnen – beziehungsweise früher zu Ihrem Vater – und kaufe Ihnen den besten Fisch ab. Und nun sagen Sie mir in aller Herrgottsfrühe, ein Inder sei vor mir dagewesen und habe Ware gekauft, von der Sie genau wussten, dass ich sie nehmen würde? Wollen Sie mir das sagen?«

Monsieur Iten blickte zu Boden. »Tut mir leid. Aber er hat so eine gewinnende Art, wissen Sie. Er ist äußerst ... *charmant*.«

»Ich verstehe. Und was können Sie mir stattdessen anbieten? Von gestern übrig gebliebene Miesmuscheln?«

»Aber nein, Madame, ich bitte Sie. Nun seien Sie doch nicht so. Sie wissen doch, dass Sie meine meistgeschätzte Kundin sind. Ich ... hier habe ich einen wunderbaren Barsch.«

Iten eilte zum Kühlfach hinüber und nahm ein Silbertablett mit gestreiften Barschen von der Größe einer Kinderhand heraus.

»Ganz frisch, sehen Sie? Heute Morgen im Lac Vissey gefangen. Ihre *perche amandine* ist einfach köstlich, Madame Mallory. Ich dachte deshalb, dass Ihnen die Fische bestimmt gefallen würden.«

Madame Mallory beschloss, dem armen Monsieur Iten eine Lektion zu erteilen, und rauschte aus dem Geschäft hinaus. Wütend marschierte sie zu dem offenen Markt auf dem Hauptplatz, und ihre Absätze bohrten sich in den gummiartigen Teppich aus weggeworfenen Kohlblättern.

Wie ein Raubvogel strich sie zunächst durch die Reihen der Gemüsestände, und ihre Augen schossen wie Pfeile über die Schultern der Hausfrauen hinweg. Die Händler bemerkten sie natürlich, wussten jedoch, dass es nicht klug wäre, sie bei ihrem ersten Durchgang anzusprechen, da sie damit rechnen mussten, dass sie ihnen gehörig über den Mund fuhr. Auf ihrem zweiten Streifzug war es hingegen erlaubt, sie in ein Gespräch zu verwickeln, und die Bauern oder Bauersfrauen taten ihr Bestes, um die Aufmerksamkeit der berühmten Meisterköchin auf ihre Produkte zu lenken.

»*Bonjour, Madame Mallory.* Was für ein schöner Tag. Haben Sie meine Williamsbirnen gesehen?«

»Das habe ich, Madame Picard. Leider nicht besonders ansehnlich.«

Der Händler an dem Nachbarstand lachte schallend.

»Das täuscht!«, rief Madame Picard und nippte an ihrem Thermosbecher mit Milchkaffee. »Sie haben ein wundervolles Aroma.«

Madame Mallory drehte sich abermals zu ihrem Stand um, und die anderen Händler reckten die Hälse, um zu sehen, was als Nächstes passierte.

»Und was ist das, Madame Picard?«, sagte sie barsch. Madame Mallory nahm die oberste Birne von der Pyramide und entfernte den kleinen Aufkleber, der WILLIAMS QUALITÄTSBIRNEN verhieß. Dort, an der Stelle, an der das Etikett geklebt hatte, war ein kleines schwarzes Loch zu sehen. Die alte Dame tat das Gleiche mit einer anderen Birne und mit noch einer und noch einer.

»Und was ist das? Und das?«

Die umstehenden Händler hielten sich erneut die

Bäuche vor Lachen, während sich Madame Picard mit hochrotem Kopf daranmachte, die Aufkleber wieder auf die Birnen zu pappen.

»Wurmlöcher unter ›Qualitäts‹-Siegeln zu verstecken – wie erbärmlich!«

Madame Mallory kehrte der Witwe Picard den Rücken zu und begab sich zu einem Stand am Ende der ersten Reihe, hinter dem ein gebeugtes weißhaariges Paar stand. Die aufeinander abgestimmten Schürzen der alten Leutchen ließen die beiden wie Salz-und-Pfefferstreuer aussehen.

»Bonjour, Madame Mallory.«

Diese brummte nur »Guten Morgen« und deutete auf einen Korb mit wächsernen, ovalen, lila Früchten ganz hinten am Boden.

»Ich nehme die Auberginen. Alle.«

»Tut mir leid, Madame, aber die sind nicht zu kaufen.«

»Sind die schon verkauft?«

»Oui, Madame.«

Madame Mallorys Miene versteinerte sich.

»An den Inder?«

»*Oui, Madame*. Vor eine halben Stunde.«

»Dann nehme ich die Zucchini.«

Die alte Frau sah sie mit gequältem Ausdruck an. »Tut mir leid.«

Einen Moment lang war Madame Mallory unfähig, sich zu rühren oder zu sprechen. Doch plötzlich erhob sich von der anderen Seite des Marktes eine dröhnende Stimme gebieterisch über den Marktlärm, und ein lautes Englisch mit schwerem Akzent wurde vernehmbar.

Madame Mallorys Kopf schoss in die Richtung, aus der die Stimme kam, und noch ehe das alte Bauernpaar sich versah, pflügte die Sterneköchin durch die frühmorgendliche Menschenmenge, die beiden Körbe vor den Körper gepresst wie einen Schneepflug, sodass die anderen Marktbesucher ihr unweigerlich Platz machen mussten.

Papa und ich standen am Ende des Marktes und feilschten gerade um den Preis von zwei Dutzend roten und grünen Tupperware-Schüsseln. Der Händler – ein Pole – blieb hartnäckig, und Papas Reaktion auf diese Sturheit war die, dass er den Preis, den er zu zahlen bereit war, mit wachsender Lautstärke hinausbrüllte. Das i-Tüpfelchen seiner Verhandlungsstrategie bestand im bedrohlichen Auf- und Abmarschieren vor dem Stand, um andere potenzielle Kunden abzuschrecken – eine Taktik, die er auf den Märkten Bombays in meinem Beisein unzählige Male mit vernichtender Wirkung angewendet hatte.

Aber in Lumière sah er sich vor das nicht ganz unerhebliche Problem der Sprachbarriere gestellt. Papas einzige Fremdsprache war Englisch, und es war meine Aufgabe, seine verbalen Tobsuchtsanfälle in mein verstaubtes Schulfranzösisch zu übersetzen. Das machte mir nichts aus, schließlich lernte ich auf diese Weise zahlreiche Mädchen meines Alters kennen, unter anderem Chantal, die Pilzpflückerin von der anderen Seite des Tals, die immer Trauerränder unter den Fingernägeln hatte. Dieser Fall entpuppte sich allerdings als besonders schwierig, denn der polnische Verkäufer sprach kein Englisch und nur bruchstückhaft Französisch, was ihn vor Papas Frontalangriff bewahrte. Wir fanden uns also in einer Pattsituation wieder. Der Pole verschränkte seelenruhig die Arme vor der Brust und schüttelte den Kopf.

»Was ist das denn?«, fragte Papa und stieß einen grünen Tupperware-Deckel an. »Ein Stück Plastik, mehr nicht, oder? So was kann ja jeder herstellen.«

Während er vor dem Stand auf- und abtigerte, stellte sich ihm mit einem Mal Madame Mallory in den Weg, und er sah sich gezwungen, stehen zu bleiben. Seine mächtige Gestalt überragte die kleine Frau. Ich konnte sehen, dass ihm das gerade noch gefehlt hatte – von einer Frau angehalten zu werden –, und er blickte sie mit verdutztem Ausdruck an.

»Was ist denn?«

»Ich bin Ihre Nachbarin, Madame Mallory, von dem Hotel gegenüber«, entgegnete sie in einwandfreiem Englisch.

Papa schenkte der Dame ein umwerfendes Lächeln, der Pole und das ungestüme Verhandlungsgespräch waren bereits wieder vergessen. »Hallo«, sagte er strahlend. »*Le Saule Pleureur*, nicht wahr? Ich weiß. Sie müssen mal rüberkommen und meine Familie kennenlernen. Zum Tee.«

»Mir gefällt nicht, was Sie tun.«

»Was?«

»Wie Sie sich in unserer Straße aufführen. Ihre laute Musik, das Schild am Eingang. Es ist hässlich. Unfein.«

Ich hatte meinen Vater fast noch nie sprachlos erlebt, doch bei diesen Worten wirkte er, als hätte man ihm einen Schlag in die Magengrube verpasst.

»Es ist geschmacklos«, fuhr Madame Mallory fort und zupfte einen imaginären Fussel vom Ärmel. »Sie müssen es wieder abmachen. So etwas mag ja in Indien angehen, aber hier nicht.«

Sie sah ihm direkt ins Gesicht und tippte ihm mit dem Finger an die Brust. »Und noch etwas. Hier in Lumière ist es Tradition, dass sich Madame Mallory am frühen Morgen auf dem Markt als Erstes die frischen Produkte aussuchen darf. Seit Jahrzehnten ist das so. Als Fremder konnten Sie das ja nicht wissen, aber nun wissen Sie es.«

Sie schenkte Papa ein frostiges Lächeln.

»Es ist wichtig, dass sich neu Hinzugezogene zurechtfinden, meinen Sie nicht auch?«

Papa blickte finster drein und sein Gesicht hatte sich beinahe violett verfärbt. Doch ich kannte ihn gut genug, um zu erkennen, dass er nicht wütend, sondern zutiefst verletzt war. Ich trat neben ihn.

»Was glauben Sie eigentlich, wer Sie sind?«

»Wie ich bereits sagte: Madame Mallory.«

»Und ich«, erwiderte Papa, hob den Kopf und schlug sich an die Brust, »ich bin Abbas Haji, der größte Restaurantbetreiber Bombays.«

»Phh! Hier sind wir in Frankreich. Ihre Currys interessieren uns nicht.«

Inzwischen hatte sich eine kleine Menschenmenge um uns versammelt. Monsieur Leblanc bahnte sich einen Weg zur Mitte des Zuschauerrings. »Gertrude«, sagte er ernst, »lass uns gehen.« Er zog sie am Ellbogen. »Nun komm, es reicht.«

»Was glauben Sie, wer Sie sind?«, wiederholte Papa und machte einen Schritt auf sie zu. »Redet mit mir wie eine Maharani. Wer sind Sie, hmm? Sie glauben wohl, Gott gibt Ihnen das Recht auf die besten Stücke von

Fleisch und Fisch im Jura? Hä? Oh, aber vielleicht gehört Ihnen ganze Stadt? Hmm? Und haben das Recht, jeden Morgen als Erste frische Ware auszusuchen? Oder sind Sie vielleicht eine große Memsahib und die Bauern ihre Leibeigenen?«

Papa stupste mit seinem mächtigen Bauch Madame Mallory an, sodass sie einen Schritt zurückweichen musste, einen ungläubigen Ausdruck auf dem Gesicht.

»Wie können Sie sich erdreisten, so mit mir zu reden?«

»Sagt mir«, brüllte Papa an die Umstehenden gewandt, »besitzt diese Frau eure Bauernhöfe, eure Tiere und euer Gemüse? Oder verkauft ihr an den bestbietenden Kunden?« Er schlug sich mit der Faust auf die Innenfläche der anderen Hand. »Ich bezahle Cash. Niemand muss auf Geld warten.«

Die Menschenmenge schnappte nach Luft. Der Punkt saß.

Madame Mallory drehte ihm abrupt den Rücken zu und streifte sich im Gehen ärgerlich die schwarzen Lederhandschuhe über.

»Un chien méchant«, sagte sie trocken. Die Zuschauer lachten.

»Was hat sie gesagt?«, brüllte mich Papa an. »Was?«

»Ich glaube, sie hat dich einen bissigen Hund genannt.«

Was dann geschah, ist für immer in mein Gedächtnis eingebrannt. Die Menge teilte sich, um Madame Mallory und Monsieur Leblanc durchzulassen, doch Papa, äußerst behände für einen Mann seines Umfangs, lief ihr nach, beugte sich zu ihr und brachte den Mund an ihr Ohr.

»Wauwauwau. Raff. Raff.«

Madame Mallory duckte erschrocken den Kopf zur Seite. »Hören Sie auf.«

»Raff. Raff.«

»Aufhören. Hören Sie auf damit, Sie ... abscheulicher Mann.«

»Grrrr. Raff.«

Madame Mallory hielt sich mit den Händen die Ohren zu.

Und dann stürzte sie davon.

Die Dorfbewohner, die noch nie erlebt hatten, wie Madame Mallory lächerlich gemacht wurde, schütteten sich aus vor Lachen, und Papa wandte sich wieder um und stimmte fröhlich in ihr Gelächter ein, während er zusah, wie die ältere Dame und Monsieur Leblanc um die Ecke der Banque Nationale de Paris bogen.

Wir hätten uns denken können, dass uns weiterer Ärger bevorstand.

»Sie hat wie eine Verrückte vor sich hin gebrabbelt«, erzählte uns Tantchen, als wir nach Hause kamen. »Die Autotür hat sie auch zugeknallt. Peng!«

Als ich im Laufe der nächsten Tage gelegentlich einen Blick über die Straße warf, sah ich hin und wieder eine spitze Nase an der beschlagenen Fensterscheibe im Dachgeschoss.

Der Tag der Eröffnung des Maison Mumbai rückte näher. Lastwagen stießen rückwärts in den Hof: Aus Lyon trafen Tische ein, aus Chamonix Geschirr, aus Paris Speisekartenmappen aus Kunstleder. Als ich eines Tages durch die Eingangstür trat, begrüßte mich ein hüfthoher Holzelefant, den Rüssel zum Trompeten erhoben.

In eine Ecke der Lobby wurde eine Huka gestellt, eine indische Wasserpfeife, Messingschalen mit roten Plastikrosen aus einem Großmarkt schmückten kleine Tische.

Inzwischen hatten die Schreiner die drei früheren Wohn- und Empfangszimmer in einen großen Speisesaal umfunktioniert, und Papa hängte Poster mit Ansichten des Ganges, des Tadsch Mahal und der Teeplantagen in Kerala an die teakholzgetäfelten Wände. Ein ortsansässiger Künstler hatte ein Wandgemälde mit ländlichen Motiven aus Indien geschaffen – unter anderem eine Bäuerin, die Wasser aus einem Brunnen nach Hause schleppt. Und während wir und die Handwerker letzte Hand anlegten, plärrten aus den Lautsprechern den ganzen Tag lang indische Geets und Ghaselen – die geträllerten Urdu-Balladen und Liebesgedichte unseres kulturellen Erbes.

Papa war jetzt wieder Big Abbas. Tagelang saß er mit meinem ältesten Bruder über dem Entwurf einer Anzeige für die Lokalzeitungen. Schließlich einigten sie sich auf einen Kompromiss, den sie in ein vollgekritzeltes Notizbuch skizzierten, und fuhren mit ihrer Vorlage zum Büro von *Le Jura* in Clairvaux-les-Lacs. Die Anzeige wurde an drei aufeinanderfolgenden Wochenenden geschaltet. Die Silhouette eines trompetenden Elefanten füllte eine ganze Seite, vorzugsweise die zwischen dem Sportteil und dem Fernsehprogramm. Der Ballon am Maul des Elefanten versprach jedem Leser, der dem Maison Mumbai einen Besuch abstattete, eine kostenlose Karaffe Wein. Der Slogan lautete: *»Maison Mumbai – indische Kultur in Lumière.«*

Und endlich sollte ich im stolzen Alter von achtzehn

Jahren meiner Berufung folgen. Es war Papas Idee, mich in die Küche zu verfrachten. Ammi war natürlich nicht mehr imstande, das dortige Regime zu übernehmen, schon gar nicht für hundert Gäste, und Tantchen war die einzige Frau ganz Indiens, die nicht kochen konnte. Nicht einmal ein Zwiebel-Bhaji brachte sie zuwege. Und auf mir lastete nun die ganze Verantwortung, die mich zu ersticken drohte. Ich hatte schlicht und einfach Angst vor meinem Schicksal. »Ich bin ein Junge!«, rief ich. »Soll Mehtab das doch machen.«

Papa gab mir einen Klaps auf den Hinterkopf. »Sie hat andere Aufgaben«, brüllte er. »Du hast dich länger mit Ammi und Bappu in der Küche aufgehalten als sonst jemand. Mach dir keine Sorgen. Du bist einfach nur nervös, Junge. Wir helfen dir schon.«

Und so verbrachte ich die nächsten Tage eingehüllt in Rauch und umgeben vom Rattern der Kochtopfdeckel, die heißer Dampf hüpfen ließ. Allmählich entstand vor meinem geistigen Auge eine grobe Version meines Eröffnungsmenüs, wobei ich mich jedoch immer wieder bei meiner Schwester und Papa rückversicherte. Ich übte und übte, bis ich mir meiner Sache sicher war: Lammhirn mit einer Füllung aus grünem Chutney im Eimantel auf dem Tawagrill gebacken, Hühnchen-Zimt-Masala und mit Essiggewürz gekochtes Rindfleisch. Als Beilagen entschied ich mich für gedämpfte Reisschnitten und gesiedeten Hüttenkäse mit Bockshornklee. Und als Vorspeise mein Lieblingsgericht: klare Lammfußsuppe.

Mein Lebensrad begann sich zu drehen. Während Ammi zusehends die Kontrolle verlor, übernahm ich sie. Die Demenz hatte sie nun ganz in ihrer Gewalt. Ihre gelegentlichen Aussetzer und unberechenbaren Anfälle, die wir in England erlebt hatten, waren Alltag geworden. Abwechselnd driftete sie in diesen fragilen Geisteszustand hinein und wieder hinaus und kehrte in immer seltener werdenden wachen Momenten zu uns zurück. Ich erinnere mich, wie sie mir über die Schulter sah und mir nützliche Tipps gab, etwa wie man das reichhaltige Aroma einer Zimtstange extrahiert, ganz wie in alten Tagen in der Napean Sea Road. Doch schon im nächsten Moment konnte sie aus dem Mund schäumen und mich verfluchen, als wäre ich ihr ärgster Feind. Sie so zu sehen, brach mir das Herz. Doch der Eröffnungstermin rückte immer näher, und da konnte ich es mir nicht leisten, sie händeringend zu bemitleiden. Stattdessen beugte ich mich lieber über meine Kadais.

Doch immer wieder kam es zu unschönen Szenen. Ammi kaprizierte sich gern auf mein Kicherbsen-Daal, einen der Grundpfeiler der indischen Küche, und oft stritten wir über dessen Zubereitung. Eines Tages bereitete ich die Suppe für die Eröffnung vor. Ich stand vor einem Topf, in dem das mit Zwiebeln und Knoblauch angereicherte Daal vor sich hinköchelte. Da kam Ammi zu mir und schlug mir fest mit einem Löffel auf den Arm.

»So machen wir Hajis das nicht«, sagte sie und grimassierte nach typisch indischer Manier. »Mach es so, wie ich es dir gesagt habe.«

»Nein«, beharrte ich. »Zum Schluss kommt eine Tomate hinein. Wenn die Haut platzt, erhält das Daal eine würzige Note und außerdem eine hübsche Farbe.«

Ammi verzog vor Abscheu das Gesicht und schlug mich abermals mit dem Löffel, diesmal auf den Kopf.

Doch Papa nickte mir hinter dem Rücken der alten Frau zu, und seine Aufmunterung schenkte mir Vertrauen. Ich rieb mir den brennenden Schädel und schob Ammi mit sanftem Druck aus der Küche hinaus.

»Bitte geh jetzt, Ammi, bitte! Und komm erst wieder, wenn du dich unter Kontrolle hast. Ich muss das Eröffnungsessen vorbereiten, verstehst du?«

Kurz darauf band ich, da ich dringend eine Verschnaufpause vom Eröffnungsstress benötigte, die Schürze los und machte mit Onkel Mayur einen Spaziergang in die Stadt. Es war am späten Vormittag, und Mehtab hatte uns gebeten, ein paar Dinge zu besorgen, darunter Waschpulver und Scheuerschwämme, um Töpfe und Pfannen zu schrubben.

Als wir, in jeder Hand eine Supermarkttüte, zurückkehrten, machte Onkel Mayur eine Nickbewegung in Richtung des Saule Pleureur und schnalzte ungehalten mit der Zunge.

Ein junger Bauer führte ein riesiges Schwein an einem Seil, das durch den Nasenring des Tiers gezogen war, zum Hintereingang des Restaurants. Ich schätze mal, dass es an die fünfhundert Pfund wog. Madame Mallory, Monsieur Leblanc und der Rest des Personals schwirrten mit geschäftigen Mienen heraus, beladen mit Eimern voll Wasser und Messern. Unter der Rosskastanie hatte man mehrere Holzplanken nebeneinander auf die Erde gelegt. Der große Bauerntisch, der am oberen Teil des Gartens stand, wurde gründlich abgeschrubbt. Als das Schwein den Köder aus Nesseln und Kartoffeln erblickte, der an einem strategisch ausgewählten Platz unter der Kastanie lockte, polterte es grunzend darauf zu. An den Ästen der Kastanie hing ein kompliziertes Flaschenzugsystem, wie ich bemerkte.

Auch der Pfarrer von Sainte-Augustine war herbeigeeilt und las einen Vers aus der Bibel vor, ehe er das Schwein, die Holzplanken und die Erde ringsherum mit Weihwasser besprenkelte, während sich seine Lippen lautlos im Gebet bewegten. Sogar der Bürgermeister war anwesend und stand neben dem Metzger, der seine Messer mit einem Wetzstein schärfte.

Noch heute sehe ich, wie der Bürgermeister ehrfürchtig den Hut abnahm und die paar wenigen Haarsträhnen, die er kunstvoll quer über den Schädel drapiert hatte, im Wind flatterten. Und ich sehe noch das groteske Bild vor mir, wie neben dem Bürgermeister mit seinen närrisch tanzenden Haaren der Metzger einen Revolver aus dem Schürzenbund nahm, zum Schwein ging und es mit einem Kopfschuss niederstreckte.

Ein Laut wie ein Bellen, dann die Leerung des Darms und schließlich das dumpfe Geräusch, als die Beine unter dem Tier nachgaben und dieses auf die Holzplanken plumpste. Monsieur Leblanc und drei weitere Männer zogen an dem Flaschenzug, und der Mechanismus sorgte dafür, dass die Planken zu dem sauber geschrubbten Tisch hinübergehievt wurden, während das Schwein noch immer heftig zuckte und wild mit den Beinen schlug.

»Christen!« Onkel Mayur schnaubte verächtlich. »Komm, lass uns gehen.«

Doch wir rührten uns beide nicht von der Stelle, sondern sahen gebannt zu, wie der Metzger die Kehle des Schweins aufschlitzte und sich aus der klaffenden Wunde ein Blutschwall in einen großen Plastikeimer ergoss. Nie werde ich den Anblick von Madame Mallory vergessen, die unter einem Wasserhahn an der Mauer Arme und Hände wusch, ehe sie sich daranmachte, mit beiden Armen das Blut zu rühren, während ihre Souschefin Essig hinzufügte, um zu verhindern, dass es gerann. Und wie sie gedünsteten Lauch, Äpfel und Petersilie sowie Sahne in den Eimer mit dem frischen Blut gaben, um dann Blutwurstdärme mit der dicklichen Masse zu füllen. Und ich erinnere mich noch an die machtvollen Gerüche, die der Wind zu uns herübertrug, den Gestank von Blut, Scheiße und Tod, und wie sie die Schweinsfüße abschabten, Stroh um den Kadaver streuten, es anzündeten und über dem Feuer die Borsten absengten. Wie die drei, der Metzger, Madame Mallory und ihre Souschefin, den Rest des Tages damit verbrachten, das Schwein zu zerlegen, während sie zwischendurch an einem Becher Weißwein nippten, ehe sie sich wieder daranmachten, mit einem Hackmesser das blutige Fleisch zu zerteilen, das noch lange dampfte. Und wie dieses öffentliche Schlachten am nächsten Tag weiterging, fast das ganze Wochenende in Anspruch nahm. Wie sie das Fleisch aus der Schweineschulter mit Salz und Pfeffer einrieben, es durch den Fleischwolf drehten und dann in Därme füllten, um die *saucissons* im hinteren Schuppen trocknen zu lassen, in jenem Schuppen, in dem auch Birnen und Äpfel und Pflaumen der Größe nach sortiert auf Holzregalen lagerten.

»Widerwärtig«, zischte Onkel Mayur. »Schweinefresser.«

Ich dagegen war nicht imstande zu sagen, was ich dachte. Dass ich selten etwas so Schönes gesehen hatte. Dass es nur wenige Dinge gab, die mich auf so beredte

Weise an die Erde gemahnten und daran, woher wir alle kommen und wohin wir wieder gehen werden. Wie hätte ich ihm auch sagen können, dass ich mich insgeheim zutiefst danach sehnte, Teil dieser Schweineschlachter-Welt zu werden?

Kapitel Sieben

»Oje, Abbas. Rate mal, wer einen Tisch reserviert hat – die Frau von gegenüber. Für zwei Personen.« Tantchen saß hinter dem antiken Schreibtisch am Eingang und nahm Reservierungen entgegen. Sorgfältig trug sie die Buchungen in eine schwarze Kladde ein. Papa brüllte: »Was? Hast du das gehört, Hassan? Die alte Frau von gegenüber will unsere fantastischen Gerichte probieren.«

In diesem Moment kam Ammi mit verwirrtem Ausdruck die Treppe herunter, während sie sich am Handlauf festklammerte. Tantchen hatte das Buch zugeschlagen und überprüfte in einem kleinen Handspiegel ihr Make-up. »Hör auf, in den Spiegel zu glotzen, du eitles Mädchen«, kreischte Ammi. »Wann heiratet Hassan eigentlich? Und was zieh ich dann an? Wer hat mir meine Sachen weggenommen?«

Wie so oft brachten sie sie in die Küche und gaben ihr eine einfache Aufgabe – manchmal half das. Natürlich war Ammi in der Küche das Letzte, was ich am Tag der Eröffnung brauchte, hier herrschte ohnehin ein einziges Chaos. Ich war furchtbar nervös und schaufelte gerade mit beiden Händen gewürfeltes Lamm und Okra in einen Topf, träufelte Zitrone darüber und gab ein wenig Sternanis und Kardamom, Zimt und gehackte Grapefruit dazu. Und Erbsen. Die Luft war erfüllt vom Gluckern in den Töpfen, von pikanten Dämpfen und nervösem Geschrei.

Sicher, Mehtab half mir, so gut sie konnte, hackte in einer Ecke Zwiebeln, aber sie schien ständig zwischen einem Tränenausbruch und unkontrolliertem Kichern zu schwanken. Und Papa trieb mich schier in den Wahnsinn, indem er hierhin und dorthin lief, vor allem zum Herd, auf dem die verschiedenen Saucen blubberten und von wo aus sie gelegentlich auf den Boden spritzten.

»Warum bin ich hier?«, fragte Großmutter. »Was soll ich tun?«

»Ist schon okay, Ammi. Wasch bitte …«

»Ich soll abwaschen?«

»Nein. Die Birnen. Die Birnen könntest du waschen.«

Und dann erschienen zu allem Überfluss auch noch die Wuschelköpfe von Arash und Mukhtar in der Schwingtür. Die kleinen Racker hatten mir gerade noch gefehlt. »Hassan ist ein Mädchen«, sangen sie. »Hassan ist ein Mädchen.«

»Wenn ihr verdammten Bengel nicht endlich euren Bruder in Ruhe lasst«, schrie Papa, »werdet ihr heut Nacht in der Garage schlafen!«

Tantchen platzte zur Schwingtür herein. »Das Reservierungsbuch ist voll. Wir sind bis auf den letzten Tisch ausgebucht!«

Papa legte mir seine mächtigen Pranken auf die Schultern und drehte mich zu sich um, sodass ich ihm in die Augen schauen musste, die vor Rührung feucht waren. »Mach uns stolz, Hassan«, sagte er mit bebender Stimme. »Denk immer daran, dass du ein Haji bist.«

»Ja, Papa.«

Natürlich mussten wir in diesem Moment alle an Mutter denken. Aber wir hatten keine Zeit für Sentimentalitäten, und so wandte ich mich rasch wieder der Stielpfanne zu, in der ich Vanillemark mit Pfifferlingen sautierte.

Währenddessen stand im Saule Pleureur auf der gegenüberliegenden Straßenseite Madame Mallory an ihrer makellosen Edelstahlküchentheke und überprüfte ein Hors d'Œvre aus Hecht-Carpaccio und ein Frikassee aus Süßwasseraustern. Hinter ihr bereitete ihr Personal wortlos und effizient die Speisen des Abends vor. Nur blitzschnelle Hackgeräusche waren zu hören sowie das Zischen von Fleisch, das im Grill vor sich hinschmorte, das Kratzen von Edelstahlutensilien und das Klappern von Holzclogs auf dem gekachelten Boden.

Madame Mallory entließ keinen Teller in den Speiseraum, ohne ihn nicht zuvor persönlich inspiziert zu haben. Mit den Fingerknöcheln überprüfte sie, ob die Austern heiß waren; mit einem Teelöffel kostete sie von der Trüffelspargel-Vinaigrette fürs Carpaccio, die keinen Tick zu salzig oder zu sauer sein durfte. Sie nickte zustimmend und tunkte die Ecke eines Geschirrtuchs in eine Wasserschüssel, um die Tellerränder sauber zu wischen.

»Hinaus damit«, rief sie. »Tisch sechs.«

Bei Madame Mallory musste alles klar, transparent und kontrolliert sein. Ein Kellner stand vor der Tafel – die eine Miniaturnachbildung der Tische zeigte – und steckte bei Tisch Nummer sechs ein blaues Filzstück unter das Kästchen, das für die Vorspeisen stand. Diese Wandtafel ermöglichte es Madame Mallory, mit einem Blick zu sehen, welcher Gast an welchem Tisch bei welchem Gang war.

»Beeil dich, die Austern werden sonst kalt.«

»Oui, madame.«

Der Kellner trat an die gegenüberliegende Seite des Ausgabetresens und schob die Teller auf ein mit Leinen ausgelegtes Tablett. Dann stülpte er eine silberne Speiseglocke über die Teller mit den Austern, ging ein wenig in die Knie und hob das Tablett schwungvoll auf den Arm, ehe er durch die Schwingtür verschwand.

Madame Mallory spießte den Bestellbon für Tisch sechs auf das Nagelbrett und sah auf ihre goldene Armbanduhr. »Jean-Pierre!«, rief sie über den Küchenlärm hinweg. »Übernimm bitte. Zwei Mal Ente. Tisch elf.«

Dann band sie die Schürze los, überprüfte im Spiegel ihre Frisur und ging durch die Schwingtür hinaus. Der Comte de Nancy Selière saß auf seinem angestammten Platz beim Erkerfenster. Der Pariser Banker, ein Gourmet, kam jedes Jahr zu dieser Zeit für zwei Wochen angereist. Er war ein guter Gast – stets buchte er Suite 9 und Vollpension –, und Madame Mallory überwand ihre Scheu und trat zu ihm, um ihn warmherzig zu begrüßen.

Der adlige Herr wirkte ungewohnt schwermütig. Vielleicht machte ihm das Alter zu schaffen – er war ein Mann in den mittleren Jahren –, aber es lag wohl vor allem daran, dass er diesmal nicht in Begleitung einer wesentlich jüngeren Dame war. Zum ersten Mal war der Gourmet allein.

Madame Mallorys Lieblingsgemälde, eine Ansicht des Marseiller Fischmarkts aus dem 19. Jahrhundert in Öl, hing neben dem Grafen an der Wand, und sie rückte es diskret gerade, nachdem ein anderer Gast es gestreift hatte. Ein Brotjunge in Uniformjacke mit Goldknöpfen und weißen Baumwollhandschuhen trat neben sie, einen Korb mit hausgemachtem Brot auf der Schulter.

»Diese Spinat-Karotten-Roulade aus Hartweizengrieß kommt frisch aus dem Ofen«, erklärte Madame Mallory ihrem Gast und deutete mit einer silbernen Brotzange auf ein Gebäckstück. »Sie schmeckt leicht süßlich und passt besonders gut zur geeisten *terrine de foie gras*, die wir unter Trüffel-Portwein-Gelee servieren.«

»Ach, Madame«, erwiderte der Comte de Nancy mit einem neckischen Lächeln auf den Lippen. »Sie stellen mich mal wieder vor die Qual der Wahl.«

Mallory wünschte ihm *bon appétit*, um dann ihre Runde durchs Restaurant zu machen. Sie nickte bekannten Gesichtern zu und blieb kurz stehen, um einen herabhängenden Orchideenstängel aufzurichten, ehe sie dem Weinkellner eine ärgerliche Bemerkung ins Ohr flüsterte. Der Ärmel seiner Kellnerjacke wies einen Rotweinfleck auf, und sie befahl ihm, sie zu wechseln.

»Tout de suite«, zischte sie. »Dass ich Sie überhaupt darauf aufmerksam machen muss!«

An der Rezeption nahmen Monsieur Leblanc und seine Assistentin Sophie neu eingetroffenen Gästen die Mäntel ab – einem Pariser Paar, das übers Wochenende kam –, und Madame Mallory wartete diskret, bis Leblanc frei war. »Lass es uns hinter uns bringen«, sagte sie. »Und du, Sophie, stell bitte die Musik etwas leiser. Die Satie-Kassette ist eine Idee zu laut. Sie sollte nur ganz sachte im Hintergrund zu hören sein.«

Die Nacht war schwarz wie ein *boudin noir* – eine Blutwurst –, und die Sterne kamen mir wie die Fettstückchen darin vor. Die Eulen heulten im Geäst der Linden und Kastanien, und die Birkenstämme stachen, vom Mondlicht beschienen, wie Silbermasten aus der Nacht hervor.

Doch von nächtlicher Stille konnte in unserer Straße nicht die Rede sein. Die hell erleuchteten Fenster des ehemaligen Herrenhauses, das erwartungsvolle Geschnatter der ankommenden Gäste und der vertraute Geruch brennender Birkenscheite, der durch die Luft waberte – das alles sorgte für eine heitere, festliche Stimmung.

Unser Restaurant war bereits halb gefüllt, und Autos aus der ganzen Region hatten die Straße zugeparkt, als Madame Mallory und Monsieur Leblanc in der tintenfarbenen Nacht die wenigen Meter zwischen den beiden Restaurants überwanden, um sich dann hinter Monsieur Iten und seiner sechsköpfigen Familie am Eingang einzureihen.

Papas wuchtige Silhouette erschien im lichtdurchfluteten Türrahmen. Seinen enormen Körperumfang hatte er in eine Kurta aus Rohseide gezwängt, und seine Brust mit den haarigen Brustwarzen zeichnete sich unter dem glänzenden Material ab. »Guten Abend«, dröhnte er. »Willkommen, Monsieur Iten. Und Ihre liebenswürdige Familie. Mein Güte, was für hübsche Jungs Sie haben, Madame Iten. Kommen Sie mit Ihren Lausbuben herein. Wir haben einen sehr schönen Tisch in der Nähe des Gartens für Sie reserviert. Meine Schwester bringt Sie hin.«

Nachdem die Familie an ihm vorbeigegangen war, trat Papa abermals einen Schritt vor, um die kleine Steintreppe hinabzuspähen, zu den nächtlichen Gestalten, die in der spärlichen Beleuchtung warteten. »Aah«, sagte er, als er schließlich Madame Mallory und Monsieur Leblanc erkannte. »Unsere Nachbarn. Guten Abend. Guten Abend, bitte, hereinspaziert.«

Ohne ein weiteres Wort drehte sich Papa um und watschelte in seinen weißen Schlappen voran in Richtung Restaurant. »Wir sind bis auf den letzten Platz ausgebucht«, schmetterte er über den Geräuschpegel hinweg. Sie kamen an dem trompetenden Elefanten, den Air-India-Postern und den Plastikrosen vorbei, und Madame Mallory zog ihren Schal schützend um die Schultern.

Papa warf nachlässig zwei Plastikspeisekarten auf einen Tisch für zwei Personen. Aus den Lautsprechern über ihnen heulten Suresh Wadkar und Hariharan ihre Urdu-Lieder, und die Wand vibrierte sichtlich, als während einer besonders leidenschaftlichen Passage die Sarangi und Tabla noch ein paar Dezibel zulegten.

»Ein sehr guter Tisch!«, schrie Papa gegen die Musik an.

Monsieur Leblanc beeilte sich, für Madame Mallory einen Stuhl zurechtzurücken, in der Hoffnung, eine bissige Bemerkung ihrerseits abfangen zu können. »Danke. Glückwunsch zur Eröffnung. Wir wünschen Ihnen viel Erfolg«, sagte er.

»Danke. Vielen Dank. Sie sind herzlich willkommen.«

Madame Mallory schloss entsetzt die Augen, als Papa bellte: »Zainab!«, und zwar so laut, dass einige Gäste erschrocken von ihren Stühlen aufsprangen. Meine sieben Jahre alte Schwester trabte gehorsam mit einem Sträußchen Stiefmütterchen zu Madame Mallorys Tisch. Sie trug ein einfaches weißes Kleid, und selbst Madame Mallory musste insgeheim wohl zugeben, dass ihre zimtfarbene Haut im Licht schimmerte und sich wunderschön gegen die schneeweiße Baumwolle abhob. Zainab reichte Madame Mallory die Blumen und senkte schüchtern den Blick. »Willkommen im Maison Mumbai«, sagte sie sanft.

Papa strahlte über beide Wangen, und Madame Mallory beugte sich zu dem Mädchen vor und strich ihr über die Haare, die Mehtab zuvor mit einer Tinktur eingeölt hatte. »Wie charmant«, sagte Madame Mallory steif und wischte sich unter dem Tisch verstohlen die Hand an ihrer Stoffserviette ab.

Sie wandte sich wieder Papa zu. »Helfen Sie uns, Monsieur Haji«, sagte sie und deutete auf die Speisekarte. »Wir kennen uns mit Ihrer Küche überhaupt nicht aus. Empfehlen Sie uns doch etwas, am besten Sie servieren uns die Spezialitäten des Hauses.«

Papa grummelte etwas und stellte unsanft eine Flasche Rotwein auf den Tisch. »Der geht aufs Haus«, sagte er. Natürlich kannte Madame Mallory das Etikett. Es war der einzige wirklich schlechte Wein des ganzen Tals. *»Non«*, sagte sie. *»Merci.* Für uns bitte keinen Wein. Was trinken Sie gewöhnlich zum Essen?«

»Bier«, erwiderte Papa.

»Bier?«

»Kingfisher-Bier.«

»Dann bringen Sie uns doch bitte zwei Bier.«

Papa watschelte in die Küche, wo ich dabei war, gemahlenen Mais mit Koriander in einer Tawa zu kochen, und schrie mir seine Bestellung zu. Anhand seiner roten Wangen konnte ich erkennen, dass sein Blutdruck zu hoch war, und ich warnte ihn mit erhobenem Finger, sich nicht weiter aufzuregen.

»Setz ihnen etwas vor, das ihnen die Sprache verschlägt«, sagte er.

Im Restaurant ging es hoch her, und Madame Mallory war bestimmt überrascht zu sehen, wie viele Bewohner Lumières sich eingefunden hatten, um mit uns die Eröffnung zu feiern. Madame Picard, die Obstbäuerin, ließ sich den Hauswein schmecken und wirkte ein wenig beschwipst; und der Bürgermeister war mit seiner ganzen Familie gekommen, einschließlich seines Bruders, des Rechtsanwalts. Sie saßen an einem Ecktisch und brüllten einander nicht ganz jugendfreie Witze zu. Während Madame Mallory den Blick durch den Saal schweifen ließ, kam Onkel Mayur angewatschelt, stellte mürrisch zwei Flaschen Bier auf den Tisch und öffnete sie.

Plötzlich stürmten Mukhtar und Arash, meine zwei jüngeren Brüder, zwischen den Tischen hindurch, bis mein Onkel Arash am Genick zu fassen kriegte und ihm eine Backpfeife verpasste. Das Geheul des Jungen durchschnitt die Luft, und als ob das nicht schon genug gewesen wäre, spazierte auch noch Ammi aus der Küche, verärgert wegen all der fremden Leute in ihrem Haus, und steuerte schnurstracks auf den Ecktisch zu, wo sie den verblüfften Bürgermeister in den Arm zwickte. Der stieß einen unterdrückten Fluch aus, woraufhin Papa zu ihm eilte, um sich zu entschuldigen und ihn über Ammis Geisteszustand aufzuklären.

Dann kehrte wieder einigermaßen Ruhe ein. Die ersten Gerichte wanderten aus der Küche heraus. Die Teller und Edelstahlplatten klirrten in den unerfahrenen Händen des französischen Jungen, während er sich mit den dampfenden Speisen zwischen den Tischen hindurchschlängelte, und die Gäste reckten die Hälse und gaben erstaunte Kommentare von sich. Als ein Berg Krabben-Samosas und eine weitere Flasche Wein – auch die aufs Haus – auf seinem Tisch landeten, fand der Bürgermeister seine gute Laune wieder. In diesem Moment stand Madame Mallory unversehens auf und begab sich zum hinteren Teil des Restaurants, wo es zur Küche ging.

Und dort, mit dem Rücken zur Tür, stand ich, die Hände und Unterarme mit einer undefinierbaren öligen Gewürzmischung bedeckt. Ich schüttete gerade etwas Garam Masala in eine Kasserolle mit Hammelfleisch. Währenddessen kochte ein Topf mit geklärter Butter über, und ich befahl Mehtab aufgeregt, die Butter – die eine Verbindung mit Zwiebelschalen, verstreutem Salz und Safran eingegangen war – in eine Bratpfanne zu geben.

»Nichts vergeuden. Macht nichts, schmeckt trotzdem gut.«

Ich blickte über die Schulter zur Tür.

Ich weiß nicht, was mich dazu bewogen hatte, aber es war, als hätte ich eine negative Energie im Rücken gespürt.

Doch durch die Glastür war niemand zu sehen.

Madame Mallory indessen hatte gesehen, was sie sehen wollte, und kehrte zu ihrem Platz gegenüber Monsieur Leblanc zurück. Während sie am Bier nippte, beschwor sie im Geiste zufrieden die Szene herauf, die sich gerade in ihrem Restaurant auf der anderen Straßenseite abspielte.

Die leise im Hintergrund klimpernde Musik von Strawinsky. Die eingespielte Choreografie, wenn an einem

Tisch gleichzeitig die silbernen Speiseglocken von den Tellern gehoben wurden. Die Gäste, die gesittet ihre Bouillabaisse schlürften. Das köstliche Aroma, das geröstetes Spanferkel mit einer Orchideenblüte verströmte. Präzision, Perfektion, Berechenbarkeit.

»Auf das Saule Pleureur«, sagte Madame Mallory und erhob ihr Bierglas, um mit Monsieur Leblanc anzustoßen.

Der picklige junge Kellner erschien und stellte ziemlich ungeschickt die Speisen auf den Tisch: eine Schüssel Goa-Fischeintopf, dick und sämig. Huhn-Tikka, in rosa Gewürzen und Zitrone mariniert und anschließend gegrillt, bis die Ränder schwarz wurden und sich wellten. Ein Spieß Lammleber, in Joghurt eingelegt, gegrillt und mit gerösteten Pinienkernen bestreut, so groß, dass er kaum auf der angeschlagenen Platte Platz fand. Ein Masala mit Pilzen, die ihm mehr Konsistenz verleihen sollten, jedoch als unkenntliche Brocken unter einem Tarka-Ölfilm schwammen. Eine Kupferpfanne mit Okras, Tomaten und Blumenkohlröschen, die zugegebenermaßen in einer ziemlich unappetitlich anmutenden braunen Soße schwammen. In einer Keramikschüssel wölbte sich lockerer gelber Basmatireis, aus dem hie und da ein spitzes Lorbeerblatt hervorragte. Dann folgte eine verwirrende Auswahl an Beilagen – sauer eingelegte Karotten, kalter Joghurt mit Gurken, ungesäuertes Brot überzogen mit verkohlten Blasen und Knoblauch.

»So viele Gerichte«, sagte Madame Mallory. »Ich hoffe, das Essen ist nicht zu scharf. Ich habe erst einmal indisch gegessen, in Paris, und das war grauenhaft. Noch die nächsten zwei Tage durfte ich erleben, wie es in mir brannte – wenn du verstehst, was ich meine.«

Doch die Gerüche, die durch das Restaurant zogen, hatten sie und Monsieur Leblanc hungrig gemacht, und so gaben sie sich großzügig von dem Reis, dem Fisch, dem Blumenkohl und der knusprigen Leber auf ihre Teller.

»Du wirst nicht glauben, was ich gerade in der Küche gesehen habe.« Madame Mallory schluckte eine Gabel voll Reis, Okra und Fisch hinunter. »In Kürze werden sie die Hygienepolizei auf dem Hals haben. Der Junge hat tatsächlich ...«

Doch Madame Mallory hielt mitten im Satz inne. Sie blickte auf ihren Teller und runzelte die Stirn. Dann nahm sie noch eine Gabel voll und kaute rhythmisch, sodass sich der Geschmack in ihrem Gaumen ausbreitete. Plötzlich schoss ihre Hand über den Tisch und ihre Finger gruben sich in Monsieur Leblancs Unterarm.

»Was ist denn, Gertrude? Gütiger Himmel, du siehst ja furchtbar aus. Geht es dir nicht gut? Was hast du denn?«

Madame Mallory zitterte und schüttelte ungläubig den Kopf.

Sie kostete nochmals von ihrem Teller. Aber nun war auch der letzte Funken Ungewissheit, jeder Hoffnungsschimmer erloschen, und die Wahrheit ließ sich nicht mehr leugnen.

Da war es.

Madame Mallory ließ ihre Gabel achtlos auf den Tisch fallen. *»Ah, non, non, non«,* stöhnte sie.

»Um Himmels willen, Gertrude, nun sag mir endlich, was los ist. Du machst mir ja Angst.«

Nie zuvor hatte er sie so aufgelöst erlebt, mit einem Blick, der ihm das Blut in den Adern gefrieren ließ. Sie bot das Bild eines Menschen, der vollkommen am Boden zerstört ist, der mit einem Mal den Sinn seines Lebens verloren hat.

»Er hat es«, zischte sie. »Er hat es.«

»Was? Was hat er? Und wer hat was?«

»Der Junge«, krächzte sie. »Der Junge hat das, was ... Oh, wie ist das Leben ungerecht.«

Madame Mallory griff nach ihrer Serviette und presste sie an die Lippen, um die Laute zu unterdrücken, die sich ihrer Kehle entrangen.

»Oh. Oh.«

Die Gäste an den anderen Tischen drehten sich um, und plötzlich wurde Madame Mallory bewusst, dass alle sie fasziniert anstarrten. Sie nahm ihre ganze Kraft zusammen, setzte sich aufrecht hin, tastete nach ihrem Haarknoten, und ihr Lächeln gefror zu einer eisigen Maske. Die Köpfe der Gäste wandten sich langsam wieder ihren Tellern zu.

»Schmeckst du es denn nicht?«, flüsterte Madame Mallory.

Ihre Augen leuchteten, als hätten der Cayennepfeffer und das Curry sie innerlich entflammt. »Es ist zwar derb, aber dennoch. Trotz all der Schärfe ist es da, und der kalte Joghurt bringt es erst richtig zur Geltung. Ja, genau, es liegt am Kontrapunkt, an den gegensätzlichen Geschmacksnuancen, die sich vereinen.«

Monsieur Leblanc warf seine Serviette auf den Tisch. »Wovon zum Teufel redest du eigentlich, Gertrude? Nun sag endlich, was du meinst.«

Doch zu seiner großen Verblüffung senkte Madame Mallory stattdessen den Kopf und begann in ihre Serviette hineinzuweinen. Nie in den vierunddreißig Jahren ihrer Partnerschaft hatte er sie weinen sehen. Geschweige denn in der Öffentlichkeit.

»Talent«, sagte sie mit durch den Stoff gedämpfter Stimme. »Talent, etwas, was man nicht lernen kann. Dieser magere indische Junge hat dieses geheimnisvolle Etwas, was einen Spitzenkoch ausmacht und was es nur einmal in einer Generation gibt. Verstehst du denn nicht? Er ist einer dieser wenigen Köche, denen es in die Wiege gelegt wurde. Er ist ein *Künstler. Ein großer Künstler*.«

Unfähig, dem Tränenstrom Einhalt zu gebieten, brach sie in herzergreifendes Schluchzen aus. Ihre schmerzvollen Japser erfüllten das Restaurant und brachten den ganzen Saal zum Schweigen.

Papa rannte zu ihrem Tisch. »Was ist los mit ihr? Ist was mit dem Essen? Zu scharf?«

Monsieur Leblanc bat um Verzeihung, beglich die Rechnung, fasste die verstörte Madame Mallory beim Ellbogen und zog die noch immer weinende Frau aus dem Restaurant und über die Straße hinüber zu ihrem Restaurant.

Der Pfarrhund jaulte.

»Non, non«, heulte sie. »Ich kann mich unmöglich in diesem Zustand vor meinen Gästen zeigen.«

Leblanc gelang es, sie über die hintere Wendeltreppe, die sonst nur das Personal benutzte, in ihre Wohnung hinaufzuführen, wo die Unglückliche aufs Sofa sank.

»Lass mich ...«

»Ich geh wieder nach unten, aber wenn du mich brauchst ...«

»Geh, nun geh schon! Du verstehst es nicht. Niemand versteht es.«

»Wie du willst, Gertrude«, sagte er ruhig. »Gute Nacht.«

Leise schloss er die Tür hinter sich. Doch so plötzlich allein in dem dunklen Raum, vermisste Madame Mallory auch schon Leblancs beruhigende Gegenwart. Aber als sie ihn zurückrufen wollte, war es zu spät. Leblanc war bereits gegangen. Da barg die alte Dame das Gesicht in einem Kissen und schluchzte wie ein kleines Mädchen.

In jener schicksalhaften Nacht, nachdem das Maison Mumbai seine Pforten geöffnet hatte, schlief Madame Mallory schlecht. Die ganze Nacht wälzte sie sich im Bett hin und her. Ihr Schlaf war ein einziger Albtraum, eine Abfolge von Horrorszenarien, darunter das Bild eines gigantischen Kupferkessels, in dem ein geheimnisvolles, aber köstlich duftendes Gericht brodelte. Es war, wie sie keuchend erkannte, die Suppe des Lebens, nach deren Rezept sie immer schon gesucht hatte – sie wollte, musste es jetzt bekommen. Doch ganz gleich wie oft sie das Gefäß umrundete und versuchte, sich an der glatten Fläche hochzuziehen, immer wieder rutschte sie ab, und es gelang ihr nicht, von der *potage* zu kosten. Stattdessen landete sie jedes Mal wie ein Liliputaner auf dem Boden, zu klein, um in den Kessel zu spähen und ihm sein Geheimnis zu entlocken.

Es war noch dunkel, als Madame Mallory aus dem Schlaf hochschrak. Draußen vor dem Fenster zwitscherten die ersten Spatzen in ihrer geliebten Trauerweide, deren rutenförmige Äste von Raureif überzogen waren.

Madame Mallory stand mühsam auf und ging steifbeinig, aber zielstrebig durch ihr Schlafzimmer. Ohne ihr Spiegelbild und damit die Zeichen des Alters – die hängenden Wangen, die Sorgenfalten – zu betrachten, putzte sie sich am Waschbecken grimmig die Zähne. Dann stülpte sie einen Bügel-BH über ihre verwelkten Brüste, streifte sich ein marineblaues Wollkleid über den Kopf und fuhr sich mit energischen Bürstenstrichen durchs Haar. Kurz darauf polterte sie die Treppe hinunter und klopfte an Monsieur Leblancs Tür.

»Aufstehen. Zeit, um auf den Markt zu gehen.«

In seinem dunklen Zimmer, in seinem warmen Daunendeckenkokon, rieb sich ein erschöpfter Monsieur Leblanc die Augen. Dann drehte er den faltigen Hals zur Leuchtanzeige seines Weckers.

»Bist du wahnsinnig?«, rief er durch die Tür. »Mein Gott, es ist ja erst halb fünf. Ich bin erst vor wenigen Stunden ins Bett gegangen.«

»Erst halb fünf! Erst halb fünf! Glaubst du, die Welt wartet auf uns? Los, steh auf, Henri. Ich will die Erste in den Geschäften sein.«

Kapitel Acht

Noch ziemlich schläfrig, aber in bester Stimmung trafen wir um sieben Uhr dreißig in der Stadt ein, später als gewöhnlich, weil wir die gelungene Restauranteröffnung bis in die frühen Morgenstunden gefeiert hatten. Wie immer steuerten wir als Erstes den Fischladen von Monsieur Iten an, in dem es nach Salzhering roch. Mehrere Kunden standen bereits Schlange, und wir reihten uns hinter ihnen ein. Papa nutzte die Gelegenheit, um sein Pidgin-Französisch an der Frau des Geschäftsführers von einem der beiden Sägewerke auszuprobieren.

»Maison Mumbai. *Bon, nah?*«

»*Pardon?*«

Wir waren an der Reihe.

»Guten Morgen«, sagte Papa auf Englisch, wie immer zu laut. »Was haben Sie heute Besonderes für uns, Monsieur Iten? Allen Gästen hat Hassans Fischcurry besonders geschmeckt.«

Monsieur Iten war erschreckend rot im Gesicht, als hätte er zu viel getrunken, und stand steif im hinteren Teil seines Ladens.

»Monsieur Haji«, sagte er leicht nuschelnd. »Es gibt leider keinen Fisch mehr.«

»Hahaha. Guter Witz.«

»Wirklich, es gibt keinen Fisch mehr.«

Papa blickte auf die Tabletts mit silbrigem Lachs und bretonischen Krabben, deren Scheren von Gummibändern zusammengehalten wurden, und auf die Keramikschüssel mit norwegischem Salzhering.

»Und was ist das? Fisch, oder nicht?«

»Fisch, ja. Aber bereits verkauft.«

Papa sah sich um, und die Kunden hinter ihm wichen ein wenig zurück, studierten geflissentlich ihre Füße und stocherten mit den Fingern in ihren Einkaufsnetzen herum.

»Was geht hier vor?«

Mit leeren Händen verließen wir den Laden und steuerten den Marktplatz an. Einige der Bewohner, die am Abend zuvor bei uns gegessen hatten, senkten den Kopf und wichen unserem Blick aus. Unseren Morgengruß beantworteten sie mit einem mürrischen Grummeln. Ganz gleich, an welchen Stand wir kamen, immer bekamen wir dieselbe Antwort. Egal, ob wir auf einen Kürbis deuteten, einen Kohlkopf oder ein Dutzend Eier, immer waren die jeweiligen Produkte »leider schon verkauft«. Von allen ignoriert, standen wir bis zu den Knöcheln in einem Teppich aus Salatblättern und lila Einwickelpapier.

»Hrrr!«, stieß Papa aus, als er plötzlich den grauen Lodenmantel von Madame Mallory um eine Ecke biegen sah.

Ich zog an seinem Ellbogen und machte ihn auf Madame Picard aufmerksam, deren windgegerbtes Gesicht, eine Maske aus Abscheu, ebenfalls in die Richtung blickte, in der wir gerade die Mantelschöße der Starköchin hatten verschwinden sehen.

Die Witwe Picard wandte sich uns zu und bedeutete

Papa und mir mit ihrer schmutzigen Hand, ihr in ihren Stand zu folgen. »Mallory. Sie hat uns verboten, Ihnen Waren zu verkaufen.«

»Wie?«, erwiderte Papa. »Wie kann sie Ihnen verbieten, uns etwas zu verkaufen?«

»Pff.« Die Witwe Picard fuchtelte mit der Hand. »Diese Frau steckt ihre Nase in jedermanns Geschäft. Sie kennt jedermanns Geheimnisse. Ich habe zufällig gehört, wie sie Monsieur und Madame Rigault – diesem netten alten Ehepaar – gedroht hat, sie beim Finanzamt anzuschwärzen. Weil es ja sein könnte, dass sie nicht jeden Centime angeben, den sie einnehmen. Stellen Sie sich das vor. Was für eine schreckliche Frau.«

»Aber warum hasst sie uns so?«, fragte Papa.

Madame Picard spuckte in einen Haufen Kohlblätter. »Wer weiß?« Sie zuckte die Schultern und rieb sich die Hände, um sich zu wärmen. »Wahrscheinlich weil Sie Ausländer sind. In ihren Augen gehören Sie nicht hierher.«

Papa stand ein paar Sekunden lang stocksteif da, dann machte er auf dem Absatz kehrt und ging. Er sagte nicht einmal auf Wiedersehen. Um seine Unhöflichkeit wettzumachen, bedankte ich mich überschwänglich bei Madame Picard für ihre Hilfe. Sie drückte mir zwei fleckige Birnen in die Hand und sagte, sie hätte uns gern mehr geholfen, aber das könne sie leider nicht. »Sie hat mich auch auf dem Kieker, weißt du.«

Madame Picard spuckte nochmals aus, und ich fühlte mich an die alten Frauen in Bombay erinnert.

»Nimm dich vor dem bösen Weib in Acht, Junge.«

Erst auf dem Parkplatz holte ich Papa wieder ein. Während er sich auf den Fahrersitz plumpsen ließ und sich nachdenklich über das Lenkrad lehnte, sackte der Sitz beträchtlich ein. Sein Blick wanderte über den Parkplatz hinweg zu den Jurabergen im Hintergrund, doch statt wütend zu sein, wirkte er einfach nur unendlich traurig. Sein Verhalten verunsicherte mich mehr, als wenn er einen seiner berüchtigten Tobsuchtsanfälle bekommen hätte.

»Was nun, Papa?«

»Ich denke gerade an deine Mutter. Diese Menschen von der Napean Sea Road – damals konnten wir uns nicht vor ihnen verstecken. Hab ich recht oder nicht? Und hier in Lumière wiederholt es sich.«

»Ach, Papa.«

Ich hatte Angst, dass er wieder in seine Depression verfallen könnte, doch es war, als hätte meine bebende Stimme ihn aus seiner Melancholie gerüttelt, denn er sah mich lächelnd an und drehte entschlossen den Zündschlüssel um.

»Mach dir keine Sorgen, Hassan. Wir Hajis lassen uns nicht unterkriegen.«

Er legte mir seine Pranke aufs Knie und drückte es, bis ich vor Schmerz aufschrie.

»Dieses Mal laufen wir nicht davon.«

Den Arm um meine Rückenlehne gelegt, lenkte er den Wagen rückwärts aus der Parklücke und auf die Straße. Die entgegenkommenden Autos hupten wütend. Während er in den ersten Gang schaltete und der Mercedes mit dröhnendem Motor auf die Ampel zubrauste, sagte er: »Diesmal werden wir kämpfen.« Seine Stimme klang so kalt und hart wie Stahl.

Papa fuhr schnurstracks nach Clairvaux-les-Lacs, in die nächstgrößere, siebzig Kilometer entfernte Provinzstadt. Den ganzen Tag lang verhandelten wir mit Lieferanten. Wir klapperten die Kopfsteingassen ab und versuchten, einen Obst- und Gemüsegroßhändler gegen den anderen auszuspielen.

Nie hatte ich Papa brillanter erlebt, niemals entschlossener, auf charmante Weise den Willen seiner Verhandlungspartner zu beugen, nie war es ihm besser gelungen, sich großmütig zu zeigen, den anderen Männern das Gefühl zu geben, gewonnen zu haben.

Wir kauften einen Tiefkühllieferwagen und heuerten einen Fahrer an. Am späten Vormittag rief Papa im Maison Mumbai an und trug meiner Schwester auf, sich um die wenigen Mittagsgäste zu kümmern – ich sei rechtzeitig zurück, um das Abendessen zu kochen. Nachdem er der örtlichen Filiale der Société Générale einen Besuch abgestattet und die Kaufsumme für den Lieferwagen angewiesen hatte, beluden Papa und ich den Kofferraum unseres zerbeulten Mercedes mit Lammkeulen, Körben voller Meeresfrüchte und Hechte, orangen Netzsäcken mit Kartoffeln, Blumenkohl und Zuckererbsen.

Das Problem unseres kurzfristigen Versorgungsengpasses hatten wir mühelos gelöst.

Kein Gast sollte auch nur ahnen, dass wir in Schwierigkeiten waren.

Am nächsten Morgen zog Madame Mallory schwungvoll die Tür ihres Restaurants auf und atmete tief ein, während sie auf die Schwelle trat. Sie fühlte sich so gut wie lange nicht mehr. Sie roch den Schnee, der inzwischen die zerklüfteten Juraberge bedeckte. Die Sonne hatte es noch nicht geschafft, den Morgenreif zu schmelzen, der Madame Mallory von überallher kulissenreif entgegenglitzerte. Das Glockengeläut zur Frühmesse in Sainte-Augustine war gerade am Abklingen, als plötzlich ein stattlicher Hirsch über ein silbernes Feld jagte und sich in den Schutz des Fichtenwalds rettete. Es war Jagdsaison. Das erinnerte sie daran, dass sie unbedingt zu Monsieur Berger gehen musste, um die Rehkeule abzuholen, die in seinem Schuppen für sie bereithing.

Sie erfreute sich gerade der Schönheit dieses Morgens, als sie einen Lastwagen die Straße entlangrumpeln hörte. Der Fahrer schaltete in einen niedrigeren Gang, und sie drehte das Gesicht in die Richtung, aus der das knatternde Geräusch kam. Im nächsten Moment bog der Kleinlaster auch schon in die Einfahrt des Dufour-Anwesens und sie konnte die Aufschrift auf dem Heck lesen, die dort in großen Goldlettern prangte:

MAISON MUMBAI.

»Ah non. Non.«

Die Seiten des Lieferwagens zierten Urdu-Verse in einer verschnörkelten grellorangen und rosa Schrift. An den Kotflügeln flatterten schwarze Kreppstreifen. Auf einem Aufkleber an der hinteren Wagentür stand auf Englisch BITTE HUPEN. Ein anderer verkündete: ACHTUNG, UNSERE MUTTER BITTET FÜR UNS.

Der Fahrer sprang heraus, und sie sah, dass sein Sitz mit einer Quastenbordüre verziert war. Er ging zum Heck und öffnete schwungvoll die Tür, und der morgendlichen Zuschauerin bot sich der Anblick eines Kühlraums voller Lammkeulen, Geflügel und Zwiebelsäcke.

Madame Mallory warf mit einer solchen Wucht die Tür zu, dass Monsieur Leblanc erschrocken zusammenfuhr und sich ein Tintenfleck über seine Papiere ergoss.

»Gertrude ...«

»Oh, lass mich bloß in Ruhe. Warum bist du mit den Unterlagen nicht längst fertig? Im Ernst, du brauchst immer länger dafür. Vielleicht sollten wir doch einen jüngeren Mann für die Buchführung einstellen ...«

Sie wartete gar nicht auf eine Antwort, auch schien es sie nicht zu interessieren, welche Wirkung ihre Bemerkung auf Monsieur Leblanc hatte, der zutiefst getroffen war. Stattdessen marschierte sie den Flur entlang, dann durch den Speisesaal und riss die Küchentür auf.

»Wo ist die Terrine, Margaret? Ich will sie probieren.«

Ihre zweiundzwanzigjährige Assistentin reichte Madame Mallory eine Gabel und schob ihr vorsichtig die ziegelsteinförmige Terrine aus Spinat, Hummer und Kürbis hinüber. Die alte Dame runzelte konzentriert die Stirn, während sie den Geschmack auf der Zunge zergehen ließ.

»Wie lange bist du nun schon bei mir, Margaret? Drei Jahre?«

»Sechs, Madame.«

»Sechs Jahre. Und du weißt immer noch nicht, wie man eine anständige Terrine zubereitet? Unglaublich. Diese hier schmeckt wie ein Babypopo. Geschmacklos, matschig, furchtbar.« Sie fegte das beleidigende Beweisstück von der Küchentheke und in den Abfalleimer.

»Und jetzt machst du noch mal eine, und zwar richtig.«

Margaret, die die Tränen herunterschluckte, duckte

sich zu dem Schrank unter der Arbeitsfläche, um eine Glasschüssel hervorzuholen.

»Und du, Jean-Pierre, brauchst gar nicht so schockiert zu glotzen. Dein Schmorbraten ist neuerdings inakzeptabel. Ja, inakzeptabel. Das Fleisch sollte so zart sein, dass es auf der Gabel zerfällt – bei dir ist es bitter und angebrannt. Sieh nur, wie du das machst. Wo hast du das gelernt? Von mir bestimmt nicht.«

In ihrem Feuereifer, mit dem sie die Küche durchquerte, stieß sie den jungen Marcel zur Seite und der Lehrling strauchelte und schlug sich den Arm schmerzhaft an der scharfen Kante des Stahlherds an.

Madame Mallory war jetzt bei Jean-Pierre angekommen, der vor einer Kasserolle stand, und packte eine große Küchenzange. Dieser Anblick beunruhigte das Küchenpersonal nur noch mehr, denn die Zange gehörte zu dem persönlichen Depot an Küchenutensilien, die Madame in einer Lederkassette unter dem zentralen Küchentresen aufbewahrte; und wenn sie etwas davon zum Vorschein brachte, bedeutete dies, dass es ernst wurde.

»Ein Perlhuhn muss immer wieder gedreht werden, und zwar alle sieben Minuten, damit sich der Saft gleichmäßig im Fleisch verteilt. Ich habe dich bei der Arbeit beobachtet. Du misshandelst das Geflügelfleisch. Du bist grob wie ein Bauer. Und auch für Wildbret hast du kein Händchen. Du musst mit mehr Feingefühl rangehen. Siehst du? Schau, wie ich es mache. Meinst du, du schaffst das, du Schwachkopf?«

»Oui, Madame.«

Madame Mallory stand mitten in ihrer Küche, ihre stattliche Brust hob und senkte sich heftig, und ihr Gesicht war mit roten Flecken übersät. Das Personal war wie erstarrt unter ihren vor majestätischem Zorn blitzenden Augen.

»Ich will Perfektion. Nichts weniger als Perfektion. Und wer nicht liefert, was von ihm erwartet wird, muss mit der Kündigung rechnen.« Madame Mallory packte eine Keramikschüssel und schmetterte sie auf den Boden. »Habt ihr verstanden? Marcel, feg die Scherben auf.«

Madame Mallory rauschte aus der Küche hinaus und polterte die Holztreppe zu ihrer Dachwohnung hinauf. Die Überlebenden in der Küche waren unfähig zu sprechen – zu benommen, um zu begreifen, was ihnen gerade widerfahren war, und es dauerte ein paar Minuten, bis der Rauch verflogen war.

Zu ihrem Glück wurde kurz darauf Madame Mallorys Aufmerksamkeit von etwas anderem in Anspruch genommen. Wütend polterte sie wieder die Treppe herunter, schoss aber diesmal zur Haustür. »Was machst du da?«, kreischte sie über den Hof.

Der Bürgermeister, der gerade die Straße überqueren wollte, blieb abrupt stehen. Mit hochgezogenen Schultern drehte er langsam den Kopf in ihre Richtung.

»Gertrude, verdammt, du hast mich zu Tode erschreckt!«

»Warum schleichst du so durch die Gegend?«

»Ich schleiche nicht.«

»Lüg mich nicht an. Ich habe dich dabei ertappt, wie du da drüben zum Mittagessen gehen wolltest.«

»Und wenn?«

»Und wenn?«, äffte sie ihn nach. »Bist du nicht der Bürgermeister dieser Kleinstadt? Ist es nicht deine Aufgabe, unsere Kultur zu wahren? Du solltest diese Ausländer nicht noch ermutigen. Es ist eine Schande. Warum isst du dort?«

»Weil, Gertrude, das Essen hervorragend ist. Mal was anderes.«

Gütiger Himmel. Als hätte er sie geschlagen. Madame Mallory stieß ein furchterregendes Krächzen aus, drehte sich jäh um und stürzte nach drinnen, suchte Zuflucht im Saule Pleureur.

Es war schon kurios, dass das, was Madame Mallory am Maison Mumbai am meisten hasste – die Hysterie, die mangelnde Professionalität –, ausgerechnet in ihrem eigenen makellosen Restaurant Einzug zu halten drohte. Das Chaos brach über die wieder und wieder geprobten Rituale des Zweisternerestaurants herein, und Madame Mallory konnte niemand anderem die Schuld für diese Wendung geben als sich selbst.

Margaret, die sensible Souschefin, ging an diesem Abend zitternd ihren Pflichten nach und küsste dazwischen immer wieder das Kreuz, das an ihrem Hals hing. Jean-Pierre, der noch immer über Madame Mallorys Behauptung brütete, er habe kein Gefühl für Wild, trat in regelmäßigen Abständen mit seinem Holzclog gegen die Edelstahlwand des Herds und fluchte dabei wie ein Bierkutscher. Und der junge Marcel war so mitgenommen, dass er drei Mal einen Teller fallen ließ, als die Schwingtür jäh aufgestoßen wurde.

Draußen an der Service-Front lief es auch nicht viel besser. Dem Weinkellner, der fürchtete, Madame Mallory könne wieder einen Weinfleck auf seiner weißen Uniformjacke entdecken, fiel es an diesem Abend besonders schwer, sich vor unliebsamen Spritzern zu schützen. Beim Einschenken hielt er besonders viel Abstand zum Tisch, was dazu führte, dass sein Hintern ziemlich unelegant in den Gang zwischen den Tischen ragte. Und wenn er den Wein in einem Kristallglas kreisen ließ, um ihn atmen zu lassen, tat er das mit einem Übermaß an nervöser Energie, sodass die kostbare rubinrote Flüssigkeit über den Rand schwappte und sich, sehr zum Ärger der Gäste, auf den Boden ergoss.

»Merde«, entfuhr es dem Comte de Nancy, und er drehte sich ungehalten auf seinem Platz um, als zum wiederholten Mal ein lautes Klirren aus der Küche ertönte. »Monsieur Leblanc. Monsieur Leblanc. Was zum Teufel ist in der Küche los? Dieser Lärm ist unerträglich. Schon wieder ist Geschirr zu Bruch gegangen. Hier geht es zu wie bei einer griechischen Hochzeit.«

Die neuankommenden Gäste dieses Abends überschritten nichtsahnend die Schwelle des Saule Pleureur und erwarteten wie immer, augenblicklich von der wohligen Atmosphäre des gepflegten Speisens eingehüllt zu werden, doch stattdessen empfing sie Madame Mallory mit hektisch aufgerissenen Augen und zupfte sie am Ellbogen. »Waren Sie schon mal auf der anderen Seite der Straße?«, fragte sie Madame Corbet, die in der übernächsten Ortschaft ein preisgekröntes Weingut besaß.

»Der anderen Seite der Straße?«

»Ach, kommen Sie, Sie wissen schon, wovon ich rede. Bei den Indern.«

»Den Indern?«

»Wenn Sie schon mal bei denen gegessen haben, will ich Sie in meinem Restaurant nicht mehr sehen. Also noch mal: Waren Sie schon mal dort?«

Madame Corbet blickte sich nervös nach ihrem Gatten um, aber der war bereits mit Monsieur Leblanc in den Speisesaal vorausgegangen.

»Madame Mallory«, sagte die Winzerin, eine elegante Erscheinung, »sind Sie krank? Sie sehen aus, als hätten Sie Fieber ...«

»Pah!« Madame Mallory wedelte mit der Hand und verzog angewidert das Gesicht. »Bring sie zu ihrem Tisch, Sophie. Die Corbets sind unfähig, einem die Wahrheit ins Gesicht zu sagen.«

Zu Madame Mallorys Glück rempelte in diesem Moment der junge Kellner mit dem Brotkorb unabsichtlich den Weinkellner an, der mit seinem Allerwertesten den halben Gang in Beschlag nahm, was wiederum zur Folge hatte, dass dieser den Ärmel des Comte de Nancy mit Wein übergoss. Nur weil der Graf fürchterlich brüllte und fluchte, überhörte Madame Corbet die beleidigende und überhebliche Bemerkung Madame Mallorys.

Es war kurz nach halb zehn, und Monsieur Leblanc musste sich eingestehen, dass der Abend ein reines Fiasko war. Zwei Gäste hatten sich durch Madame Mallorys barsches Verhör dermaßen brüskiert gefühlt, dass sie auf der Schwelle wieder kehrtgemacht hatten. Andere Gäste spürten die in der Luft liegende Spannung und das nervöse Knistern im Service und beschwerten sich bitterlich bei Monsieur Leblanc, weil sie mit dem Verlauf des Abendessens ganz und gar nicht zufrieden waren.

Genug, beschloss dieser. Genug.

Er traf Madame Mallory in der Küche an, wo sie neben Jean-Pierre stand und beobachtete, wie er ein Dessert aus Fenchel-Eis und getoasteten Feigen mit Krokant anrichtete. Er kam gerade rechtzeitig, um zu sehen, wie sie Jean-Pierre das Sieb mit dem Puderzucker aus der Hand riss. »Das ist eine meiner Spezialitäten«, sagte sie zornentbrannt. »Du ruinierst sie mir. Schau, so geht es. Nicht wie …«

»Komm mit«, sagte Monsieur Leblanc und fasste sie entschlossen am Ellbogen. »Komm mit, wir müssen reden.«

»Non.«

»Doch, und zwar auf der Stelle.« Monsieur Leblanc schob Madame Mallory gegen ihren Willen zur Hintertür und in die frische Nachtluft hinaus.

»Was ist denn, Henri? Du siehst doch, dass ich beschäftigt bin.«

»Was ist los mit dir? Merkst du nicht, was du anrichtest?«

»Wovon sprichst du?«

»Davon, wie du das Personal behandelst. Hängt es mit diesen Hajis und deiner krankhaften Besessenheit zusammen? Du verhältst dich wie eine Irre. Du raubst allen den letzten Nerv. Sogar deine Gäste hast du beleidigt, Gertrude. Mein Gott, das musst du doch mitbekommen haben. Warum machst du das?«

Irgendwo in der dunklen Nacht fauchten Katzen, und Madame Mallory fasste sich erschrocken ans Herz. In ihren Augen gab es nichts Schlimmeres, als einem Gast das Erlebnis eines gepflegten Abendessens zu ruinieren, und mit einem Mal empfand sie Abscheu vor sich selbst. Sie wusste, dass sie außer sich war. Doch zuzugeben, dass sie sich irrte und einen Fehler begangen hatte, war ihr noch nie leicht gefallen. Und so standen die beiden alten kulinarischen Weggefährten im Dunklen da und starrten einander aufgebracht an, bis Madame Mallory langsam und tief ausatmete und Monsieur Leblanc damit zu verstehen gab, das alles wieder gut würde.

Sie schob eine Strähne ihres grauen Haars unter ihr schwarzes Samthaarband zurück.

»Du bist der einzige Mensch, der mir so etwas sagen darf«, bemerkte sie schließlich, und noch immer hatte ihre Stimme einen schroffen Klang.

»Du meinst, der es wagt, dir die Wahrheit ins Gesicht zu sagen.«

»Nun gut. Ich habe es gehört.«

Madame Mallory nahm die ihr angebotene Zigarette, und die Flamme von Monsieur Leblancs Feuerzeug flackerte in der feuchten Abendluft.

»Ich weiß, dass ich mich merkwürdig benehme, aber, *mon dieu,* jedes Mal, wenn ich an diesen abstoßenden Inder und seinen Jungen in der Küche denke, sehe ich ...«

»Gertrude, du musst dich zusammenreißen.«

»Ich weiß. Du hast ja recht. Ja, das werde ich.«

Die beiden rauchten schweigend ihre Zigaretten. Eine Eule heulte irgendwo auf dem Feld; das Geräusch eines Zuges, der durchs Tal ratterte, hallte durch die Nacht. Alles war so still und friedlich, dass Madame Mallory zum ersten Mal an diesem Tag das Gefühl hatte, wieder Boden unter den Füßen zu spüren.

Ihren Flecken Erde.

Doch ausgerechnet in diesem Moment drehte Onkel Mayur die Außenlautsprecher unseres Restaurants auf und die Abendluft Lumières wurde erfüllt von den Zupfklängen einer Sitar und den inbrünstigen Versen eines Ghasels, begleitet von Fingerzimbel-Geklimper. Jeder Hund in der Nachbarschaft stimmte mit Gebell ein.

»*Ah non, non, non.* Diese Scheißkerle!«

Madame Mallory entwischte Monsieur Leblancs Griff, der sie zurückhalten wollte, stürzte durch die Hintertür ins Haus und hatte ein paar Sekunden später den Telefonhörer in der Hand, um die Polizei anzurufen. Leblanc schüttelte den Kopf.

Aber was sollte er tun?

Nur wenig später erfuhr Madame Mallory, dass ihr Anruf bei der Polizei das Problem nicht lösen würde. Offensichtlich waren die Beamten nicht mehr für Lärmbelästigung zuständig. Beschwerden in puncto Ruhestörung wurden neuerdings von dem kürzlich eröffneten Amt für Umwelt, Verkehr und Skiliftinstandhaltung bearbeitet.

Am nächsten Morgen war sie die erste Besucherin auf dem Rathaus. Nach einigem Herumdrucksen räumte der junge Beamte ein, der das neu gegründete Amt innehatte, dass er auf der Grundlage handfester Beweise in der Tat ein Verfahren gegen das Maison Mumbai einleiten könne. Das Problem sei nur, dass ihm nicht genügend finanzielle Mittel für eine Nachtstreife zur Verfügung ständen, die man losschicken müsste, um die nötigen Messdaten aufzuzeichnen. Das Amt könne daher nur Lärmbelästigungen in der Zeit zwischen neun Uhr morgens und vier Uhr nachmittags nachgehen.

Man kann sich vorstellen, welche Reaktion diese Information bei Madame Mallory auslöste. Die alte Dame machte dem Armen so die Hölle heiß, dass er sich, ohne zu zögern, bereit erklärte, ihr die Ausrüstung für die Lärmmessung zu leihen. Sollte sie eben selbst, unter strikter Beachtung der Vorschriften, den nächtlichen Geräuschpegel messen, den unser Restaurant verursachte.

Und so schlichen Monsieur Leblanc und Madame Mallory in einer der folgenden Nächte zum Hinterausgang des Saule Pleureur hinaus und schleppten die sperrige Ausrüstung auf das Feld, das an unser Restaurant grenzte. Monsieur Leblanc kämpfte mit dem batteriebetriebenen Gerät und versank dabei bis zu den Knöcheln in feuchtem Moos. Währenddessen stand Madame Mallory Schmiere und spähte über die Hecke, die unsere Grundstücksgrenze markierte, zu den hell erleuchteten Fenstern des Maison Mumbai hinüber und zu der Glastür, die in den Garten führte.

Eine mit Drähten befestigte, durchhängende Segeltuchmarkise spannte sich über die mit Platten bestandene Terrasse. An drei Tischen saßen Gäste, die ihre Stühle möglichst nah an die Heizstrahler gerückt hatten, deren Flammen wie die Feuerkegel von Düsenjets anmuteten. Onkel Mayur kam durch die Hintertür heraus und als er an die Tische trat, um die Teelichter der Warmhalteplatten anzuzünden und Wein nachzuschenken, warfen die zischenden Industrieheizstrahler einen bläulich roten Schimmer auf seine Haut. Aus den Lautsprechern an der Mauer, jenen beiden Übeltätern, bemühte sich Kavita Krishnamurthy, mit seinem Gesang das Rauschen der Jetheizstrahler zu übertönen.

»Gut«, sagte Monsieur Leblanc, »es funktioniert.«

Die Nadel des Lärmpegelmessers zuckte wild über das weiße Band, und Madame Mallory lächelte in der Dunkelheit, etwas, was sie schon lange nicht mehr getan hatte.

Wir arbeiteten von früh bis spät und hatten keine Ahnung, was die beiden hinter unserem Rücken trieben.

Madame Mallorys Einschüchterungsstrategie schien unterdessen aufzugehen. Waren wir am Abend der Eröffnung noch voll ausgebucht gewesen, mussten wir uns gegen Ende der Woche glücklich schätzen, wenn noch fünf Tische besetzt waren. Mukhtar wurde von den Raufbolden an seiner Schule verprügelt und, begleitet von Spottgesängen wie »Curry-Kopf, Curry-Kopf«, durch die Straßen gejagt.

Es gab jedoch noch ein paar wenige Familien, die uns die Stange hielten. Marcus, der Sohn des Bürgermeisters, rief an, um mich zu fragen, ob ich Lust hätte, mit ihm auf die Wildschweinjagd zu gehen. O ja, das hatte ich, und ich sagte mit Begeisterung zu. Am Sonntagmorgen – es war mein freier Tag – fuhr Marcus mit seinem offenen Jeep bei uns vor, um mich abzuholen. Im Gegensatz zu den meisten Bewohnern des Städtchens war er sehr aufgeschlossen.

Auf der Fahrt erklärte mir Marcus den Ablauf der Treibjagd: »Wir schießen nur die ausgewachsenen Wildschweine«, schrie er mir durch den Fahrtwind zu. »Die, die mindestens dreihundert Pfund wiegen. Das ist eine eiserne Regel. Alle Jagdteilnehmer bilden eine Gemeinschaft und teilen sich die erlegte Beute, sodass jeder von uns mit einigen Pfund Fleisch nach Hause geht. Das Fleisch ist ein wenig zäh und hat einen leicht bitteren Geschmack, aber den verliert es, wenn du es richtig zubereitest.«

Wir fuhren durch mehrere Täler, zunächst nach Süden, dann nach Osten und in die Berge hinein. Zum Schluss ging es rauf und runter über unbefestigte Holzwege, bis wir schließlich an eine Stelle kamen, an der bereits etliche Autos nebeneinander zum Berghang parkten. Marcus stellte den Jeep neben einem verbeulten Renault 5 ab, der schief im Schatten einer Kastanie stand und zwei Parkplätze beanspruchte.

Man musste schon ein Einheimischer sein, um in dieser wilden Natur nicht die Orientierung zu verlieren. Es war ein wilder, ungezähmter Wald, ganz untypisch für Mitteleuropa, der dunkle Vorahnungen aufkeimen ließ. Marcus schlang den Riemen seines Jagdgewehrs über die Schulter, und ab ging's, auf einem matschigen, laubbedeckten Weg bergauf in den Wald hinein.

Ich roch das Birkenfeuer, noch ehe ich es durch das Dickicht knacken hörte. Etwa vierzig Männer in Wachsjacken, Kniebundhosen aus Cord und Wollsocken standen um das Feuer herum, ihr Jagdgewehr hinter sich an einen Baum gelehnt. Ein arg mitgenommen aussehender Landrover, über und über mit Schlamm bespritzt, hatte sich auf einem Ziehweg zur Lichtung heraufgekämpft. Daran angehängt war ein Hundezwinger auf Rädern, in dem Beagles und traurig dreinblickende südfranzösische Bluthunde auf ihren Einsatz warteten.

Fast alle der meist unrasierten Männer stammten aus Lumière oder von den umliegenden Bauernhöfen – für die Dauer dieser herbstlichen Wildschweinjagd bildeten städtische Banker und Geschäftsleute eine demokratische Allianz mit den hiesigen Bauern. Als die Jäger uns sahen, blickten sie kurz auf – einige riefen einen kameradschaftlichen Gruß –, ehe sie sich wieder dem Rost mit den Würstchen und Lammkoteletts zuwandten, die über dem Feuer brieten.

Ein grobschlächtiger Bursche gab gerade einen Witz über eine Frau mit großen Brüsten zum Besten, und die anderen lachten herzhaft und klemmten gegrillte

Fleischstücke zwischen zwei Scheiben Bauernbrot. Aus einer Jackentasche kam eine Cognacflasche zum Vorschein, die im Sonnenlicht aufblitzte, während sie herumgereicht wurde, um den dampfenden Kaffee in den Plastikbechern mit einem gehörigen Schuss der bernsteinfarbenen Flüssigkeit aufzuwerten.

Ich fühlte mich nicht ganz wohl in meiner Haut und stellte mich vor den Käfig mit den eingesperrten Hunden, während sich Marcus neben das Feuer kniete, um unsere Minutensteaks zu grillen. Monsieur Iten trat zu mir, während er bedächtig an einem Stück Birkenholz schnitzte. Er erzählte mir, dass immer wieder einer dieser wertvollen Hunde von einem Eber aufgespießt werde und genäht werden müsse. Während er in seinen Erklärungen fortfuhr – der Jagdführer sei schon seit den frühen Morgenstunden unterwegs, um den Waldboden nach Wildschweinspuren abzusuchen und den Jagdablauf zu planen, und werde in Kürze zurückerwartet –, nahm ich wahr, dass ein Neuankömmling zu den Jägern gestoßen war, und in das Knistern des Lagerfeuers mischten sich gemurmelte Grüße.

Als ich mich umdrehte, erblickte ich Madame Mallory, die, eine alte Schrotflinte unter den Arm geklemmt, mir gegenüber auf der anderen Seite des Feuers stand, breitbeinig wie ein Mann. Unwillkürlich spannte sich mein Körper an, auch wenn ihr Gesicht mit der herrischen Miene unter einem Tirolerhut verborgen war. Doch sie beachtete mich gar nicht, sondern sprach ruhig mit einem Mann neben sich. Obwohl sie die einzige Frau unter diesen rauen Männern war, schien sie sich in dieser Gesellschaft kein bisschen unwohl zu fühlen, sondern lachte und scherzte mit den Jägern. Ich dagegen fühlte mich sehr unbehaglich, denn obwohl sie mich ebenfalls bemerkt haben musste, würdigte sie mich keines Blickes.

Ich erinnere mich noch, wie der Feuerschein für die Dauer eines flüchtigen Moments eine Art Facelifting bei ihr bewirkte, denn mit einem Mal meinte ich eine Ahnung von einer ganz anderen Madame Mallory zu bekommen – einer unbeschwerten, hoffnungsvollen Frau mit entspannten Zügen. Doch in dem flackernden Licht erkannte ich auch, dass sie zugleich das absolute Gegenteil war. Plötzlich huschten Schatten über ihr Gesicht, betonten auf groteske Weise ihre Falten, und ich konnte den grausamen Ausdruck erkennen, der in den zusammengekniffenen Augen lauerte, verborgen unter dem federgeschmückten Tirolerhut.

Mit einem Mal trat der Jagdführer, in dessen Hand ein Funkgerät knatterte, zusammen mit den drei Treibern zwischen den Bäumen hervor. Auch er wurde wortkarg begrüßt, ein paar winkten kurz mit den abgenagten Koteletts in ihrer Hand, und dann ging es auch schon los, den Waldhang hinauf.

Eine Stunde später erreichten wir schweißgebadet einen Bergkamm, und der Jagdführer positionierte uns in einer Linie. Im Abstand von ungefähr dreißig Metern mussten die Jäger Stellung beziehen, dann wartete man, bis der Jagdführer kam, einen antippte, ehe man sich bäuchlings auf den mit Laub bedeckten Waldboden legte. Ein Jäger nach dem anderen ließ sich auf die feuchte Erde fallen und es schien, als würde der Jagdführer auf diese Weise den Weg markieren, damit er wieder ins Lager zurückfand.

Wir bezogen an einer Stelle des unbefestigten Kammwegs Position, an der eine Biegung folgte. Sofort entledigte sich Marcus seiner Jacke und lud sein Jagdgewehr mit einer einzigen zwölfkalibrigen Schrotpatrone. Mit einem Nicken gab er mir zu verstehen, einfach nur ruhig liegen zu bleiben. Das tat ich und blickte dem Jagdführer hinterher, der mit seinem Handfunkgerät Kontakt zu den Treibern hielt. Dann nahm das alberne Auf und Ab der Feder an Madame Mallorys Hut meine Aufmerksamkeit gefangen, bis der Jagdführer auch sie anstupste, worauf sie sich wie wir, nur etwas höher auf dem Kamm, auf den Waldboden legte.

Eine Zeit lang verharrten wir schweigend auf dem Bauch und spähten über den Kammrand auf den Abhang unter uns.

Plötzlich ertönten von unten die Schreie der Treiber und das Bellen der Hunde, die gemeinsam den Berg heraufkamen und sämtliches Wild vor sich hertrieben, das sich in diesem Abschnitt aufhielt – in einen tödlichen Hinterhalt.

Marcus, das Gewehr gegen die Schulter gestemmt, konzentrierte sich auf eine kleine Lichtung unterhalb unseres Verstecks. Nach einer Weile hörte ich das zarte Bimmeln eines Hundeglöckchens und das Trippeln von Pfoten auf dem trockenen Laub. Und dann war ein anderes Geräusch zu vernehmen, das sich in meinen ungeübten Ohren wie das Poltern von Hufen anhörte, das Poltern eines Tiers, das in Panik davonstob.

Ein roter Pelz wurde auf der Lichtung sichtbar, blieb Gefahr witternd abrupt stehen. Der jagderfahrene Marcus entspannte sich und ließ den Fuchs entkommen. Das, worauf wir warteten, erschien nicht von unten, sondern vom blauen Himmel über uns – ein einzelner Gewehrschuss rollte donnernd über die Berge wie die Abfolge mehrerer kleinerer Explosionen.

Und plötzlich war es auch schon vorbei. Der Jagdführer stieß einen Ruf aus und erklärte die Jagd für beendet.

Zurück im Lager hielt Madame Mallory stolz neben ihrer Beute Hof. Das Wildschwein hing an den Hinterläufen von einem Eichenast, und Blut tropfte auf den Waldboden. Ich erinnere mich noch, wie eine aufgeregte Madame Mallory jedem eintreffenden Jäger erzählte, wie sie die Beute erlegt hatte, als diese durch das Dickicht brach.

Ich konnte den Blick nicht von dem merkwürdigen Tier abwenden, in dessen Brust ein sauberes Einschlussloch klaffte. Und nie werde ich diese große Schnauze vergessen und die stark gebogenen Hauer, über die sich die Oberlippe wölbte, sodass es aussah, als hätte sich das Wildschwein im Augenblick seines Todes über irgendetwas amüsiert. Doch am meisten haben mich die Augen mit den langen Wimpern beeindruckt, die so fest geschlossen waren vor der Welt. Und nun, da ich die Szene vor meinem geistigen Auge Revue passieren lasse, weiß ich wieder, was mich damals bei diesem Anblick so beunruhigte – mich, einen jungen Mann, der inzwischen so sehr an das blutige und unsentimentale Ende der Tiere gewöhnt war, die im Kochtopf landeten: Es war die Größe des erlegten Wilds. Denn dieser Eber, der, seiner Würde beraubt, an seinen Hinterläufen vor mir hing, war noch ein Jungtier von nicht mehr als vierzig Pfund.

»Ich möchte damit nichts zu tun haben«, hörte ich einen wütenden Bauer zum Jagdführer sagen. »Eine Schande ist es, ein Frevel.«

»Du hast ja recht, aber was soll ich deiner Meinung nach denn tun?«

»Du musst es ihr sagen. Dass es nicht richtig ist.«

Der Jagdführer wappnete sich mit einem Schluck Cognac, dann trat er vor, um Madame Mallory zu tadeln, die die Regeln des Jagdvereins verletzt hatte. »Wir haben alle gesehen, was du getan hast«, sagte er und zerrte mit einer männlichen Geste seine Hose weiter hoch. »Das, was tu getan hast, ist nicht erlaubt. Warum hast du nicht ein ausgewachsenes Wildschwein geschossen, als das Rudel an dir vorbeilief?«

Madame Mallory ließ sich Zeit mit ihrer Antwort. Jemand, der unsere Vorgeschichte nicht kannte, hätte den Blick, mit dem sie mich, übrigens zum ersten Mal an diesem Tag, über die Schulter des Jagdführers hinweg bedachte, während der Anflug eines Lächelns um ihre Mundwinkel spielte, womöglich für unschuldig halten können.

»Weil, mein Freund, das Fleisch der Jungtiere viel schmackhafter ist. Findest du nicht auch?«

Kapitel Neun

Am folgenden Dienstag nahm Papa das Einschreiben in Empfang. Ich kam gerade aus der Küche, um einen Blick in das Reservierungsbuch zu werfen. Am Schreibtisch hinter der Restauranttür trug Tantchen einen purpurroten Nagellack auf und nahm die Ellbogen zu Hilfe, um das Buch umzudrehen, damit ich mir die Buchungen fürs Abendessen ansehen konnte. Nur drei von siebenunddreißig Tischen waren reserviert.

Papa saß an der Bar und rieb sich mit einer Hand den nackten Fuß, während er mit der anderen die Post durchsah.

»Was steht hier drin?«

Ich warf mir das Geschirrtuch über die Schulter und las den Brief, den er mir raschelnd hinhielt. »Da steht, dass wir gegen die Lärmrichtlinien der Stadt verstoßen. Wir müssen das Gartenrestaurant um zwanzig Uhr schließen.«

»Was?«

»Wenn wir uns nicht daran halten, wird man uns vor Gericht bringen und uns eine Strafe von tausend Franc pro Tag aufbrummen.«

»Diese Weibsstück steckt dahinter!«

»Armer Mayur«, sagte Tantchen und wedelte mit den Händen, damit der Nagellack schneller trocknete. »Er bedient so gern im Garten. Ich muss es ihm gleich sagen.«

Während sie in den Flur hinausging, um ihren Mann zu suchen, hörte man das Knistern ihres gelben Seidensaris. Als ich mich wieder zu Papa umdrehen wollte, war er bereits von seinem Barhocker gerutscht. Im Licht, das durch die Buntglasfenster sickerte, tanzten silberne Staubkörner. Ich hörte, wie Papa im Nebenzimmer ins Telefon schrie. Er sprach mit dem Anwalt. Mir war klar, dass nicht Gutes dabei herauskommen würde.

Ganz und gar nichts Gutes.

Papas Gegenschlag erfolgte zwei Tage später. Der Beamte des Amts für Umwelt, Verkehr und Skiliftinstandhaltung von Lumière parkte seinen Dienstwagen, einen Renault-Kastenwagen, vor dem Saule Pleureur. Man könnte es als eine Art poetische Gerechtigkeit bezeichnen, die es sonst nur in der Literatur gibt, denn ausgerechnet der Beamte, dem wir es zu verdanken hatten, dass wir unser Gartenrestaurant schließen und die Außenlautsprecher abnehmen mussten, trat nun als unser Rächer auf.

»Abbas, komm mal bitte!«, rief Tantchen, und die ganze Familie strömte erwartungsvoll durch die Eingangstür, um dem Treiben auf der anderen Seite der Straße zuzusehen.

Zwei Männer in Arbeitsmontur stiegen aus dem Renault-Lieferwagen. Sie hatten Kettensägen in der Hand. Eine Zigarette im Mundwinkel, unterhielten sie sich im örtlichen Dialekt miteinander. Papa schmatzte zufrieden mit den Lippen, als hätte er gerade ein Samosa genascht.

Madame Mallory öffnete die Restauranttür, eine Strickjacke über den Schultern. Der Beamte stand auf dem Weg zu ihrem Eingang und sah blinzelnd zu ihr hinauf, während er mit einem weißen Taschentuch seine Brille putzte.

»Was wollen Sie hier? Und warum sind diese Männer dabei?«

Der Beamte fischte einen Brief aus der Brusttasche seines Hemds und hielt ihn Madame Mallory hin. Während sie ihn schweigend las, zuckte ihr Kopf hin und her.

»Das könnt ihr nicht tun. Ich erlaube es nicht.« Mit einer schnellen Bewegung zerriss sie das Schreiben.

Der junge Mann ließ langsam den Atem entweichen. »Tut mir leid, Madame Mallory, aber die Sache ist ziemlich klar. Sie haben gegen Artikel 234bh der Bauverordnung verstoßen. Der Baum muss gefällt werden. Zumindest ...«

Aber Madame Mallory war bereits zu ihrer steinalten Trauerweide hinübergegangen, die ihre Äste so elegant über den Zaun und das Trottoir wölbte. *»Non«*, sagte sie barsch. *»Non. Absolument. Non.«*

Sie stellte sich mit gespreizten Beinen an den Baum und schlang die Arme um den Stamm – eine Geste, die etwas Lüsternes hatte. »Zuerst müssen Sie mich umbringen. Dieser Baum ist ein Wahrzeichen von Lumière, alles ...«

»Darum geht es nicht, Madame. Bitte treten Sie zurück. Die Verordnung besagt klar, dass keine Äste über öffentliche Bürgersteige hängen dürfen. Das ist gefährlich. Ein Ast könnte abbrechen – vor allem bei einem so alten Baum – und jemanden verletzen, zum Beispiel ein Kind oder eine ältere Person. Außerdem gab es Beschwerden ...«

»Aber das ist ja absurd. Wer sollte sich denn darüber beschweren?« Doch noch während Madame Mallory die Frage aussprach, kannte sie die Antwort bereits. Sie drehte sich von der Trauerweide weg und blickte hasserfüllt auf die andere Seite der Straße.

Papa schenkte ihr ein breites Lächeln und winkte ihr zu.

Genau auf diesen Augenblick hatten die beiden Arbeiter gewartet. Als sie sich umwandte und ihre Konzentration auf uns richtete, packten die beiden stämmigen Männer sie an den Handgelenken und zogen sie vom Baum weg. Ich höre noch immer ihren Schrei, der wie das Wiehern eines wütenden Esels klang und weithin zu hören war, und sehe noch vor mir, wie Madame Mallory theatralisch auf die Knie fiel. Doch ihr Geschrei wurde nun vom Aufheulen der Kettensäge übertönt.

Inzwischen hatten sich einige Dorfbewohner, durch den Lärm neugierig geworden, in der Straße versammelt, und alle blieben angesichts des ohrenbetäubenden Kreischens der Kettensäge wie festgenagelt stehen. Äste fielen zu Boden. Und dann, so plötzlich, wie es begonnen hatte, war es auch schon wieder vorbei. Eine gedämpfte, betretene Stille trat ein, während die kleine Menschenschar das Ergebnis in Augenschein nahm. Madame Mallory, die noch immer auf dem Boden kniete, das Gesicht in den Händen vergraben, konnte schließlich das Schweigen nicht mehr ertragen und hob den Kopf.

Ein Drittel der anmutigen Äste der grausam amputierten Trauerweide lag kreuz und quer auf dem Bürgersteig. Ihr einst so eleganter Baum – ein Baum, der für all das stand, was sie in ihrem Leben erreicht hatte – war nur noch eine groteske, verstümmelte Parodie seiner selbst.

»Schade ist es natürlich schon«, sagte der städtische Beamte, der offensichtlich ebenso geschockt vom Ergebnis seiner Maßnahme war wie Madame Mallory. »Aber es musste sein. Artikel 234 bh ...«

Die alte Dame blickte ihn so voller Abscheu an, dass er mitten im Satz innehielt. Er bedeutete den Arbeitern, rasch die Äste wegzuräumen, ehe er in den sicheren Lieferwagen flüchtete.

Monsieur Leblanc kam die Zufahrt heruntergerannt. »O Gott, was für eine Tragödie«, rief er händeringend. »Schrecklich. Aber Gertrude, so steh doch auf, bitte. Ich schenk dir einen Cognac ein. Du hast einen Schock erlitten.«

Madame Mallory hörte ihm nicht zu. Sie rappelte sich auf und starrte über die Straße hinweg Papa und unsere ganze Familie an, die sich auf den Eingangsstufen vor dem Restaurant versammelt hatte. Papa erwiderte ihren hasserfüllten Blick, und eine Weile standen sie so da, ehe Papa uns befahl hineinzugehen. An die Arbeit, wie er sagte.

Madame Mallory befreite ihren Arm aus Monsieur Leblancs besorgtem Griff und wischte sich die Erde vom Kleid. Dann marschierte sie über die Straße zu unserem Haus und trommelte an die Tür. Tantchen öffnete sie einen Spalt breit, um zu sehen, wer einen solchen Lärm veranstaltete, und wurde von der Besitzerin des Saule Pleureur zur Seite gestoßen, die an ihr vorbei und in den Speisesaal rauschte.

»Abbas!«, kreischte Tantchen. »Abbas. Sie ist hier.«

Papa und ich waren zurück in der Küche und hörten

den Warnruf nicht. Ich stand am Gasherd und bereitete Shahi Korma zu, einen schnellen Mittagsimbiss. Papa saß an der Küchentheke und blätterte in einer alten Ausgabe der *Times of India,* die ein Zeitungshändler aus London ihm regelmäßig schickte. Ich drehte gerade die Gasflamme auf, um das Lammfleisch im Kadai scharf anzubraten, als Madame Mallory durch die Schwingtür in die Küche stürmte.

»Hier sind Sie also, Sie Schweinehund!«

Papa sah von seiner Zeitung auf, blieb jedoch ruhig sitzen.

»Das ist Hausfriedensbruch, verlassen Sie sofort mein Haus«, sagte er.

»Was glauben Sie eigentlich, wer Sie sind?«

»Abbas Haji«, entgegnete er noch immer ruhig, doch bei dem drohenden Unterton in seiner Stimme stellten sich mir die Nackenhaare auf.

»Ich werde Sie von hier vertreiben«, zischte sie. »Sie werden den Kürzeren ziehen.«

Papa stand auf und baute sich mit seiner vollen Größe vor der Frau auf. »Hab schon früher mit Menschen wie Ihnen zu tun gehabt«, sagte er, während ihm die Zornesröte ins Gesicht stieg. »Ja, ich weiß genau, was Sie sind. Sie sind unzivilisiert. Sie tun nur kultiviert, aber im Grunde sind Sie eine Barbarin.«

Niemand hatte je zuvor Madame Mallory »unzivilisiert« genannt. Im Gegenteil, in weiten Kreisen der Gesellschaft galt sie gar als Verkörperung der kultivierten französischen Lebensart. Und nun als Barbarin beschimpft zu werden, obendrein von einem Inder, verschlug ihr die Sprache, und sie versetzte Papa einen Fausthieb vor die Brust.

»Wie können Sie es wagen? WIE – KÖNNEN – SIE – ES – WAGEN?«

Papas beeindruckender Größe stand Madame Mallorys nicht minder große Leidenschaft gegenüber, und die Wucht ihres Fausthiebs ließ ihn überrascht einen Schritt zurückweichen. Er versuchte, ihre Handgelenke zu packen, doch sie fuchtelte wie ein Boxer in der Luft herum.

Und in diesem Moment platzte die zerzauste Tante durch die Schwingtür.

»Aiiii«, kreischte sie. »Aiiii. Mayur, komm schnell.«

»Sie Stück Vieh!«, schäumte Papa. »Schauen Sie nur, wie Sie sich aufführen. Ein Rohling sind Sie, ja, genau ein Rohling ... Madame, Sie hören augenblicklich damit auf!«

Doch Madame Mallorys Fäuste und Flüche sausten mit unverminderter Kraft durch die Luft.

»Und Sie sind Abschaum!«, schrie sie zurück. »Abfall. Sie haben ...«

Papa musste noch einen Schritt zurückweichen und keuchte nun vor Anstrengung, weil er noch immer versuchte, ihre Arme festzuhalten. »Verlassen Sie mein Haus!«, brüllte er.

»Non«, brüllte Madame Mallory zurück. »Sie werden gehen. Sie verlassen mein Land, Sie ... Sie dreckiger Ausländer.«

Und gleichzeitig versetzte sie Papa einen gewaltigen Stoß.

Dieser Stoß änderte mein Leben, denn mein rückwärtstaumelnder Vater rammte mich mit seiner massigen Gestalt, was wiederum zur Folge hatte, dass ich mit voller Wucht auf den Gasherd schlug. Ein Schrei, wildes Fuchteln mit den Armen, und erst einige Tage später wurde mir bewusst, dass das Gelb um mich herum Flammen gewesen waren, denn mein Kittel hatte Feuer gefangen.

Kapitel Zehn

Ich erinnere mich noch an das Sirenengeheul, an die Infusionsflasche, die über mir baumelte, und an das besorgte Gesicht meines Vaters neben mir.

An die Tage danach erinnere ich mich nur noch verschwommen. Betäubt von den Medikamenten, schwebte ich in einer merkwürdigen Zwischenwelt und nahm nur vereinzelte Sinneseindrücke wahr: Da war zum einen der metallische Geschmack in meinem Mund, dessen Lippen von den Betäubungsmitteln aufgesprungen waren, und zum anderen der orale Überfall seitens meiner Familie – meiner Großmutter, Tante und Schwestern, die an meinem Bett Wache hielten. Und dann eine weitere Fahrt auf einer quietschenden Krankenhausbahre in den OP zu einer weiteren Hauttransplantation.

Doch bald stellte sich eine Art Krankenhausmonotonie ein. Der Schmerz ließ ein wenig nach und ich konnte endlich wieder die Samosas schätzen, die aus dem Haji-Camp vor meiner Tür auf einem Tablett zu mir hereinwanderten. Und immer war da mein Vater in einer Ecke meines Zimmers, ein Koloss von einem Mann, der mit zusammengepressten Lippen dasaß, die kleine Zainab auf dem Schoß, und mich unverwandt ansah.

Eines Tages – wir zwei waren allein im Zimmer und er hatte den Stuhl an mein Bett geschoben – spielten wir Backgammon und nippten an unserem Tee, wie einst in der Napean Sea Road, in einem Leben, das so weit zurückzuliegen schien.

»Wer kümmert sich jetzt um das Restaurant?«

»Mach dir darüber keine Sorgen. Jeder packt mit an. Wir haben alles im Griff.«

»Ich hatte neulich eine Idee für ein neues Gericht …«

Papa schüttelte seinen mächtigen Kopf.

»Was hast du?«

»Wir werden nach London zurückkehren.«

Ich ließ meinen Würfel zu Boden fallen und blickte zum Fenster hinaus. Das Krankenhaus befand sich in einem Nachbartal, das nur durch einen Bergkamm von Lumière getrennt war. Von meinem Krankenhauszimmer blickte ich auf die hintere Seite jenes Bergrückens, den ich auch von meinem Dachgeschossfenster im Maison Mumbai aus sehen konnte.

Es war Winter geworden. Die Fichtenwälder waren mit Schnee bestäubt und Eiszapfen hingen wie Dolche von der Dachtraufe vor dem Fenster. Alles war so schön, so unberührt, so rein, und zu meinem Erstaunen rannen mir Tränen über die Wangen.

»Was, du weinst? Warum weinst du denn? Wir sind besser dran, wenn wir nach London zurückkehren. Hier will man uns nicht haben. Ich war dumm. Hab geglaubt, wir sind hier willkommen. Schau nur dich an. Schau, was ich mit meinem Dickschädel angerichtet hab …«

Aber Papas Gefühlsausbruch wurde durch ein Klopfen an der Tür unterbrochen. Ich wischte mir die Tränen aus den Augen, während Papa rief: »Einen Moment bitte.« Er stand auf, trat neben mich und küsste eine unversehrte Stelle auf meiner Stirn. »Du bist mein tapferer Junge«, sagte er im Flüsterton. »Ein richtiger Haji eben.«

Als Papa die Tür aufzog, füllte seine massige Gestalt den Türrahmen aus, aber ich konnte dennoch einen Blick über seinen Arm nach draußen erhaschen. Monsieur Leblanc und Madame Mallory standen vor ihm. Die Besitzerin des Saule Pleureur trug ein schokoladenbraunes Wollkostüm, am Arm einen Weidenkorb, aus dem ein Strauß Rosen hervorlugte. Auf dem Krankenhauskorridor dahinter saßen Tantchen, Onkel Mayur und Zainab und starrten die beiden stumm an. Es war, als würde ihr Schweigen die Krankenhausgeräuschkulisse übertönen.

»Wie können Sie es wagen hierherzukommen?«, fragte mein Vater schließlich ungläubig.

»Wir wollten uns nach seinem Befinden erkundigen.«

»Machen Sie sich keine Mühe«, sagte er, das Gesicht vor Abscheu verzogen. »Sie haben gewonnen. Wir werden Lumière verlassen. Und nun gehen Sie. Beleidigen Sie uns nicht länger mit Ihrer Anwesenheit.«

Damit schlug ihnen Papa die Tür vor der Nase zu. Dann begann er wie ein Raubtier in seinem Käfig in meinem Krankenhauszimmer auf und ab zu tigern und die Hände zu kneten, wie er es nach Mamis Tod getan hatte.

»Die Frau hat vielleicht Nerven. Unglaublich.«

Einen Moment lang stand Madame Mallory verwirrt da, doch es dauerte nicht lang, und sie gewann ihre Fassung wieder. Sie machte Anstalten, Zainab die Rosen und die Tüte mit Gebäck zu geben, die eigentlich für mich bestimmt waren, aber Tantchen zischte dem kleinen Mädchen etwas zu, und Zainab drehte sich schnell wieder um und schmiegte sich an deren Knie.

»Es tut uns leid, wenn wir Sie noch zusätzlich aufgeregt haben«, sagte Monsieur Leblanc zu Onkel Mayur, der ihn ausdruckslos ansah. »Sie haben ja recht. Es ist zu spät für die Blumen.«

Also gingen sie zum Parkplatz und stiegen wieder in ihren Citroën. Während Monsieur Leblanc den Schlüssel drehte und den Wagen auf die A708 zurücklenkte, wechselten sie kein Wort. Jeder war in seine Gedanken versunken.

»Tja«, sagte Madame Mallory schließlich. »Ich habe es versucht. Es ist nicht meine Schuld ...«

Doch sie hätte besser den Mund gehalten. Monsieur Leblanc hatte genug von ihren Rechtfertigungsversuchen und war nicht gewillt, sich weitere unsensible Kommentare von ihr anzuhören. Er trat auf die Bremse und der Wagen kam schlitternd auf dem Seitenstreifen zum Stehen.

Dann drehte er sein zornesrotes Gesicht Madame Mallory zu, sodass sie sich abwehrend mit der rechten Hand an die Brust fasste, denn sie konnte sehen, dass er bis zu den Ohrenspitzen rot angelaufen war.

»Was ist denn, Henri? Fahr weiter.«

Monsieur Leblanc beugte sich über sie hinweg zur Beifahrertür und öffnete sie. »Steig aus. Du kannst zu Fuß gehen.«

»Henri! Bist du verrückt geworden?«

»Siehst du denn nicht, was du aus deinem Leben gemacht hast?«, sagte er voll kalten Zorns. »Du hattest so viel Glück und Erfolg. Und was hast du der Welt zurückgegeben? Nichts anderes als deine Selbstsucht!«

»Ich denke ...«

»Das ist das Problem, Gertrude. Du denkst zu viel – an dich. Ich schäme mich für dich. Und nun steig aus. Ich kann deinen Anblick nicht länger ertragen.«

Monsieur Leblanc hatte noch nie so mit ihr gesprochen. Niemals. Sie war vollkommen schockiert. Sie erkannte ihn nicht wieder.

Doch ehe sie dazu kam, über diese unerwartete Wende zu grübeln, hatte er auch schon den Wagen umrundet und zog sie vom Beifahrersitz und auf den Seitenstreifen hinaus. Dann öffnete er die hintere Wagentür, packte den Korb vom Rücksitz und drückte ihn der verwirrten Frau in die Hand. »Du kannst zu Fuß nach Hause gehen«, sagte er knapp.

Und schon ratterte der Citroën weiter die Landstraße entlang und zog eine blaue Abgaswolke hinter sich her.

»Wie kann er es wagen, mich so zu behandeln?« Madame Mallory stampfte mit dem Fuß auf den vereisten Boden. »Wie kann er es wagen, so mit mir zu sprechen?«

Nur die schneegedämpfte Stille antwortete ihr.

»Ist er verrückt geworden?«

Eine Weile stand sie so da und brütete wütend vor sich hin.

Schließlich kehrte sie jedoch in die Wirklichkeit zurück und blickte sich in der winterlichen Landschaft um, versuchte, sich über ihre Lage klar zu werden. Sie befand sich am Rand eines gefrorenen Felds, und die eisbedeckten Berge, deren Gipfel in dunkle Wolken gehüllt waren, starrten kalt auf sie herab. Über dem Boden des Tals hing ein graues Dunstband, doch in einiger Entfernung konnte sie zwei Gebäude mit Schuppen ausmachen, aus deren schindelgedeckten Dächern Rauchsäulen aufstiegen.

Aha, dachte sie, das ist bestimmt der Bauernhof der Bergers. Ihre Lage war also gar nicht so dramatisch, und bei der Gelegenheit könnte sie ihre Rehkeule abholen und den alten Bauern bitten, sie nach Lumière zu fahren.

Madame Mallory ging auf einem Feldweg weiter, der das Tal durchquerte. Ein Rabe kratzte in dem gefrorenen Gestrüpp eines brachliegenden Ackers und stieß ein Krächzen aus. Je länger sie in Richtung von Monsieur Bergers Bauernhaus ging, desto mehr spürte sie, wie die spröde, eisige Umgebung auf ihr Gemüt drückte. Was, wenn er mich verlässt?, dachte sie mit einem Mal. Was mache ich bloß ohne Henri?

Madame Mallory stakste in ihren Stiefeletten weiter durch Schnee und Eis, und es schien ihr, als würde sie dem Bauernhof in der Ferne kein bisschen näher kommen. Sie überquerte einen schwarzen Fluss, der die schneeverwehte Ebene durchschnitt; dann kam sie an einem verlassenen Militärlager vorbei, das früher einmal für Panzermanöver genutzt worden war, und an einer Birkengruppe, die ohne ihr Blattwerk einsam und verloren auf dem abgeernteten Feld wirkte.

Als der Feldweg eine Biegung um einen Berg herum beschrieb, erblickte sie eine Wegekappelle. Sie war klein und ihr Anstrich abgeblättert. Madame Mallory, die schon einen Fußmarsch von vierzig Minuten hinter sich hatte, hielt an, um Atem zu schöpfen, und stützte sich mit der Hand am Tor ab. In der Kapelle, kam ihr, würde es doch sicherlich eine Bank geben, auf der sie sich ein wenig ausruhen konnte.

Charlotte Le Bon spielt die schöne Souschefin Marguerite.

Madame Mallory (Helen Mirren) überwacht persönlich die Qualität ihres Sternerestaurants.

Im Maison Mumbai kocht Hassan (Manish Dayal) Gerichte aus seiner indischen Heimat.

In Saint-Antonin-Noble-Val möchte Hassans Vater (Om Puri) ein neues Restaurant eröffnen.

Madame Mallory steht den fremden Gewürzen und Zutaten kritisch gegenüber.

In der Küche des Sternerestaurants lernen Marguerite und Hassan sich besser kennen.

Hassan verbindet die delikate französische Küche mit indischen Aromen.

Die junge Souschefin des Le Saule Pleureur zeigt Hassan ihre Welt.

Madame Mallory zaubert in ihrem Gourmettempel nur exquisite Köstlichkeiten.

Nach anfänglichen Differenzen treffen Papa Kadam und Madame Mallory sich in der Mitte.

Das Maison Mumbai bringt den Einwohnern des Ortes die exotische Welt der Gewürze und Reisgerichte näher.

Ein Meisterwerk – Hassans Interesse an der Haute Cuisine wird immer stärker.

Marguerite führt Hassan und seine Familie in die delikaten Aromen der französischen Küche ein.

Marguerite und Hassan teilen mehr als die Leidenschaft fürs Kochen.

Niemand weiß, was genau in jener Kapelle geschah, und wahrscheinlich hat Madame Mallory es selbst nicht so recht begriffen. Jedenfalls habe ich mich viele Jahre lang gefragt, was sich in diesem kleinen Gotteshaus am Wegesrand zugetragen hatte. Ich konnte es mir nur ausmalen, und vielleicht ist das Bild, das ich kreierte, gar nicht so weit von der Wahrheit entfernt.

Ich stelle mir vor, dass Madame Mallory, den Korb auf den Knien, eine Zeit lang steif auf der einzigen Kirchenbank saß und das verblichene Deckenbild mit dem Letzten Abendmahl betrachtete. Die nur noch schemenhaft zu erkennenden Jünger brechen das Brot. Die restlichen Details sind in dem schummrigen Licht kaum auszumachen, doch nachdem sich ihre Augen an das düstere Licht gewöhnt haben, erblickt sie auf der Tafel eine Schüssel mit Oliven, eine Karaffe mit Wein und einen Laib Brot.

Es riecht nach kaltem Moder. Das Holzkreuz lehnt steif und aufrecht an der Wand und die erloschene Öllampe neben dem Steinaltar ist von Spinnweben überzogen. Nirgendwo Blumen. Keine heruntergebrannte Kerze und nicht einmal ein verkohltes Streichholz. Nichts, was auf die gelegentliche Anwesenheit von Menschen schließen lässt.

Da begreift Madame Mallory, dass es sich um eine tote Kapelle handelt, dass dieser Raum schon vor langer Zeit jede religiöse Bedeutung verloren hat. Und während sie steif auf der Bank sitzt und den Korb auf ihrem Schoß umklammert, bemächtigt sich ihrer ein schrecklicher Gedanke: Was für eine kalte Gruft. Großer Gott, was für eine kalte Gruft.

Das Gefühl ist nicht auszuhalten, und da sie nicht aus

ihrer Haut kann, will sie es abschütteln. Sie sucht im Korb nach Streichhölzern, fischt ein Heftchen heraus, reißt ein Streichholz an, beugt sich vor und entzündet die Altarlampe. Mit dieser kleinen Geste ändert sich alles, denn in dem Moment, da das brennende Streichholz den Lampendocht entflammt, flackert ein heller Schein über die Wände, und plötzlich ist das Innere der Kapelle in Licht und Schatten getaucht. Das Kruzifix sticht hervor, ein ausgemergelter, gequälter Christus breitet die Arme aus, und ihr ist, als flehe er sie an. Die Spinnweben flattern wie ein Netz voller Fische, die sich winden und um ihr Leben ringen, eine Maus huscht vorbei und schießt hinter den Altar.

Madame Mallory fragt sich, ob sie dabei ist, verrückt zu werden, denn plötzlich hört sie eine Stimme – die wütende Stimme ihres Vaters, der sie vor so vielen Jahren als kleines Mädchen tadelte. Schweißperlen treten ihr auf die Stirn, aber vor lauter Angst rührt sie sich nicht. Schließlich nimmt sie ihren ganzen Mut zusammen und hebt den Blick zur Decke, in der Hoffnung dort Beistand zu finden.

Das Letzte Abendmahl hat sich im Schein der Öllampe verändert. Christus und die Jünger sind in ihren Posen zwar unverändert, aber in ihren Gewändern schimmern mit einem Mal Silber- und Goldfäden. Doch nicht der kraftlose Jesus, der vage auf einen Punkt in der Ferne blickt, zieht ihre Aufmerksamkeit auf sich, sondern die Tafel, an der die Jünger sitzen. Sie ist nicht, wie es ihr zunächst schien, mit einem frugalen Mahl aus einer Schale Oliven und einem Laib Brot bedeckt, sondern biegt sich förmlich unter einem Festschmaus.

Feigen in Portwein. Ein weißer Laib Schafskäse. Eine

gebratene Lammhaxe und eine Schüssel voller Kräuter. Und dann, neben einer geschälten Zwiebel, ein Wildschweinkopf auf einer Platte.

Die Augen des Wildschweins lassen sie nicht mehr los, der enthauptete Schädel wirkt seltsamerweise recht lebendig, und die zitternde Madame Mallory, die sonst immer so forsch ist, muss sich zwingen, den Blick des Tiers resolut zu erwidern. Tief im Inneren dieser kleinen Augen sieht sie die Bilanz ihres Lebens, eine endlos lange Aufstellung aus Soll und Haben, aus Errungenschaften und Fehlschlägen, kleineren freundlichen Gesten und sehr viel größeren Akten der Grausamkeit. Und als sie den Blick davon löst, strömen endlich die Tränen. Sie ist unfähig, die Liste bis zum Ende durchzusehen, weiß sie doch auch so, dass ihre Haben-Seite schon seit langer Zeit zu Ende ist, wohingegen auf der Soll-Seite die Positionen aus Eitelkeit und Selbstsucht kein Ende nehmen. Und ihr unwillkürlich ausgestoßener Ruf um Gnade hallt durch die Kapelle, doch nur ein einzelner Zeuge hört ihn – ein gemalter Wildschweinkopf mit seinem koboldhaften, von zwei Hauern umrahmten Lächeln.

Kapitel Elf

Es war irgendwann nach dem Abendessen, als Madame Mallory in mein Krankenhauszimmer hereinschlüpfte. Ich hatte gerade die Augen zugemacht, und sie verbrachte ein paar Minuten damit, mich ruhig zu betrachten – mein ganzer Körper, Brust, Arme und Hals waren noch immer verbunden. Besonders lange ruhte ihr Blick auf meinen Händen.

Schließlich musste ich ihre Energie im Raum gespürt haben, so wie damals bei unserer Eröffnung, als ich sie plötzlich hinter der Küchentür auszumachen geglaubt hatte. Ich riss die Augen auf.

»Tut mir leid«, sagte sie. »Ich wollte nicht, dass es so weit kommt.«

Draußen begann es zu regnen.

Madame Mallorys Gesicht lag zum Teil im Schatten, doch ich konnte den Umriss ihres Haarknotens erkennen, ihre muskulösen Arme und den eleganten Weidenkorb, den sie am Morgen schon dabeigehabt hatte. Mir wurde bewusst, dass wir uns zum ersten Mal unterhielten.

»Warum hassen Sie uns?«

Ich hörte, wie sie scharf einatmete. Aber sie antwortete nicht. Stattdessen trat sie ans Fenster und schaute in die Dunkelheit hinaus. Der Regen rann in Bächen an der schwarzen Scheibe hinunter.

»Deine Hände sind unversehrt, sie haben bei dem Brand keinen Schaden genommen, wie ich sehe.«

»Nein.«

»Du hast also noch immer dasselbe Feingefühl darin wie zuvor. Du kannst noch immer kochen.«

Ich sagte nichts. Die unterschiedlichsten Gefühle stürmten auf mich ein und schnürten mir die Kehle zu. O ja, ich war froh, dass ich noch kochen konnte, aber diese Frau hatte meiner Familie so viel Leid zugefügt, und ich konnte ihr nicht verzeihen. Zumindest noch nicht.

Madame Mallory zog ein Wachspapierbündel aus ihrem Korb. »Bitte probier ein Stück von diesem Gebäck, ich habe es selbst gebacken.« Ich setzte mich im Bett auf, und sie beugte sich zu mir, um das Kissen in meinem Rücken aufzuschütteln. »Sag mir« – sie drehte mir den Rücken zu und blickte wieder aus dem Fenster –, »was du schmeckst.«

»Aprikosen- und Mandelfüllung.«

»Noch etwas?«

»Na ja, eine dünne Schicht mit einer Paste aus Muskatnuss und Pistazien, und die Glasur besteht aus Eigelb und Honig. Und Sie haben – lassen Sie mich überlegen – Mandeln? Nein, ich weiß es. Vanille. Sie haben Vanillemark unter den Blätterteig gemischt.«

Madame Mallory war sprachlos. Sie sah noch immer aus dem Fenster, an dem der Regen nur so herabströmte, als würde eine Göttin mit gebrochenem Herzen Unmengen von Tränen vergießen.

Als sie sich endlich umwandte, glitzerten ihre Augen wie spanische Oliven. Sie wölbte eine Augenbraue und starrte mich mit irrem Blick in dem schummrigen Licht an, bis ich begriff, warum. Sie hatte erkannt, dass ich über eine besondere Gabe verfügte – das kulinarische Pendant zum absoluten Gehör.

Schließlich legte Madame Mallory das in Wachspapier eingeschlagene Gebäck auf das Rolltablett neben meinem Bett. »Gute Nacht«, sagte sie. »Ich wünsche dir alles Gute.«

Kurz darauf war sie zur Tür hinaus und ich stieß einen langen Seufzer aus. Erst jetzt wurde mir bewusst, wie unglaublich angespannt und *en garde* ich in ihrer Gegenwart gewesen war.

Doch nun war sie gegangen, und es war, als wäre eine Last von mir genommen worden. Zufrieden sank ich auf meine Kissen zurück und schloss die Augen.

Das war's dann, dachte ich.

Als Madame Mallory spät an diesem Abend zum Saule Pleureur zurückkehrte, war der Speisesaal ausgebucht. Monsieur Leblanc stand an seinem gewohnten Platz am Empfangstresen, um die Gäste zu begrüßen und zu ihrem Tisch zu begleiten. Die weißen Jacketts der umherhuschenden Garçons blitzten im Fenster auf und die silbernen Speiseglocken funkelten auf den Tellern, die die Kellner auf hoch erhobenen Händen balancierten, während sie sich zwischen den mit gestärktem Leinen bedeckten Tischen hindurchschlängelten.

All das nahm Madame Mallory wahr, während sie bis zu den Knöcheln im Schnee in ihrem Steingarten stand und still durch die hell erleuchteten Fenster blickte. Sie sah, wie der Weinkellner einen Cognac kreisen ließ und der Comte de Nancy Selière lachend seinen glänzenden Goldzahn präsentierte. Und sie beobachtete, wie der Graf ein Stück Ananasbrot zum Mund führte, worauf sich ein genüsslicher Ausdruck auf seinem nicht mehr jungen Gesicht ausbreitete.

Während sie so dastand und ihr Lebenswerk betrachtete, das sich so elegant und leichtfüßig vor dieser nächtlichen Kulisse abspielte, wanderte ihre Hand vor Rührung zum Hals. Eine Weile verharrte sie in der kalten Dunkelheit und beobachtete leise, wie sich ihr Personal den jeweiligen Aufgaben und den Gästen widmete, bis die erschöpfenden Ereignisse des Tages ihren Tribut forderten und eine wohlige Müdigkeit in ihre Glieder strömte. Kurz bevor die Kirchturmglocken von Sainte-Augustine zu Mitternacht läuteten, stieg Madame Mallory über die Hintertreppe in ihre Dachwohnung hinauf, um Körper und Geist endlich die verdiente Nachtruhe zu gönnen.

»Ich habe mir Sorgen um dich gemacht«, schalt Monsieur Leblanc sie am nächsten Morgen. »Wir haben dich überall gesucht. Ich dachte, mein Gott, was habe ich nur getan?«

»Ah, mon cher Henri.«

Das war allerdings auch schon der einzige Gefühlsausdruck, den sich Madame Mallory gestattete, und sie fingerte verlegen an den Knöpfen ihrer Strickjacke. »Du hast nichts falsch gemacht«, sagte sie leichthin. »Komm, wir wollen wieder an die Arbeit gehen. Weihnachten steht vor der Tür. Es ist Zeit, uns um die Stopfleber zu kümmern.«

Der Bauernhof von Madame Degeneret, der Stopfleberlieferantin des Saule Pleureur, befand sich an einem Berghang oberhalb von Clairvaux-les-Lacs. Obwohl bereits jenseits der achtzig, war die Bäuerin noch recht rüstig und hielt ihren heruntergekommenen Bauernhof mit dem Erlös über Wasser, den sie durch das Stopfen ihrer Moulardenten erzielte. Als Monsieur Leblanc von der mit Schlaglöchern übersäten Zufahrt auf den Hof des alten Anwesens einbog, wurden sie von den braunen Enten begrüßt, die quakend mit erhobenem Kopf umherwatschelten.

Die alte Madame Degeneret in ihrer grauen Wollstrumpfhose und dem ausgeleierten langen Pullover schenkte den Ankömmlingen kaum Beachtung und machte sich stattdessen an einem Futterbeutel zu schaffen. Doch Madame Mallory war erleichtert, die alte gebeugte Frau wohlauf zu sehen, noch immer in der Lage, hinter den Tieren herzurennen. Aus einem Impuls heraus bat sie Monsieur Leblanc, hineinzugehen und die Stopfleber zu holen, während sie draußen mit Madame Degeneret wartete.

So etwas hatte es noch nie gegeben. Madame Mallory bestand sonst immer darauf, selbst die Leber in Augenschein zu nehmen, war in ihren Augen doch niemand außer ihr kompetent genug für diese Aufgabe. Doch ehe Monsieur Leblanc einen Einwand erheben konnte, hatte sie sich auch schon einen Milchschemel herangezogen und setzte sich neben Madame Degeneret, um zuzusehen, wie die alte Frau mit ihren gichtgeplagten Händen behutsam einen Trichter in den Hals einer Ente einführte.

Was hätte er da noch sagen sollen, also verschwand Monsieur Leblanc in der Scheune, wo der junge Knecht gerade ein Dutzend Enten gerupft hatte, die er nun ausbluten ließ, ehe er sich daranmachte, die kostbare Stopfleber und den *magret* – die Brust – herauszulösen.

»Geht es Ihnen gut, Madame Degeneret?«, fragte Madame Mallory, während sie ein Taschentuch aus dem Jackenärmel zupfte und sich diskret schnäuzte.

»Kann mich nicht beklagen.«

Die alte Frau zog den Trichter aus der Kehle der Ente und packte eine weitere Ente, die quakend protestierte. Doch plötzlich hielt sie inne, besah sich die Marke am Fuß des Tiers und ließ es wieder laufen.

»Du nicht. Husch, ab mit dir.«

Die Ente flatterte über den Hof, und ein halbes Dutzend Entenküken watschelte hinter ihr her. Madame Mallory hatte die Hände ruhig im Schoß verschränkt und genoss die wärmenden Strahlen der Wintersonne auf dem Gesicht.

»Warum nicht diese Ente?«, frage sie sanft.

»Kann nicht.«

»Aber warum?«

»Vor ein paar Wochen«, begann Madame Degeneret mit einem ungehaltenen Schnauben zu erzählen, »ist ein hirnverbrannter Tourist zu schnell auf den Hof gefahren und hat die Mutter der sechs Küken getötet. Normalerweise ist das auch das Ende für die Kleinen. Die anderen picken sie zu Tode. Aber dieser alte Vogel hat sich der mutterlosen Küken angenommen. Zusätzlich zu ihrer eigenen Brut.«

»Oh, ich verstehe.«

»*Non, non, madame*. Diese Ente wird ein ganzes Entenleben erleben. Ich werde sie nicht schlachten. Wofür? Wegen einer läppischen Leber? Ich würde nicht mehr schlafen können. Stellen Sie sich das mal vor. Eine Ente, die gütiger ist als die Menschen. So was könnte ich nicht tun.«

In diesem Moment trat Monsieur Leblanc mit zwei Plastiktüten voller Stopfleber aus der Scheune, und Madame Mallory stand vom Schemel auf, unfähig, etwas zu sagen.

Papa holte mich mit dem Lieferwagen des Maison Mumbai vom Krankenhaus ab, und bald darauf bogen wir in die Toreinfahrt des Dufour-Anwesens ein, wo mich ein über den Vorhof gespanntes Krepppapierbanner willkommen hieß. Ein großes Begrüßungskomitee – neben meiner Familie auch an die fünfzig Einwohner von Lumière – bereitete mir unter heftigem Applaudieren, lautem Rufen und ohrenbetäubendem Pfeifen einen herzlichen Empfang. Und ich ließ mich von der ausgelassenen Stimmung anstecken, öffnete die Beifahrertür und winkte wie ein heimgekehrter Kriegsheld – ich muss gestehen, dass ich es genoss, einmal im Mittelpunkt zu stehen.

Es war ein wunderbares Gefühl, so nach Hause zu kommen. Da waren Monsieur Iten und seine Frau. Und Madame Picard. Und da waren auch der Bürgermeister und sein Sohn, mein neuer Freund Marcus.

Und Madame Mallory.

Sie befand sich auf dem Rückweg von Madame Degenerets Bauernhof und kam in dringender Mission, wie wir bald erfahren sollten.

Papa und ich machten sie gleichzeitig am hinteren Rand der Gästeschar aus, und augenblicklich war es mit unserer fröhlichen Heimkehrstimmung vorbei. Papa war wütend und machte ein so finsteres Gesicht, dass sich die Umstehenden umdrehten, um zu sehen, wer seinen Unmut hervorgerufen hatte. Ich bemerkte, wie die Leute hörbar die Luft einsogen und aufgeregt flüsterten.

Doch Madame Mallory achtete nicht darauf, sondern kam nach vorn, und die Menschen wichen zur Seite, um ihr Platz zu machen.

»Sie sind hier nicht willkommen!«, brüllte Papa durch die offene Fahrertür. »Gehen Sie.«

»Monsieur Haji!«, rief Madame Mallory und löste sich aus der Menge. »Ich bin gekommen, um Sie um Verzeihung zu bitten. Bitte. Ich flehe Sie an. Verlassen Sie Lumière nicht.«

Ein erstauntes Murmeln ging durch die Reihen.

Papa baute sich in seiner vollen Größe auf dem Trittbrett des Lieferwagens auf und überragte alle. Statt Madame Mallory anzusehen, wandte er sich wie ein Politiker direkt an die Menschenansammlung: »So, jetzt will sie auf einmal, dass wir bleiben, habt ihr das gehört?«, rief er barsch. »Aber dafür ist es jetzt zu spät.«

»*Mais non,* es ist nicht zu spät«, sagte sie. Obwohl sie jetzt beim Wagen angekommen war und geradewegs zu seinen Füßen stand, blickte er sie noch immer nicht an. »Bitte, ich will, dass Sie bleiben. Und ich will, dass Hassan in meiner Küche arbeitet. Er wird eine ordentliche Ausbildung bei mir erhalten. Ich werde einen Meister der französischen Küche aus ihm machen. «

Mein Herz machte einen Satz. Doch genau diese Bitte, oder vielmehr Forderung von ihr, dass ich für sie arbeiten solle, brachte Papa schließlich dazu, die berühmte Sterneköchin anzuschauen.

»Sie sind vollkommen verrückt geworden. Nein. Schlimmer. Sie sind krank. Was glauben Sie eigentlich, wer Sie sind?«

»Ah, merde, nun seien Sie doch nicht so dickköpfig ...« Madame Mallory bemühte sich sichtlich, ihr hitziges Temperament zu zügeln. Sie atmete tief ein und unternahm einen neuen Anlauf. »Jetzt hören Sie mir bitte zu. Dies ist die Chance für Ihren Sohn, ein richtiger französischer Chefkoch zu werden, ein wahrer Künstler, statt sein Leben lang als Currykoch in irgendeinem indischen Bistro zu arbeiten.«

»Krrrr! Sie haben es immer noch nicht verstanden.«

Papa stieg vom Trittbrett herunter, den großen Bauch drohend vor sich herschiebend.

»Was soll das?«, schrie er und drängte Madame Mallory Schritt für Schritt durch die Menge in Richtung Tor zurück. »Hören Sie nicht, was ich sage? Hm? Wir können Sie nicht ausstehen, Sie ausgetrocknete alte Vettel. Wir wollen nichts mit Ihnen zu schaffen haben.« Als er endlich seine Schimpftirade beendet hatte, fand sie sich auf der Kopfsteinstraße wieder.

Allein.

Und auf unserem Vorhof herrschte ein ausgelassenes Gejohle.

Madame Mallory lächelte milde, strich sich eine graue Haarsträhne hinters Ohr und ging in Richtung ihres Restaurants. Wir wandten uns ebenfalls ab und begaben uns hinein. Ich muss allerdings einräumen, dass ich einen Anflug von Bedauern verspürte, nachdem wir Madame Mallorys Angebot so brüsk ausgeschlagen hatten und uns stattdessen der ausgelassenen Willkommensfeier anschlossen.

Madame Mallory musste jedoch nicht allein mit ihrer Niederlage fertigwerden, denn Monsieur Leblanc, der alles hinter einer Gardine beobachtet hatte, empfing sie an der Tür und ergriff zärtlich ihre Hand. Und wer gesehen hätte, wie er den kahl werdenden Kopf über ihre Hand beugte und einen Kuss darauf hauchte, hätte sich davon überzeugen können, welch tiefen Respekt und innige Zuneigung er ihr entgegenbrachte.

Und in dem Moment, da seine Lippen ihren Handrücken streiften, erkannte Madame Mallory Leblancs tiefe Zuneigung und Ergebenheit ihr gegenüber. Wie ein junges Mädchen schlug sie die Hand vor die Brust und hielt den Atem an. Endlich begriff sie, welch großes Glück es war, einen so guten, zuverlässigen Freund an seiner Seite zu wissen. Leblancs liebevoller Beistand war es dann auch, der ihr das Gefühl gab, im Namen der Gerechtigkeit jede Demütigung ertragen zu können.

Und während wir ausgelassen unter den blinkenden Diskostrahlern im Restaurant herumhüpften, bemerkte niemand, wie sich vor dem Eingang des Maison Mumbai eine stille Schicksalswende vollzog. Niemand bis auf die alte Ammi. Als sie durch die Garage hinausging und Selbstgespräche über Gott weiß was führte, wäre sie beinahe mit Madame Mallory zusammengestoßen.

In aller Ruhe stellte diese einen Holzstuhl mitten auf das Kopfsteinpflaster unseres Vorhofs, während Ammi sie umkreiste.

Sie umkreiste sie auch noch, als drei Flaschen Evian-Mineralwasser unter den Stuhl wanderten.

Und als sich Madame Mallory schließlich setzte, eine karierte Decke auf die Knie legte und die Arme vor der Brust kreuzte.

Inzwischen ging die Sonne hinter den Jurabergen unter.

»Hä?«, sagte Ammi, während sie ihre Pfeife paffte. »Was machst du denn da?«

»Ich sitze hier.«

»Hm. Guter Platz.« Sie nahm ihre Wanderung wieder auf. Vielleicht drang allerdings doch noch irgendein Wahrnehmungssplitter in ihr verwirrtes Gehirn, denn schließlich ging Ammi hinein, schob sich zwischen den herumwirbelnden Körpern hindurch und zupfte Papa am Ärmel seiner Kurta.

»Besuch.«

»Was meinst du mit ›Besuch‹?«

»Draußen. Besuch.«

Papa stieß die Vordertür auf und ein eisiger Wind fegte in den Flur herein.

Sein Gebrüll ließ das Partytreiben innehalten.

»Sind Sie taub? Sind Sie verrückt? Ich habe Ihnen doch gesagt, Sie sollen mein Grundstück verlassen.«

Wir bauten uns alle hinter ihm auf den eisigen Stufen auf, um zu sehen, was hier vorging.

Madame Mallory starrte stur geradeaus, als hätte sie alle Zeit der Welt. »Ich werde mich nicht vom Fleck rühren, ehe Sie Hassan erlauben, für mich zu arbeiten.«

Papa lachte, und viele der Umstehenden fielen in sein Gelächter ein.

Aber ich nicht. Diesmal nicht.

»Sie verrücktes Weib«, sagte Papa kopfschüttelnd. »Das wird niemals passieren. Aber machen Sie, was Sie wollen. Von mir aus können Sie hierbleiben, bis Sie verfaulen. Adieu!«

Er machte die Tür zu und wir feierten weiter.

Am frühen Abend löste sich die Party auf. Unsere Gäste gingen und nahmen erstaunt zur Kenntnis, dass Madame Mallory noch immer mitten auf unserem Hof saß.

»Bonsoir, Madame Mallory.«

»Bonsoir, Monsieur Iten.«

Die ganze Aufregung hatte mich angestrengt, und so stieg ich die Treppe zu meinem Zimmer hinauf, während sich der Rest der Familie an die Vorbereitungen des Abendessens machte. Ich freute mich, endlich wieder von den vertrauten Dingen in meinem Zimmer im Dachturm umgeben zu sein – dem Kricketschläger, dem Che-Guevara-Poster und meinen CDs. Doch das alles konnte warten. Ich legte mich angezogen aufs Bett, zu müde, um unter die Daunendecke zu schlüpfen.

Erst spät am Abend wurde ich wieder wach, als von unten die üblichen Restaurantgeräusche heraufdröhnten. Ich ging zum Fenster. Es schien zu tauen, denn von der Dachrinne tropfte es.

Und da war sie noch immer, eingemummt in einen dicken Mantel. Jemand hatte sie mit weiteren Decken versorgt, und sie saß darunter wie ein Eisfischer, der geduldig in der Dunkelheit auf einen Fang wartete. Um den Kopf hatte sie einen Flanellschal gewickelt, und ich erinnere mich noch, wie sich, wenn sie ausatmete, weiße Wölkchen vor ihrem Gesicht bildeten. Die ankommenden Gäste waren sichtlich verunsichert, wussten sie doch nicht, wie sie sich in dieser ungewöhnlichen Situation verhalten sollten. Nervös blieben sie stehen, um mit ihr zu plaudern. Später, gegen Mitternacht, konnte ich beobachten, wie sie ihr beim Verlassen unseres Restaurants alles Gute wünschten.

»Ist sie noch immer da?«

Ich drehte mich um. Die kleine Zainab stand in ihrem Pyjama in meinem Zimmer und rieb sich die Augen. Ich nahm sie in die Arme und setzte mich mit ihr auf den Fenstersims, und gemeinsam blickten wir auf die einsame Gestalt auf unserem Hof hinab. Eine Weile verharrten wir schweigsam, bis wir ein Geräusch hörten, das sich von dem allgemeinen Restaurantlärm abhob. Es war ein seltsames Geplapper – Ammi, so vermutete ich, die mal wieder einen Dialog mit der Vergangenheit führte. Zainab und ich huschten auf den Gang, um sie zu beruhigen.

Aber da stand Papa.

Verborgen hinter einem Vorhang lugte er zum oberen Korridorfenster hinaus. »Was soll ich nur tun, Tahira?«, hörten wir ihn murmeln. »Was soll ich nur machen?«

»Papa?«

Erschrocken fuhr er herum und ließ den Vorhangzipfel fallen.

»Warum schleicht ihr euch so an?«

Zainab und ich tauschten einen Blick und Papa wälzte sich an uns vorbei.

Die ganze Nacht und den folgenden Tag über blieb Madame Mallory mitten auf unserem Vorhof sitzen.

Die Nachricht von ihrem Hungerstreik verbreitete sich in Windeseile im ganzen Tal. Bis zum Nachmittag hatte sich eine Menschentraube vor unserem Tor versammelt, und gegen vier Uhr stellte sich ein Lokalreporter von *Le Jura* ein, dessen langes Objektiv zwischen den

Stäben hindurchragte, während er einen ganzen Film von der unförmigen Gestalt schoss, die da unbeirrt in der Mitte unseres Hofes saß.

Als Papa dies sah – er hatte wieder am Fenster des oberen Korridors Stellung bezogen –, drehte er vollends durch. Wir hörten ihn durchs ganze Haus brüllen, hörten, wie er die Treppe hinabrumpelte und zur Tür hinausschoss. »Haut ab!«, brüllte er. »Los, weg mit euch.«

Doch die Schaulustigen auf der anderen Seite des Tors rührten sich nicht von der Stelle.

»Wir befinden uns nicht auf Ihrem Grund, also bleiben wir, so lange wir wollen.«

Ein paar Lausbuben verhöhnten ihn mit ihrem Spottgesang: »Haji ist ein Tyra-ann. Haji ist ein Tyra-ann.«

»Monsieur Haji!«, rief der Reporter. »Warum sind Sie so gemein zu ihr?«

Am ganzen Körper zitternd starrte Papa ihn fassungslos an. »Ich bin gemein zu ihr? Wissen Sie nicht, was sie getan hat? Sie hat versucht, mein Geschäft zu ruinieren. Sie hat beinahe meinen Sohn umgebracht.«

»Es war ein Unfall«, kam es von Madame Picard.

»Sie also auch?«, fragte er ungläubig.

»Verzeihen Sie ihr halt.«

»Sie ist doch bloß eine närrische alte Frau«, bemerkte ein anderer.

Papa stierte finster in die Menge.

Dann drehte er sich um und marschierte zu Madame Mallory.

»Hören Sie jetzt auf mit dem Quatsch. Nun kommen Sie schon. Sie werden sonst noch krank. Sie sind zu alt für diesen Unsinn.«

Das stimmte. Als sich Madame Mallory ihm zuwandte, musste sie den ganzen Oberkörper drehen, weil ihr Nacken steif vor Kälte war.

»Erlauben Sie Hassan, bei mir zu arbeiten.«

»Dann frieren Sie sich halt zu Tode. Fühlen Sie sich ruhig wie zu Hause.«

In der folgenden Nacht trat ich wieder vor dem Schlafengehen mit Zainab an mein Turmfenster. Die alte Dame saß noch immer auf unserem Hof, die Arme vor der Brust verschränkt, und rührte sich nicht. Vorbeiziehende Wolken warfen im Mondschein Schatten auf das Kopfsteinpflaster.

»Was passiert jetzt mit ihr?«, fragte Zainab. »Und mit uns?«

Ich strich ihr übers Haar. »Ich weiß nicht, Kleine. Ich weiß es auch nicht.«

Doch da hatte ich schon begonnen, die Seiten zu wechseln und der alten Dame insgeheim die Daumen zu drücken. Und ich glaube, dass die kleine Zainab dies instinktiv gespürt haben musste, denn sie nahm meine Hand und nickte, als verstünde sie als Einzige, was getan werden musste.

Papa warf sich unruhig im Bett hin und her und stand mehrmals auf, um aus dem Fenster zu blicken. Was ihn am meisten wurmte, war, dass Madame Mallory mit passivem Widerstand versuchte zu bekommen, was sie wollte. Denn genau so hatte Gandhi das moderne Indien gegründet, und es war vollkommen unerträglich und eine Provokation, dass ausgerechnet diese Frau nun dieselbe Methode uns gegenüber anwandte. In jenen

Stunden gab Papa das Jammerbild eines zutiefst aufgewühlten Mannes ab. Die ganze Nacht verbrachte er in dem gespenstischen Zwischenreich zwischen Wachsein und Bewusstlosigkeit und murmelte immer wieder im Halbschlaf vor sich hin.

Gegen vier Uhr morgens war im Treppenhaus ein Knarren zu vernehmen.

Wir, Papa in seinem Zimmer und ich in meinem, wachten davon auf und kletterten aus dem Bett, um dem Geräusch auf den Grund zu gehen. »Du hast es auch gehört?«, flüsterte Papa, als wir uns auf dem Flur trafen. Gemeinsam schlichen wir in unseren Nachthemden fröstelnd durch die kalte Dunkelheit.

»Ja«, sagte ich.

Zwei leuchtende Gestalten schienen über der Treppe zu schweben.

»Was macht ihr hier?«, rief Papa und tastete nach dem Lichtschalter.

Tantchen und Ammi in ihren farbenfrohen Nachthemden stießen einen Schrei aus, und Tantchen ließ einen Teller fallen. Er zerbrach auf den Stufen, und drei Naan-Brote sowie eine Flasche Evian kullerten die Treppe hinunter. Wir blickten die beiden an. Ammi umklammerte einen Nachttopf.

»Was ist das? Was macht ihr da?«

»Du bist ein herzloser Mensch, Abbas!«, schrie Tantchen. »Die arme Frau. Sie ist am Verhungern. Du bringst sie um.«

Papa packte Ammi und Tantchen beim Ellbogen und schob sie wieder die Treppe hinauf. »So, ab mit euch ins Bett«, brüllte er. »Morgen werde ich dafür sorgen, dass diese Frau wegkommt. Dann ist Schluss, ich habe genug von diesem Zirkus. Sie tritt das Andenken Gandhis mit Füßen, weil sie seine Philosophie gegen uns verwendet.«

Natürlich konnte danach keiner von uns mehr schlafen. Alle waren früh auf den Beinen und beobachteten Papa, der vor dem Telefon auf und ab tigerte. Endlich wiesen die Zeiger, die sich quälend langsam bewegten, auf die herbeigesehnte Uhrzeit, und Papa rief seinen Anwalt an, der dafür sorgen sollte, dass die Polizei Madame Mallory wegen Hausfriedensbruchs abführte.

Die ganze Familie blies Trübsal, und mürrisch schoben wir unser Kartoffelfrühstück auf dem Teller hin und her, während Papa endlos telefonierte. Nur Ammi aß mit großem Appetit.

Die Einzige, die etwas unternahm, war Zainab. An diesem Morgen sollten wir lernen, dass meine kleine Schwester aus demselben Holz geschnitzt war wie Papa.

Sie ging zu ihm und zupfte mutig an seiner Kurta, während er wütend in den Hörer bellte.

»Hör auf, Papa. Ich mag das nicht.«

Seinen Blick werde ich nie vergessen, mein Gott war der angsteinflößend.

Ich trat neben sie und ergriff ihre Hand. »Papa, sie hat recht. Hör mit deinem Geschrei auf. Jetzt, sofort.«

Diesen Moment werde ich nie vergessen. Den Oberkörper uns zugewandt und den Hörer am Ohr, stand er da und sah mit halb offenem Mund seine beiden Kinder an. Zainab und ich hielten seinem Blick stand und warteten auf das Gebrüll oder die Ohrfeige, die gleich folgen würde. Doch stattdessen sprach er in den Hörer, um dem Anwalt zu sagen, er werde ihn später wieder anrufen.

»Was habt ihr gesagt? Ich glaube, ich habe euch nicht richtig verstanden.«

»Papa, wenn Hassan ein französischer Chefkoch wird, bedeutet das, dass wir hierbleiben und hier unser Zuhause sein wird. Das ist gut. Ich habe keine Lust mehr umzuziehen, Papa. Ich will nicht mehr in dieses nasse England zurück. Mir gefällt es hier.«

»Mami würde auch wollen, dass wir nicht länger davonlaufen«, fügte ich hinzu. »Hörst du sie nicht, Papa?«

Papa starrte uns kalt an, als hätten wir ihn verraten, doch langsam verschwand die Härte aus seinen Zügen und ein milder Ausdruck erschien auf seinem Gesicht. Seine Verwandlung hatte etwas Magisches – wie ein eiskalter Gänseschmalzklumpen, der langsam in der Pfanne zergeht.

Die Bergluft war klar und frisch, genau wie an jenem Tag drei Monate zuvor, als wir in Lumière angekommen waren. Das berühmte Morgenlicht dieser Region überzog die Berge mit seinen Rosa-, Malven- und Brauntönen.

»Madame Mallory!«, rief Papa schroff auf den Hof hinaus. »Kommen Sie rein und frühstücken Sie mit uns.«

Doch die arme Frau besaß nicht einmal mehr die Kraft, den Kopf zu drehen. Ihre Haut war kalkweiß, ihre Nase rot und wund und an ihrer Nasenspitze hingen gefrorene Tröpfchen. »Versprechen Sie«, krächzte sie mit schwacher Stimme, während sie weiterhin durch die kleine Öffnung in ihrem Deckenberg geradeaus starrte, »dass Hassan bei mir arbeiten wird.«

Angesichts der Dickköpfigkeit dieser Frau lief Papa erneut dunkelrot an und war kurz vor einem weiteren

Tobsuchtsanfall. Doch die kleine Zainab, sein Gewissen, war an seiner Seite und zupfte warnend an seiner Kurta. Papa atmete tief ein und ließ einen mächtigen Seufzer entweichen.

»Was meinst du, Hassan? Willst du französisch kochen lernen? Willst du für diese Frau arbeiten?«

»Ich will nichts mehr als das.«

Ich glaube, die Inbrunst, mit der ich meine Antwort gab, dieser Ruf des Schicksals, der aus mir ertönte, traf ihn wie ein wirklicher Schlag. Eine Weile konnte er nur die Risse im Pflaster zu seinen Füßen anstarren, während er sich an der kleinen Zainab festhielt. Doch schließlich hob er den Kopf. Im Grunde seines Herzens war Papa ein guter Mensch.

»Sie haben mein Wort, Madame Mallory. Hassan, du wirst ab jetzt in der Küche des Saule Pleureur arbeiten.«

Die Freude, die ich empfand, war vergleichbar mit dem unglaublichen Gefühl, wenn man in ein göttliches Gebäck beißt und plötzlich die Cremefüllung auf der Zunge spürt. Doch Madame Mallory trug nicht das Lächeln der Siegerin, vielmehr erschien ein demütiger Ausdruck auf ihrem Gesicht, ein Ausdruck der Erleichterung und des traurigen Danks an meinen Vater, der dieses Opfer zu bringen bereit war. Und ich glaube, dass Papa ihre Reaktion schätzte, denn er baute sich vor ihr auf und streckte ihr beide Hände entgegen.

Und nie werde ich den Augenblick vergessen, als sie seine Hände ergriff und Papa sie mit einem Brummen hochzog, und wie meine *Maîtresse* langsam und ächzend von ihrem Gartenstuhl aufstand. Auch das werde ich nie vergessen.

Am nächsten Tag halfen mir Tantchen und Mehtab, meine Siebensachen zu packen, und ich überquerte die Straße. Ein ganzer Sack voller Emotionen begleitete mich auf dieser kleinen, gerade mal dreißig Meter langen Reise, während ich mit meinem Kartonkoffer in der Hand von der einen Seite des Boulevards von Lumière zur anderen wechselte – den Blick auf die schneebestäubte Trauerweide, die Bleiglasfenster und die Spitzengardinen gerichtet, auf dieses elegante Landhotel, bei dem sogar die verzogenen Holztreppen von altehrwürdiger französischer Tradition zeugten. Auf den steinernen Eingangsstufen standen die schweigsame Madame Mallory und der freundliche Monsieur Leblanc, beide in einem weißen Kittel, ein älteres Paar, das seinen frisch adoptierten Sohn mit offenen Armen willkommen hieß.

Ich ging auf sie und mein neues Heim zu und trat so in den Reifeprozess ein, den ich – als Student der französischen *cuisine*, als Diener der Küche – durchlaufen würde. In meinem Rücken befand sich die Welt, aus der ich kam, mit allem, was mir vertraut war: der kleinen Zainab und Ammi mit ihren wässrigen Augen, mit Pomfret Tikka und Kingfisher-Bier, dem Geheul von Hariharan aus den Lautsprechern und dem heißen Kadai, der Öl und Erbsen und Ingwer und Chili spie.

Als ich bei dem schmiedeeisernen Tor an Papa vorbeiging, so wie jeder junge Mann einmal seinen Vater verlassen muss, weinte er hemmungslos und wischte sich das schmerzverzerrte Gesicht mit einem weißen Taschentuch ab. Und ich erinnere mich, als wäre es gestern gewesen, an die Worte, die er zu mir sprach:

»Denk dran, mein lieber Junge, du bist ein Haji. Denk immer daran. Ein Haji.«

Es war eine so kleine Reise, ein winziger Fußmarsch nur, aber es fühlte sich an, als würde ich das ganze Universum durchschreiten, von einem Ende zum anderen, im Hintergrund das vom Sonnenlicht beschienene Juragebirge.

Kapitel Zwölf

Mein Zimmer im Saule Pleureur befand sich im Dachgeschoss, am hinteren Ende des schmalen Flurs, an den auch Madame Mallorys Appartement grenzte. Im Winter war es in meiner Mönchszelle eiskalt, im Sommer unerträglich heiß und stickig. Das Badezimmer befand sich einen Stock tiefer, am Ende des Gangs.

Am Tag meines Einzugs in das Saule Pleureur stand ich zum ersten Mal in meinem Dachzimmer, das für die kommenden Jahre mein Zuhause werden sollte. Es roch nach alten Menschen und einem Ungezieferspray, das vor langer Zeit hier versprüht worden sein musste. Ein ausgemergelter, an ein Holzkreuz genagelter Christus vergoss Blut aus seinen Wunden; das Kruzifix hing über dem Bett neben einem kleinen Spiegel. Ein Kleiderschrank aus dunklem Holz, der mit zwei uralten Kleiderbügeln aus Zedernholz bestückt war, starrte mich aus einer Ecke gegenüber des schmalen Betts heimtückisch an. Im Zimmer war es so eng, dass ich mich kaum umdrehen konnte. Ein Giebelfenster relativ weit oben blickte zwar auf das Dach hinaus, konnte den mangelnden Platz jedoch auch nicht wettmachen.

Ich stellte den Koffer ab. Was hatte ich bloß getan?

Ich muss gestehen, der asketische Raum hatte mich vollkommen aus der Fassung gebracht. Er mutete so erzkatholisch an und war der Welt, aus der ich kam, so fremd, dass eine Stimme in meinem Kopf mich fast hysterisch drängte, in die Sicherheit und Bequemlichkeit meines fröhlichen Zimmers im Maison Mumbai zurückzulaufen.

Doch dann fiel mein Blick auf ein Buch auf dem Nachttisch, und ich ging hin, um darin zu blättern. Es war ein dicker Band mit vergilbten Seiten und kunstvollen Illustrationen, die zeigten, wie man das Fleisch aller erdenklicher Nutztiere zerlegte, vom Rind bis zum Hasen.

Ein unversiegelter Brief war zwischen die Seiten geschoben.

Die handgeschriebenen Zeilen stammten von Madame Mallory, die mich im Saule Pleureur willkommen hieß und in ihrer altmodischen Handschrift beteuerte, wie sehr sie sich darauf freue, mich als Lehrling in ihrer Küche begrüßen zu dürfen. Sie ermahnte mich, hart zu arbeiten und in den folgenden Jahren so viel Wissen wie möglich in mich aufzunehmen. Sie würde immer für mich da sein und mich, so weit es in ihrer Macht stand, unterstützen. Zu Beginn unseres Abenteuers sollte ich diese Abhandlung eines Metzgers aus Lyon mit äußerster Sorgfalt studieren.

Sie hatte genau den richtigen Ton getroffen, und plötzlich meldete sich eine mannhafte Stimme in meinem Kopf zu Wort, die mich aufforderte: Reiß dich zusammen und hör auf, dich wie ein Idiot zu benehmen. Ich ging zur Tür, um mich zu vergewissern, dass Madame Mallory und Monsieur Leblanc diese auch hinter sich zugemacht hatten, und schloss ab. Dann stellte ich mich aufs Bett und nahm das furchterregende Kreuz ab, um es tief hinten im Schrank zu verstecken, es aus meinem Blickfeld zu verbannen. Und dann packte ich endlich meinen Koffer aus.

In jenen ersten Tagen meiner Lehrzeit hatte ich immer wieder den gleichen Traum, der mir im Rückblick bedeutungsvoll erscheint: Ich gehe an einem großen Gewässer vorbei, als plötzlich ein hässlicher, urzeitlicher Fisch den Fluten entsteigt und an den Strand kriecht, indem er seine Bauchflosse zu Hilfe nimmt. Er ist flach und rund und hat eine bullige Kopfform. Mit großer Mühe stößt er sich aus dem Wasser an Land. Erschöpft von dieser Herkulesaufgabe, bleibt er erst einmal liegen, um sich auszuruhen, die Schwanzflosse noch im Wasser, aber den Kopf schon im trockenen Sand. Seine Kiemen öffnen und schließen sich wie ein Blasebalg, während er pumpt und keucht und ganz benommen ist von seiner Metamorphose zur Amphibie, noch zwischen den beiden völlig verschiedenen Welten hin- und hergerissen scheint.

Doch damals blieb mir keine Zeit, mich mit meinen Träumen oder Ähnlichem zu beschäftigen, ebenso wenig wie mit Einrichtungsfragen meines Privatzimmers, denn von diesem ersten Nachmittag an hielt ich mich quasi nur darin auf, um todmüde ins Bett zu fallen und sofort einzuschlafen.

Mein Wecker klingelte um fünf Uhr vierzig am nächsten Morgen. Zwanzig Minuten später frühstückte ich mit Madame Mallory in ihrer Privatwohnung. Von da an sollte sie jeden Morgen diese frühe Stunde nutzen, um mich auszufragen, was ich während der vergangenen vierundzwanzig Stunden gelernt hatte. Diese Sitzungen dienten sozusagen dazu, den intellektuellen Grundstock für die praktischen Lektionen zu legen, die im Laufe des Tages unten in der Küche abgehalten wurden.

Im Anschluss an diese Frage-und-Antwort-Stunde brachen wir umgehend zum Markt auf – ebenfalls Bestandteil meiner Ausbildung –, ehe wir mit unseren Einkäufen wieder in den Landgasthof zurückkehrten, wo dann die eigentliche Arbeit begann. In den ersten sechs Monaten ließ mich Madame Mallory alle Stationen der Gastronomie durchlaufen und mich jede erdenkliche, auch noch so niedere Tätigkeit verrichten: Zuerst spülte ich nur Geschirr, wischte den Küchenboden und schrubbte und schnippelte Gemüse. Im folgenden Monat musste ich dann an die Service-Front, und zwar als Brotjunge in Uniform und mit weißen Handschuhen, mit der Anweisung, mir die Choreografie der Abläufe genau einzuprägen, die sich vor meinen Augen entfaltete. In den Stunden, in denen das Restaurant geschlossen war, musste ich eindecken, während mir Madame Mallory persönlich von Tisch zu Tisch folgte. Und wehe, wenn ich einen Silberlöffel nicht in perfekter Linie zu dem restlichen Besteck platzierte und somit die militärische Ordnung störte, dann schnalzte sie entrüstet mit der Zunge.

Kaum begann ich mich im Service einzuleben, wurde ich auch schon wieder in die Küche zurückbeordert. Diesmal musste ich mich stundenlang mit dem Rupfen und Ausnehmen von Wildtauben, Wachteln und Fasanen abplagen, bis ich das Gefühl hatte, mir würden gleich die Arme abfallen. In dieser Anfangszeit blaffte mich Jean-Pierre, der Chef de Cuisine, unaufhörlich an, und am Ende eines langen Tages konnte ich mich kaum noch auf den Beinen halten, weil mir der Rücken furchtbar wehtat. Als Nächstes wurde ich der Rezeption zugewiesen, wo ich neben Monsieur Leblanc am Empfangstresen stehen und Reservierungen aufnehmen musste. Hier ging es darum, das nötige Feingespür zu entwickeln, um die jeweiligen Gäste an den geeigneten Tisch zu platzieren und den richtigen Ton im Umgang mit Stammgästen zu treffen.

Noch immer war ich nicht mal in die Nähe eines Kochtopfs gekommen.

So ging es Tag für Tag zunächst bis fünfzehn Uhr dreißig, bis zur Nachmittagspause, die in der Gastronomie Zimmerstunde heißt.

Ich schleppte mich zu meiner Dachkammer hinauf, um ein Nickerchen zu halten, das jedoch regelmäßig in einen komatösen Schlaf ausartete. Am frühen Abend stolperte ich verschlafen wieder die Treppe hinunter, um mich meiner neuen Aufgabe zu stellen – dreißig Minuten Weinverkostung mit der dazugehörigen Theorie unter der Ägide des Sommeliers des Saule Pleureur –, ehe ich meine eigentliche Abendschicht antrat, die bis Mitternacht dauerte. Und um fünf Uhr vierzig am nächsten Morgen schrillte unerbittlich der Wecker, und die Tyrannei eines langen Arbeitstages begann von neuem.

Am Montag hatte ich frei, doch meine Energie reichte gerade mal dazu, über die Straße zu taumeln, zurück ins ehemalige Dufour-Herrenhaus, und erschöpft auf unsere alte Couch zu sinken.

»Du musst also Schweinefleisch essen?«

»Arash, hör endlich mit der blöden Fragerei auf. Lass deinen Bruder in Ruh.«

»Aber stimmt es, Hassan? Hast du tatsächlich Schwein gegessen?«

»Du siehst so dünn aus, ich glaub, dieses Weib lässt dich verhungern.«

»Probier das hier, Hassan. Ich habe es extra für dich gemacht. Malai Peda. Mit Bienenblütenhonig.«

Ich lag wie ein Mogulprinz ausgestreckt auf dem Sofa, während mich Tantchen und Mehtab mit hauchzartem Gebäck und Milchtee aufpäppelten. Derweil zogen sich Onkel Mayur, Ammi, Zainab und meine Brüder Stühle heran, um gebannt die spärlichen Informationshappen aufzuschnappen, die ich aus dem Inneren des Heiligtums von Saule Pleureur auf die andere Straßenseite weiterreichte.

»Morgen wird es *palombe* als Spezialität des Hauses geben, Holztaube. Ich habe seit zwei Tagen nichts anderes gemacht, als Tauben zu rupfen und auszunehmen. Das ist vielleicht eine schwierige Arbeit, kann ich euch sagen. Mehtab, würdest du mir bitte die Schultern massieren. Siehst du, wie verspannt meine Muskeln sind? Wir servieren *salmis de palombes,* ein köstliches Taubenragout in einer Merlot-Schalotten-Sauce. Dazu passt am besten ...«

Papa verhielt sich in jener Zeit recht eigenartig. Nachdem er mich mit warmherzigen Worten und mit offenen Armen an der Tür empfangen hatte, zog er sich ganz ungewohnt zurück und überließ es dem Rest der Familie, sich um mich zu scharen. Aus irgendeinem Grund nahm Papa nie an dem Ritual meiner Befragung teil, sondern drückte sich im hinteren Teil des Raums herum, wo er sich geflissentlich am Schreibtisch zu schaffen machte, indem er zum Beispiel mit einem Elfenbeinbrieföffner

Umschläge mit eingegangenen Rechnungen aufschlitzte, ohne sich jedoch ein Wort entgehen zu lassen, auch wenn er selbst nie eine Frage stellte.

»Die ganze Woche über habe ich eine Einweisung in die Weine des Languedoc-Roussillon erhalten, die Weinregion um Marseille herum. Dort werden Unmengen von Wein produziert, wobei man wissen muss, dass nur ein Zehntel der nationalen Appelation-Contrôlée-Abfüllungen, also der Weine mit kontrollierter Herkunftsbezeichnung, von dort stammen.« Und wenn ich sah, wie mein Publikum mit aufgerissenen Augen jedem meiner Worte lauschte, konnte ich nicht widerstehen, mit einer affektierten Handbewegung hinzuzufügen: »Ich empfehle übrigens Weine aus dem Fitou und Minervois. Die aus dem Corbières sind dagegen ziemlich enttäuschend, vor allem was die letzten Jahrgänge angeht.«

Alle bedachten meine Ausführungen mit einvernehmlichen »Ahs!« und »Ohs!«.

»Das ist ja ein Ding«, sagte Onkel Mayur. »Stellt euch vor – unser Hassan! Kennt sich mit französischen Weinen aus.«

»Und wie ist die Mallory? Schlägt sie dich?«

»Nein, nie. Das muss sie auch nicht. Sie muss nur eine Augenbraue hochziehen und schon huschen alle herum wie aufgeschreckte Hühner. Jeder hat Angst vor ihr. Aber Jean-Pierre, ihre Nummer zwei, der schreit mich an und gibt mir Ohrfeigen. Ziemlich oft sogar.«

Aus dem hinteren Teil des Raums war ein heftiges Rascheln zu hören, als energisch ein Brief aufgeschlitzt wurde.

Erst später am Tag, nachdem ich mit indischem Essen abgefüllt und ausreichend verhätschelt worden war und ehe es Zeit für mich war, mit frisch getankter Energie wieder auf die andere Straßenseite zu ziehen, bedeutete mir Papa, mich zu ihm an den Schreibtisch zu setzen. Die Fingerspitzen aneinandergelegt, begann er mit gravitätischer Stimme zu sprechen.

»Sag mal, Hassan, hat sie dir gezeigt, wie man Zunge zubereitet? In Madeirasauce?«

»Nein, noch nicht, Papa.«

Enttäuschung spiegelte sich auf seinem Gesicht.

»Nicht? Hmm. Das ist aber schade. Vielleicht ist sie gar nicht so gut, wie wir geglaubt haben.«

»Doch, Papa. Sie ist eine Meisterköchin.«

»Und dieser Mistkerl Jean-Pierre. Weiß der eigentlich, dass du aus einer bedeutenden Familie kommst? Was, er weiß es nicht? Soll ich mir den Burschen mal zur Brust nehmen?«

»Nein, Papa, danke, aber ich komm schon zurecht.«

Langer Rede, kurzer Sinn, ich zeigte Papa nie, wie schwer mir in diesen ersten Monaten der Wechsel auf die andere Straßenseite fiel, wie sehr ich ihn und die restliche Familie vermisste und wie frustrierend ich anfänglich die Arbeit im Saule Pleureur fand.

Ich konnte es kaum erwarten, mir endlich wieder die Hände beim Kochen schmutzig zu machen, doch Madame Mallory ließ mich nicht in die Nähe des Herds. Eines Morgens, als ich auf Jean-Pierres Geheiß hin über die Hintertreppe nach oben ging, um Glühbirnen aus dem Vorratsschrank zu holen, war meine Stimmung am Tiefpunkt angelangt.

In diesem Moment kam Madame Mallory frisch und munter die Treppe herunter, während im Citroën vor der Garage bereits Monsieur Leblanc mit laufendem Motor auf sie wartete, um sie zu einem Empfang in die Stadt zu fahren.

Sie trug einen dicken braunen Wollumhang und streifte sich braune Lederhandschuhe über. In dem engen Treppenhaus breitete sich die Duftwolke ihres Guerlain-Parfüms aus, und ich drückte mich respektvoll an die Wand, um sie vorbeizulassen. Doch zwei Stufen über mir blieb sie stehen und musterte mich.

Gewiss war selbst ihr in dem schummrigen Licht aufgefallen, wie blass und ausgezehrt ich aussah, dass ich buchstäblich auf dem Zahnfleisch kroch.

»Hassan, sag mal, bereust du eigentlich deine Entscheidung, hier zu arbeiten?«

»Non, madame.«

»Die Arbeitszeiten sind sehr hart, ich weiß. Aber eines Tages wachst du auf und, *voilà,* verspürst plötzlich eine ungeahnte Energie. Dein Körper gewöhnt sich daran, du wirst sehen.«

»Ja. Danke, Chefin.«

Sie ging weiter die Treppe hinunter und ich nach oben, als ich plötzlich – ich weiß nicht, welcher Teufel mich in dem Moment ritt – herausplatzte: »Aber wann kann ich endlich mit dem Kochen anfangen? Oder soll ich immer nur Karotten schälen?«

Sie blieb auf einer der unteren Stufen im Schatten stehen und erwiderte, ohne sich umzudrehen: »Du wirst mit dem Kochen anfangen, wenn die Zeit reif ist.«

»Und wann wird das sein?«

»Geduld, Hassan. Wir werden wissen, wenn es so weit ist.«

»Nun konzentrier dich. In welchem Gewässer wächst die *Ostrea lurida*?«

»Hmm ... In der Bretagne?«

»Falsch. Vollkommen falsch, junger Mann.«

Mit hochgezogener Augenbraue und gebieterischem Blick starrte mich Madame Mallory an. Es war Viertel nach sechs in der Früh und wir saßen wie immer an ihrem Erkerfenster und nippten an unserem Kaffee in feinen Limoges-Porzellantassen. Ich war noch vom Schlaf benommen.

»Die *Ostrea edulis* ist die Auster, die in der Bretagne wächst. Hassan, im Ernst, das solltest du wissen. Wir haben vor zwei Wochen die *Ostrea lurida* durchgenommen. Hier hast du nochmals das Buch über Schalentiere. Präg dir den Inhalt ein. Richtig diesmal.«

»*Oui, madame* ... Oh, jetzt weiß ich es wieder. Die *lurdia* ist die kleine Auster, die in einigen wenigen Buchten an der Nordwestküste der Vereinigten Staaten angebaut wird. Im Puget Sound.«

»Richtig. Ich habe sie selbst nie probiert, es heißt jedoch, sie soll einen sehr feinen Geschmack nach Seegras, Jod und Haselnuss haben. Sie zählt zu den besten Austern der Welt. Schwer zu glauben, dass sie besser als die Austern aus der Bretagne sein soll, aber manche sind dieser Meinung. Es ist wohl Geschmackssache.«

Madame Mallory beugte sich vor, um sich über die Schüssel mit Obstsalat herzumachen, die in der Mitte des Tischs stand. So früh am Morgen zeigte sie einen erstaunlichen Appetit. Es war, als tanke sie Kraftstoff für das rigorose Leistungspensum, das sie sich für den bevorstehenden Tag vorgenommen hatte. Sie und Papa verband sehr viel mehr, als beide je zugegeben hätten.

»Nun, der europäische Markt wird inzwischen von einer fremdländischen Auster heimgesucht. Wie heißt dieser Eindringling, und kannst du mir in kurzen Zügen die Geschichte seiner Invasion beschreiben?«

Ich seufzte. Warf einen verstohlenen Blick auf meine Uhr. »Werden Sie heute gefüllte Kalbsbrust zubereiten?«

Madame Mallory spuckte diskret den Kern einer Dörrpflaume in ihren Silberlöffel und deponierte ihn auf dem Tellerrand.

»*Ah, non.* Du brauchst gar nicht versuchen, vom Thema abzulenken, Hassan. Die Masche funktioniert bei mir nicht.« Sie schob die Schüssel von sich weg und sah mich erwartungsvoll an.

»*Crassostrea gigas*, eine japanische Auster, gemeinhin Pazifikauster genannt, breitet sich seit den siebziger Jahren in Europa aus.«

Sie rang sich ein Lächeln ab, ein ziemlich frostiges zugegebenermaßen, aber immerhin ein Lächeln.

Später an diesem Tag erhaschte ich jedoch einen kurzen Blick auf das, was vor mir lag. Ich traf Madame Mallory in der Kaltküche an, wo sie sich über die Spüle beugte und mich spontan zu sich winkte. Nachdem ich bloß anhand des salzigen Austernwassers, das sie mir mit einem Teelöffel zu kosten gab, korrekt eine spezifische Art der *les creuses de Bretagne* identifiziert hatte, tätschelte sie mir die Wange.

Es war zwar eine wohlmeinende Geste, mit der sie mich loben wollte, doch um ehrlich zu sein, stellten sich mir bei der flüchtigen Berührung durch ihre trockene Hand die Nackenhaare auf. Richtig unangenehm wurde die Situation jedoch, als sie ihren Küchenchef herbeizitierte, um uns ein bestimmtes Austerngericht vorzuführen. Jean-Pierre, der gerade am Herd mit etwas anderem zugange gewesen war, funkelte mich über Madame Mallorys Schulter hinweg an.

Da wusste ich, dass Ärger im Anmarsch war.

Doch in meiner Ohnmacht, dem Lauf der Dinge Einhalt zu gebieten, vermied ich den Blick in Jean-Pierres rotes Gesicht und konzentrierte mich stattdessen auf seine Hände, die bei der Zubereitung der *Sauternes-Sabayon*-Sauce für die Austern geschickt und flink die Zutaten in der Stielkasserolle mischten. Derweil stand Madame Mallory daneben und kommentierte in aller Ausführlichkeit die magische Verwandlung der Zutaten, die sich in der Hitze vollzog, vollkommen unsensibel gegenüber der Lawine von Emotionen, die sie bei ihrem Chef de Cuisine losgetreten hatte.

Zwar war ich sklavenhaft an den Rhythmus des Saule Pleureur gebunden, doch hing ich noch immer am Rockzipfel meiner Familie. Bezeichnend für diese merkwürdige Phase des Übergangs ist ein Ereignis, das ein, zwei Monate nach meinem Umzug stattfand und das mir noch lebhaft in Erinnerung ist. Es geschah eines Morgens, während Madame Mallory und ich unsere Einkäufe auf dem Markt erledigten, während sie mir gleichzeitig Unterricht erteilte.

Madame Mallory hatte den ersten Teil unserer morgendlichen Tour dazu genutzt, mir die verschiedenen Kohlsorten und ihre Geschmacksnuancen nahezubringen – etwa den Wirsing, dessen äußere grobe Blätter wie kleine mollige Cancan-Tänzerinnen ihre grünen Petticoats raffen, um uns einen Blick auf die blassen, inneren Blätter zu gestatten, oder die riesigen Rotkohlköpfe mit ihrem intensiven Lila, die wie Bonvivants anmuteten, die jeder Menge rubinrotem Portwein zugesprochen hatten, ehe sie sich fröhlich auf dem Standtisch einfanden.

»Merk dir eines, Hassan: Kohlrabi bildet eine Brücke zwischen Weißkohl und Rübe und vereint den Geschmack dieser beiden Gemüse. Vergiss das nie. Der Unterschied ist zwar dezent, aber dennoch signifikant. Und dieses Wissen hilft dir zu entscheiden, wann das eine Gemüse eine ideale Beilage ist, das andere aber nicht.«

Je einen Weidenkorb an jedem Arm, beugte sie sich zu mir, um über den Marktlärm hinweg meine Erwiderung verstehen zu können. Auf diesen Exkursionen war Madame Mallory die Geduld in Person, keine Frage war ihr zu kindisch, keine zu banal.

»In dieser Region Frankreichs hegen wir eine besondere Vorliebe für den kleinen frühen weißen Kohlrabi, auch Wiener Kohlrabi genannt, und den frühen lila Kohlrabi. Im Gegensatz dazu ist der *navet de Suede* eine robuste Kohlrabisorte, die wild im Ostseeraum wuchs, ehe die Kelten das nahrhafte Wurzelgemüse in den Süden und Westen brachten und ehe es in Frankreich angebaut wurde. Das war freilich vor mehr als zweitausend Jahren, doch bin ich der festen Überzeugung, dass die Steckrübe heute alle anderen Kohlrabisorten wegen ihres süßen Aromas, das im Lauf der Zeit durch Züchtung erzielt wurde, übertrifft. Wir werden die gelben und schwarzen Varianten des *navet* bestimmt bei Madame Picard finden ...«

Gleichzeitig hoben wir den Blick, um uns zu orientieren und den Stand von Madame Picard zu orten, als wir überrascht Papa davor stehen sahen. Mit gespreizten Beinen, eine Hand in die Hüfte gestemmt und mit der anderen in der Luft herumfuchtelnd, hatte er sich vor dem Stand aufgebaut. Auf seine lebendige Art, mit Händen und Füßen, unterhielt er sich mit Madame Picard.

Die Marktfrau, in ihren unvermeidlichen Armeestiefeln und mehreren Schichten schwarzer Röcke und Pullovern, hatte den Kopf mit dem schütteren Haar in den Nacken gelegt und schüttete sich gerade aus vor Lachen, sodass sie sich mit einer Hand auf seinem Unterarm abstützen musste.

Ich erschauderte beim Anblick der beiden und mein erster Impuls war, auf dem Absatz kehrtzumachen, doch Madame Mallory, die möglicherweise meinen Fluchtinstinkt spürte, nahm mich beim Ellbogen und schob mich auf den Stand von Madame Picard zu.

»Bonjour, Madame Picard. Et vous, Monsieur Haji.«

Papa und die Marktfrau hatten uns nicht kommen sehen und lachten noch herzhaft, doch beim Klang der vertrauten Stimme erstarb ihre Belustigung augenblicklich. Papa duckte sich sogar ein wenig, als er sich halb zu uns umwandte, bis er mich sah und ein Hauch von Unsicherheit in seinen Augen aufflackerte, so als wüsste er nicht so recht, wie er sich verhalten sollte. Aber nicht nur ihm erging es so, mir war die Situation ebenfalls peinlich, und ich wäre am liebsten im Erdboden versunken: Als Begleiter von Madame Mallory auf ihrer Einkaufstour hatte ich das Gefühl, auf ihrer Seite zu stehen, während Papa und Madame Picard sozusagen auf der anderen Seiten waren.

»Hallo, *chef* Mallory«, sagte Papa, dem sein Unbehagen anzuhören war. »Schöner Tag heute. Und wie ich sehe, haben Sie Ihren talentiertesten Lehrling mitgebracht.«

»Hallo, Papa. *Bonjour, Madame Picard.*«

Die Witwe sah mich von oben bis unten und von unten bis oben an, auf typisch französische Art eben.

»Ist ihm die Rolle nicht wie auf den Leib geschneidert, Hassan? *Le petit chef.*«

»Und wie macht sich mein Junge? Ist er schon so weit, dass er Ihren Platz einnehmen kann?«

»Keineswegs«, sagte Madame Mallory steif. »Aber er lernt schnell, das muss ich ihm zubilligen.«

Einen Moment standen wir in betretenem Schweigen da, da keiner wusste, was er sagen sollte, bis Madame Mallory auf einen Korb am hinteren Ende des Stands deutete. »Schau, Hassan, wie ich dir gesagt habe. Aber das sind die weißen *navet de Suede*, nicht die gelben oder schwarzen, die ich zu finden hoffte.« Sie beugte sich vor, ohne Rücksicht auf Papa zu nehmen, der vor ihr da gewesen war, und sagte: »Haben Sie zufällig irgendwo ein paar von den anderen, den weniger bekannten Sorten, versteckt, Madame Picard?«

Ein merkwürdiger Ausdruck erschien auf Papas Gesicht – nicht Wut, sondern eher Verblüffung –, wie bei einem Menschen, dem eben erst klar geworden ist, wie die Dinge ab jetzt laufen werden. Und ich werde nie vergessen, wie Papa ein paar Mal blinzelte, während er die Lage erfasste, mir dann die Hand auf die Schulter legte und sie drückte, ehe er wortlos den Stand verließ.

Sechs Monate nach Beginn meiner Lehre waren Marcel und ich nach einer Mittagsgesellschaft dabei, den Boden zu wischen, wie Madame Mallory uns aufgetragen hatte, bevor wir uns zu unserer »Zimmerstunde« zurückziehen durften.

Da rüttelte jemand an der Hintertür in der Küche und ich ging nachsehen, wer es war.

Es war Monsieur Iten mit einer Schachtel in den Händen.

»Bonjour, Hassan. Ça va?«

Nachdem wir uns dem Ritual entsprechend über den jeweiligen Gesundheitszustand verschiedener Familienmitglieder ausgetauscht hatten, ließ mich Monsieur Iten wissen, dass er gerade eine Speziallieferung bretonischer Austern erhalten habe. Er habe sie gleich mitgebracht, denn bestimmt würde Madame Mallory sie auf die Abendkarte setzen wollen.

Aber weder sie war im Restaurant, noch waren Jean-Pierre, Margaret oder Monsieur Leblanc da. Kurz und gut niemand mit entsprechender Befugnis. Nur Marcel und ich waren da und schrubbten den Boden.

»Was meinst du, Marcel?«

Marcel schüttelte vehement den Kopf und seine Pausbacken erbebten bei der Vorstellung, wir könnten womöglich eine falsche Entscheidung treffen. »Lass die Finger davon, Hassan. Sie bringt uns um, wenn wir was falsch machen.«

Ich spähte in den Karton. »Wie viele sind es, Monsieur Iten?«

»Acht Dutzend.«

Ich stocherte mit dem Finger darin herum. »Okay, ich nehme sie. Aber ziehen Sie vier ab.«

»Pourquoi?«

»Weil diese vier *Crassostrera gigas* sind. Sie wissen sehr wohl, Monsieur Iten, dass die Chefin sie niemals ihren Gästen servieren würde. Wie sind die dahinein gekommen? Sie wäre außer sich vor Wut, wenn Sie bemerken würde, dass Sie ihr Pazifikaustern für *hûitres portugaises sauvages* andrehen wollten. Überhaupt haben Sie da ein ganz schönes Durcheinander. Der Rest sind zwar bretonische Austern, ja, aber mindestens sechs davon sind keine der besonders feinen *Cancale pousses en claires,* die um den Mont Saint-Michel herum angebaut werden. Schauen Sie, *La Cancale* hat eine beige Schale und ist gezackt, so wie diese. Dagegen handelt es sich bei diesen« – ich deutete auf eine andere Stelle – »vermutlich um *La Croisicai*se, aus den Buchten Grand und Petit Traict im Süden der Bretagne. Sehen Sie die blassgelbe Maserung der Schale? Und schauen Sie sich nur die unterschiedlichen Größen an. Diese sind Nummer vier, aber die anderen dort sind bestimmt nur Nummer zwei. *Non?* Auf Ihrer Rechnung sind aber keine unterschiedlichen Größen angegeben, Monsieur Iten. Ich bedauere, aber Sie werden sie entsprechend ändern müssen, wenn Sie wollen, dass ich die Lieferung annehme.«

Monsieur Iten nahm die vier beleidigenden Exemplare heraus, vermerkte auf der Rechnung die Größen- und Qualitätsabweichungen, die ich aufgezählt hatte, und sagte dann: »Tut mir leid, Hassan. Ein Versehen. Wird nicht wieder vorkommen.«

Erst am nächsten Tag, nachdem Madame Mallory mich zu ihrem *commis* – Jungkoch – ernannt hatte, wurde mir klar, dass die Schachtel mit den Austern ein Test gewesen war, den sie zuvor mit dem Fischhändler abgesprochen hatte. Natürlich ließ keiner von beiden ein Wort darüber fallen.

Aber so war die Chefköchin nun mal.

Immer eine Herausforderung.

Insbesondere für ihr Personal.

Ein Samstag im tiefsten Winter, im Restaurant herrschte Hochbetrieb. Die Welt draußen war kristallklar und weiß. Dicke Eiszapfen hingen von der Kupferdachrinne des Saule Pleureur wie zum Trocknen aufgehängte Schinken in einem Schuppen. In der dampfenden Küche ging es hoch her. Topfdeckel ratterten, Flammen loderten auf, und in diesem kulinarischen Glutofen oblag mir die Zubereitung des Tagessoufflés – mit Ziegenkäse und Pistazien – einem der Renner auf der Mittagskarte.

Ich holte die Keramikauflaufformen aus dem eisigen Vorratsraum hinter der Küche und rieb sie wie immer mit weicher Butter aus, ehe ich ein wenig Maismehl und fein gehackte Pistazien auf die Böden streute. Dann bereitete ich das Soufflé nach dem Grundrezept zu: ungereifter Ziegenkäse, Eigelb, etwas Mehl, fein gehackter Knoblauch, Thymian, Salz und weißer Pfeffer. Die Zutaten werden bei schwacher Hitze vermischt, ehe eine ordentliche Portion Eischnee untergehoben wird, um die Masse locker zu machen. Dazu werden die Eiweiße mit Weinstein steif geschlagen, einem Pulver aus dem gereinigten Kristallbelag, der sich auf dem Boden eines Weinfasses absetzt, das den Eischnee auf wundersame Weise stabilisiert. Den letzten künstlerischen Schliff verleiht man dem Soufflé jedoch durch eine Eischneeschicht, die man locker mit einem Messer auf die Füllung streicht. Anschließend stellte ich die Formen in ein Wasserbad und schob das Ganze in die mittlere Schiene des Ofens.

Als ich eine halbe Stunde später dabei war, Kalbsfond zuzubereiten, schrie Jean-Pierre: »Hassan! Hierher!« Also flitzte ich zum anderen Ende der Herdzeile, um ihm zu helfen, das schwere Backblech mit den Schweinebraten aus dem Ofen zu holen und diese, wie es das Ritual erforderte, mit Zitronensaft und Cognac zu begießen.

Madame Mallory, die am Tresen gegenüber stand und eine Dorade in Kräutern und Limettensaft wendete, blickte immer wieder ungeduldig zu uns herüber, um sicherzustellen, dass ich rechtzeitig wieder an meine eigene Arbeitsstation zurückkehrte.

»Hassan, lass deine Soufflés nicht so lange aus den Augen!«, rief sie barsch.

»Pass auf, du Idiot! Du hättest beinahe die Bratpfanne losgelassen!«

Margaret, die ruhige Souschefin, blickte von ihrer Ecke in der Kaltküche auf, wo sie ein Flammeri zubereitete, und kurz sahen wir einander über die zischenden Gasflammen hinweg an.

Margarets solidarischer Blick ließ mein Herz schneller schlagen, doch für Romantik war jetzt keine Zeit, und ich hastete zu meinem Ofen zurück, um die Soufflés herauszunehmen. »Keine Sorge, Chef!«, rief ich. »Sie können sich auf mich verlassen. Hab alles unter Kontrolle.« Ich zog die Ofentür auf, holte das heiße Blech mit den Souffléformen heraus und hob es auf die Arbeitsplatte. Die Soufflés waren zusammengefallen wie ein in die Hose gegangenes chemisches Experiment.

»Ah, non, merde.«

»Hassan!«

»Nein. Schaut euch das an! Aber ich verstehe das nicht. Ich hab schon Dutzende Male Soufflés gemacht, und immer sind sie gelungen. Doch jetzt sind sie zusammengefallen.«

Alle scharten sich um mich und betrachteten das missglückte Gericht.

»Uff!«, sagte Jean-Pierre. »Die reinste Katastrophe. Der Junge ist einfach unfähig.«

Madame Mallory schüttelte angewidert den Kopf. Als wäre ich ein hoffnungsloser Fall.

»Margaret, *vite,* übernimm du Hassans Job und mach die Soufflés noch mal. Und du, Hassan, du kümmerst dich um die Pasta. Da kannst du weniger Schaden anrichten.«

Ich schlich in eine andere Küchenecke, um meine Wunden zu lecken.

Zwanzig Minuten später kam Margaret zu meiner Arbeitsstation, offensichtlich unter dem Vorwand, eine Platte aus dem Schrank über mir holen zu wollen. Als ich die Arme hob, um ihr zu helfen, berührten sich unsere Hände und ein Stromstoß schoss durch meinen Arm.

»Lass dich nicht von ihnen schikanieren, Hassan«, sagte sie im Flüsterton. »Mir ist genau das Gleiche auch mal passiert. An frostigen Wintertagen wird die Außenmauer der Vorratskammer extrem kalt, sodass die Auflaufformen auf dem Regal eisig werden. Wenn du also im Winter Soufflé machst, musst du die Formen mindestens dreißig Minuten vor der Zubereitung in die Küche bringen, damit sie Raumtemperatur haben, ehe du die Soufflémasse hineintust, ansonsten fällt der Eischnee wieder zusammen.«

Sie lächelte mir liebenswürdig zu, drehte sich um, und ich war verliebt.

Die Sache zwischen Margaret und mir nahm zwei Wochen später konkrete Formen an, als wir uns im selben Küchengang wiederfanden. Madame Mallory und Jean-Pierre arbeiteten jeweils an der gegenüberliegenden Küchenzeile, wo sie mit Töpfen klapperten und dem Servicepersonal zuriefen, die bestellten Speisen entgegenzunehmen. Margaret und ich ignorierten einander bewusst, bis sie sich zum Ofen hinabbeugte, um ein Tortenblech herauszunehmen, während ich mich gleichzeitig nach einer Pfanne in dem Fach daneben bückte, sodass sich unsere Beine unabsichtlich berührten.

Ein feuriger Stoß schoss mein Bein hinauf und geradewegs in meine Lenden, und ich rieb mein Bein gegen ihres. Entzückt stellte ich fest, dass sie meine Berührung erwiderte, und als ich mich ein paar Sekunden später mit meiner Pfanne aufrichtete, keuchte ich nach Luft und hielt die Pfanne ein paar Sekunden schirmend vor mich.

»Komm nachher in der Pause in meine Wohnung«, flüsterte sie mir zu.

Überflüssig zu sagen, dass ich noch nie so schnell nach der Mittagsschicht auf meinem Zimmer war und mich meiner Kochmontur entledigt hatte. Kurz darauf kämpfte ich mich durch die Schneemassen im Garten des Saule Pleureur zum Hinterausgang. Kaum hatte ich das Tor in der verputzten Steinmauer passiert, fiel ich in den Laufschritt und schlitterte durch die Seitengassen zu Margarets Wohnung, die sich über der Konditorei in der Stadtmitte befand.

Margaret empfing mich vor dem Gebäude, und wir tauschten verschwörerische Blicke aus, ohne ein Wort zu sprechen. Ich schaute beiläufig die Pflastersteingasse rauf und runter, um mich zu vergewissern, dass niemand uns beobachtete. Als sie den Schlüssel in das Schloss der vereisten Eingangstür steckte, zitterte ihre Hand. Ein älteres Paar betrat einen Schuhladen in der Nähe, eine junge Mutter mit Kinderwagen kam aus der Pâtisserie, eine Floristin schippte Schnee vor ihrem Laden. Niemand beachtete uns.

Die Tür schwang auf, wir gingen hinein, passierten die Briefkästen und den Heizkörper im Flur und liefen dann, zwei Stufen auf einmal nehmend, die Treppe hinauf zu ihrem Appartement im dritten Stock. Kaum waren wir durch die Wohnungstür und endlich in ihren vier Wänden, erkundeten wir einander auch schon mit fahrigen Händen und Mündern und ließen im Nu unsere Hüllen fallen.

An jenem Nachmittag nahm ich Unterricht in Sachen Liebe und lernte eine etwas eigenwillige Interpretation der *lingua franca* kennen. Nach einer heißen Dusche bei reichlich Gekicher und mit viel Seife machten wir uns widerstrebend auf den Rückweg zum Saule Pleureur, getrennt versteht sich. Später waren wir beide viel zu gut gelaunt und beschwingt, um uns mit der nötigen Sorgfalt den Pflichten unserer Abendschicht zu widmen.

»Konzentrier dich, Hassan, wo bist du heute eigentlich mit deinem Kopf?«, sagte Madame Mallory barsch.

So begann es. Doch unserem Liebesverhältnis stellten sich gewisse Hindernisse in den Weg. In einer Mönchszelle zu schlafen, neben den Privaträumen von Madame Mallory, war einer Romanze nicht gerade zuträglich. Deshalb hatten die nachmittäglichen Schäferstündchen, die wir unserem rigiden Zeitplan abrangen, so aufregend sie einerseits auch waren, stets etwas Gehetztes und raubten uns zusehends Kraft. Nie hatten Margaret und ich die Chance, einmal in Ruhe zusammen zu sein.

Als ich wieder einmal spätnachmittags in aller Eile ihre Wohnung verließ und buchstäblich im Hinausgehen den Gürtel zuzog, während Margaret im Kimono hinter mir stand und die Tür aufhielt, sagte sie: »Es ist wirklich schade, dass du nicht mehr Zeit mit mir verbringen kannst, Hassan. Aber manchmal habe ich den Eindruck, du willst mich gar nicht näher kennenlernen. *C'est triste*.«

Dann schloss sie leise ihre Appartementtür. Da stand ich im Treppenhaus und wand mich wie ein Fisch am Angelhaken, der an Deck gehievt wird. Sie war wie meine Mutter. Sie sprach nicht viel, aber wenn sie etwas sagte, dann traf es einen mit voller Wucht, schlimmer als Papas ärgste Tiraden.

Auf dem Nachhauseweg wurde mir klar, dass ich zum ersten Mal in meinem Leben nicht vor einer Frau davonlaufen wollte, die eine neue Tür aufstieß. Ganz im Gegenteil: Am liebsten wäre ich mit dem Kopf voran durch Margarets Tür gestürmt. Während ich an diesem Nachmittag durch die Seitengassen zum Saule Pleureur zurücklief, führte ich gemurmelte Selbstgespräche, in denen ich mich ermunterte, es irgendwie möglich zu machen, mehr Zeit mit Margaret zu verbringen, besonders an unserem freien Tag.

Das bedeutete jedoch, dass ich meiner Familie beibringen musste, dass ich von nun an nicht mehr regelmäßig zu unserem wöchentlichen Familienschmaus kommen würde. Etwas, was so heikel und voller diplomatischer Fallstricke war wie eine Nahostkonferenz. Am folgenden Montag überwand ich voll männlicher Entschlossenheit die kurze Distanz zwischen den beiden Restaurants, wohl wissend, was auf dem Spiel stand.

Doch mein fester Wille wurde in dem Moment, da ich die Schwelle des Maison Mumbai überschritt, auf eine harte Probe gestellt. Tantchen drückte mich in den bequemsten Armsessel, den Ehrenplatz des Hauses, und schüttelte und knuffte das Kissen in meinem Rücken, bevor ich mich zurücklehnte. Mehtab, die seit meinem Weggang das Regiment in der Küche führte, erschien mit einem breiten Lächeln und einem Imbiss – einem Riesenchampignon mit einer Krebsgarnelenfüllung und einer ordentlichen Portion Papri Chaat, schmackhaftem Quarkgebäck.

»Damit du mir bis zum Mittagessen nicht verhungerst, Hassan«, sagte meine Schwester. »In einer Stunde ist es fertig. Ich habe Lammfußsuppe gemacht, die du so gern magst. Extra für dich. Nun leg die Füße hoch, du musst dich ausruhen, du Armer.«

Ich wusste, wie viel Arbeit die Zubereitung dieser Köstlichkeiten erforderte, und die Scham schnürte mir die Kehle zu. Mukthar saß mir gegenüber auf der Couch und popelte abwesend in der Nase, während er sich zusammen mit Onkel Mayur einen Cartoon in der Zeitung ansah.

»Danke, Mehtab. Ähm … tut mir leid. Aber heute kann ich nicht zum Mittagessen bleiben.«

Die Stimmung im Raum gefror. Mukhtar und Onkel Mayur blickten von ihrer Zeitung auf.

»Was hast du da gesagt? Deine Schwester und Tantchen haben den ganzen Morgen wegen dir in der Küche gestanden.«

Das musste ja kommen – aber nicht von dem sonst so gelassenen Onkel Mayur, der normalerweise die giftigen Bemerkungen seiner Frau überließ.

»Ähm ... tut mir wirklich leid, aber ... Ich habe etwas anderes vor.«

»Was meinst du damit – du hast was anderes vor?«, fragte Tantchen barsch. »Mit wem? Mit Madame Mallory?«

»Nein. Mit einer anderen Person aus dem Restaurant«, sagte ich ausweichend. »Ich hätte es euch vorher sagen sollen, ich weiß. Aber wir haben es erst heute Morgen ausgemacht.«

Mehtab sagte kein Wort. Sie hob nur den Kopf, wie eine Begum, die in ihrem eigenen Palast zutiefst beleidigt wurde, und zog sich weihevoll in ihr Küchenreich zurück. Tantchen hingegen zeigte offen ihre Wut und wedelte missbilligend mit dem Finger.

»Siehst du, wie du deine Schwester verletzt hast, du undankbares Scheusal!«

Als wäre die Sache nicht schon schlimm genug, tauchte zu allem Überfluss auch noch Papas massige Gestalt in der Tür auf, und seine tiefe Stimme rollte über uns hinweg wie ein Panzerbataillon.

»Was höre ich da? Du isst heute nicht mit uns?«

»Nein, Papa. Ich habe etwas anderes vor.«

Er winkte mir mit dem Finger, ihm zu folgen.

Mukhtar kicherte. »Jetzt geht's dir an den Kragen.«

Ich warf meinem Bruder einen vernichtenden Blick zu, ehe ich Papa folgte, der mit seinen Latschen unheilvoll über den Boden schlurfte. Als wir am Ende des dunklen Flurs und außer Hörweite waren, drehte sich Papa um und schaute gebieterisch von seiner stolzen

Höhe auf mich herab, doch ich hielt fest entschlossen seinem Blick stand.

»Ein Mädchen steckt dahinter, hab ich recht?«

»Ja.«

»Geh. Mach dir keine Sorgen wegen den anderen, das regle ich schon.«

Meine Verwirrung stand mir anscheinend ins Gesicht geschrieben, denn er wackelte auf indische Art mit dem Kopf, und ehe ich wusste, wie mir geschah, führte er mich weiter den unbeleuchteten Flur entlang. Ich hörte nur, wie das Klappern seiner Latschen nach rechts abbog, dann ging es die paar Stufen hinunter zu dem Nebeneingang des Dufour-Herrenhauses, durch den man auf die Kieselsteinauffahrt gelangte. Rasselnd nahm Papa den Schlüsselbund aus der Hosentasche, schloss die Tür auf, die sonst nur für Warenlieferungen benutzt wurde, und hielt sie für mich auf.

Er lächelte mir freundlich zu und wies mit einer Kopfbewegung zur Straße.

»Geh. Du arbeitest hart, Hassan, und hast dir ein bisschen Spaß mehr als verdient. Ich kümmere mich um Mehtab und deine Tante, keine Sorge. Ich weiß, wie man aufgeregte Hühner bändigt: Man streut eine Handvoll Körner, macht ein bisschen ›Putt, putt, putt!‹ und schon haben sie sich beruhigt. Geh nur. Ich kümmere mich um sie. Keine Sorge.«

»Alle mal zuhören, bitte.«

Madame Mallory und Monsieur Leblanc standen in Wintermantel und Hut in der Küchentür des Saule Pleureur.

»Henri und ich werden heute fast den ganzen Tag unterwegs sein. Wir haben ein paar Besorgungen in Clairvaux-les-Lacs zu machen. In unserer Abwesenheit werdet ihr euch verantwortungsvoll die Aufgaben teilen und nach unserer Rückkehr um sechs Uhr heute Abend werde ich mir anschauen, was ihr fabriziert habt.«

Ich ging nun schon seit fast drei Jahren bei Madame Mallory in die Lehre und es war an und für sich nichts Ungewöhnliches, dass Monsieur Leblanc und sie sich gelegentlich eine Auszeit nahmen, ein Morgen hier, ein Nachmittag dort, um Besorgungen oder einen Ausflug zu machen. Wir fragten uns, in welcher Beziehung die beiden zueinander standen, ob der diskrete Monsieur Leblanc und die unnahbare Madame Mallory nicht vielleicht doch ein wie auch immer geartetes Liebesverhältnis unterhielten, wenn sie Restaurant und Personal den Rücken kehrten. In der Küche gab es wilde Spekulationen zu dieser Frage. Margaret und ich waren – vielleicht unter dem Einfluss unserer eigenen heimlichen Liaison – überzeugt, dass die beiden älteren Herrschaften ein Liebespaar waren, während Jean-Pierre und Marcel die gegenteilige Meinung vertraten.

An Tagen, an denen Madame Mallory einen Ausflug unternahm, teilte sie die Aufgaben für die Vorbereitung des Abendessens unter uns auf. Bislang hatte sie mir natürlich immer die am wenigsten komplizierten Arbeiten übertragen. An jenem stürmischen Herbsttag jedoch wurde Madame Mallory vom Teufel geritten und sie beschloss, uns auf Zack zu halten, indem sie die gewohnte Ordnung auf den Kopf stellte. Jean-Pierre, der Küchenchef und Herr über das Fleisch, sollte sich plötzlich an hübschen Desserts verkünsteln. Margaret mit ihrem Händchen für Süßspeisen und Gebäck sollte sich hingegen zur Abwechslung die Hände mit Fisch schmutzig machen. Und von mir, dem Neuling, erwartete man, dass ich die Hauptgerichte mit Fleisch zubereitete, unter anderem sechs Feldhasen, dieselbe Anzahl Tauben, eine Lammkeule und einen Schweinerollbraten. Die meisten Gerichte gehörten zum Standardrepertoire auf unserer Karte und beruhten auf Madame Mallorys Rezepten, die leicht nachzukochen waren. Die bereiteten mir kein Kopfzerbrechen.

Die Hasen hingegen waren eine *surprise*.

»Chefin, haben Sie einen besonderen Wunsch, wie ich die Hasen machen soll?«

»Ja. Ich möchte, dass du mich in Staunen versetzt.« Und ohne eine weitere Erklärung waren sie und Monsieur Leblanc zur Tür hinaus.

Man kann sich vorstellen, dass wir uns mit geschürzten Lippen und Schweißperlen auf der Stirn augenblicklich an die Arbeit machten, in dem vollen Bewusstsein, dass es sich um eine Prüfung handelte, mit der wir unsere Flexibilität in der Küche unter Beweis stellen sollten. Jean-Pierre war bald über und über mit Mehl bestäubt, während er blitzschnell Blätterteig mit einer bereits vorbereiteten Creme aus Menton-Zitronen aufeinanderschichtete. Margaret bereitete mit hochkonzentrierter Miene eine Langustensauce mit Sherry und Safran zu, die zu gegrillten Hechtstücken am Spieß gereicht werden sollte.

Um ehrlich zu sein, erinnere ich mich kaum noch an Einzelheiten, sondern nur noch verschwommen daran, dass in der Küche fieberhaft gearbeitet wurde. Ich weiß lediglich noch, dass ich die Hasen zerlegte und die Stücke dann in einer Marinade aus Weißwein, Lorbeerblatt, zerdrücktem Knoblauch, Malzessig, süßem Senf und zerdrückten getrockneten Wacholderbeeren einlegte, um den Wildgeschmack zu mildern und das Fleisch mürbe zu machen. Anschließend schmorten die Hasenteile mehrere Stunden in einer gusseisernen Kasserolle bei niedriger Hitze vor sich hin. Das war nicht besonders schwer. Ich hatte einfach nur ein altes Landfrauenrezept abgewandelt, das ich während einer meiner Unterrichtsstunden in Madame Mallorys Dachbibliothek beim Durchblättern eines Buches überflogen hatte. Für einen stürmischen Herbstabend schien mir dies genau das Richtige zu sein.

Als Beilagen bereitete ich statt der üblichen Butternudeln Couscous mit Pfefferminze und einen Gurkensauerrahmsalat mit einer Handvoll Preiselbeeren zu – eine wohltuend leichte Ergänzung zum Wildbret, wie ich fand. Im Rückblick wird mir klar, dass ich mich bei dem Gurkensalat, ob bewusst oder unbewusst, von Raita, dem Joghurt-Gurken-Gericht meiner Heimat, hatte inspirieren lassen.

Wie angekündigt kehrten Madame Mallory und Monsieur Leblanc am frühen Abend zurück, und wir verfolgten angespannt, wie meine Chefin schweigend den Mantel auszog und ihn gegen ihren weißen Kittel eintauschte und dann ihre Runde durch die Küche machte, um die Ergebnisse unserer Bemühungen zu inspizieren. Ich erinnere mich, dass sie für ihre Verhältnisse ziemlich freundliche Worte fand, mit denen sie unsere Anstrengungen bedachte, auch wenn sie freilich wie immer keine Gelegenheit ausließ, uns darauf hinzuweisen, wie wir das jeweilige Gericht mit der einen oder anderen Abwandlung hätten verbessern können.

Jean-Pierres Waldbeertörtchen zum Beispiel hatten eine respektable feste Kruste, und die köstliche Crème-de-Cassis-Füllung wahrte die Balance zwischen fruchtiger Süße und Säure. Doch alles in allem fehlte es Madame Mallory an Originalität, wie sie mit einem Naserümpfen bemerkte. Ein Hauch geriebener Muskatnuss und ein paar über den Tellerrand gestreute Walderdbeeren hätten dem Dessert den letzten Pfiff verliehen.

Margaret hatte neben den gegrillten Hechtspießen Meerbarben mit Spargelfüllung vorbereitet. Nachdem sie die Fische in einer Grapefruit-Bouillon hatte ziehen lassen, hatte sie sie mit Filoteig umhüllt und in den Backofen geschoben. »Sehr ungewöhnlich, das muss ich dir lassen, Margaret. Aber der Teig ruiniert das Ganze für meinen Geschmack. Es ist eine Marotte von dir, alles in Teig zu hüllen. Du musst mehr Selbstvertrauen entwickeln und dein gewohntes Terrain verlassen. Diese intensiven Geschmacksnoten – Rotbarbe, Spargel und Grapefruit – sollten nicht unter einer Teigkruste begraben werden.«

Währenddessen war sie zu meiner Arbeitsstation weitergewandert, wo ich mit einem fettigen Geschirrtuch über der Schulter nervös wartete. Kommentarlos nahm Madame Mallory die Lammkeule ab, die ich mit Knoblauchzehen gespickt und mit Kreuzkümmel sowie *herbes de Provence* gewürzt hatte und die nur noch in den Ofen geschoben werden musste. Der Schweinerollbraten war schon im Backofen, aber noch zu roh, um probiert werden zu können, und die Tauben, die *pigeons avec petits pois*, wurden nur mit einem Kopfnicken bedacht.

Madame Mallory wandte sich daraufhin der gusseisernen Kasserolle zu, in der es sanft blubberte und aus der essiggetränkter Dampf stieg. Sie hob den schweren Deckel und spähte auf das darin schmorende Wildbret. Sie schnupperte, stach mit einer Gabel vorsichtig in ein Hasenstück und das Fleisch löste sich mühelos. Dann schnippte sie mit den Fingern, und schon war Marcel mit Teller und Löffel zur Stelle. Sie probierte ein Stück Hase mit dem Minze-Couscous und der darübergeträufelten Senfsauce sowie dem Sauerrahm-Gurkensalat.

»Mit den Wacholderbeeren hast du cs ein wenig zu gut gemeint, würde ich sagen. Drei oder vier reichen, damit sie ihre Geschmacksnote hinterlassen. Doch davon abgesehen hast du deine Sache sehr gut gemacht, insbesondere, was die ausgefallenen Beilagen betrifft. Einfach, aber effektvoll. Ich muss sagen, Hassan, du hast wirklich das nötige Fingerspitzengefühl für Wildbret.«

Die Explosion folgte auf den Fuß.

»C'est merde. Complètement merde.«

Madame Mallorys öffentliches Kompliment, weil so ungewöhnlich, brachte das Fass zum Überlaufen. Unfähig, seinen Zorn im Zaum zu halten, kickte Jean-Pierre ärgerlich mit dem Fuß in die Luft, woraufhin sich sein Clog löste und wie eine Rakete durch die Küche schoss und zwar geradewegs auf den erschrocken dreinblickenden Marcel am anderen Ende der Küche zu. Doch der schmächtige Lehrling zeigte ein erstaunliches Reaktionsvermögen, denn er ließ sich gerade noch rechtzeitig wie ein getroffener Hirsch zu Boden fallen. Das Schuhwerk indessen verfolgte weiter seine Flugbahn und schlug mit einem lauten Knall an die gegenüberliegende Wand, jedoch nicht ohne bei seinem Sinkflug einen

Krug aus dem Regal mitzureißen, der laut und in einem Scherbenregen auf dem Boden zerschellte.

Fassungsloses Schweigen.

Wir wappneten uns innerlich für den unweigerlichen Wutausbruch von Madame Mallory, doch zu unserer Verblüffung blieb dieser aus. Stattdessen humpelte Jean-Pierre – ein Fuß mit Clog, der andere ohne – zu Madame Mallory, baute sich vor ihr auf und drohte ihr mit der Faust.

»Wie können Sie uns das antun?«, stieß er wütend hervor. »*C'est incroyable.* Uns, die wir über Jahre so loyal waren und Ihre Tyrannei ertragen haben, die wir uns mit Leib und Seele Ihrer Küche verschrieben haben, um nun wegen diesem kleinen Scheißer beiseitegeschoben zu werden? Wer ist dieser Junge, ihr Spielzeug vielleicht? Wo ist Ihr Anstand geblieben?«

Madame Mallory war so bleich wie Asagio-Käse.

Es mag erstaunlich klingen, aber bis zu diesem Moment hatte sie nicht im Geringsten bemerkt, dass sie – indem sie mich bevorzugt behandelte, mich unter ihre Fittiche nahm, mich so offensichtlich zu ihrem »auserwählten« Schüler machte – den ihr so ergebenen Chef de Cuisine zutiefst kränkte. Doch als sie nun sah, was sie angerichtet hatte – dass der arme Jean-Pierre durch ihr mangelndes Fingerspitzengefühl den giftigen Stachel des Neids spürte –, war sie sichtlich gerührt.

Ihr Mitgefühl stand ihr ins Gesicht geschrieben. Denn wenn es eine menschliche Regung gab, mit der sich Madame Mallory auskannte, so war es der Neid – der intensive Schmerz, wenn man erkennt, dass es Menschen gibt, die es besser können als man selbst, die die größten persönlichen Erfolge überflügeln. Natürlich ließ sie sich nichts anmerken – das wäre ganz und gar nicht ihre Art gewesen –, doch in ihren Augen konnte man das Aufflackern ihrer Gefühle sehen, den Schmerz, den sie empfand, nicht wegen sich selbst, da bin ich mir sicher, sondern wegen ihres Chef de Cuisine, der so lange in der Küche des Saule Pleureur vor sich hingelitten hatte.

Aber Jean-Pierre war außer Rand und Band. Während er vor dem Tresen auf und ab tigerte, riss er sich seine Kochmontur vom Leib und schleuderte die Kleidungsstücke theatralisch auf den Küchenboden. »Ich kann hier nicht mehr arbeiten. Ich habe die Nase voll. Was sind Sie nur für eine unmögliche Frau!«, schrie er.

In diesem Moment trat Monsieur Leblanc vor ihn hin, um Madame Mallory vor Jean-Pierres Wutausbruch abzuschirmen.

»Schluss jetzt damit, du undankbarer Kerl. Du bist zu weit gegangen.«

Doch Madame Mallory schob sich an ihm vorbei und nahm zu unser aller Erstaunen Jean-Pierres zitternde Faust in ihre Hand, führte sie an ihre Lippen und küsste seine rauen, roten Fingerknöchel.

»*Cher Jean-Pierre.* Du hast vollkommen recht. Vergib mir bitte.«

Jean-Pierre blieb wie vom Donner gerührt stehen. Diese neue, seltsame Madame Mallory brachte ihn vollends aus der Fassung, jagte ihm womöglich sogar Angst ein, und er sah mich an wie ein Kind, das gerade erleben durfte, wie ein Elternteil auf seine Unartigkeit hin vollkommen untypisch reagiert hat. Und nun überschlug sich Jean-Pierre wiederum darin, um Verzeihung zu bitten, doch Madame Mallory legte ihm einen Finger an die Lippen und sagte bestimmt: »Pst. Es ist wieder gut. Du musst dich nicht entschuldigen.«

Sie hielt seine Hände und sagte mit der ihr eigenen Autorität: »Jean-Pierre, versuche bitte zu verstehen. Hassan ist nicht wie du und ich. Er ist anders. Lumière und das Saule Pleureur werden ihn nicht halten können. Du wirst sehen. Er hat eine große Reise vor sich und wird nicht mehr allzu lange bei uns bleiben.«

Gehorsam nahm Jean-Pierre auf dem Hocker Platz, den sie für ihn heranzog, und ließ beschämt den Kopf hängen. Madame Mallory bat Marcel, ihm ein Glas Wasser zu holen, und der Lehrling hielt es mit beiden Händen, weil er so zitterte. Als Jean-Pierre das Wasser getrunken hatte und sich wieder einigermaßen gefasst zu haben schien, legte sie zwei Finger unter sein Kinn und hob sein Gesicht an, damit er sie ansah.

»Dieser Ort ist mit dir und mir verwachsen, und wir beide werden unser ganzes Leben hier verbringen, in der Küche des Saule Pleureur. Hassan hat das Zeug zu einem Meisterkoch, das ist wahr, und er hat weit mehr Talent, als du und ich uns erträumen können. Aber er ist wie ein Besucher von einem anderen Stern, und im Grunde muss er einem leidtun, denn es liegen noch ein weiter Weg und große Mühsal vor ihm. Glaube mir. Er ist übrigens nicht mein Liebling. Denn das bist du.«

Die Luft war wie elektrisiert. Doch dann blickte Madame Mallory zu Monsieur Leblanc und sagte in sachlichem Ton: »Henri, bitte mach eine Notiz. Wir müssen morgen den Anwalt anrufen. Ich muss endlich und ein für alle Mal klarstellen, dass, wenn ich mal nicht mehr bin, Jean-Pierre der neue Besitzer des Saule Pleureur sein wird.«

Sie sollte recht behalten. Drei Jahre nachdem ich meine Lehre im Saule Pleureur begonnen hatte, war es für mich an der Zeit, meine Reise fortzusetzen. Ein Angebot von einem Spitzenrestaurant am rechten Seine-Ufer, hinter dem Élysée-Palast, weckte meinen Ehrgeiz und lockte mich gen Norden. Madame Mallory meinte, ich könne eine solche Stelle unmöglich ausschlagen – in einem gefragten Pariser Restaurant als Souschef zu arbeiten, mit der Aussicht, in absehbarer Zeit zum Premier Souschef zu avancieren, sei genau das Richtige für mich. »Ich habe dir alles beigebracht, was ich weiß. Nun musst du noch die nötige Reife erlangen. Und diese Stelle bietet dir die Gelegenheit dazu.«

Auch wenn es für Madame Mallory beschlossene Sache war, so hatte ich mich noch nicht entschieden. Eine bittersüße Mischung aus Traurigkeit und nervöser Spannung lag damals in der Luft. Die Ambivalenz jener Tage drückt sich für mich am anschaulichsten in der Erinnerung an einen unserer freien Tage aus. Margaret und ich wollten zu dem Wasserfall am Talende von Lumière fahren, um am Oudon spazieren zu gehen, jenem Fluss, der am Fuße des zerklüfteten Bergs Le Massif fließt.

Unser Ausflug begann im Städtchen, wo wir am Supermarkt Halt machten, um einen Imbiss zu kaufen – je ein Stück Cantal- und Morbier-Käse und ein paar Äpfel. Margaret und ich schoben uns durch die schmalen Gänge zwischen den Regalreihen, vorbei an Haselnüssen in roten Netzsäcken und korsischem Olivenöl. Margaret ging zielstrebig voraus und ließ das Regal mit Schokolade und Keksen links liegen, als eine laute Gruppe junger Männer Anfang zwanzig, das Handballteam von Lumière, vom anderen Ende in den Gang einbog. Sie kamen gerade vom Training und wollten sich mit Knabberzeug und Bier eindecken. Ich erinnere mich an ihre erhitzten Gesichter, ihre durchtrainierten Körper und das vom Duschen noch nasse Haar.

Als Margaret sie erblickte – es waren Schulkameraden von ihr –, erhellte ein Lächeln ihr Gesicht. Sie drehte sich zu mir um und sagte: »Geh du doch schon mal vor zur Kasse, ich komme gleich nach.« Ich umrundete die Regalreihe und kehrte im nächsten Gang in Richtung Kasse um. Doch dann erregten mehrere Gläser mit aus England importiertem Lemon Curd meine Aufmerksamkeit, und ich überlegte, dass die Zitronencreme gut zum Käse passen würde, sozusagen als Ersatz für ein Chutney. Ich nahm ein Glas aus dem Regal und legte es in den Einkaufskorb.

Aber als ich weiter zur Kasse gehen wollte, hörte ich, wie auf der anderen Seite der Regalreihe bei den Süßigkeiten einer der Männer Margaret fragte, was aus ihrem *»negre blanc«* geworden sei, gefolgt von dem Gelächter der anderen. Ich horchte auf, doch die erhoffte Replik von Margaret blieb aus. Sie ging einfach über die provozierende Bemerkung hinweg und fiel, als wäre nichts gewesen, in das allgemeine Gelächter und neckende Geplauder ein, das sich bereits wieder um ein anderes Thema des ortsüblichen Tratsches drehte. Einen Moment lang empfand ich Enttäuschung, muss ich gestehen, auch wenn ich wusste, dass Margaret keine Rassistin war. Dann begab ich mir zur Kasse, wo ich bezahlte und Margaret kurz darauf zu mir stieß.

Wir verstauten unseren Einkauf in ihrem Renault 5 und fuhren zum Ende des Tals, wo wir den Wagen auf einem Parkplatz abstellten. Das Herbstlaub mit seinen

Gelb- und Orangetönen bildete einen Teppich unter unseren Füßen. Wir zogen unsere Wanderschuhe an, setzten unsere Rucksäcke auf und schlugen den Kofferraumdeckel zu. Dann marschierten wir, Hand in Hand, beherzt los und überquerten eine Steinbrücke aus dem siebzehnten Jahrhundert, die den Bach überspannte.

Es war ein wunderschöner Herbsttag. Der Sommer war spürbar vorüber und eine leise Wehmut beschlich uns, sobald wieder ein gelbes Blatt vor uns zur Erde flatterte. Der Bach unter uns war klar und eisblau wie *Bombay Sapphire Gin*, und das Wasser hüpfte sprudelnd und gurgelnd um die Felsen.

Bachforellen flitzten zwischen den Steinen hin und her und schnappten nach Fliegen oder standen mit geöffnetem Maul und pumpenden Kiemen in einem Strudel. Auf einer Lichtung am anderen Ufer war ein kleines pittoreskes Steinhaus zu sehen, in dem ein junger Förster mit Frau und Baby wohnte. Birkenrauch kringelte sich aus dem Kamin.

Margaret und ich folgten dem Waldweg neben dem Bach stromabwärts, und linkerhand ragte die majestätische Felswand des Le Massif auf, des schneebedeckten Jurabergs. Noch immer meine ich, die kühle, nach Moos duftende Waldluft zu riechen, die angereichert war mit dem Sprühnebel, der von der Granitfelswand herabrieselte.

Während wir Hand in Hand nebeneinander hergingen, begannen wir vorsichtig über das Stellenangebot zu sprechen, das ich aus Paris erhalten hatte, beide darauf bedacht, nicht die damit verbundene Frage zu berühren, was aus unserer Beziehung würde, wenn ich annahm. Links von uns stürzte jäh ein kleiner Wasserfall herab, sprudelnd und sich überschlagend. Durch die weiße Wassergardine schimmerte ein Moosteppich auf der mit Feldspat-Adern überzogenen Felswand. Ich weiß noch, als wäre es erst gestern gewesen, wie Margaret an jenem Morgen aussah, in ihrer ausgeblichenen Jeans, dem hellblauen Fleece-Sweatshirt und mit ihren vom Wind geröteten Wangen.

»Es ist ein tolles Angebot, Hassan, und du hast diese Stelle verdient. Du musst es annehmen.«

»Ja, das ist es. Und doch …«

Etwas hielt mich zurück, etwas, was meinen Brustkorb zuschnürte, aber damals konnte ich es noch nicht richtig deuten.

Wir waren an einer Stelle angekommen, an der der schnell fließende Oudon zu unserer Rechten eine Biegung beschrieb und ein langes, tiefes Becken mit breiten, bewaldeten Ufern geschaffen hatte. Der ideale Platz für unser Picknick. Unter uralten Fichten, Linden und Rosskastanien, zwischen deren Stämmen der eiskalte Bach durchschimmerte, legte ich unsere Rucksäcke auf einen mit Flechten überwachsenen Stein.

Wir streckten uns seitlich auf einem flachen Felsen aus und ließen uns halb im Liegen das mitgebrachte Mittagessen schmecken, die Äpfel, den Käse und Scheiben des knusprigen Brots, das Margaret gebacken hatte und das wir großzügig mit der gekauften Zitronencreme bestrichen. Irgendwann nahmen wir gedämpfte Stimmen durch die Bäume wahr, entfernt zunächst, doch dann immer lauter werdend, und schließlich sahen wir auch zwei Gestalten, die sich langsam und gebückt über den Waldboden bewegten, wie Krebse, die über den Meeresgrund krabbeln. Margaret und ich lagen zufrieden und schläfrig auf dem Felsen und beobachteten schweigend die Figuren, die sich näherten.

Es war Pilzsaison und dieser feuchte Teil des Staatswalds war bekannt für seinen Reichtum an Steinpilzen und Pfifferlingen. Schon seit jeher befand sich die Pilzlizenz für diesen Waldabschnitt in Händen der Familie Picard, und so war es auch die Witwe selbst, die zuerst in unser Blickfeld kam. Wie immer in schwarzem Pullover und Rock und in einer sich im Wind blähenden Regenjacke hüpfte Madame Picard wie eine Bergziege von Mooshügel zu Mooshügel und stupste mit der Spitze ihrer Armeestiefel an abgestorbenen Birkenstümpfen herum, um zu sehen, ob sich vielleicht *pieds-de-mouton* unter der Moosschicht verbargen, Semmel-Stoppelpilze, die bevorzugt auf den Stümpfen abgestorbener Bäume lebten.

Plötzlich war ein Ausruf des Entzückens zu hören und Madame Picard richtete sich auf, eine Gruppe *trompettes-de-la-mort* in der schmutzigen Hand – jene kostbare kohlrabenschwarze Pfifferlingsart, die in der Tat wie eine Totentrompete anmutete und nicht nur genießbar, sondern obendrein äußerst schmackhaft ist. Sie drehte sich zu ihrem korpulenten Begleiter um. Der korpulente, große Mann atmete schwer, in jeder Hand einen riesigen Korb, die beide bereits mit einer stattlichen Anzahl der modrigen Fundstücke gefüllt waren.

»Sei vorsichtig mit diesen *trompettes*. Leg sie obendrauf, damit sie nicht zerdrückt werden.«

»Ja, du rechthaberisches Weib.«

Papa stand wie ein Bär im Wald. Er trug zwar nach wie vor seine geliebte hellbraune Kurta, darüber aber einen unförmigen, gewachsten Mantel, der womöglich einmal Monsieur Picard gehört hatte. Seine Füße steckten ebenfalls in warmen Armeestiefeln, doch da er sie nicht zugebunden hatte, hingen die Zungen nachlässig heraus und die Schnürsenkel schleiften über den feuchten Waldboden. Kurz und gut, er sah aus wie ein Rapper aus den Pariser Vororten.

Margaret wollte gerade rufen und winken, doch aus unerfindlichem Grund legte ich ihr abwehrend die Hand auf den Unterarm und schüttelte den Kopf.

»Ich finde, wir sollten uns mal ausruhen. Und was essen. Ich bin ziemlich hungrig.«

»Du treibst mich noch in den Wahnsinn, Abbas! Wir haben ja erst angefangen. Wenigstens einen Korb machen wir vor dem Essen voll.«

Papa seufzte.

Doch als sich Madame Picard umdrehte und mit ihrem kurzen Messer bückte, um einen weiteren Pilz aus dem Waldboden zu schneiden, tat Papa, als hätte er etwas Interessantes erblickt. Er trippelte von hinten auf sie zu, streckte die Hand aus, langte zwischen Madame Picards Beine und rief: »Ich habe einen Trüffel gefunden!« Madame Picard schrie auf und wäre um ein Haar vornübergefallen. Doch dann fing sie sich wieder, richtete sich auf, und beide brüllten vor Lachen. Es hatte ihr offensichtlich Vergnügen bereitet, von Papa in den Hintern gekniffen zu werden.

Ich dagegen war entsetzt. Sofort spulte sich in meinem Kopf ein Film ab – Bilder aus einer längst vergangenen Zeit, von meiner Mutter und meinem Vater, die am Juhu Beach zusammen spazieren gingen. Ich verspürte einen Stich. Mami mit ihrer Eleganz und vornehmer Zurückhaltung war das pure Gegenteil dieser plumpen

Bäuerin gewesen. Doch all dies dauerte nur einen flüchtigen Augenblick, und ich konnte Papa wieder so sehen, wie er wirklich war, als einen Mann, der auch ein bisschen Vergnügen im Leben brauchte.

In jenem Moment dachte er nicht an seine Pflichten gegenüber dem Restaurant und der Familie, die ihn tagaus, tagein von früh bis spät auf Trab hielten. Jetzt war er einfach nur ein alternder Mann, der nur noch wenige Jahrzehnte vor sich hatte und die kurze Zeitspanne, die ihm noch auf Erden vergönnt war, genießen wollte. Mit einem Mal schämte ich mich. Jeder und allen voran Papa, auf dessen Schultern so viel Verantwortung für so viele Menschen lastete, verdiente ein paar sorglose und fröhliche Momente, ohne dass ich missbilligend die Stirn runzelte. Und je länger ich Madame Picard und Papa beobachtete – zwei schon leicht gebeugte, aber noch immer geschäftstüchtige Menschen, die sich gerade wie zwei hormongesteuerte Teenager benahmen –, umso mehr kam ich zu dem Schluss, dass es vollkommen okay so war.

Und da fiel es mir wie Schuppen von den Augen: Nicht meine Familie hatte Probleme damit, mich nach Paris gehen zu lassen, sondern ich war derjenige, der nicht loslassen wollte. Und in jenem Moment, glaube ich, wurde ich endlich erwachsen, denn in dem feuchten Wald war ich endlich in der Lage, im Stillen zu mir zu sagen: *Auf Wiedersehen, Papa! Ich gehe jetzt in die Welt hinaus!*

In diesen letzten Tagen in Lumière war der schwerste Abschied dann nicht der von meiner Familie oder Madame Mallory, sondern der von Margaret. Die talentierte, zurückhaltende Souschefin war fünf Jahre älter als ich, und unsere Liaison während meiner Lehrzeit im Saule Pleureur hatte einen Mann aus mir gemacht.

Und so war es nur folgerichtig, dass unsere Beziehung zu Ende ging. Es war unser freier Tag, einer der letzten vor meinem Abschied von Lumière, und wir nahmen an dem kleinen Tisch vor Margarets Küchenfenster ein spätes Frühstück ein.

Das Morgenlicht, für das Lumière so berühmt war, strömte durch das Fenster herein, auf dessen Sims eine Glasvase mit vertrockneten Schlüsselblumen und gelbem Enzian stand. Jeder war in seine Gedanken versunken und schweigend tranken wir Milchkaffee und aßen Brioches mit selbst gemachter Quittenmarmelade von Margarets Mutter.

Nur in Unterhose und T-Shirt, blickte ich hinaus und sah den spindeldürren Monsieur Iten und seine mollige Frau händchenhaltend die Rue Rollin entlanggehen. Plötzlich blieben sie stehen und gaben einander herzhafte feuchte Küsse, ehe sie in verschiedene Richtungen weiterstrebten – er, um in seinen Wagen zu steigen, sie, um die Filiale der Société Générale zu betreten.

Margaret war nackt unter ihrem Kimono und blätterte in der Lokalzeitung, als ich spontan die Hand über den Tisch streckte und sagte: »Komm mit.«

Meine Stimme zitterte vor banger Hoffnung, dass die Frau auf der anderen Seite des Tisches die ihr gereichte Hand blind ergreifen würde.

»Komm mit mir nach Paris. Bitte.«

Margaret ließ langsam die Zeitung sinken und erwiderte – ich erinnere mich noch immer an das schreckliche Gefühl, das sich bei ihren Worten in meiner Magengrube ausbreitete –, dass Lumière der Ort sei, wo sie geboren wurde, wo ihre Eltern und Geschwister lebten und wo ihre Großeltern begraben waren, oben auf dem Friedhof. Sie wisse meine Bitte sehr zu schätzen und liebe mich dafür umso mehr, doch sie könne nicht – so leid es ihr tue – aus dem Jura fortgehen.

Also zog ich meine Hand zurück und unsere Wege trennten sich.

Paris

Kapitel Dreizehn

Um ehrlich zu sein, verliefen die folgenden zwanzig Jahre, in denen sich mein beruflicher Aufstieg in Paris vollzog, nicht so schwierig, wie man vielleicht denken mag. Es war, als hätte mir ein unsichtbarer Geist Hindernisse aus dem Weg geräumt und mir jenen Weg gewiesen, der mir wohl vorbestimmt war.

Wie man mir in Aussicht gestellt hatte, wurde ich nach zwei Jahren im »Le Gavroche«, dem Einsternerestaurant direkt hinter dem Élysée-Palast, zum Souschef befördert.

Doch über dem Ganzen liegt ein rästelhafter Schleier, der wahrscheinlich nie gelüftet werden wird: Steckte nicht doch Madame Mallory hinter meiner steten und reibungslosen Karriere, oder habe ich mir das nur eingebildet? Während meiner Zeit in Paris tauschten meine frühere *Maîtresse* und ich gelegentliche Kartenwünsche zu Festtagen aus oder telefonierten ein, zwei Mal im Jahr. Und natürlich stattete ich ihr einen Besuch ab, wenn ich nach Lumière kam, um meine Familie zu sehen. Aber auch wenn sie meine Karriere weiterhin mit Interesse verfolgte, so war sie, zumindest offiziell, nicht mehr in meinen Werdegang involviert.

Und doch habe ich mich immer gefragt, ob sie mir nicht auf andere Weise half – ein kleiner Anruf hie und da –, um in Schlüsselmomenten meinem Glück etwas auf die Sprünge zu helfen. Und falls sie das tat, so fragte ich mich weiter, wie hat sie dann sichergestellt, dass ich nie davon erfuhr?

Pierre Berri, zum Beispiel, der großherzige Chefkoch des Pariser Restaurants Le Gavroche, der mich in den Norden lockte, war, wie ich hinterher erfuhr, mit einer entfernten Verwandten Madame Mallorys, einer Cousine zweiten Grades, verheiratet. Natürlich nährte dieses Wissen meine Vermutung, dass ein diskreter Anruf von Madame Mallory dieses Angebot aus Paris ausgelöst haben könnte. Chefkoch Berri leugnete das freilich vehement, doch vermochte er mich nie völlig zu überzeugen.

Als ich im Winter nach meinem Umzug nach Paris zum ersten Mal wieder nach Lumière kam, überquerte ich die verschneite Straße, um mit Madame Mallory einen Kaffee in ihrem Appartement unter dem Dach zu trinken. Die Heizkörper gaben ein rasselndes Geräusch von sich und verströmten eine behagliche Wärme. Wir machten es uns in den alten Armsesseln bequem, tranken Kaffee und knabberten an muschelförmigen Madeleines, die frisch aus dem Ofen kamen. Ich erinnere mich, dass sie alles über das Lokal, eine Art Tapasrestaurant, wissen wollte, das Meisterkoch Pascal soeben in Paris eröffnet hatte. Bald schon sollte es in der Hauptstadt zu den angesagtesten Adressen zählen und einen neuen Trend einleiten, hin zu schicken Bistros, in denen das Essen eher als Beiwerk zu den Weinen diente, statt umgekehrt. Als wir dann zu fachsimpeln begannen, ließ ich beiläufig meinen Dank einfließen, dafür dass sie das Angebot aus Paris in die Wege geleitet hatte.

»Sei nicht lächerlich, Hassan«, sagte sie und goss Kaffee nach, aus derselben Limoges-Kanne, die ich noch aus den Anfängen meiner Lehrzeit kannte. »Ich habe Besseres zu tun, als entfernte Verwandte wegen dir anzurufen. Übrigens habe ich diese weitläufige Cousine seit dreißig Jahren nicht mehr gesehen – ich konnte sie noch nie ausstehen. Dieser Zweig unserer Familie ist nach Paris abgewandert, musst du wissen, und fühlte sich uns, die wir im Loire-Tal geblieben waren, schon immer überlegen. Warum, um Himmels willen, hätte ich ausgerechnet von ihr einen Gefallen erbitten sollen? Da hätte ich ja über meinen Schatten springen müssen. Ich will also nichts mehr von diesem Unsinn hören. Sag mal, wäre es dir möglich, mir über einen eurer Grossisten in Paris ein paar *Ostrea lurida* zu besorgen? Ehe ich sterbe, möchte ich wenigstens einmal diese amerikanische Auster probiert haben. Es ist mir unbegreiflich, dass es französische Gourmets geben soll, die sie unseren bretonischen Austern vorziehen.«

Ich kehrte ins Gavroche zurück, arbeitete hart, und fünf Jahre nach meiner Ankunft in Paris bot sich mir eine neue Gelegenheit, die einen gewaltigen Karrieresprung bedeutete und sehr viel mehr Verantwortung mit sich brachte. Da es im Gavroche auf absehbare Zeit keine entsprechende Vakanz gegeben hätte, kündigte ich und wurde Chef de Cuisine im »La Belle Cluny«, einem kleinen, feinen Restaurant im siebten Arrondissement, wo ich weitere vier Jahre blieb.

Ich schätzte mich glücklich, Seite an Seite mit dem weißhaarigen Marc Rossier arbeiten zu können, dem nicht mehr ganz jungen Chefkoch, der, um es höflich auszudrücken, recht eigenwillig war. Chefkoch Rossier ließ uns statt der traditionellen weißen Kochmontur schwarze Kleidung tragen, und zwar bis hin zu den Clogs. Die Hosenbeine seiner schwarzen Pluderhosen in die Socken gesteckt, schlurfte er um uns herum wie ein holländischer Pirat aus dem siebzehnten Jahrhundert und sang die rauen Lieder aus seiner Zeit bei der französischen Marine. Doch genau dank dieser Exzentrik war es eine Wonne, mit ihm zu arbeiten. Er hatte Sinn für Humor.

Zum Beispiel war er trotz seines fortgeschrittenen Alters erstaunlich offen für neue Ideen, ganz anders als die meisten Gastronomen seiner Zeit. Das bedeutete, dass ich als seine rechte Hand reichlich Freiraum hatte, um meine eigenen Kreationen auszuprobieren, etwa mit Zitronen gefüllter Zickleinbraten. Diese kreative Freiheit zahlte sich letztlich aus, möchte ich behaupten, denn zwei Jahre nachdem ich im La Belle Cluny begonnen hatte, kam zu dem einen Michelin-Stern ein zweiter hinzu.

Die lohnende Arbeit in diesem Restaurant hatte meinen Appetit geweckt, und mit dreißig Jahren kehrte ich nach Lumière zurück, um ein ernstes Gespräch mit Papa zu führen. Ich wollte unbedingt mein eigenes Restaurant eröffnen, endlich Herr im eigenen Haus sein, aber dazu benötigte ich Kapital. Der Ehrgeiz der Hajis loderte in mir. Ich saß also in dem alten Dufour-Herrenhaus, in dem Sessel auf der anderen Seite von Papas Schreibtisch und brachte mein Anliegen vor. Nachdem ich noch keine fünf Minuten voller Enthusiasmus versucht hatte, Papa meinen detaillierten Businessplan zu erläutern, den ich auf seinem Schreibtisch ausgebreitet hatte, unterbrach er mich auch schon.

»Hör auf! Großer Gott. Davon bekommt man ja Kopfschmerzen.«

Tabellen mit Return-on-Investment-Analysen und dergleichen hatten ihn noch nie beeindruckt. Er folgte lieber seinem Bauchgefühl. »Natürlich werde ich dir helfen! Was hast du denn gedacht?«, sagte er verärgert.

Papa entnahm einer Schublade eine dicke Mappe. »Darauf habe ich schon seit längerem gewartet«, sagte er und schlug die Mappe auf. »Oder dachtest du etwa, ich wäre ein verschlafener Wallah, der den lieben langen Tag an seinen Zehen herumzupft? Schon vor einiger Zeit habe ich meinen Anwalt und Banker gebeten, die Angelegenheit vorzubereiten. Es ist für alle gesorgt. Jedem von euch Kindern steht ein Siebtel des Familienvermögens zu. Und du erhältst deinen Anteil eben schon jetzt. Warum warten, bis ich unter der Erde bin, oder? Da ist es mir schon lieber, wenn ich noch mitbekomme, wie du dein Glück und mich stolz machst ... Aber bitte. Fang ja nicht an, mir irgendwelche Computerausdrucke zu schicken. Ich kann dieses neumodische Zeug nicht ausstehen. Hab die Buchhaltung immer deiner Mutter überlassen.«

Ich musste ein paar Mal blinzeln, um meine Rührung zu verbergen.

»Danke, Papa.«

Er machte eine wegwerfende Handbewegung.

»Also. Nun zur Summe, die dir zusteht. Es sind fast achthunderttausend Euro. Reicht das?«

Nein, das würde es nicht. Mein Pariser Steuerberater und ich hatten das benötigte Startkapital überschlagen: die anfängliche Lokalmiete in einer Toplage, Renovierung, Ausstattung, High-Tech-Küche und hochqualifiziertes Personal – kurz und gut, die ganzen Anfangskosten, die anfallen würden, um ein exklusives Restaurant, das auf Topkundschaft abzielte, entsprechend zu lancieren. An die zwei Millionen Euro wären erforderlich, um einen sicheren Start hinzulegen.

»Das habe ich mir gedacht«, sagte Papa. »Ich mach dir einen Vorschlag.«

»Ja?«

»Deine Schwester Mehtab macht mir Sorgen. In diesem kleinen Bergnest kann ich unmöglich einen Mann finden, der sie nimmt, und sie wird deiner Tante immer ähnlicher. Furchtbar launisch. Sie braucht ein größeres Gewässer zum Fischen. Findest du nicht auch? Ich glaube, du solltest darüber nachdenken, ob du sie nicht als Partnerin mit ins Boot holst. Hm, was meinst du? Sie würde dir sicher eine große Hilfe sein, Hassan. Und natürlich ihren Anteil am Erbe als Kapital mit einbringen. Außerdem wäre ich beruhigt, wenn ich wüsste, dass du dich um sie kümmerst.«

Genau so läuft es in einer indischen Familie und so wurde es beschlossen. Mehtab zog zu mir nach Paris. Doch etwas anderes setzte mir damals sehr viel mehr zu: Mein Abschied von Chefkoch Rossier, der immer so gut zu mir gewesen war, fiel ganz anders aus, als ich erwartet hatte. Denn als ich dem alten Meisterkoch erzählte, ich würde mein eigenes Restaurant eröffnen, lief sein Gesicht rot an und er warf eine Pfanne, zwei Teller und eine Pfeffersalami nach mir. Ich bückte mich und wich den Wurfgeschossen aus, ehe ich zum letzten Mal durch die Hintertür des Restaurants hinausging. Doch seine »ausgefallenen maritimen Kreationen« würde ich für immer in Erinnerung behalten.

Nachdem alles in die Wege geleitet war, brachen Mehtab und ich also auf zu unserer gemeinsamen Mission. Als ich eines Abends in der Badewanne saß und, Schweißtropfen auf der Stirn, Tee mit Garam Masala trank, dachte ich an meinen Vater, und plötzlich war mir klar, wie unser Restaurant heißen würde.

»Le Chien Méchant«. Zum bissigen Hund.

Perfekt, nicht?

Aber zuerst musste freilich das passende Objekt gefunden werden, und so durchstreiften Mehtab und ich mehrere Monate lang Paris auf der Suche nach einer Eins-A-Lage. Die Immobilienhändler schienen sich darin überbieten zu wollen, uns entweder sterile Lagerräume in finsteren Seitenstraßen des nicht besonders angesagten dreizehnten oder sechzehnten Arrondissements anzubieten, oder kleine Geschäfte, kaum größer als Puppenstuben, in den nobleren Straßen nahe der Seine. Jedenfalls nichts, was in Frage kam. Doch wir ließen uns nicht entmutigen und suchten beherzt weiter, wohl wissend, dass ein neu eröffnetes Restaurant auf Gedeih und Verderb von der richtigen Immobilie abhing.

Nachdem wir mal wieder einen anstrengenden, aber erfolglosen Tag mit Immobiliensuche hinter uns gebracht hatten, kehrten wir am frühen Abend in unsere Wohnung zurück. Mehtab kickte als Erstes die Sandalen von den Füßen, um ihre Blasen zu untersuchen, wobei sie jedes Mal, wenn sie eine empfindliche Stelle berührte, aufstöhnte. »Mein Gott«, sagte sie, »das ist schlimmer, als zu versuchen, in Mumbai eine Wohnung zu finden.« Sie hatte mich gerade gebeten, mir ihre Blasen anzusehen, als das Telefon klingelte. Ich sprang auf, um abzunehmen.

»Spreche ich mit Chefkoch Haji?«

Am anderen Ende der Leitung war ein Mann, dessen Stimme sich nicht mehr ganz jung anhörte, und im Hintergrund bellte ein Hund.

»Ja, hier ist Hassan Haji.«

»Chefkoch Hassan, wir sind uns vor einigen Jahren begegnet, als Sie noch in der Lehre waren. In Lumière. Ich bin der Comte de Nancy Selière.«

»*Oui, Monsieur Le Comte.* Ich erinnere mich sehr gut an Sie. Sie kamen jedes Jahr einmal ins Saule Pleureur.«

»Ich habe gehört, dass Sie eine geeignete Immobilie suchen, um ein Restaurant zu eröffnen.«

»Ja, das stimmt. Wer hat Ihnen das gesagt?«

»Ach, Meister, Sie wissen ja, wie das ist. Paris ist nur ein Dorf. Auf den Märkten verbreiten sich Gerüchte in Windeseile, vor allem, wenn es um die Haute Cuisine geht. Oder die Politik.«

Ich lachte. »Womit Sie nicht ganz unrecht haben.«

»Hätten Sie Zeit? Dann kommen Sie mich doch besuchen. Rue Valette Nummer sieben. Vielleicht habe ich genau das, wonach Sie suchen.«

Der Comte de Nancy Selière wohnte in einem prächtigen klassizistischen Haus mit Säulen auf der Montagne Sainte-Geneviève, nur einen halben Block vom Panthéon entfernt, jener ehemaligen Kathedrale und heutigen Ruhmeshalle, in deren Krypta die Gebeine der Nationalhelden Frankreichs ruhen, von Voltaire bis Malraux. Mehtab und ich standen ehrfürchtig und kleinlaut vor dem imposanten Gebäude und drückten die Klingel in der angstvollen Erwartung, dass uns gleich ein streng dreinblickender Butler zum Dienstbodeneingang auf der Rückseite beordern würde. Doch zu unserer Überraschung öffnete der Graf persönlich, mit zerzausten Haaren und in Cordhose und Lederpantoffeln.

»Kommen Sie. Das Objekt befindet sich zwei Türen weiter«, sagte er und schüttelte uns kurz die Hand.

Ohne auf unsere Antwort zu warten, marschierte der Comte de Nancy los, in seinen Lederpantoffeln und mit einem großen Schlüsselbund in der von Altersflecken übersäten Hand, die abschüssige Rue Valette hinunter.

Nie werde ich den Augenblick vergessen, da ich zum ersten Mal das efeubewachsene Haus in der Rue Valette Nummer elf erblickte. Die Sonne ging gerade hinter den Dächern unter und zauberte in der abgasgeschwängerten Luft einen rosa Lichthof um das Kalksteingebäude, sodass ich mich unweigerlich an Lumière erinnert fühlte.

Das Haus mit der Nummer elf war etwa halb so breit wie das Haus des Grafen und machte einen einfachen, aber fröhlichen Eindruck. Die Holzläden und der Efeu, der sich bis zum ersten Stock hinaufrankte, vermittelten eine ungezwungene Atmosphäre. Alles in allem hatte es nichts von der in Paris vorherrschenden kühlen Eleganz und mutete eher wie ein Landhaus an.

Die Eingangshalle mit ihrer dunklen Holzvertäfelung war ziemlich düster, doch kaum trat man durch eine Tür, gelangte man in eine Flucht luftiger Salons und Vorzimmer, jeweils nicht sonderlich groß, doch zwanglos ineinanderfließend. Eine Weile blieb ich unter dem Kristalllüster im großen Salon stehen und malte mir aus, wie der Raum nach der Renovierung aussehen könnte. Es war keinesfalls schwierig, sich ihn als eleganten Speisesaal vorzustellen. Schwere Samtvorhänge verdeckten die hohen, auf die Straße gehenden Fenster und wir zogen sie zurück. Selbst im schwindenden Licht der Abendsonne fielen uns die aufwendigen Intarsien des Parkettbodens auf.

Im hinteren Teil gab es einen sehr großen Raum und ein Badezimmer, die zusammen einen idealen Küchentrakt bilden würden, und eine Tür führte auf einen kleinen Hof, der sich als Lieferanteneingang eignete. Den lichtdurchfluteten Stock darüber könnten wir ebenfalls hinzumieten, vielleicht als Büros, sagte der Graf. Die beiden Etagen waren durch eine Wendeltreppe verbunden, die in den siebziger Jahren eingebaut worden sei. Die drei darüberliegenden Stockwerke seien über einen separaten Eingang zu erreichen, doch er beabsichtige nicht, sie zu vermieten, fügte der Graf hinzu. Er benutze die Räume selbst als Lager für alte Möbel und Gemälde aus dem Familienerbe. Ein Restaurant im Erdgeschoss mit Büros im ersten Obergeschoss würde somit keinerlei Problem darstellen, weil es eben keine anderen Mieter im Haus gebe. Mehtab und ich stiegen zwischen den beiden Ebenen treppauf und -ab und trauten unseren Augen nicht, gaben uns aber Mühe, unsere Begeisterung nicht allzu sehr zu zeigen.

Vor Aufregung schlug mein Herz schneller.

Zum ersten Mal seit sehr langer Zeit hatte ich das Gefühl, zu Hause angekommen zu sein.

»Was meinst du?«

»Fantastisch«, sagte Mehtab im Flüsterton. »Aber können wir es uns leisten?«

In diesem Moment hörten wir, wie der Graf im Erdgeschoss ungeduldig mit dem Schlüsselbund rasselte.

»Kommen Sie nun, bitte?«, rief er hinauf. »Ich kann nicht den ganzen Abend hier herumstehen und warten, bis Sie sich entschieden haben. Ich habe zu tun, also lassen Sie uns gehen.«

Wieder draußen in der Rue Valette, blickte ich mich mit ganz anderen Augen in der Umgebung um, während der Comte de Nancy die Tür abschloss. Etwas weiter unten lag die Place Maubert, wo jeden Samstag ein Bauernmarkt war und wo sich eine Metrostation befand. Und etwas weiter oben, am Ende der Straße, das Panthéon. Zu Fuß würde ich von meiner Wohnung beim Institut Musulman de la Mosque höchstens zehn Minuten hierher benötigen.

Und direkt gegenüber, auf der anderen Straßenseite, unterhalb des Collège Sainte-Barbe der Sorbonne, war eine der feinsten Adressen des linken Seine-Ufers: das elegante Monte Carlo, ein messinggetäfelter exklusiver Wohnblock, in dem die Geliebte des letzten Präsidenten Frankreichs, eines feurigen Sozialisten, im dritten Stock ein Appartement im feudalen Stil des Ancien Régime besaß. Zwei Palmen in riesigen Pflanzenkübeln und ein uniformierter Portier standen an der geschnitzten Tür des Monte Carlo Wache.

Keine Frage. Es war eine fantastische Lage.

»Nun, junger Mann, sind Sie interessiert?«

»Bien sû-sûr«, stammelte ich. »Es ist wunderbar. Aber ich weiß nicht, ob ich es mir leisten kann.«

»Pah!«, sagte der Graf mit einer wegwerfenden Handbewegung. »Über die finanziellen Details werden wir uns schon einig werden. Für mich zählt vor allem, dass ich einen verlässlichen Mieter bekomme. Und ein hervorragendes Restaurant käme meinen Neigungen durchaus entgegen. Und Sie brauchen, glaube ich, eine gute Adresse, um sich einen Namen zu machen. Insofern verfolgen wir ein gemeinsames Ziel. Nicht zu unterschätzen für eine fruchtbare Partnerschaft, finden Sie nicht auch?«

»Ja, gewiss.«

»Also, dann sind wir uns ja einig.«

Er streckte mir seine arthritische Hand entgegen.

»Danke, Monsieur Le Comte! Sie werden Ihre Entscheidung bestimmt nicht bereuen, das verspreche ich Ihnen.«

Beherzt ergriff ich seine Hand und schüttelte sie, und zum ersten Mal erschien ein Lächeln auf dem Gesicht des Aristokraten und entblößte kleine gelbe Zähne. »Da bin ich mir sicher«, sagte er. »Sie sind ein junger talentierter Chefkoch, und deswegen setze ich auf Sie. Vergessen Sie das nie. Und nun machen Sie sich keine Sorgen. Ich werde meinen Anwalt beauftragen, Sie so bald wie möglich zu kontaktieren, um die Details zu besprechen.«

Der Comte de Nancy Selière sollte nicht nur mein Vermieter, sondern auch mein bester Stammgast werden. Le Chien Méchant war sein »Lokal«, wir er zu sagen pflegte. Doch auch dieser Ausspruch wird der Rolle nicht ganz gerecht, die er in den folgenden Jahren für mich spielen sollte, denn der Graf wurde viel mehr zu einer Art schützender Geist für mich, immer darauf bedacht, meine Interessen zu wahren.

Die Pacht, auf die wir uns einigten, lag während der ersten beiden Jahre fünfzig Prozent unter dem marktüblichen Preis. Doch selbst in den folgenden Jahren erhöhte der Graf sie nur geringfügig, und meist auch nur, wenn irgendeine Versicherungsprämie gestiegen war oder um mit der Inflation Schritt zu halten. Tatsächlich half mir der Graf in den nächsten Jahren auf vielfältige Weise, unter anderem, indem mir seine Bank von Anfang an eine großzügige Kreditlinie zu äußerst günstigen Bedingungen gewährte, um die Differenz zwischen der Summe, die mir mein Vater gegeben hatte, und dem veranschlagten Kapitalrahmen abzudecken.

Doch ganz abgesehen davon mochte ich den Kerl einfach. Der Comte de Nancy war ein Griesgram, das will ich nicht verhehlen, aber er war loyal zu jedem, der einen Draht zu ihm gefunden hatte, und obendrein war er amüsant. Als zum Beispiel einer meiner Juniorkellner die Kühnheit besaß, ihn zu fragen, ob er noch Platz für ein Dessert habe, sah er den Jungen an, als wäre er ein Irrer, ehe er antwortete: »Mein Guter, ein Gourmand ist ein Gentleman mit dem Talent und der Stärke, selbst dann mit dem Essen fortzufahren, wenn er nicht mehr hungrig ist.«

Doch als er an jenem ersten Tag unserer Partnerschaft dieses für ihn so charakteristische »Pah!« ausstieß, nachdem ich ihn nach der Miete für die Immobilie gefragt hatte, sagte mir mein Bauchgefühl, wie ich diesen Laut zu deuten hatte. Denn dieser arrogante und abschätzige Ausruf war mir sehr vertraut. Und auch wenn ich es nie beweisen könnte, wusste ich in diesem Moment, dass das Auftauchen des Comte de Nancy Selière und sein Angebot das Werk von Madame Mallorys unsichtbarer Hand waren.

Denn wie sonst wäre zu erklären gewesen, dass der beste Gast des Saule Pleureur plötzlich sowohl zu meinem Vermieter als auch zu meinem Stammgast wurde, als wäre der Stab von einem Restaurant zum anderen weitergereicht worden?

»Du machst mir Angst, Hassan«, sagte Madame Mallory in gewohnt knappem und eisigem Ton, als ich bei einem Telefonat die Sprache auf den Grafen brachte. »Allmählich muss ich denken, dass du Drogen nimmst, so wie du mir immer wieder diese paranoiden Fantasien auftischst. Im Ernst, hast du je erlebt, dass ich einen Gast ermutigt hätte, Geld bei einem Mitbewerber auszugeben? Was für eine groteske Idee.«

Farbdämpfe, Geschrei, zahllose Telefonate, Einkaufswagentouren durch Warenhäuser, Vorstellungsgespräche mit Bewerbern, Formulare und hitzige Verhandlungen mit Lieferanten – die nächsten Wochen waren geprägt von Arbeit und nichts als Arbeit. Mehtab kümmerte sich um die Handwerker und kommandierte sie nach Strich und Faden herum, um auch ja sicherzustellen, dass die Rue Valette Nummer elf genau nach meinen Illustrationen und Visionen umgestaltet wurde. Währenddessen rekrutierte ich, wenn ich nicht gerade hinzugezogen wurde, um irgendwelche Farben oder Zierleisten abzusegnen, die Stammbelegschaft, eine der wichtigsten Aufgaben. Nachdem ich ungefähr hundert Stunden Vorstellungsgespräche mit potenziellen Kandidaten für die Position des Chef de Cuisine geführt hatte, fiel meine Wahl schließlich auf Serge Poutron, dessen Figur an eine riesige Steckrübe erinnerte. Er stammte aus Toulouse und war ein ziemlich rauer Geselle. Ich hatte ihn während meiner Zeit im Gavroche kennengelernt. Von schwierigem Charakter zwar, bisweilen auch brutal zu seinen Untergebenen, war doch hundertprozentig auf ihn Verlass. Ich wusste, dass er mit seiner eisernen Disziplin Abend für Abend dafür sorgen würde, dass ausnahmslos kunstvolle, wohlschmeckende Gerichte auf die Teller kämen. Und als Oberkellner entschied ich mich für Jacques, einen Veteran des Dreisternerestaurants »L'Amroisie«, der elegant und leichtfüßig durchs Restaurant schwebte und es verstand, die Gäste mit dem Charme eines Charles Aznavour zu becircen.

Die erste Restaurantbesprechung erschien kurz nach der Eröffnung in *Le Monde*, und ich schäme mich nicht zuzugeben, wie gerührt ich war, als ich las, dass diese angesehene Zeitung, ein Eckpfeiler des meinungsmachenden Establishments Frankreichs, mir und meinem Restaurant Beifall spendete. Der Artikel trug nicht unwesentlich zu unserem Durchbruch bei, ebenso wie die Mund-zu-Mund-Propaganda, die von Gast zu Gast weitergetragen wurde, vor allem vom Comte de Nancy Selière, einer wahren Public-Relation-Maschine, der natürlich seinen persönlichen Tisch im Restaurant hatte.

Es trug sich in dieser frühen Phase zu, einen Tag nachdem mir der erste Michelin-Stern verliehen worden war – es sollte noch ein paar Jahre dauern, bis der zweite folgte –, als ein Mann an einem Tisch Platz nahm, der ebenfalls eine wichtige Rolle in meinem Leben spielen sollte.

Ich war in der Küche und bereitete *daurade aux citrons confits* vor, als Jacques mit zwei neuen Bestellungen hereinkam. Noch während er dabei war, die Bestellbons zu ordnen, informierte er mich knapp, dass mich jemand im Speisesaal zu sprechen wünsche, und zwar an Tisch Nummer acht. Mein Oberkellner machte ein ernstes Gesicht, drehte sich rasch wieder um und marschierte strammen Schritts durch die Schwingtür hinaus. Seinem Verhalten entnahm ich, dass es sich um eine wichtige Persönlichkeit handelte, die etwas am Essen zu bemängeln hatte.

»Serge, übernimm bitte. Ich muss hinaus«, sagte ich über das Scheppern der Pfannen und das Klappern der Clogs auf dem Fliesenboden hinweg, während das Küchenpersonal an den Herdzeilen hin und her flitzte. Serge bekundete mit einem Grunzen, dass er verstanden habe, und schrie dann: »Essen für Tisch drei fertig!« Inzwischen half mir ein *commis,* meinen mit Fettspritzern übersäten Kochkittel gegen einen makellos sauberen und gebügelten auszutauschen.

Das Chien Méchant war an jenem Abend ausgebucht, und auf dem Weg zum großen Salon nickte ich zwei Stammgästen zu, die in einem der kleineren Speisezimmer saßen. Nummer acht war einer der bevorzugten Tische, und ich wusste, dass es sich bei dem betreffenden Gast nur um eine Berühmtheit oder hochgestellte Persönlichkeit handeln konnte.

Ein einzelner Mann mit Halbglatze saß dort, und der silberne Haarkranz, der seinen Nacken umgab, endete seitlich in zwei buschigen Koteletten, die einen Großteil seines Gesichts einnahmen – eine recht eigenwillige Haartracht, die an eine längst vergangene Epoche gemahnte. Er war bullig und muskulös, trug eine goldene Halskette und protzige Ringe an den Fingern seiner rauen Hände – Schmuck, der an einem Mitglied der korsischen Mafia nicht ganz fehl am Platz gewesen wäre. Von Geschmack hingegen zeugte sein eleganter dunkelgrauer Seidenanzug. Der Mann strahlte eine dezente Autorität aus. Ich warf einen verstohlenen Blick auf seinen Teller – die Wahl eines Gerichts sagt viel über einen Menschen aus – und registrierte, dass er als Vorspeise geräucherten Aal mit frischer Meerrettichsahne aß.

»*Chef* Haji!«, sagte er und streckte mir seine mächtige Hand entgegen. »Ich wollte Sie schon längst einmal kennenlernen. Als ich von meinem Personal erfuhr, dass Sie bereits zwei Mal in meinem Restaurant waren, ohne sich mir zu erkennen zu geben, war ich wütend. Ich muss schon sagen, das hat mich ziemlich verletzt.«

Meisterkoch Paul Verdun. Einer der ganz Großen Frankreichs.

Einen Moment lang war ich sprachlos. Ich war ihm bisher nie persönlich begegnet, aber kannte ihn natürlich vom Namen her, der oftmals durch die Medien geisterte. Paul Verdun hatte aus einer bescheidenen Landmetzgerei ein weltbekanntes Dreisternerestaurant gemacht. Der Meisterkoch lockte Gourmets aus der ganzen Welt nach Courgains, in ein kleines Dorf in der Normandie, wo sich sein Restaurant »Le Coq d'Or«, eine vermeintliche Goldgrube, in einem unauffälligen Eckhaus befand.

Meisterkoch Verdun war einer der herausragenden Vertreter der klassischen, kalorienreichen französischen Küche, die zu jener Zeit gerade in der Gunst der Gäste im Sinken begriffen war. Sie drohte von der Molekularküche verdrängt zu werden, die Chefkoch Mafitte in Aix-en-Provence begründet hatte und die gerade einen kometenhaften Aufstieg vollzog. Eine der Spezialitäten von Meisterkoch Verdun war gegrillte Taube am Spieß mit Kalbsbries, Entenleber und Schalotten oder in einer Kalbsblase gegarter Wildhase in Portwein und – wohl sein berühmtestes Gericht – »Poularde Alexandre Dumas«, ein mit einer ordentlichen Portion schwarzem Trüffel gefülltes ordinäres Huhn.

Ich war entzückt, Verduns Bekanntschaft zu machen, und ließ mich ihm gegenüber auf der Bank nieder. Wir unterhielten uns eine gute halbe Stunde, ehe ich widerstrebend zu meinen Pflichten in der Küche zurückkehrte. Doch diese halbe Stunde genügte, um den Grundstein für unsere Freundschaft zu legen. Meisterkoch Verdun erzählte ziemlich überschwänglich von sich selbst, und so war ich nicht erstaunt, als er schließlich fragte: »Sagen Sie mal, Hassan, welches der Gerichte im Coq d'Or hat Ihnen am besten geschmeckt?«

Als ich das letzte Mal in seinem Restaurant gewesen war und bereits auf den Hauptgang wartete, hatte ich mich spontan noch für eine Vorspeise entschieden, ein Omelett mit Kabeljaubäckchen und Kaviar. Ein täuschend einfaches Mahl, doch für meinen Gaumen ein Glanzpunkt französischer Kochkunst, raffiniert und kraftvoll zugleich. Als ich später die Ursprünge dieses Gerichts recherchierte, entdeckte ich, dass es im siebzehnten Jahrhundert vom Koch des Kardinals Richelieu kreiert worden war: Jeden Freitag hatte der streitbare Staatsmann dieses köstliche Omelett zu Mittag gegessen, ehe es nach seinem Tode spurlos von den Speisekarten verschwand, bis Meisterkoch Verdun es für den modernen Gaumen neu erfand.

»Oh, ganz einfach: das Omelett. Mit Kabeljaubäckchen.«

Verdun, der die Gabel zum Mund führen wollte, hielt in der Bewegung inne. »Da stimme ich Ihnen zu«, sagte er. »Die meisten nennen die Poularde Alexandre Dumas, wenn sie nach ihrem Lieblingsgericht gefragt werden.

Aber für meinen Geschmack ist dieses Gericht ein bisschen überdreht, wie eine Opera buffa. Auch für mich ist das Omelett, gerade weil es so einfach ist, schon immer mein Leibgericht. Sie und ich, Hassan, sind die einzigen beiden Menschen, die das so sehen.«

In den folgenden Jahren sahen Verdun und ich einander regelmäßig. Damit will ich nicht sagen, dass wir einander besonders nahe kamen; wahrscheinlich war niemand, nicht einmal seine Frau, diesem vor Energie sprühenden Mann je wirklich nahe gekommen. Er war ein Rätsel, immer wieder entzog er sich jedem Versuch, ihn zu begreifen. Und doch wuchs zwischen Verdun und mir ein tiefer, treuer Respekt füreinander, und auch so etwas wie Zuneigung. In meiner Erinnerung lebt sie wieder auf, wenn ich daran zurückdenke, wie er einen Tag, nachdem ich meinen zweiten Michelin-Stern erhalten hatte, unerwartet im Chien Méchant auftauchte.

Es war am späten Nachmittag, und er hatte mit Serge und dem übrigen Personal hinter meinem Rücken ausgemacht – ziemlich dreist, wenn ich jetzt darüber nachdenke, aber so war Paul nun mal –, dass er mich für den Abend entführen würde, während die Küche Serges fähigen Händen überlassen bliebe.

Ich schäumte vor Entrüstung und betonte immer wieder, wie unentbehrlich ich in meinem Restaurant sei, doch Paul erwiderte nur besänftigend *»Oui, oui«*, als wäre ich ein quengelndes Kind, ehe er mich resolut auf den Beifahrersitz seines Mercedes drückte.

Mein Personal winkte mir vom Restauranteingang hinterher und verschwand auch schon wieder eilig nach drinnen, als Paul das Gaspedal durchdrückte und wir in halsbrecherischem Tempo zum Flughafen von Orly davonbrausten. Wie immer fuhr er wie ein Verrückter.

Auf dem Rollfeld stand ein Privatflugzeug bereit, und erst als wir schon in der Luft waren, meinte Paul, er habe beschlossen, dass wir meinen zweiten Michelin-Stern gebührend feiern sollten. Unter einer gebührenden Feier verstand er einen kurzen Abstecher in ein berühmtes Fischlokal nach Marseille. Die Privatmaschine hatte er einem befreundeten Investmentbanker aus London leihweise abgeluchst.

Am Abend speisten Paul und ich im »Chez Pierre«, jenem ehrwürdigen Restaurant aus einer längst vergangenen Epoche, das auf den Klippen über dem Jachthafen von Marseille thront. Unser Tisch befand sich am großen Panoramafenster. Als wir ankamen, ging die Sonne gerade unter wie ein Mangosorbet, das hinter dem Horizont versinkt. Dazu lieferten die stahlgrauen Wellen des Mittelmeers, die an die Klippen unter unserem Fenster schlugen, ein beruhigendes Hintergrundgeräusch.

Das Chez Pierre war ein Restaurant der alten Schule, mit einfachen, robusten Tischen, die nur mit weißem Leinen und Silberbesteck bedeckt waren. Ein nicht mehr junger Kellner mit pomadisiertem Haar hievte einen verbeulten silbernen Weinkühler auf den Beistelltisch. Währenddessen scherzten Paul und er wie zwei alte Freunde, ehe Paul einen Krug-Champagner Grand Cuvée, Jahrgang 1928 bestellte.

Ehrfurchtsvoll verfolgten wir, wie die kostbare Flasche entkorkt wurde und der goldene Schaum, der beim Eingießen bis zum Glasrand stieg, den ehrwürdigen Jahrgang des Getränks offenbarte. Doch die wirkliche Offenbarung folgte erst, als wir die Flöten an die Lippen hoben. Der Champagner war frisch und prickelnd wie eine errötende Braut und ließ nicht im Entferntesten sein Alter erahnen. Ganz im Gegenteil. Er weckte in mir das Bedürfnis zu singen, zu tanzen, mich zu verlieben. Ein ziemlich gefährliches Getränk, dachte ich bei mir.

Wie es sich gehört, aßen wir als Erstes eine Teetasse Marseiller Fischsuppe, ehe wir mit delikaten fingernagelgroßen Venusmuscheln weitermachten, jenen durchscheinenden Meeresfrüchten, die in der hoteleigenen Grotte unter der wellengepeitschten Klippenwand wuchsen. Als Hauptgericht wählten wir gegrillten Loup de Mer auf Fenchelscheiben, der mit Pernod übergossen wurde, ehe der Oberkellner, ein Geschirrtuch über dem Unterarm, zum Tisch kam und mit einem langen Streichholz theatralisch den Wolfsbarsch flambierte. Die Fenchelstängel und Zitronenscheiben um den Fisch herum glommen noch, als die Teller vor uns platziert wurden.

Wir lachten und plauderten bis in die späte Nacht hinein, bis sich das Meer draußen mit der Sepia der Tintenfische vollgesogen zu haben schien. Sardinen- und Makrelenfischer brachen in Booten mit lichtergeschmückten Masten zum nächtlichen Fischfang auf. Weit draußen lag ein Öltanker flach auf dem Meer, ein Band aus zuckerwürfelförmigen Lichtern in dem tintenschwarzen Wasser.

Währenddessen erzählte mir Paul, sein Vater habe ihm als Kind *Der Graf von Monte Christo* vorgelesen, und weil ihn das Buch so fasziniert habe, stehe dessen Autor, Alexandre Dumas, Pate für sein berühmtestes Gericht. Und es kam auch nicht von ungefähr, dass wir ausgerechnet in diesem Restaurant gelandet waren. Das Château d'If, die Inselfestung und das ehemalige Gefängnis des Grafen von Monte Christo erhob sich in jener magischen Nacht draußen vor unserem Panoramafenster in der Bucht von Marseille. Der graue Fels und die Festungsmauern wirkten unter dem märchenhaften Lichterteppich der Sterne außergewöhnlich elegant.

Der Champagner löste unsere Zungen – in vino veritas – und es war mir vergönnt, ein paar weitere persönliche Einblicke hinter die Fassade des berühmten extrovertierten Paul Verdun zu erhaschen. Als wir unser opulentes Mahl mit einer leichten Mandeltorte und Cognac krönten, erkundigte sich Paul, ob ich je im »Maison Dada« in Aix-en-Provence gespeist hätte, dem minimalistischen Restaurant des aufstrebenden Meisterkochs Mafitte. Mir entging nicht, dass seine Stimme trotz der beträchtlichen Menge Alkohols ein wenig unsicher klang.

Charles Mafitte mauserte sich damals gerade unübersehbar zum künstlerischen Kopf der postmodernen Bewegung, die sich der dekonstruktivistischen Küche verschrieben hatte. Er benutzte salpeterhaltige oxidierte Dosen – ziemlich ungewöhnliche Küchenutensilien, um es vorsichtig auszudrücken –, um sein Markenzeichen, einen kristallisierten Schaum aus Seeigeleiern, Kiwis und Fenchel zu erzeugen, oder eine Schüssel köstlicher »Pasta«, deren einzige Zutaten Gruyèrekäse und Goldparmänenäpfel waren. Mafittes Technik beruhte auf der völligen Reduktion der Zutaten, beinahe bis zum molekularen Zustand, ehe er die dekonstruierten Lebensmittel zu vollkommen neuen, eigenwilligen Kreationen verschmolz.

Ich gestand Paul, dass ich in der Tat ein denkwürdiges

Essen im Maison Dada zu mir genommen hätte. Es war vor einigen Jahren gewesen zusammen mit meiner damaligen Freundin Marie. Wo sollte ich beginnen? Mafitte hatte Fisherman's-Friend-Pastillen pulverisiert und die bizarre Zutat als Basis für seine »Hummerlutscher« benutzt, ein denkwürdiges Gericht, das mit Trüffel-Eis serviert wurde. Sogar die klassischen Froschschenkel, Inbegriff der archetypischen französischen Landkost, hatte Mafitte mit seiner akrobatischen Kochkunst bis zur Unkenntlichkeit verwandelt: Er entbeinte und »karamellisierte« die Schenkel in Feigensaft und trockenem Wermut, um sie dann mit einer »Polentabombe« zu servieren, die er mit Gänsestopfleber und Granatäpfeln gefüllt hatte. Nicht einmal ein Hauch der klassischen Zutaten für Froschschenkel wie Knoblauch, Butter oder Petersilie haftete dem Gericht an. Als ich Marie fragte, was sie von dem Abendessen halte, erwiderte sie: *»Zinzin«* – das Pariser Slangwort für »verrückt«, und ich muss zugeben, dass meine ansonsten nicht gerade wortgewandte Gemüseverkäuferin unser kulinarisches Abenteuer damit auf den Punkt gebracht hatte. Was Mafitte, den notorischen Frauenheld, später offensichtlich dazu verleitete, sie unter dem Tisch zu begrapschen.

All das erzählte ich Paul im lebhaften Plauderton, während dieser zusehends verdrießlicher wurde, als spürte er intuitiv, dass der aufstrebende junge Meisterkoch aus dem Süden seine Nemesis war – dass er als einer der inbrünstigsten Verfechter der klassischen französischen Küche, die er, wenn es sein musste, bis aufs Blut verteidigt hätte, eines Tages von Mafitte deklassiert werden würde, um fortan als hoffnungslos passé zu gelten.

Aber er fing sich rechtzeitig.

»Genug davon. Wir sind hier, um deinen zweiten Stern zu feiern, Hassan. Nun trink aus, jetzt geht's in die Disko.«

Paul leerte seinen Cognac und fügte dann hinzu: »Erhebe dich, d'Artagnan, ergebe dich. Es ist an der Zeit auszuprobieren, ob die Huren von Marseille zu Recht so berühmt sind.«

Ich weiß nicht, wie viel Paul sich unsere Feier kosten ließ, jedenfalls wurde es eine der denkwürdigsten und vergnüglichsten Nächte meines Lebens.

Als ich ein Jahr später in die Normandie fuhr, um mich mit einem Lieferanten zu treffen, machte ich einen Abstecher zu Pauls Haus in Courgains. Seine Frau Anna empfing mich kühl an der Tür. Es war kein Geheimnis, dass sie Pauls Freunden, die ihr nicht fein genug waren, herablassend begegnete und stattdessen ihre Energie lieber auf seine berühmten Gäste und Bewunderer richtete. Nach ihrem überaus frostigen Empfang wurde ich von einer jungen Hausangestellten zu Pauls Rückzugshöhle im hinteren Teil des Hauses begleitet.

Als ich der jungen Frau durch die Flure des bürgerlichen Hauses aus dem neunzehnten Jahrhundert folgte, dessen Wände mit gerahmten Fotos und Presseartikeln geschmückt waren, die Pauls steten Aufstieg in der Welt der Haute Cuisine dokumentierten, erhaschte ich einen Blick auf ein mit rotem Wachs versiegeltes Dokument mit einem handschriftlichen Gekritzel. Instinktiv blieb ich stehen, um es näher zu betrachten, denn die Handschrift kam mir aufgrund der charakteristischen Buchstabenneigung irgendwie vertraut vor.

Es handelte sich um ein gerahmtes »Flugblatt«, das

in die späten Siebziger Jahre datierte und dessen handschriftliche Botschaft lautete: »Für meinen lieben Freund Paul, den großen Metzger von Courgains, der eines Tages die Welt in Staunen versetzen wird. Gib niemals auf, für die gute Sache zu kämpfen. *Vive La Charcuterie Française!*«

Unterschrieben war es ganz einfach mit »Gertrude Mallory«.

Ich war fünfunddreißig, als das Chien Méchant seinen zweiten Stern erhielt. Danach war erstmal die Luft raus und ich geriet in eine kreative Sackgasse. So sehr ich mich auch anstrengte – ich kam nicht vom Fleck, denn die Frische und der Eifer, mit denen ich meine Arbeit im Chien Méchant begonnen hatte, waren Routine und ständiger Wiederholung gewichen.

Sicher, auch in dieser Phase wurden wir mit einigen wohlmeinenden Restaurantkritiken bedacht. Und noch immer brannte tief in mir das alte Feuer. Als ich auf die Vierzig zuging, setzte eine gefährliche Unruhe bei mir ein, der Drang, unbedingt den Durchbruch zu schaffen und die letzte Stufe zu erklimmen.

Ich wünschte, ja, wollte unbedingt, das sich irgendetwas Dramatisches ereignete.

Da fand man Papa im Bademantel tot auf dem Küchenboden, in einem Scherbenmeer aus zerbrochenen Tellern und Glasschüsseln. Tantchen und der Hausarzt hatten ihm törichterweise trotz seines fortgeschrittenen Alters eine strikte Diät verordnet, aber er hatte freilich nichts davon wissen wollen. Von seinem laut knurrenden Magen mitten in der Nacht geweckt, war er hinunter in die Küche gegangen, um selbst für sein leibliches

Wohl zu sorgen. Er öffnete den Kühlschrank und bediente sich wahllos an den Essensresten. Dem Pathologen zufolge hatte er das Essen so schnell in sich hineingeschlungen, dass ihm ein Hähnchenknochen im Hals stecken geblieben war.

In Panik rang er nach Luft und taumelte durch die Küche, bis ein Herzinfarkt ihn schließlich zusammenbrechen ließ. Glücklicherweise war Papa bereits tot, noch ehe er auf dem Boden aufschlug.

Wir alle hatten immer gedacht, er würde ewig leben. An seine Beerdigung in Lumière erinnere ich mich nur verschwommen. Die ganze Familie war sprachlos vor Trauer, doch am schlimmsten hatte es wohl mich getroffen. Ich war untröstlich, und mein Blick war von den unentwegt fließenden Tränen so getrübt, dass ich gar nicht bemerkte, wie gebrechlich Madame Mallory geworden war, die sich am hinteren Rand der Trauergemeinde haltsuchend an Monsieur Leblancs Arm festklammerte. Ich nahm nur wahr, dass der Friedhof voller Menschen war, nicht nur ganz Lumière war gekommen, sondern aus den umliegenden Gemeinden bis hin nach Clairvaux-les-Lacs waren Hunderte herbeigeströmt. Den Hut in der Hand und mit gebeugtem Kopf standen sie da und erwiesen dem Verstorbenen die letzte Ehre.

Zum Schluss hatte er sie doch alle für sich gewonnen, mein Papa.

Als zwei Monate später Madame Mallory von ihrem Appartement die Treppe hinabging, stolperte sie und stürzte die restlichen Stufen hinab. Sie brach sich mehrere Rippen und beide Beine. Wenige Wochen später starb sie an einer Lungenentzündung im selben Krankenhaus, in dem rund zwei Jahrzehnte zuvor meine Verbrennungen behandelt worden waren.

Ich kann es mir noch immer nicht verzeihen, und es erfüllt mich mit großer Traurigkeit, dass ich nicht mehr ins Jura gefahren bin, um meiner *Maîtresse* Auf Wiedersehen zu sagen, doch ich schaffte es einfach nicht, denn in Paris überschlugen sich die Ereignisse. Das Leben hält immer wieder unvorhersehbare Wendungen parat, und nach dem vielen Glück, das mir beschieden gewesen war, war es offensichtlich wieder an der Zeit für ein heilloses Durcheinander nach indischer Art.

Die Welt, die uns so lange vertraut gewesen war, endete auf unumstößliche Weise, als die Fernsehnachrichten mit einem Mal nur noch ein Thema kannten: den weltweiten Sinkflug der Aktienmärkte.

Die Ökonomen versuchten auf ihre Art zu erklären, wie es dazu gekommen war, doch ich habe da meine ganz eigene Theorie. Für mich war es die Reaktion des Universums auf die Nachricht, dass Abbas Haji und Gertrude Mallory nicht mehr Teil dieses Lebens, sondern schließlich abberufen worden waren.

Auf eine solche Nachricht gab es nur eine Antwort: eine globale Depression.

Kapitel Vierzehn

Es war ein Samstag, zwanzig Jahre nachdem ich nach Paris gekommen war. Ich kaufte auf dem Bauernmarkt auf der Place Maubert köstliche Mangos, die in lila Papier eingewickelt und behutsam wie rare Orchideen in eine Holzkiste geschichtet waren, als meine Schwester mich auf dem Handy anrief und mir mitteilte, dass Paul Verdun bei einem Autounfall ums Leben gekommen sei.

Mehtabs Anruf erfolgte genau in dem Augenblick, als ich der Obsthändlerin unter der Standmarkise das Geld reichte. Deshalb war ich außerstande, sofort auf ihre Nachricht zu reagieren, die sie mir auf die ihr eigene Weise unverblümt übermittelt hatte. Doch schon redete meine Schwester weiter und ihre Stimme überschlug sich vor Aufregung.

»Sie haben ihn am Fuße der Klippen außerhalb von Courgains gefunden. Tot. Einfach so. Und das Auto flach wie ein Naan. Was ist, Hassan? Bist du noch dran?«

Die Frau hinter dem Obststand gab mir das Wechselgeld.

»Ich kann jetzt nicht reden«, sagte ich und beendete die Verbindung.

Eine Zeit lang stand ich benommen vom Schock da und fragte mich, wohin das alles noch führen sollte. Die Welt schien ihrem Untergang nahe. Eine ansonsten bedeutungslose, leere Redewendung – *eine Ära ist vorüber* – ging mir nicht mehr aus dem Kopf.

Aber Paris wird niemals still stehen, und das lebhafte Markttreiben auf der Place Maubert ging einfach weiter. Es war Anfang Mai, und Paare mit Einkaufsnetzen gefüllt mit Lauch und Fleisch vom Frühlingslamm rempelten mich in dem dichten Gedränge an. Ein Vespafahrer hupte erbost, weil ich ihm in meiner Erstarrung den Weg versperrte, dann fuhr er vorsichtig um mich herum.

Noch heute erinnere ich mich an die seltsamsten Einzelheiten: an zwei Polizisten auf Inlineskates, die Käsegebäck naschten, das auf ihre blauen Hemden bröselte; an die goldbraunen Hähnchen, die sich am Spieß einer Rotisserie drehten, deren Fenster fettbeschmiert waren. Auf dem Markt roch es nach reifem Comté-Käse und auf dem gegenüberliebenden Gehsteig stand ein großer Weidenkorb mit Weinflaschen aus dem argentinischen Mendoza. Nicht einmal die nordafrikanischen Straßenverkäufer mit den winzigen Fläschchen türkischen und persischen Safrans, für den ich eine große Schwäche hegte, vermochten mich aus meiner Lähmung zu reißen, und so stand ich noch immer wie angewurzelt mitten auf der Straße.

Doch die Erkenntnis traf mich unausweichlich: Ein bedeutender Zweig der klassischen französischen Kochkunst war mit Meisterkoch Verdun gestorben, einem ihrer letzten streitbaren Vertreter.

Plötzlich prallte eine mürrische alte Frau mit zerknittertem Gesicht gegen mich – absichtlich, da war ich mir sicher –, und aus heiterem Himmel bekam ich einen Wutanfall. Ich schubste sie zurück, und während sie davontippelte, schrie sie: »*Sale Arab.*«

Die Beschimpfung der alten Frau – »Dreckiger Araber« – hatte mich vollends wachgerüttelt und ich eilte zur Rue des Carmes zurück. Zum ersten Mal, seit ich die Nachricht von Pauls Tod erhalten hatte, nahm ich meine Umgebung wieder mit wachen Augen wahr, bemerkte die Gleichgültigkeit der Pariser, die gelassen weiterlebten, als wäre nichts Bedeutungsvolles geschehen.

Ich fühlte mich zutiefst beleidigt. Paul war ein Nationalheld gewesen, und obwohl ich ein Ausländer war, wusste ich, dass in diesem Moment oben auf dem Hügel die Glocken des Panthéon hätten erklingen müssen, um die dem Verstorbenen zustehende Nationaltrauer zu verkünden. Doch Pauls Dahinscheiden aus dieser Welt wurde, wenn überhaupt, mit einem typisch gallischen Schulterzucken bedacht. Im Grunde hätte mich das nicht weiter verwundern dürfen. Ein paar Wochen zuvor hatte der *Gault Millau* Pauls Restaurant von neunzehn auf fünfzehn von möglichen zwanzig Punkten zurückgestuft. Als wollte man mit dem Holzhammer demonstrieren, dass sich der moderne Kritiker und Restaurantbesucher dem kulinarischen Kubismus des Meisterkochs Charles Mafitte verschrieben hatte.

Es wäre nur folgerichtig gewesen, dass ich mit meinem Hintergrund mich ebenfalls von Mafittes »Weltküche« angezogen fühlte, die lustvoll die bizarrsten Zutaten aus den exotischsten Ecken der Erde kombinierte. Doch im Grunde meines Herzens war ich nach wie vor Pauls französischem Klassizismus zugetan. Charles Mafittes »Labor«-Kreationen waren hochgradig originell, inspirierend und manchmal sogar atemberaubend. Doch alles in allem kam ich nicht umhin, in seinem kulinarischen Erfindungsreichtum den Triumph der Form über die Substanz zu sehen. Wie auch immer, Mafittes chemische Küche hatte in den letzten Jahren offenbar bei Kritikern und Publikum gleichermaßen einen Nerv getroffen. Und ob man das nun gut fand oder nicht – Pauls klassische reichhaltige Kost gehörte der Vergangenheit an, mehr noch, schien hoffnungslos außer Mode geraten zu sein. Aber Paul war ein durch und durch sinnenfroher und erdverbundener Mensch gewesen, und ich wusste, ich würde ihn schrecklich vermissen.

Während ich noch immer starrköpfig inmitten des Samstagmorgengewirrs auf dem Marktplatz stand, wurde mir klar, dass all das Jammern nichts nützte. Pauls Zeiten waren passé, und mir blieb nichts anderes übrig, als nach Hause zu gehen und Pauls Witwe anzurufen, um ihr zu kondolieren. Die Kiste mit den Mangos unter dem Arm und noch immer erfüllt von dem zugegebenermaßen abstrakten Gefühl des Verlustes, machte ich mich auf den Rückweg zum Chien Méchant am oberen Ende der Rue Valette.

Keuchend schleppte ich mich den Hügel hinauf, vorbei an den nichtssagenden Fassaden der Mietskasernen in der Rue des Carmes mit ihrem sozialistischen Flair des aufstrebenden Nachkriegsfrankreichs. Als ich unter einer zwischen zwei Balkonen gespannten Wäscheleine mit Kinderwäsche hindurchging, öffnete eine Frau im Parterre einer Arbeiterwohnsiedlung das Küchenfenster und augenblicklich hüllte mich eine Dampfwolke mit dem unverkennbaren Aroma von *tripes à la mode de Caen* ein.

Dieser irdische Duft nach Kutteln und Zwiebeln brachte aus den Tiefen meines Bewusstseins Erinnerungen hervor, und plötzlich war für mich das Bild meines

Freundes Paul – nicht des Dreisternekochs Verdun – wiederhergestellt.

Denn ich erinnerte mich, wie Paul mich vor einigen Jahren zu einer Produkt-Erkundungstour ins Elsass überredet hatte, um nicht allein fahren zu müssen. Paul saß am Steuer seines silbernen Mercedes und fuhr wie immer mit halsbrecherischem Tempo übers Land, weil er sich wie immer ein zu großes Pensum vorgenommen hatte. Doch eines Nachmittags, nachdem wir zum soundsovielten Mal über einen schlammigen Zufahrtsweg zu einem Bauernhaus getrottet waren, um Gewürztraminer oder Thymianhonig oder geräucherte Wurst zu probieren, bekam ich einen Wutanfall.

»Ich hab die Nase voll!«, wetterte ich. Mit eisiger Stimme verkündete ich, dass ich nicht mehr bereit sei, auch nur noch einen weiteren Bauernhof aufzusuchen, es sei denn, wir hielten irgendwo an, um in aller Ruhe ein Mittagessen einzunehmen. Paul, erschrocken wegen meines ganz und gar untypischen Gefühlsausbruchs, erklärte sich sofort einverstanden, und wir fuhren in ein verschlafenes Nest, dessen Namen ich vergessen habe.

Aber vergessen habe ich nicht die Dorfwirtschaft, in der wir aßen. Der Wirtsraum war rauchgeschwängert, hatte eine dunkel verfärbte Holzvertäfelung, und um den Zinktresen herum saßen ein paar Einheimische und tranken Wein. Noch heute habe ich den Geruch nach verfaultem Holz und verschüttetem Pastis in der Nase. Wir setzten uns an den hintersten Tisch, über dem ein fleckiger Spiegel hing. Ein Mann mit gelangweilter Miene und einer Gitane im Mundwinkel kam zu uns, um die Bestellung aufzunehmen, während eine alte

Frau in einem fleckigen Kittel zwischen Wirtsstube und Küche hin und her schlurfte.

Wir bestellten beide das Tagesgericht – Kutteln, die ohne großen Aufhebens in zersprungenen Suppenschüsseln vor uns hingestellt wurden. Schweigend tunkten wir knuspriges Landbrot in den Eintopf und spülten ihn mit Hauswein herunter. Vernehmlich schlürften wir unseren Pinot Gris aus unförmigen Bechern, die wie gedrungene Bauern neben unseren Schüsseln standen.

Schließlich schob Paul seine Schüssel weg und seufzte zufrieden.

Ein Tropfen Kuttelsauce saß auf seinem Kinn wie ein kulinarischer Schönheitsfleck, und mir fiel auf, dass die tiefen Sorgenfalten, die sich ihm ins Gesicht gegraben hatten, einen Augenblick lang auf wundersame Weise verschwunden waren.

»Nirgends, in keinem der Dreisternerestaurants Frankreichs, wird man etwas Wohlschmeckenderes zu essen bekommen«, sagte er. »Wir rackern uns bis zur völligen Erschöpfung ab, und doch kann keine unserer Kreationen diesem einfachen Kuttelgericht das Wasser reichen. Habe ich nicht recht, Hassan?«

»Ja, Paul, das hast du.«

Erst als ich mir diese Szene in Erinnerung rief, an jenem traurigen Tag seines Autounfalls, gestattete ich mir endlich, das ungeheuerliche Ausmaß der Tragödie zu erfassen, seinen Verlust auch wirklich zu fühlen.

Paul war nicht mehr.

Und so kam es, dass mein Gaumen auf dem Weg in die Rue Valette hinauf auf seiner eigenen Hommage an Chefkoch Verdun bestand. Ich meinte förmlich, auf dem Zungenrücken die reichhaltigen Geschmacksnuancen und die Konsistenz seiner Krebse zu schmecken, die zu seinen Meisterstücken gehörten: Der Kniff bestand darin, dass er zwischen das rosa Fleisch seiner Süßwasserkrustentiere hauchdünne gegrillte Gänseleberscheiben geschichtet hatte.

Am nächsten Morgen wurde ich durch das Geschnatter von Staren in der Nähe meines Fensters geweckt. Doch als ich die Beine über den Bettrand schwang, fühlte es sich an, als hätte ich einen Schlag mit dem Hammer abbekommen. All die Verluste geliebter Menschen in letzter Zeit, die Erschütterung unserer Wirtschaftsordnung, die wir am Bildschirm verfolgen konnten – es war, als wäre mir all das in die Knochen gekrochen. Zutiefst erschöpft schleppte ich mich ins Bad, und kaum hatte ich meine Wohnung verlassen, verspürte ich das dringende Bedürfnis, mein Stammlokal aufzusuchen, »La Contrescarpe« in der Rue Lacépède, um eine zweite Tasse Kaffee zu trinken, bevor ich meinen Weg zum Restaurant fortsetzte.

Marc Bressier, ein Bekannter von mir und Restaurantleiter des Dreisternerestaurants »Arpège«, saß bereits an unserem Stammtisch unter der grünen Markise der Brasserie und aß ein Omelett. Ich zog mir einen Stuhl heran und er nickte mir zu.

Um diese frühe Uhrzeit war die Place de la Contrescarpe noch touristenfrei, und als der Kellner erschien, bestellte ich einen doppelten Kaffee und eine Brioche. Ein Straßenkehrer steuerte sein laut surrendes grünes Kehrfahrzeug um den Brunnen herum, spritzte mit Hochdruck die Pflastersteine ab und fegte Hundekot und Zigarettenkippen in den Rinnstein. Etwas weiter weg schlief ein Clochard unter einem Busch, das graue Haupt auf dem ausgestreckten Arm, ohne sich um den Wasserstrahl zu scheren, der unaufhörlich näher rückte.

André Piquot, der *chef-patron* im »Montparnasse«, zog sich ebenfalls einen Stuhl zu uns heran, als plötzlich die Fensterläden über der Bar auf der anderen Seite des Platzes aufgestoßen wurden und der Lärm einen Schwarm Tauben aufschreckte.

»Salut, Hassan. Ça va, Marc?«

»Salut, André.«

Wir hatten kein anderes Gesprächsthema als Paul, und André hantierte flink an seinem Handy herum, um uns die neuesten Medienberichte vorzulesen. Die Umstände seines Unfalls waren noch ungeklärt. Da keine Bremsspuren auf der Straße festzustellen waren, lag die Vermutung nahe, dass er nicht gebremst hatte, ehe sein Wagen über den Straßenrand und die Klippen gesegelt war. Auch war der Wagen kurz zuvor erst in der Inspektion gewesen, sodass ein technischer Defekt ausgeschlossen werden konnte als Erklärung dafür, warum Paul die Kontrolle über den Wagen verloren hatte, auf einer Straße, die er kannte wie seine Westentasche. Außerdem hatte ein Bauer, der auf der anderen Straßenseite wohnte, gesagt, der Wagen habe beschleunigt, statt zu bremsen, und sei geradewegs auf den Straßenrand zugerast, ehe er in den Abgrund stürzte. Die Untersuchungen dauerten noch an.

»Ich kann es immer noch nicht glauben. Er schien so voller Elan.«

»Was glaubst du, Hassan? Schließlich wart ihr befreundet.«

Ich zuckte die Schultern, eine so typisch französische Geste. »Er war mir ebenso ein Rätsel wie euch.«

Schließlich kamen wir auf die angekündigte Demonstration gegen die Gastronomiemehrwertsteuer zu sprechen, ein Thema, das damals unserere Gemüter bewegte.

»Kommst du auch, Hassan?«, fragte Piquot. »Bitte. Als Vorsitzender des Gastronomie- und Lebensmittelverbands muss ich natürlich dafür sorgen, dass sich genügend Leute an der Demo beteiligen. Und bring dein Personal mit.«

»Wir müssen zusammenhalten«, bekräftigte Bressier.

»Na gut. Ich werde kommen. Versprochen.«

Es wurde Zeit für mich zu gehen. Ich drückte beiden die Hand und überquerte den Platz. Mir fiel auf, dass zwei weitere Geschäfte, eine Parfümerie und ein Sandwichladen, dichtgemacht hatten. Als ich die leicht abfallende Rue Descartes hinabging, musste ich einer mit Abdeckplanen geschützten Gemäldelieferung ausweichen, die für die Rive Gauche Galerie bestimmt war – ein Manöver das mit reichlich Geschrei und theatralischen Gesten einherging. Wieder wurde eine Erinnerung an Paul in mir wach, und zwar an jenen Nachmittag, den wir gemeinsam im Musée d'Orsay verbracht hatten, um, wie er es ausgedrückt hatte, der *»source d'inspiration«*, der Quelle der Inspiration, nachzujagen.

Er war bester Laune damals und sprühte vor Charme, und der Nachmittag war äußerst vergnüglich, auch wenn wir den Rundgang durch die Ausstellung in unterschiedlichem Tempo absolvierten. Wann immer ich um eine Ecke bog, erhaschte ich gerade noch einen Blick auf

Pauls silbrigen Schopf, der bereits in die nächste Abteilung strebte.

Irgendwann saß ich allein vor Gauguins *Die Mahlzeit*, einem Gemälde, das der Künstler kurz nach seiner Ankunft in Tahiti gemalt hatte. Auch wenn es laut Expertenmeinung nicht zu seinen besten zählt, gefiel mir das Stillleben mit den drei Südseebewohnern, den Bananen und der Schüssel auf dem Tisch wegen seiner großartigen Einfachheit. Das Gemälde verblüffte mich, zeigte es mir doch, dass nur ein wahrer Meister es sich erlauben kann, auf kunstfertige Details und dramatische Pose zu verzichten, und dass es ihm durchaus gelingen kann, mit den einfachsten und unverfälschtesten Zutaten etwas Großes zu schaffen.

Nach einer Weile kam Paul zurück, um nach mir zu suchen. Er war völlig begeistert und aufgeregt wie ein Kind und bestürmte mich, ich müsse mir unbedingt ein bestimmtes Gemälde im übernächsten Raum ansehen. Ich versprach ihm, gleich nachzukommen, und er ließ mich wieder allein. Doch als ich vor das besagte Bild trat, war Paul verschwunden, und ich sah ihn erst wieder, als ich die dritte Etage des Museums erreichte.

Stocksteif stand er vor einem Gemälde in der linken hinteren Ecke des großen Ausstellungssaals. Ich habe keine Ahnung, wie lange er schon so dastand. Er rührte sich auch nicht, als ich neben ihn trat, sondern starrte das Bild an, das ihn gänzlich in seinen Bann gezogen hatte.

Damals fand ich es nicht besonders gelungen, doch jetzt, da ich zurückblicke, ersteht es überaus lebendig vor meinem geistigen Auge wieder auf. Es zeigt einen bärtigen König auf seinem Thron und ihm zur Seite seine

Gemahlin, die sich an ihn klammert. Beide scheinen einen tiefen Schock erlitten zu haben und sich zu fragen, was nun aus ihnen werden solle. Hinter ihnen dehnt sich eine graue, leere Wand aus, und auf dem Boden vor dem verstörten Königspaar liegt eine umgestoßene und jäh erloschene Kerze. Das Gemälde stammt von Jean-Paul Laurens und trägt den Titel *Die Exkommunikation von Robert dem Frommen*.

Als er mich nach mehreren Minuten noch immer nicht wahrgenommen hatte, obwohl ich von einem Fuß auf den anderen trat und mich räusperte, sagte ich: »Paul?«

Er blinzelte zwei Mal und sah mich an.

»Fertig? Meine Güte, du legst vielleicht ein Schneckentempo an den Tag, als wärst du ein altes Weib. Ich kenne eine nette kleine Bar in der Nähe, da könnten wir uns einen Drink genehmigen, was meinst du?«

Als ich das Chien Méchant durch die Vordertür betrat, traf ich meinen Oberkellner Jacques, den Maître d'hôtel, am Tisch im Foyer an. Er war dabei, silbrig schimmernde Pfirsiche, die soeben von Seville geliefert worden waren, zu einer Pyramide zu türmen. Der von Wandstrahlern beleuchtete Tisch war das Erste, was Gäste beim Betreten der dunklen Eingangshalle wahrnahmen, und Tag für Tag bestückten wir ihn mit einer verführerischen Auswahl an frischen Feigen, Ananas, Mangos und farbenfrohen Schüsseln mit Beeren. Manchmal platzierten meine Leute zwischen die Früchte auch einen Teller mit dunkel geräucherten Würsten oder frisch gebackenes köstliches Blätterteiggebäck unter einer Glaskuppel. Arrangements, bei deren Anblick einem das Wasser im

Mund zusammenlief und die den Gästen einen kleinen Vorgeschmack auf die zu erwartenden Gaumengenüsse geben sollten. Die einzigen permanenten Dekogegenstände waren ein ausgestopfter Fasan – mit zwei glitzernden Glasaugen und einer langen Schwanzfeder, die majestätisch über die polierten Tischplanken aus Birnenholz strich – und zwei antike Kupfertöpfe mit Deckeln aus gehämmertem Silber.

Jacques, in einem maßgeschneiderten blauen Anzug, legte gerade den letzten Pfirsich auf die Spitze der Pyramide und drehte den Kopf in meine Richtung, als ich die Tür hinter mir schloss.

»Chef! Sie werden es nicht glauben. Ich habe es rausgekriegt. Ich weiß, wer die beiden sind.«

Wieder wurde ich von einem Gefühl der Müdigkeit überwältigt.

»Es ist ein junges Paar. Da bin ich mir sicher.«

Jacques winkte mich zu dem Pult hinüber, auf dem ein ledergebundenes Album lag, um schnell durch die Seiten mit den Schnappschüssen zu blättern.

»Sehen Sie? Hier sind sie alle. Schauen Sie, hier haben wir sie.«

Normalerweise ein Mann von großer Vornehmheit und Diskretion, verlor Jacques, wenn es um Restaurantkritiker ging, jeglichen Sinn für Verhältnismäßigkeit. Er hegte eine herzliche Abneigung gegen die Kritiker. In der Tat bestand sein größter Ehrgeiz darin, die anonymen Inspektoren des *Guide Michelin* zu entlarven, die inkognito Restaurants besuchten, um sie zu bewerten, und so sehr mit den begehrten Sternen geizten. In den letzten Jahren hatte es sich Jacques zur Gewohnheit gemacht, im Foyer jene Gäste beim Hinausgehen zu fotografieren, die er in Verdacht hatte, *Michelin*-Kritiker zu sein. Regelmäßig nahm er daraufhin seine dreiste Fotosammlung mit in Brasserien, die mit dem »Bib Gourmand« ausgezeichnet waren, also gute Qualität zu moderaten Preisen boten, sowie in die Bistros, die nach der Definition des *Guide*, zu den persönlichen Lieblingslokalen der Kritiker zählten und die sie privat auch gemeinsam mit ihren Familien besuchten.

Seit Jahren schon speiste Jacques in seiner Freizeit in den unprätentiösen »Bib Gourmand«-Restaurants und verglich dort seine Schnappschüsse mit den anwesenden Gästen. Natürlich war sein Gebaren *complètement fou*, vergleichbar mit dem Versuch, eine Stecknadel im Heuhaufen zu suchen, doch zum ersten Mal schien er eine Übereinstimmung gefunden zu haben.

»Schauen Sie. Das ist dasselbe Paar. Sie haben am vierzehnten bei uns zu Abend gegessen. Und vier Tage später waren sie dann bei *Chez Géraud* im sechzehnten Arrondissement. Ich bin sicher, dass sie Restaurantkritiker sind. Er hat so eine spöttische Miene, finden Sie nicht auch?«

»Ja, vielleicht.« Ich sah mir das Foto genauer an. »Aber ...«

»Also ich bin mir sicher.«

»So, jetzt sage ich Ihnen, wer das ist. Es handelt sich um den Sohn und die Schwiegertochter von Meisterkoch Dubonet aus Toulouse. Die beiden waren eine Woche lang in Paris, um Ausschau nach einem geeigneten Lokal für die Eröffnung eines Bistros zu halten. Ich persönlich habe das junge Paar zu *Chez Géraud* geschickt.«

Jacques wirkte geknickt.

Ich rang mir ein mitfühlendes Lächeln ab, doch es geriet mir ziemlich halbherzig, dann ging ich rasch an ihm vorbei, ehe er mich noch mehr in seine bizarre Leidenschaft verwickeln konnte.

Die Jasminbouquets im großen Salon waren von »Chez Antoine«, einem exklusiven Blumenladen im sechsten Arrondissement, und erfüllten den Saal mit zartem Duft. Die Blumen wurden dezent an einigen strategisch ausgeklügelten Stellen zwischen den Tischen platziert, um dic Raumluft stets frisch zu halten. Das Porzellangeschirr des Chien Méchant hatte die Manufaktur »Christian Le Page« nach meinem Design gefertigt, und auch das schwere Silberbesteck war nach meinen Vorgaben von einer Silberschmiede in England, einem kleinen Familienbetrieb, gefertigt worden. Die Stielkristallgläser kamen von »Moser« aus Böhmen und waren mundgeblasen. Das Tischleinen, stets makellos weiß und frisch gebügelt, war keine Meterware aus der Normandie, sondern von Frauen in Madagaskar handgenäht worden. Und alles, womit der Gast in Berührung kam – von den Weingläsern bis zum Kugelschreiber von »Caran d'Ache« – war mit dem Signet des Chien Méchant versehen, einer winzigen bellenden Bulldogge. Madame Mallory hatte mich gelehrt, dass es die Kleinigkeiten sind, die den Stil eines Restaurants prägen, und man konnte mir schwerlich nachsagen, dass ich diese Lektion nicht gelernt hätte. Meine diesbezügliche Akribie ging so weit, dass neben jedem Tisch ein Mahagonischemel stand, auf den die Damen ihre wertvollen Handtaschen legen konnten.

Mein Servicepersonal war gerade dabei, die frisch gestärkten und gebügelten Tischdecken auseinanderzuschütteln und über die Tische zu breiten, und aus den unsichtbaren Lautsprechern war das leise Klaviergeklimper von Duke Ellingtons »What Am I Here For?« zu hören. Einer meiner Lehrlinge stand an der Anrichte und polierte ein im Licht funkelndes geschliffenes Kristallglas. Als er mich im hinteren unbeleuchteten Teil des Saals stehen und das Geschehen beobachten sah, nickte er mir respektvoll zu.

»Bonjour, Chef!«, riefen die Kellner, als ich den Salon durchquerte.

Ich winkte mit der Hand und betrat durch die Schwingtür die Küche.

Chef de Cuisine Serge stand am Gasherd. Er hielt mit beiden Händen den mit einem Geschirrtuch umwickelten Stiel einer schweren gusseisernen Pfanne und goss heißes Gänseschmalz in eine Keramikschüssel. Es roch scharf nach frisch geschnittenen Schalotten und vor sich hin köchelndem Fischfond. Jean-Luc, ein sechzehnjähriger Lehrling, der von einem Bauernhof in der Normandie stammte, stand daneben und schaute zu, bis Serge ihn anfuhr: »Zieh dir einen Topfhandschuh an und hilf mir!« Der Junge fuhr erschrocken herum und suchte nach einem Küchenhandschuh, doch Lucas, einer meiner *commis,* war bereits zur Stelle und reichte ihm einem.

Der brave Junge schlüpfte mit der Hand hinein, doch kaum war sie bis zur Hälfte in dem Handschuh, zog er sie mit einem Aufschrei erschrocken zurück und schüttelte sie, sodass der Handschuh sowie ein Stück Schafsdarm durch die Küche flogen. Das Personal bog sich vor Lachen, am meisten der rotgesichtige Serge, der sich buchstäblich schüttelte und am Herd abstützen musste. Der Lehrling versuchte zu lächeln und gute Miene zum bösen Spiel zu machen, obwohl er, abgesehen von seinen feuerroten abstehenden Ohren, kreidebleich geworden war. Streiche und hin und wieder ein paar hinter die Löffel – das war Serges Methode, die Lehrlinge einzuarbeiten.

Doch in diesem Moment hatte ich nicht den Nerv für Serges Mätzchen. Ich machte auf dem Absatz kehrt, verließ die Küche und stieg die Wendeltreppe zu meinem Büro im ersten Stock hinauf.

Maxine, eine meiner Buchhalterinnen, das Haar zu einem legeren Knoten geschwungen, lächelte mir hinter ihrem Computerbildschirm aufmunternd zu, als ich die Treppe heraufkam. Sie öffnete den Mund, um wohl wie gewohnt eine nette, kokette Bemerkung zu machen, aber Mehtab, die an ihrem Schreibtisch im hinteren Teil des Büros saß, kam ihr zuvor: »Bist du immer noch nicht fertig mit der Buchhaltung vom letzten Monat? Mein Gott, Maxine, beeil dich mal ein bisschen.«

Maxine drehte sich zu meiner Schwester um und erwiderte scharf: »Du hast mir die Unterlagen erst vor zwei Tagen überreicht, Mehtab. Wenn du mir die Daten so spät gibst, musst du mir nicht die Schuld in die Schuhe schieben, das ist unfair. Ich beeile mich, so gut ich kann.«

Ich zog den Kopf ein und winkte den beiden flüchtig zu, während ich den Raum durchquerte. Dann betrat ich mein Büro und schloss die Tür hinter mir.

Endlich allein, ließ ich mich schwer auf meinen Drehstuhl hinter dem Schreibtisch fallen.

Ein paar Minuten saß ich einfach nur da und meine Augen wanderten über die antike Kochbuchsammlung von Madame Mallory, die zwei Regalwände vom Boden bis zur Decke einnahm. Sie hatte mir ihr wertvolles Archiv vermacht, das nun die Hälfte meines Büros ausfüllte. Ich betrachtete ein gerahmtes Dokument, das auf meinem Schreibtisch stand und das ich bei Christie's ersteigert hatte. Es waren Aufzeichnungen von Auguste Escoffier, mit denen er seine Ideen für ein Menü im Londoner Savoy im Jahre 1893 skizziert hatte. Dann blieb mein Blick an der humorvollen, handschriftlichen Widmung von Präsident Sarkozy haften, die neben der Tür hing, Seite an Seite mit meinem Ehrendiplom von der École hôtelière de Lausanne. Wie immer war es mir eine große Freude, all diese persönlichen Dokumente und Auszeichnungen in Augenschein zu nehmen, und doch kam ich diesmal nicht umhin, den Tatsachen ins Auge zu blicken.

Meine Hände zitterten.

Es ging mir nicht gut.

Kapitel Fünfzehn

»Ich bin wütend, ich bin ja so wütend.«

Madame Verdun, schockiert wegen ihres Ausbruchs, wandte ihre Aufmerksamkeit rasch dem Kaffeetisch mit dem wertvollen Porzellanservice zu, einem Erbstück von ihrer Großmutter, um uns Tee mit Rauchgeschmack einzuschenken. Sie saß auf dem Rand ihrer Couch, dessen weißer Seidenstoff mit exquisiten Paradiesvögeln bestickt war. Wenn ich jetzt an die Szene zurückdenke, habe ich das Bild einer aufgebrachten Frau vor mir, die mit geradem Rücken in einer schwarzen Chiffon-Wolke dasitzt, die Frisur ein Gespinst aus feinsten Haaren, fast durchsichtig im Licht, die wie ein karamellisiertes Zuckernetz anmuteten.

Durch die bodenhohen Fenster sah man in den Garten, ein einziges Farbenmeer – Kamelien, Steppensalbei, blühende Heidelbeeren –, und ich bemühte mich, den Blick nicht über ihre Schulter zu der bezaubernden Szenerie draußen schweifen zu lassen. Doch ich muss zugeben, es gelang mir nicht. Immer wieder wurde meine Aufmerksamkeit abgelenkt, von Finken und Eichhörnchen, die zwischen den Bäumen und einem Vogelhäuschen hin und her huschten, oder von einem Schwarm Monarchfaltern, die trunken durch den lila Blütenregen flatterten. All das war so viel anziehender als die düstere Stimmung in Madame Verduns Salon, wo auf allem die

Erinnerung an Pauls Tod lastete, wo der kalte Steinboden einen frösteln ließ und wo zum Zeichen der Trauer nur gedämpftes Licht herrschte.

»Ich werde ihm nie vergeben. Und wenn der Herr mich zu sich ruft, wird Paul büßen müssen für das, was er mir angetan hat. Ich verspreche Ihnen, dieser unmögliche Ehemann wird etwas zu hören bekommen.«

Ihre knochigen weißen Finger schlossen sich um den Henkel der Teekanne. »Ein Stück Zucker oder zwei?«

»Zwei, und Milch bitte.«

Pauls Witwe reichte mir eine Tasse, goss sich ebenfalls eine voll, und einige unbehagliche Sekunden lang saßen wir schweigend da. Nur das Klirren unserer Teelöffel war zu hören, während wir wortlos unseren Tee umrührten.

»Und es ist immer noch unklar, was genau passiert ist? Hat er denn keinen Abschiedsbrief hinterlassen?«

»Nein«, sagte Madame Verdun verbittert. »Ein Testament, das ja, aber das hat er schon vor einigen Jahren aufgesetzt. Doch kein Abschiedsbrief. Vielleicht hat er sich das Leben genommen. Vielleicht auch nicht. Wir werden wahrscheinlich nie absolute Gewissheit bekommen.«

Ich schürzte die Lippen. Angesichts von Madame Verduns gespreizter Redeweise hatte ich stets den Eindruck, als wolle sie Pauls Freunden demonstrieren, dass sie aus einem sehr viel besseren »Stall« komme als ihr Gatte, ein Selfmademan.

»Aber ich glaube zu wissen, warum Paul gestorben ist.«

»Oh, wirklich?«

»Die Restaurantkritiker des *Gault Millau* und *Guide Michelin* haben ihn in den Tod getrieben. An ihren Händen klebt Blut ... Sollte die Polizei zu dem Schluss kommen, das Pauls Tod Selbstmord war, und sollte mir die Auszahlung der Lebensversicherung verweigert werden, werde ich die beiden Restaurantführer für jeden verlorenen Penny haftbar machen. Ich bin dabei, mich diesbezüglich mit meinem Anwalt zu beraten.«

»Tut mir leid, aber ich verstehe nicht, was Sie meinen.«

Madame Verdun starrte mich an – nun ihrerseits verständnislos –, ehe sie ihre Tasse auf einen Untersetzer neben einem Coffee-Table-Book über englische Gärten stellte. Sie lehnte sich vor und fuhr mit dem Handballen über die Tischplatte, obwohl diese makellos sauber war.

»Nun, Monsieur Haji«, sagte sie schließlich, »dann scheinen Sie der Einzige von Pauls Freunden zu sein, der nicht weiß, dass in der nächsten Ausgabe des *Guide* Pauls Restaurant von drei Sternen auf zwei herabgestuft werden soll. Einen Tag vor seinem Tod erreichte ihn ein Anruf von einem Reporter des *Figaro*, der ihn um einen Kommentar bat. Natürlich waren Paul bereits Gerüchte zu Ohren gekommen, doch dieser Reporter bestätigte unsere schlimmsten Befürchtungen: Monsieur Barthot, der *Directeur Général* des *Michelin,* hatte dem Urteil seines Inspektors zugestimmt. Und diese vollkommen unberechtigte und kapriziöse Entscheidung von Barthot und seinem Komitee führte geradewegs zu Pauls Tod, davon bin ich felsenfest überzeugt. Natürlich war er machtlos gegenüber ihrem Urteil. Sie hätten ihn in den letzten Wochen erleben sollen, seit der *Gault Millau* ihn auf fünfzehn Punkte herabgestuft hatte. Er war zutiefst enttäuscht. Bar jeder Hoffnung. Und wissen Sie was:

Kaum wurde die Bewertung durch den *Gault Millau* publik, ging auch schon die Auslastungsrate des Restaurants zurück … Wenn ich nur daran denke, packt mich die blanke Wut. Aber Sie werden es ja sehen. Ich werde dem *Gault Millau* und diesem abscheulichen Barthot eine Lektion erteilen. Ihn und seinen Kritiker werde ich persönlich für Pauls Tod verantwortlich machen.«

»Nein, das wusste ich nicht. Tut mir schrecklich leid.«

Wieder legte sich Schweigen auf den Raum.

Doch Madame Verduns geschwungene und sorgfältig nachgezogene Augenbrauen sowie ihre leidende Miene schienen mich förmlich aufzufordern, etwas zu sagen, und so fügte ich nervös hinzu: »Natürlich haben sich die Kritiker geirrt, das steht außer Frage. Wenn ich in dieser Sache irgendwie behilflich sein kann, sagen Sie es mir. Sie wissen, wie sehr ich Paul bewundert habe …«

»Oh, wie freundlich von Ihnen. Ja, lassen Sie mich kurz überlegen … Wir sind dabei, Referenzen von seinen Standesgenossen einzuholen. Sie sollen in die Präambel der Klageschrift einfließen.«

Doch an ihren gespitzten Lippen konnte ich erkennen, dass mich mein Zwei-Sterne-Status nicht ganz für eine so gewichtige Aufgabe qualifizierte. Stattdessen plante sie meine Dienste offensichtlich in anderer Hinsicht in Anspruch zu nehmen. »Aber ich frage mich, ob Ihr Talent nicht anderweitig besser zum Tragen kommen könnte«, sagte sie dann auch prompt.

Ich blickte auf meine Uhr. Wenn ich mich binnen der nächsten zehn Minuten auf den Weg machte, würde ich zwar in die Rushhour geraten, aber dennoch rechtzeitig zur Abendöffnung des Restaurants zurück sein.

»Madame Verdun, ich glaube, Sie haben mich aus

einem ganz bestimmten Grund hergebeten, oder irre ich mich? Bitte reden Sie offen mit mir. Wir sind Freunde und Sie sollen wissen, dass ich alles in meiner Macht Stehende tun würde.«

»Ich habe Sie tatsächlich hergebeten, weil ich Sie um einen Gefallen bitten möchte. Wie einfühlsam Sie doch sind.«

»Bitte, fragen Sie ruhig.«

»Wir werden einen Gedenkgottesdienst für meinen verschiedenen Gatten abhalten.«

»Ja, natürlich.«

»Das war Pauls Wille. In seinem Testament hat er sogar festgelegt, dass nach seinem Dahinscheiden ein festliches Abendessen für hundert Freunde abgehalten werden soll. Für sein ›Gedenkmahl‹ hat er eigens einen Betrag auf ein separates Konto überwiesen. Sie müssen wissen, Paul war schon immer ein wenig eigenartig, und was die ›hundert Freunde‹ betrifft – nun ja, man muss seinen letzten Willen eben ein wenig großzügig auslegen. Die Liste der Gäste, die er bei seiner Gedenkfeier dabeihaben wollte, hat er seinem Testament beigelegt. Im Grunde ist sie nichts anderes als die Crème de la Crème der französischen Haute Cuisine – alle Spitzenköche, hochrangigen Gourmets und Kritiker, von denen er die meisten überhaupt nicht ausstehen konnte ... Um ehrlich zu sein, halte ich seinen Wunsch für höchst sonderbar.«

Ihre Maske fiel, und mit einem Mal war es, als würde Anna Verdun vom Ausmaß des tragischen Tods ihres Mannes überwältigt. Einen Moment lang konnte sie nicht weitersprechen.

»Sagen Sie mir, Monsieur Haji, würden Sie all Ihre

Feinde zu Ihrer Gedenkfeier einladen? Ich verstehe das einfach nicht. Es hat für mich etwas Angeberisches über den Tod hinaus, aber vielleicht irre ich mich auch. Ich bin einfach ratlos. Um die Wahrheit zu sagen, habe ich meinen Mann nie wirklich verstanden. Weder im Leben noch im Tode.«

Es war das erste und einzige Mal, dass ich einen Blick hinter die eisige Fassade dieser Frau werfen konnte, und ihr verwirrter Ausdruck und der Schmerz ihres Nichtbegreifen-Könnens berührten mich zutiefst. Instinktiv streckte ich meine Hand über den Kaffeetisch und tätschelte die ihre.

Eine Geste, die Madame Verdun ganz und gar nicht schätzte, denn sie zog ihre Hand, erschrocken durch den unerwarteten körperlichen Kontakt, augenblicklich zurück und verbarg ihre Verlegenheit, indem sie geflissentlich nach ihrem Taschentuch im Ärmel fischte.

»Doch da es Pauls letzter Wille ist, werde ich ihn natürlich befolgen.«

Sie tupfte sich die Augenwinkel ab, schnäuzte sich und schob das Taschentuch wieder in den Chiffon-Ärmel zurück. »Nun, im Rahmen seiner detaillierten Anweisungen hat Paul unter anderem verfügt, und ich zitiere: ›dass der talentierteste Meisterkoch ganz Frankreichs meinen Leichenschmaus zubereiten möge‹.«

Sie sah mich an. Ich sah sie an.

»Und?«

»Nun, offensichtlich hielt er Sie für den talentiertesten Meisterkoch. Ich verstehe, um offen zu sein, nicht ganz, warum Sie ihn so beeindruckten – Sie haben doch nur zwei Sterne, nicht wahr? Aber er sagte einmal zu mir, Sie und er seien die einzigen beiden ›unverfälschten

Artikel‹ Frankreichs. Und als ich ihn fragte, was er damit meine, erwiderte er sinngemäß, Sie und er seien die einzigen beiden Sterneköche Frankreichs, die wirklich etwas von Essen verstünden, und nur Sie beide seien in der Lage, die französische Küche vor sich selbst zu schützen.«

Gewiss, eine reichlich übertriebene und absurde Äußerung und so typisch für Paul, doch seine Witwe lächelte mit bebenden Lippen, und diesmal war sie es, die wider besseres Wissen über den Tisch langte und meine Hand berührte.

»Hassan – darf ich Sie so nennen? –, würden Sie Pauls Gedenkdinner ausrichten? Würden Sie das für mich tun? Es wäre eine große Erleichterung für mich, das Festbankett in Ihren fähigen Händen zu wissen. Natürlich sollen Sie nicht selbst in der Küche stehen – sondern mit uns allen an dem Ereignis teilhaben –, aber es wäre wunderbar, wenn Sie sich in Pauls Sinn um das Menü kümmern würden. Verlange ich zu viel von Ihnen?«

»Nein, ganz und gar nicht. Ich fühle mich geehrt, Anna. Betrachten Sie es als abgemacht.«

»Wie freundlich von Ihnen. Ich bin sehr erleichtert. Stellen Sie sich vor, ein Abendessen für hundert Gourmets. Welche Last das für eine Witwe bedeuten würde. Ich bin einfach nicht in der Lage, eine solche Sache zu organisieren.«

Wir standen auf und umarmten einander steif. Dann drückte ich ihr nochmals mein Beileid aus, ehe ich – so schnell es der Anstand erlaubte – zur Eingangstür eilte.

»Ich werde mich mit Ihnen wegen des Datums der Gedenkfeier in Verbindung setzen!«, rief sie mir nach.

Ich lief über den Kies zu meinem verbeulten Peugeot, doch während ich meine Taschen nach dem Autoschlüssel abtastete, rief sie abermals von der Türschwelle herüber.

»Paul hat Sie wirklich sehr gemocht, Hassan. Er erzählte mir einmal, dass Sie und er ›aus denselben Zutaten‹ gemacht seien. Ich fand das eine sehr kluge Metapher für einen Koch. Wenn er Sie ansah, muss er wohl das Gefühl gehabt haben, eine jüngere Version seiner selbst vor sich zu haben ...«

Ich zog die Wagentür zu, hob zaghaft zum Abschied die Hand und gab dann so viel Gas, dass der Kies unter den Reifen wegspritzte. Und während ich mich zunächst durch den zähflüssigen Feierabendverkehr auf den Landstraßen der Normandie, dann durch den der Pariser Vorstädte, des Périphérique und schließlich durch die verstopften Straßen des Zentrums kämpfte, musste ich unaufhörlich an Paul denken, der sich bewusst oder unbewusst das Leben genommen hatte.

»O nein, ich bin nicht wie du, Paul. Ganz und gar nicht.«

Aus ganz Frankreich strömten die Gastronomen und ihre Mitarbeiter nach Paris – die Medien schätzten die Zahl auf fünfundzwanzigtausend –, um an der Demonstration teilzunehmen. Sammelpunkt war der Arc de Triomphe. Es herrschte eine feierliche Atmosphäre, auch wenn die Hubschrauber von Polizei und Medien wie Sturmwolken über uns schwebten. Ganz vorn standen junge, attraktive Chefköche mit Kochmützen auf Stelzen und bildeten eine charmante Front, während wir dahinter in ordentlichen Reihen Aufstellung bezogen.

Farbenfrohe Transparente – mit Karikaturen von fett gefressenen Politikern neben ausgemergelten Köchen oder mit der Prozentzahl 19,6, die mit zwei roten gekreuzten Balken durchgestrichen war, oder mit dem schlichten Schriftzug »Jetzt reicht's« – wurden hie und da in der stetig wachsenden Menge hochgehalten, während uns die Organisatoren in roten Overalls vom Rand aus mit Megaphonen Befehle zubellten.

Wir hatten allen Grund zu demonstrieren. Infolge eines undurchsichtigen Gesetzes war das Essen bei McDonald's mehrwertsteuerfrei, während Restaurants wie das Chien Méchant, die hochwertige französische Küche boten, zusätzlich 19,6% Mehrwertsteuer auf die Rechnung schlagen mussten. Und so kostete ein Abendessen in meinem Zweisternelokal – ohne Wein, dafür aber inklusive des arbeitsintensiven Services, den die Haute Cuisine nun einmal erfordert – im Schnitt 350 Euro pro Person. Man kann sich vorstellen, dass der Kreis der Gäste, die bereit waren, diese Summe für ein Abendessen zu bezahlen, ziemlich beschränkt war und zusehends schrumpfte. Zusätzlich zur Rezession machte uns also auch noch die Mehrwertsteuer zu schaffen, sodass einige berühmte Sternelokale wie etwa das »Mirabelle« im achten Arrondissement pleite gegangen waren.

Es reichte. Wir mussten uns wehren.

Das Chien Méchant war in dem Demonstrationszug gut vertreten. Serge und Jacques, meine rechte sowie linke Hand, standen Arm in Arm in vorderster Reihe, bereit, wie ein Panzer die Champs-Élysées hinunterzurollen. Es rührte mich auch, Suzanne, meine Patissière, sowie zwei meiner Souschefs und vier Kellner in der Menge zu sehen. Sie alle waren gekommen, um ihren

Beitrag zu leisten. Mehtab hatte sich geweigert, an der Demonstration teilzunehmen – in ihren Augen waren wir alle Bolschewiken –, nicht jedoch Maxine, unsere Buchhalterin, die ebenfalls mit von der Partie war. Sie hatte sich bei Abdul untergehakt, einem unserer Kellner, und warf mir immer wieder einen kämpferischen Blick zu. Sogar unser Jüngster, Lehrling Jean-Luc, hatte seinen freien Tag geopfert, und als ich sein ernstes Gesicht sah, ging ich auf ihn zu, um ihm die Hand zu schütteln.

»Chef!«, rief Suzanne und winkte mir über die Köpfe der Demonstranten hinweg zu. »Lustig, nicht?«

Da war ich mir nicht so sicher. Wir Immigranten neigen instinktiv dazu, uns zu ducken. Ja keine Wellen zu schlagen. Außerdem war an diesem Morgen mein Unbehagen zusätzlich entfacht worden, als ich dem Comte de Nancy Selière begegnet war. Zusammen mit seinem weißen Terrier war er auf dem Weg zu seinem täglichen Spaziergang im Jardin des Plantes. An der Ecke Rue des Écoles rannte ich beinahe in ihn hinein, als der Hund gerade sein Geschäft im Rinnstein beendet hatte und mit seinen aristokratischen Hinterläufen imaginäre Erde auf seine Hinterlassenschaft scharrte.

Der gealterte Graf beugte sich vor und säuselte: *»C'est formidable, Alfie!«*, um dann sein Leinentaschentuch aus der Brusttasche zu fischen und damit den Hintern des Hundes sauber zu wischen. Natürlich war es ein eher peinlicher Moment und nicht dazu angetan, den Banker und Gourmet in ein Gespräch zu verwickeln, doch ich fand, es wäre noch unhöflicher gewesen, so zu tun, als hätte ich ihn nicht bemerkt. Also räusperte ich mich und sagte: *»Bonjour, Monsieur Le Comte.«*

Der Graf richtete sich auf und blickte sich um.

»Ah, Meister, Sie sind es ... Ich nehme an, Sie sind auf dem Weg zur Demonstration, um mit dem Proletariat zu marschieren.«

»So würde ich es nicht ausdrücken, Monsieur Le Comte. Wir wollen einfach nur niedrigere Steuern.«

»Nun, dafür kann ich Ihnen wahrlich keinen Vorwurf machen«, erwiderte der Graf und klopfte seine Jackentaschen ab, um vorzugeben, einen Plastikbeutel zu suchen. »Vielleicht sollten wir alle Ihrem Beispiel folgen. Sie kennen ja den Ausspruch von einem meiner Vorfahren – Jean-Baptiste Colbert, Finanzminister von Ludwig XIV. –, der zu Recht, wie ich finde, sagte, Besteuerung sei die Kunst, ›die Gans so zu rupfen, dass man möglichst viele Federn bei möglichst geringem Geschrei bekommt‹. Was man von den heutigen Politikern nicht behaupten kann. Sie haben mal wieder gezeigt, wie ungehobelt und habgierig sie sind, wie Provinzmetzger.«

Der Graf kümmerte sich nicht weiter um den Hundehaufen, obwohl eines jener Schilder, die die Pariser auffordern, die Haufen ihrer Hunde zu beseitigen, direkt vor unserer Nase stand. Als wir Seite an Seite weitergingen, fügte er nachdenklich hinzu: »Aber seien Sie vorsichtig, Meister. Diese Regierung wird die Demonstration entgleisen lassen. Da können Sie sich sicher sein. Es mangelt ihr völlig an Fingerspitzengefühl.«

Um zehn Uhr dreißig hatten sich die Demonstranten, die sich um den Arc de Triomphe herum versammelt hatten, zu einem langen Demonstrationszug verfestigt. Ein paar Befehle aus den Megaphonen, ein wenig afrikanischer Trommelwirbel und ein schrilles Pfeifen und schon setzten wir uns Arm in Arm und singend die Champs-Élysées hinunter in Bewegung. Ich blickte mich in dem Fahnenmeer um und machte in der Nähe Alain Ducasse und Joël Robuchon aus. Ich war buchstäblich vom französischen Restaurant-Establishment umgeben und die Atmosphäre jovialer Kameraderie war förmlich greifbar.

Die Warnung des Comte de Nancy erschien mir mit einem Mal übertrieben düster, theatralisch und fehl am Platz. Die Sonne schien und die Polizei blickte gelangweilt. Unter die neugierigen Pariser, die an den Champs-Élysées standen, hatten sich wohlhabende saudische und kuwaitische Familien gemischt – die Frauen in Burkas und von Kinderscharen umgeben – und winkten.

Eine knappe Stunde später erreichten die vorderen Reihen des Demonstrationszugs die Seine und die Assemblée Nationale. Dort stellte sich uns, wie erwartet, eine Phalanx von behelmten und mit Schutzschildern bewaffneten Polizisten entgegen. Man hatte einen behelfsmäßigen Zaun aus halbmondförmig angeordneten Stahlgittern errichtet, der uns daran hindern sollte, die Stufen zur Assemblée Nationale zu erklimmen und das Parlament zu stören. Innerhalb dieses Areals gab es eine Bühne mit Podium und Mikrofon für die Reden, die hier gehalten werden sollten.

Wir befanden uns noch weiter hinten, etwa in der Mitte des Zuges und steuerten ebenfalls auf das Zentrum des Geschehens zu. Doch gerade als wir an der Place de la Concorde vorbeikamen und die Brücke überqueren wollten, tauchten aus dem Jardin des Tuileries Horden von Anarchisten auf, die Gesichter mit Tüchern verhüllt, und mischten sich in unsere Reihen.

Ich weiß nicht mehr genau, was dann passierte, jedenfalls schossen plötzlich Steine, Molotowcocktails und Cherry Bombs, diese gefährlichen Feuerwerkskörper, durch die Luft. Die mit Schildern und Schlagstöcken bewaffneten Polizisten stürmten sofort los und warfen sich uns vom anderen Ende der Brücke entgegen.

Tränengas war in der Luft, es wurde geschrien, Autos wurden angezündet und gingen in Flammen auf, und das schreckliche Geräusch von Schlagstöcken, die auf menschliche Körper eindroschen, war zu hören.

Auf der einen Seite wurde uns der Weg von der Polizei abgeschnitten, auf der anderen von den Anarchisten.

Die Schlacht dauerte nicht lang, und niemand von meinem Personal oder aus meinem Bekanntenkreis wurde verletzt. Die Medien berichteten hinterher, dass von fünfundzwanzigtausend Teilnehmern neunzig Demonstranten und acht Polizisten im Krankenhaus behandelt werden mussten und elf Autos beschädigt worden waren.

Doch Angst und Schrecken – die Erinnerung an blutende Köpfe, an das Tränengas, das uns in den Augen brannte, und an das ohrenbetäubende Geschrei – steckten uns noch lange in den Knochen. In mir weckten sie Geister aus der Vergangenheit, Bilder von einer mit Fackeln bewehrten Menschengruppe, die sich die Napean Sea Road entlangwälzte.

Als ich die berittene Polizei sah, die sich schlagstockschwingend unter die Menge mischte, ergriff mich eine fürchterliche Panik. Ich packte meinen Lehrling Jean-Luc am Arm und zwang ihn, mit mir umzukehren und gegen den Strom in Richtung Place de la Concorde zu laufen.

Schließlich brachten uns die anarchistischen Störenfriede dazu, zur Seite auszuweichen, die Stufen zum Fluss hinunter, wo zufällig ein alter Lastkahn unter der Brücke angedockt hatte. Das in die Jahre gekommene Hippiepaar, das sich an Bord befand, war gerade dabei, die Taue zu lösen. Sie wollten so schnell wie möglich dem Krawall entfliehen, der sich über ihren Köpfen abspielte, sowie den Feuergeschossen, die links und rechts vom Brückenrand herabregneten. Als sie unsere panischen Gesichter sahen, riefen sie: *»Ici, vite«,* und Jean-Luc und ich und drei weitere Demonstranten sprangen. Mit einem lauten Aufprall landeten wir gerade noch rechtzeitig an Deck, bevor der Kahn vom Ufer ablegte.

»Merde, merde«, war alles, was der am ganzen Körper zitternde Junge eine Zeit lang hervorbrachte.

Die Brücke mit dem Tumult verschwand allmählich in der Ferne, und ich erinnere mich noch gut an das Gefühl des langsamen Reisens, des Fahrtwindes auf dem Gesicht. Das Paar – beide hatten graue, wuschlige Haare – forderte uns mit ruhigen Stimmen auf, es uns an Deck unter schweren Pferdedecken bequem zu machen. Wir ließen die Sonne auf unsere Gesichter scheinen und nahmen die Schnapsflasche entgegen, die das Hippiepaar kreisen ließ – gegen den Schock, wie sie sagten.

Sanft glitten wir auf der Seine dahin, vorbei am Eiffelturm, an der Maison de Radio France, unter der Pont d'Issy hindurch, bis wir schließlich die Île de la Billancourt in einem Pariser Außenbezirk erreichten. Das Paar machte den Kahn am Pier fest und ließ uns aussteigen. Wir bedankten uns überschwänglich, und ich rief Mehtab an, damit sie uns abholen kam.

Während wir auf meine Schwester warteten, saßen

Jean-Luc und ich auf einer niedrigen Mauer, die einen staubigen Park einfriedete, und ließen die Beine baumeln. Flaschenscherben bedeckten den Parkplatz. Ein paar Meter weiter briet eine algerische Immigrantenfamilie über einem alten Ölfass, das als Grill diente, Lamm am Spieß. Der Vater betete auf einem Läufer im Schatten einer Linde, während sich die Frauen um das Essen kümmerten und die Kinder Fußball spielten. Der Wind trug den Geruch von brutzelndem Lammfleisch und Kreuzkümmel zu uns herüber, und die Atmosphäre dieses einfachen Mahls – das Fleisch am Spieß, der Pfefferminztee, das fröhliche Geschnatter der Familie – raubte mir den Atem.

Ich wandte den Blick ab und ließ ihn über die quecksilbrige Seine zum anderen Ufer schweifen, wo mir eine ältere Dame auf der Promenade auffiel. Sie trug einen Schal, und mir war, als riefe sie etwas in meine Richtung und winke mir zu hinüberzukommen.

Sie sah Madame Mallory zum Verwechseln ähnlich.

Aber vielleicht bildete ich mir das auch nur ein.

Kapitel Sechzehn

Chef?«

»Oui, Jean-Luc.«

Der Lehrling leckte sich nervös über die Lippen.

»Monsieur Serge hat mich gebeten, Ihnen zu sagen, dass die Schneehühner eingetroffen sind.«

Ich blickte zur Uhr, die neben dem Ndebele-Wandbehang hing, den ich in Zimbabwe gekauft hatte. Das Motiv zeigte Dorffrauen, die einen Büffel über dem Feuer brieten. In nur einer Stunde und vierzig Minuten würde das Restaurant zum Mittagessen öffnen.

Ich hatte gerade in einem von Madame Mallorys Lieblingskochbüchern gelesen, in Margaridous *Tagebuch und Rezepte einer Köchin aus der Auvergne*. Doch nun, da der Junge vor mir stand, klappte ich das alte Buch mit den einfachen Rezepten aus einer längst versunkenen Zeit behutsam zu und stellte es ins Regal zurück.

Als ich mich umdrehte, fiel mein Blick auf den »Financial Tombstone« der Credit Suisse. Mit dieser Plexiglasurkunde war der erfolgreiche Börsengang von Recipe. com ausgezeichnet worden, eines Internet-Startups, das Rezepte vermarktet und in dessen Aufsichtsrat ich saß. In dem durchs Fenster hereinfallenden Tageslicht, in dem Staubpartikel tanzten, kam mir mein Büro mit einem Mal lächerlich vor. Holz- und Messingtafeln sowie Auszeichnungen in den verschiedensten Formen bedeckten die Wände und Stellflächen meines Büros – die skurrilste darunter eine vergoldete Suppenkelle von der International Soup Society mit Sitz in Brüssel. Meine bis dahin so stolz gehüteten Schätze erschienen mir plötzlich als wertloser Tand.

Mit Pauls Tod hatte sich etwas ereignet, was sich nicht länger leugnen ließ. Es war, als wäre dessen psychisches Unbehagen auf mich übergesprungen, als hätte es den Körper gewechselt und wäre in mich eingedrungen wie ein fleischfressender Parasit in einem Horrorfilm. Ich war ruhelos, reizbar und litt unter Schlafproblemen. Ich hatte keine Ahnung, was mit mir los war, wusste nur, dass mich einen diffuse Untergangsstimmung niederdrückte – eine fremdartige Empfindung, die mir umso verhasster war, als ich bis dahin geglaubt hatte, ein sonniges Gemüt zu besitzen. Kurz und gut: Ich kannte mich selbst gar nicht wieder.

Jean-Luc musterte mich noch immer von der Tür aus, als fürchtete er, gleich Opfer eines neuen Streichs zu werden. Und der Blick des Jungen – voller quälender Unsicherheit – war es schließlich, der mich aus meiner Versunkenheit riss.

Ich stand auf und sagte: »*Bien.* Dann wollen wir uns mal an die Arbeit machen.«

Jean-Luc stieg vor mir die Wendeltreppe hinab und wir kehrten gemeinsam in die Küche des Chien Méchant zurück. Dort herrschte die typische Geräuschkulisse aus Klappern, Schaben und Zischen, die zu hören war, wenn das Personal kurz vor der Mittagsöffnung einen Gang höher schaltete. Die Kellner in ihren offenen Jacketts stießen mit Elan die Schwingtür auf, wenn sie vom Speisesaal in die Küche eilten und wieder zurück, um Silber zu polieren, Zigarrenschachteln neu zu bestücken oder Leinenservietten zu Rosetten zu formen.

Küchenchef Serge stand mit zwei Souschefs auf der anderen Seite der Küche am Gasherd. Suzanne, meine Patissière, beugte sich über ein Tablett mit Törtchen. Mehrere Köche unterhielten sich aufgeregt über irgendwelche Fußballspiele. Jean-Luc und ich gingen zielstrebig in die Kaltküche und zu der Holzkiste auf dem Tresen. In der Jagdsaison von September bis Dezember traf tagtäglich von einem Wildgroßhändler in Moskau eine Flugzeuglieferung ein.

Der Junge stemmte den Deckel der Kiste mit einem Stemmeisen auf, ehe wir uns daran machten, die Schneehühner vorsichtig aus den Klammern zu lösen. Zwei weitere Lehrlinge gingen mit geröteten Backen einer anderen Aufgabe nach, und ich beobachtete sie unauffällig, während wir die Hühner aus dem Seidenpapier wickelten. Am Spülbecken auf der anderen Seite des Raums rieb ein Mädchen vorsichtig mit einem feuchten Tuch rote Meerbarben ab. Ich bestehe auf dieser Methode: Sobald man rote Meerbarben unter dem Wasserhahn wäscht, spült man gleichzeitig sowohl den Geschmack als auch die Farbe den Abguss hinunter. Der Auszubildende im letzten Lehrjahr – bald würde er seine eigene Kochmütze bekommen und als *commis* arbeiten, nun, da wir Jean-Luc hatten –, stand an der Fleischtheke und entfernte mit einem scharfem Messer Sehnen aus dem Rückenstück eines Charolais, eines jener französischen Rinder, die ich dem schottischen Angusrind vorziehe.

Ich nahm eines der Schneehühner und wog das flaumige Geschöpf in der Hand. Der Kopf des arktischen Vogels mit den weißen Federn und den schwarzen Augen hing schlaff nach hinten. Mit einem schnellen Hieb mit dem Hackbeil entfernte ich die grotesk aussehenden überdimensionalen Füße und legte sie in den Topf mit der Hühnerbrühe, die auf der Herdflamme leise vor sich hinköchelte. Dann bedeutete ich Jean-Luc, das restliche Huhn zu rupfen und zu säubern.

In meiner Anfangszeit im Saule Pleureur hatte ich oftmals vierzig Wildhühner nacheinander rupfen müssen. Die heutigen Auszubildenden haben es da leichter, stehen ihnen doch Geflügelrupfmaschinen zur Verfügung, die ihnen einen Großteil der Arbeit abnehmen. Ich trat neben Jean-Luc und gab ein weiteres Schneehuhn in die Maschine. Seine weißen Federn, die vom Einschuss blutgesprenkelt waren, wurden von rotierenden Bürsten abgerupft und dann von einem Luftstrom in die Abfalltüte befördert, die seitlich an der Maschine befestigt war.

Das gerupfte Huhn trug ich zum Herd, um über einer offenen Gasflamme die verbliebenen Stoppeln und den Federflaum abzusengen. Mit einem gekonnten Schnitt öffnete ich den Kropf des Tiers und entnahm ihm ein großes Bündel Tundrakräuter und -beeren, die noch im Kehlsack steckten. Dann wusch ich die Kräuter, die wie Thymian aussahen, unter dem Wasserhahn und stellte sie in einer Keramikschüssel zur Seite.

Voilà – mein spätherbstliches Spezialgericht: Sibirisches Schneehuhn, mit Tundrakräutern aus seinem eigenen Kropf geschmort und mit karamellisierten Birnen in Armagnacsauce serviert.

»Ich kann nicht besonders gut erklären, Jean-Luc. Mit

den Händen bin ich geschickter, also schau einfach zu, wie ich es mache.«

Der Junge nickte. Ich nahm den Vogel aus, wusch ihn und tupfte ihn vorsichtig mit Küchenpapier ab. Es war still in der Küche; die anderen arbeiteten konzentriert oder folgten aufmerksam meiner Demonstration. Nur das Rattern der Deckel auf den Kupfertöpfen war zu hören, der Trommelwirbel der Waschmaschinen mit der Küchenweißwäsche und das Summen der Kühlschränke und aus den Ventilatorenschächten.

Mit zwei sauberen Messerschnitten trennte ich die fleischigen Brüste des Huhns ab, dann briet ich die roten Muskelpolster in einer heißen Pfanne an.

Ein paar Minuten später machte ich die Gasflamme aus und blickte auf die Wanduhr.

Noch dreißig Minuten, bis das Restaurant öffnete. Das Personal beobachtete mich, wartete auf meine Anweisungen, die um diese Zeit normalerweise erfolgten.

Ich öffnete den Mund, doch meine üblichen Binsenweisheiten blieben mir im Hals stecken.

Nichts davon war mehr da.

Wie gelähmt stand ich da, während glühende Bilder meinen Geist durchfluteten – Pauls zerschundener Leichnam, eingerahmt von Platten mit seinen üppigen Gerichten, die vor Gänseschmalz troffen und mit Gänsestopfleber dekoriert waren und in seinem eigenen gerinnenden Blut schwammen. Ich erblickte zugenagelte Schaufenster in den Straßen von Paris und die blutenden Köpfe von Demonstranten auf der Pont de la Concorde, hörte Schreie. Und dahinter schimmerte das unwirkliche Gesicht von Paul Mafitte hervor und sein bizarres, antiseptisches Küchenlabor, in dem mit großer Emsigkeit die extravagantesten Gerichte seiner dekadenten dekonstruktivistischen Kochkunst entstanden.

Gerade als ich meinte, den Anblick dieser zutiefst verstörenden Bilder nicht mehr auszuhalten, als ich mich vollkommen leer und ausgehöhlt fühlte und keine Kraft mehr hatte, dagegen anzukämpfen, und fürchtete, das Bewusstsein zu verlieren, verschwanden sie so schnell, wie sie gekommen waren. Stattdessen wurden sie von einer Chiaroscuro-Vision ersetzt: Madame Margaridou, die längst verblichene Köchin aus der Auvergne, saß an einem Fenster ihres Bauernhofs und schrieb andächtig ihre einfachen Rezepte in ihr Tagebuch. Doch als sie mir unvermittelt das Gesicht zuwandte, bemerkte ich erschrocken, dass es sich bei der alten Frau um Ammi handelte, die an ihrem Fenster im ersten Stock unseres Hauses in der Napean Sea Road kauerte. Sie schrieb gar nicht, sondern malte, und als ich mir ihr Bild näher besah, erkannte ich Gauguins betörend schlichtes Gemälde *Die Mahlzeit*.

»Hört mir mal alle zu, ihr vom Service ebenso wie ihr hier in der Küche: Morgen schmeißen wir unsere alte Speisekarte weg, werfen alles über Bord, was wir während der letzten neun Jahre gemacht haben. Die schweren Saucen, die überkandidelten Gerichte – mit all dem ist jetzt Schluss. Morgen fangen wir ganz von vorn an. Von nun an werden wir nur noch einfache Gerichte servieren, Gerichte mit den besten und hochwertigsten Zutaten, die für sich selbst sprechen. Das heißt: keine Raffinessen mehr, kein Flambieren, keine unnötigen Marotten. Unsere Mission besteht von nun an darin, gedämpfte Karotten oder eine klare Fischbrühe zum Klingen zu bringen. Unsere Mission heißt, jeder Zutat zu ihrer ureigenen Natur zu verhelfen. Wir werden uns zwar weiterhin von den alten Rezepten inspirieren lassen, aber sie erneuern, indem wir sie auf ihren Wesenskern zurückstutzen und von den Verschnörkelungen und Windungen befreien, die sie im Laufe der Zeit erfahren haben. Und von jedem von euch erwarte ich, dass ihr euch in eure Heimat begebt, zu euren Wurzeln, wo immer sie in Frankreich auch sein mögen, und mir die besten und einfachsten Gerichte eurer Gegend mitbringt, die ausschließlich aus lokalen Zutaten gemacht werden. Dann werden wir all diese regionalen Speisen nachkochen, und zwar spielerisch, und zusammen neue Gerichte kreieren, die köstlich und einfach zugleich sind. Und damit wir uns richtig verstehen: Statt die alte schwere Brasserie-Kost zu kopieren oder den Dekonstruktivisten und Minimalisten nachzueifern, werden wir unsere ganz eigene Hausnote entwickeln, die auf klassische französische Wahrheiten vertraut. Vergesst diesen Tag nie, denn von heute an werden wir Fleisch, Fisch und Gemüse in ihren natürlichen Essenzen zubereiten und die Haute Cuisine zur *Cuisine de Jus naturel* zurückführen!«

Kurz nach dieser radikalen Kehrtwende in meiner Küche fand Pauls Gedenkdinner statt. Eine safrangelbe Sonne ging an diesem kristallklaren und kalten Novemberabend filmreif jenseits der Seine unter, während das kulinarische Establishment Frankreichs – stattliche Männer im Smoking und spindeldürre Damen in funkelnden Gewändern – im Blitzlichtgewitter der Paparazzi die Stufen des Musée d'Orsay erklomm.

Alles, was Rang und Namen in der französischen Haute Cuisine hatte, fand sich an diesem Abend zu der Gedenkfeier ein, wie am nächsten Tag in den Gesellschaftskolumnen der Zeitungen zu lesen war. Auf der Gästeliste wurden Namen abgehakt und den Damen die Nerze und Umhänge abgenommen. Dann begaben sich die Geladenen in steifen Taftroben und Seide in den ersten Stock des Museums, um unter Monets *Gare Saint-Lazare* und Seurats *Circus* mit Champagner anzustoßen. Die Atmosphäre ähnelte ein wenig der aufgekratzten Stimmung bei den Filmfestspielen in Cannes, auch wenn der Anlass freilich ein traurigerer war. Bald erreichte das von den Museumswänden widerhallende Cocktail-Geplauder die dröhnende Lautstärke, die in einer Flughafenankunftshalle herrscht. Doch ehe der Lärm überhand nehmen konnte, ertönte ein Gong und eine Baritonstimme verkündete, das Dinner würde nun serviert. Die Gäste strömten in den großen Salon, der sich verwandelt hatte in ein Meer aus weißen Tischen mit langstieligen blauen Lilien in schmalen Vasen darauf. Barocke Wandverzierungen, Deckenfresken und Rokokospiegel schmückten den Saal, und die hohen Fenster boten einen Panoramablick auf das nächtliche Paris, dessen Lichter wie Perlenketten anmuteten.

Anna Verdun, mit aufgebauschtem Haar und behängt mit Diamanten, hielt in ihrer kobaltblauen Seidenrobe wie eine Königin am Gastgebertisch Hof.

Seit meinem Besuch bei ihr war einiges geschehen. Monsieur Barthot, der silbergraue *Directeur Général* des *Guide Michelin,* saß zu ihrer Rechten und unterhielt ihre Gäste mit amüsanten Anekdoten über die kulinarische Prominenz des Landes.

Pauls Rechtsanwalt – auch er saß an Madame Verduns Tisch – hatte in den vorangegangenen Wochen die Witwe überzeugen können, dass ein Gerichtsverfahren nur ihre Brieftasche plündern und sie emotional stark belasten würde, ohne jedoch das gewünschte Ergebnis zu zeitigen. Stattdessen hatte er ihr nahegelegt, mit Monsieur Barthot eine Übereinkunft zu erzielen, die es ihr erlaubte, das Gesicht zu wahren.

Was dabei herausgekommen war, hatten wir eine Woche vor dem Festessen erlebt. *Le Guide,* wie der Restaurantführer bei uns hieß, hatte ganzseitige Anzeigen in den wichtigsten Tageszeitungen des Landes geschaltet, mit denen man dem Lebenswerk »unseres lieben verschiedenen Freundes, des Meisterkochs Paul Verdun« Respekt zollte. Den Ausschlag zu dem Deal hatte – laut meiner tratschliebenden Schwester – Monsieur Barthots Versprechen gegeben, Chefkoch Mafitte nicht nur dazu zu bewegen, in der Anzeige des *Guide Michelin* ein Loblied auf den Verstorbenen zu singen, sondern auch am Gedenkdinner teilzunehmen. Und so saß dieser nun zur Linken der Witwe und tätschelte ihr die Hand.

Paul hätte sich wahrscheinlich im Grab umgedreht.

Mich hatte Anna Verdun an Tisch Nummer siebzehn im hinteren Teil des Saals verbannt. Doch der Zufall wollte es, dass dieser unter einem meiner Lieblingsgemälde stand – es stammte von Chardin und trug den Titel *Stillleben mit Rebhuhn und Birne* –, was ich als besonders gutes Omen betrachtete. Im Übrigen saß ich beim Kücheneingang und somit strategisch günstig – sodass ich mit einem Auge das Servicepersonal und die Speisen im Blick hatte, die an mir vorbeiwanderten. Außerdem fand ich die Gesellschaft an diesem Tisch wesentlich unterhaltsamer als die, die an den »elitäreren« Tischen geboten war.

Da saß zum Beispiel mein alter Freund vom Montparnasse, Chefkoch André Piquot, rund und friedfertig wie eine Kugel Eis. Des Weiteren Madame Elisabet, in dritter Generation Fischhändlerin, deren Fischgroßhandel etliche der führenden Restaurants Nordfrankreichs belieferte. Zwar litt sie unter einer milden Form des Tourette-Syndroms, was zuweilen ein wenig unangenehm war, doch abgesehen davon war sie eine reizende Person.

Zu ihrer Linken war indes der Comte de Nancy Selière platziert, mein Vermieter aus der Rue Valette, so sehr mit seiner aristokratischen Überlegenheit im Reinen, dass ihm jeglicher Standesdünkel völlig fremd war. Nebenbei bemerkt wäre der scharfzüngige Griesgram an den meisten »feineren« Tischen ohnehin nicht gern gesehen gewesen. Und schließlich, zu meiner Linken, hatte sich der amerikanische Schriftsteller James Harrison Hewitt niedergelassen, der sich außerdem bei *Vine & Pestle* als Restaurantkritiker verdingte. Obgleich er seit Jahrzehnten mit seinem ägyptischen Freund in Paris lebte, begegnete ihm das kulinarische Establishment der französischen Hauptstadt mit tiefem Misstrauen, weil er über unbequem intime Einblicke in ihre »Inselwelt« verfügte.

Als ein Foto des lächelnden Paul Verdun mit Kochmütze auf die im Saal verteilten Leinwände projiziert wurde, nahmen wir Platz. Aus der Küche strömten die ersten Tabletts mit den Amuses bouches, Schnapsgläser mit einem Baby-Oktopus, der in seiner »natürlichen Essenz« – kalt gepresstem Olivenöl aus Apulien mit einer einzigen langstieligen Kaper – gedünstet worden war. Der dazu gereichte Wein, ein seltener Château Musar 1959 aus dem Libanon, wurde – gemessen an den Erwartungen der mit Vorurteilen behafteten französischen Haute Cuisine und wie am nächsten Tag in den Zeitungen ausführlich zu lesen war – als Schuss vor den Bug betrachtet.

James Hewitt, ein begnadeter Anekdotenerzähler, beobachtete genauso interessiert wie ich die merkwürdige Mischung verschiedenster Charaktere an Madame Verduns Tisch.

»Du weißt ja, dass sie das Gerichtsverfahren fallen lassen musste«, sagte er milde. »Andernfalls hätte sie damit rechnen müssen, dass allerlei heikle Details ans Tageslicht kommen.«

»Heikle Details?«, fragte ich nach. »Was denn zum Beispiel?«

»Paul stand das Wasser bis zum Hals. Der Arme. Sein Imperium war kurz vor dem Kollaps.«

Das war eine absurde Behauptung. Paul war mit Leib und Seele Unternehmer gewesen. Er war der erste Dreisterne-Restaurateur gewesen, der mit seinem eigenen Unternehmen, »Verdun et Cie«, an die Pariser Börse gegangen war. Mit den elf Millionen Euro, die der Börsengang ihm auf Anhieb eintrug, sanierte er seinen Landgasthof und gründete eine Bistrokette namens »Les Verdunières«. Außerdem war bekannt, dass er einen Zehnjahresvertrag mit »Nestlé« abgeschlossen hatte, für dessen Schweizer Food-Label-Giganten »Findus« er eine Produktlinie mit Suppen und Fertiggerichten kreiert hatte. Allein dieser Vertrag hatte ihm angeblich fünf Millionen Euro pro Jahr eingebracht. Ganz zu schweigen von der damit verbundenen Eigenwerbung, da von den Plakatwänden und den Fernsehbildschirmen in ganz Europa sein Konterfei strahlte. Nicht zu vergessen das kleine Vermögen, das er als Berater von Air France verdient hatte, sowie die Tantiemen, die ihm auch weiterhin von den Herstellern von Tischwäsche, Pfannen und Töpfen, Besteck, Kristallgläsern und Küchen, Kräutern, Wein, Öl, Essig und Schokolade zuflossen, die alle bereitwillig hohe Lizenzsummen bezahlten, um den Namen des berühmten Chefkochs für ihre Produkte nutzen zu können.

Insofern erschien mir Hewitts Behauptung, Pauls Imperium habe kurz vor dem finanziellen Ruin gestanden, als lächerlich. »Unsinn. Paul war ein großer Geschäftsmann und führte ein höchst profitables Unternehmen.«

Hewitt schenkte mir über sein Glas mit dem Château Musar hinweg ein gequältes Lächeln.

»Tut mir leid, Hassan. Ich sage nur: ›Mythos Verdun‹. Er hatte keinen Cent mehr. Ich weiß aus sicherer Quelle, dass Paul bis zu seinen nicht mehr vorhandenen Haarspitzen fremdfinanziert war. Mit den Jahren hat er sich zusehends verschuldet, doch außerbilanzmäßig wohlgemerkt, sodass keiner der Shareholder seines börsennotierten Unternehmens wusste, was vorging. Zuletzt traf ihn schmerzlich die Herabstufung durch den *Gault Millau* – seither sind die Buchungen im Coq d'Or spürbar zurückgegangen, und Air France stand kurz davor, seinen Beratervertrag zu kündigen. Paul saß also in der sprichwörtlichen Klemme: Er musste versuchen, sich frisches Geld zu beschaffen, um die Zinsen seiner Kredite zu bedienen, während sein Firmenimperium auf dem absteigenden Ast war. Es besteht kein Zweifel:

Hätte er nun auch noch den dritten Michelin-Stern verloren, wäre das Kartenhaus endgültig eingestürzt. Allein der Gedanke lässt mich schaudern.«

Ich war fassungslos. Sprachlos. Doch in diesem Moment strömte wieder eine Armada von Kellnern aus der Küche und ich musste mich kurz auf die Teller konzentrieren, die sie hinaustrugen: eine einfache Auster in klarer Brühe, kurz darauf gefolgt von einem belgischen Endiviensalat, garniert mit Streifen von norwegischem geräuchertem Lamm und Wachteleiern.

Aus dem Augenwinkel sah ich, wie sich Chefkoch Mafitte zu Anna Verdun hinüberbeugte und ihr etwas ins Ohr flüsterte. Sie drehte sich zu ihm und lachte mädchenhaft-kokett, während sie eine Hand hob und die Schellackkruste ihres toupierten Haars befühlte.

Im Geiste sah ich mich an jenen Tag zurückversetzt, als ich mit meiner damaligen Freundin in der Maison Dada in der Provence gespeist hatte. Gegen Ende des Mahls war der blendend aussehende Chefkoch Mafitte an unseren Tisch gekommen, um uns zu begrüßen. Er war extrem charmant, braun gebrannt und in seiner weißen Kochmontur das strahlende Abbild eines Meisterkochs, sodass ich mich in seiner Gegenwart mit einem Mal wie ein Winzling fühlte. Vielleicht war es meine jungenhafte Unterwürfigkeit, die ihn auf gewisse Weise zusätzlich ermutigte, denn während er und ich fachsimpelten, wanderte seine Hand unter den Tisch zum Bein von Marie, die sich heroisch bemühte, sich seiner dreisten Grapscherei zu erwehren.

Als Mafitte schließlich wieder gegangen war, sagte Marie in ihrem unverblümten Pariser Jargon, der berühmte Meisterkoch sei ein *chaud lapin*, ein heißes Kaninchen – eine Metapher, die ziemlich niedlich klingen mag, aber für einen gefährlichen Sexbesessenen steht. Später sollte ich erfahren, dass Mafittes gieriger Appetit vor keinem Alter und keiner Sorte »Fleisch« Halt machte.

Mit einem Mal widerte mich Anna Verdun an. Es war obszön und unredlich, dass sie ausgerechnet Pauls Erzfeind, seine künstlerische Nemesis, an ihren Tisch gebeten hatte, noch dazu bei diesem Anlass. Besaß sie eigentlich keinen Funken Loyalität mehr gegenüber ihrem verstorbenen Gatten? Als hätte er meine Gedanken gelesen, lehnte sich Hewitt zu mir und sagte: »Haben Sie Mitleid mit der armen Frau, denn sie muss zusehen, wie sie heil aus dem finanziellen Chaos herauskommt, das Paul ihr hinterlassen hat. Ich habe gehört, dass Chefkoch Mafitte erwägt, das Coq d'Or zu kaufen, mit allem Drum und Dran. Offensichtlich ist der Deal Teil seiner Expansionspläne in Richtung Norden. Jedenfalls würde sich damit retten lassen, was noch zu retten ist.«

Während ein Kellner kam, um meinen leeren Salatteller zu entfernen, winkte ich den Oberkellner heran und flüsterte ihm ins Ohr, er möge Serge sagen, dass er ein wenig langsamer machen solle. Die Speisenfolge gehe ein wenig zu schnell vonstatten. Als ich meine Aufmerksamkeit wieder dem Tisch zuwandte, hob Hewitt sein Glas mit einem 1989er Testuz Dezaley l'Arbalete und prostete uns zu. »Stimmt doch, Eric, nicht wahr? Chefkoch Verdun war kurz vor dem Ruin. Hassan will es mir nicht glauben.«

Amerikaner verfügen über die bemerkenswerte Gabe, hemdsärmelig über die Standesregeln anderer Nationen hinwegzugehen, und der Comte de Nancy Selière, der normalerweise Dummköpfe nicht ungestraft davonkommen ließ, hob ebenfalls sein Glas und sagte trocken: »Auf unseren lieben Verstorbenen, Chefkoch Verdun. Traurig, aber wahr, der Zug wäre über kurz oder lang entgleist.«

Der pochierte Heilbutt in Champagnersauce wurde mit einem Montrachet Grand Cru 1976, Domaine de la Romanée-Conti, serviert. André Piquot und ich tauschten uns unterdessen über unsere jeweiligen Personalprobleme aus. Er tat sich schwer, einen zuverlässigen Souschef für die Kaltküche zu finden, und ich hatte jede Menge Scherereien mit einem Kellner, der absichtlich einen Gang herunterschaltete, um Zeit zu schinden und damit Überstunden zu machen, die extra bezahlt werden mussten – die 35-Stunden-Woche, die in Frankreich eingeführt worden war, trieb uns Restaurateure noch in den Ruin.

Dann unterhielt Hewitt den ganzen Tisch mit einer Anekdote über einen kulinarischen Ausflug, den der Comte de Nancy und er unternommen hatten. Die beiden hatten bei einem Zwölf-Gänge-Menü im »La Page«, einem Feinschmeckertempel in Genf, gesessen. Seinem Bericht zufolge erinnerte das berühmte Restaurant, das auf den Genfer See blickte, an eine »calvinistische Kirche am Sonntag«: Es war voller aufgeblasener Kellner und älterer Paare, die sich stumm gegenübersaßen. »Nirgends im ganzen Speisesaal wurde gelacht – bis auf unseren Tisch«, erinnerte sich Hewitt. »Habe ich recht, Eric?«

Der Graf stimmte ihm grummelnd zu.

Irgendwann, ungefähr zwischen dem sechsten und siebten Gang, war Hewitt nach einem Calvados gewesen. Der Apfelschnaps aus der Normandie war sein bevorzugter Gaumenputzer, doch der Kellner hatte ihm hochmütig mitgeteilt, dass das nicht möglich sei. Der amerikanische Gast würde sich noch ein, zwei Stunden gedulden müssen, bis nach dem Käse, denn erst dann sei ein süßer Schnaps angebracht. Sehr gern würde er ihm dann einen Likör servieren.

»Sie bringen ihm den Calvados *immédiatement*, oder Sie fangen sich eine Backpfeife ein!«, hatte der Graf ihn angeherrscht.

Der aschfahle Kellner war davongeeilt und in Rekordzeit mit dem gewünschten Branntwein zurückgekehrt.

Wir hielten uns die Bäuche vor Lachen, alle bis auf den Grafen, den bei der Erinnerung an jenen Abend in Genf abermals die Wut zu packen schien, denn er brummte: »So eine Unverschämtheit, was für eine unglaubliche Unverschämtheit.«

Und auch wenn ich mich selbst von der allgemeinen Heiterkeit hatte anstecken lassen, so war ich doch nur mit halbem Herzen dabei, denn im Hinterkopf musste ich unaufhörlich an das denken, was Hewitt mir über Pauls desolate Finanzen erzählt hatte. In welch schrecklicher Verfassung musste er gewesen sein, als er mit seinem Wagen über die Klippen stürzte! Den Gedanken, dass nicht einmal einer der besten Geschäftsmänner im gastronomischen Metier ein Dreisternerestaurant mit finanziellem Erfolg führen konnte, wollte ich lieber nicht weiterspinnen.

»Geht es Ihnen gut, Monsieur Haji?«, fragte die einfühlsame Madame Elisabet, um uns im nächsten Moment alle zusammenzucken zu lassen, indem sie ein lautes »Arschloch!« ausstieß.

Ich rückte geflissentlich das Dessertbesteck am Kopf meines Gedecks gerade.

»Ich musste gerade an Paul denken«, erwiderte ich. »Noch immer kann ich nicht glauben, in welch desolater Lage er war. Wenn er in diese Lage geraten ist, dann könnte jeder von uns der Nächste sein.«

»Nun blasen Sie bitte keine Trübsal«, sagte der Comte de Nancy. »Verdun hatte sein Ziel aus den Augen verloren. Daraus kann man eine Lehre ziehen. Er hatte aufgehört, sich weiterzuentwickeln, ganz einfach. Ich war vor sechs Monaten im Coq d'Or, und ich kann Ihnen sagen, das Essen war bestenfalls mittelmäßig. Die gleiche Speisekarte wie vor zehn Jahren. Sie hatte sich nicht im Geringsten verändert. In seinem Ehrgeiz, ein ganzes Firmenimperium aufzubauen, hatte er aufgehört, sein Augenmerk auf seine Küche zu haben – immerhin die Quelle seines Wohlstands –, und abgelenkt von dem ganzen Zirkus, hat er schließlich auch aufgehört, sich um die geschäftlichen Grundlagen zu kümmern. Und auch wenn er sowohl den finanziellen als auch den kreativen Part seines Geschäfts ganz gut zu meistern schien, tat er beides im Grunde nur oberflächlich. Er rannte und rannte, aber ohne sich auf ein Ziel zu konzentrieren. Jeder Geschäftsmann wird Ihnen sagen können, dass das der beste Weg ins Verderben ist. Und nun hat er seinen Preis bezahlt, einen sehr hohen, wie wir alle wissen.«

»Wahrscheinlich haben Sie recht.«

»Meine Freunde, wenn man ein gewisses Niveau erreicht hat, ist das Schwierigste, sich tagaus, tagein seine Frische zu bewahren. Die Welt um uns verändert sich rasant, ist es nicht so? Also liegt der Schlüssel zum Erfolg darin, sich diesen steten Wandel zu eigen zu machen und mit der Zeit zu gehen«, sagte Chefkoch Piquot.

»Ach, das ist doch nichts als Blabla. Ein Klischee«, erwiderte der Comte de Nancy barsch.

Der arme André sah aus, als hätte man ihm eine Ohrfeige verpasst. Und es machte die Sache nicht besser, dass Madame Elisabet beisteuerte: »Scheiß Hurenficker!«

Hewitt, der bemerkte, wie sehr den Chefkoch dieser zweifache Angriff getroffen hatte, schaltete sich ein: »Du hast natürlich ganz recht, André, man muss unbedingt mit der Zeit gehen, aber dabei ist es wichtig, dass man seinen Wesenskern nicht aus den Augen verliert. Sich zu verändern, nur um des Änderns willen – ohne einen Anker zu haben –, wäre reiner Aktionismus, der einen nur in die Irre führt.«

»Exactement«, sagte der Comte de Nancy.

Normalerweise behielt ich, ein Außenseiter, der sich seinen Platz an einem Tisch mit lauter französischen Experten hatte hart erkämpfen müssen, meine Meinung für mich, nicht so jedoch an diesem Abend. Vielleicht lag es an der nervlichen Belastung, die diese Veranstaltung für mich bedeutete, oder an meiner aufgewühlten Stimmung, jedenfalls platzte ich heraus: »Ach, wie mich diese ideologischen Erörterungen anöden. Diese Schule und jene Schule, diese Theorie und jene Theorie. Ich hab genug davon. In meinem Restaurant verwenden wir neuerdings nur noch regionale Zutaten und kochen sie in ihrem eigenen Saft, ganz einfach, und nur ein Kriterium zählt: Ist das Essen gut oder nicht? Ist es frisch? Stellt es den Gast zufrieden? Alles andere ist nebensächlich.«

Hewlitt blickte mich merkwürdig an, als sähe er mich zum ersten Mal. Auf Madame Elisabet hingegen schien mein Ausbruch befreiend gewirkt zu haben, denn sie sagte mit ihrer süßen Stimme, die so gar nicht zu ihren blasphemischen Eruptionen passen wollte, zu denen ihre Krankheit sie immer wieder zwang: »Sie haben ja ganz recht, Hassan. Ich rufe mir auch immer wieder in Erinnerung, warum ich in diesem Geschäft bin.« Sie machte mit beiden Händen eine umfassende Geste in den Saal hinein. »Schauen Sie doch nur. Man lässt sich so leicht von diesem ganzen Tamtam anstecken. Paul hat sich von der Pariser Börse verführen lassen und all den Pressemitteilungen, die ihn als ›kulinarische Vision‹ feierten. Nur um uns – uns allen – zum Schluss eine Lehre zu erteilen. Man darf niemals den Blick auf ...«

Doch in diesem Moment wurden die Lichter gedimmt, und eine erwartungsvolle Stille senkte sich über die Tische. Dann kam aus der Küche eine kleine Prozession mit Kerzenlichtern, gefolgt von einem Dutzend junger Kellner, die Silberplatten mit gebratenem Rebhuhn trugen. Ein Raunen ging durch den Saal, vereinzelt wurde applaudiert.

Pauls Rebhuhn in Trauer – so hatte ich das Gericht genannt – war der Höhepunkt des Abends, wie am nächsten Tag in den Zeitungen zu lesen war. Ich muss zugeben, dass ich bis zu diesem Punkt mit einer großen Anspannung zu kämpfen hatte, da ich es nicht gewohnt war, vor einem solch großen und anspruchsvollen Publikum zu bestehen. Doch die aufmunternden Bemerkungen, die mir an meinem Tisch zuteil wurden, gaben mir zu verstehen, dass sich das Risiko meines neuartigen Menüs gelohnt hatte. Vor allem erfüllte es mich mit großer Freude zu sehen, wie der Comte de Nancy – der nie ein Blatt vor den Mund nahm und im Grunde unfähig war, etwas zu äußern, was er nicht wirklich dachte –, ein Brötchen zerteilte und genüsslich die letzten Reste des Bratensafts auftunkte.

»Das Rebhuhn ist ein Gedicht«, sagte er und wedelte mit dem Brotrest in meine Richtung. »Ich will es unbedingt auf der Speisekarte im Chien Méchant sehen.«

»Oui, Monsieur Le Comte.«

Dreißig Jahre zuvor hatte Chefkoch Verdun mit der *Poularde Alexandre Dumas* einen wichtigen Punkt auf der kulinarischen Landkarte markiert und war damit berühmt geworden. Nach Pauls Rezept wurde das Huhn mit Lauch- und Karottenjulienne gefüllt und seine Haut vorsichtig perforiert, um sie mit Trüffelscheiben zu spicken. Während das Huhn im Ofen briet, verschmolzen Trüffel und Hühnchenfett zu einer Essenz, die das Fleisch durchtränkte und ihm einen unvergleichlich urtümlichen Geschmack verlieh. Und das war Pauls Handschrift, ein Gericht, das der Gast allzeit für fürstliche hundertfünfzig Euro auf der Speisekarte des Coq d'Or fand.

Für Pauls Gedenkdinner war ich der Zubereitungsart seiner Poularde gefolgt, nur dass ich sie auf Rebhuhnfleisch übertragen hatte, bekanntlich ebenfalls eine seiner Leibspeisen. Das Ergebnis war ein kraftvolles, aromatisches Geflügelgericht, das sich seinen Wildgeschmack bewahrt hatte. Ich hatte die Rebhühner mit glacierten Aprikosen statt mit Gemüsejulienne gefüllt und sie üppig mit schwarzen Trüffelscheiben gespickt, sodass sie wie für einen viktorianischen Leichenschmaus hergerichtet schienen – daher der Name *Pauls Rebhuhn in Trauer*. Es war freilich die Idee meines Sommeliers gewesen, dem Hauptgericht einen Côtes du Rhône Cuvée Romaine 1996 zur Seite zu stellen, einen robusten Rotwein, der unwillkürlich Erinnerungen an die Klänge von Jagdhörnern und das Hecheln einer Hundemeute auf der sommerlichen Jagd wachrief.

Mehrere renommierte Kritiker und Restaurateure – darunter auch Chefkoch Rouet, für den ich große Bewunderung hegte – kamen später am Abend an meinen Tisch, um mir zu dem gelungenen Menü zu gratulieren, insbesondere zu meiner Interpretation von Pauls legendärem Hausgericht. Sogar Monsieur Barthot, der *Directeur Général* des *Guide Michelin,* der zur Rechten der Gastgeberin saß, stieg von seinem Olymp herab, um mir die Hand zu schütteln und pathetisch zu sagen: »Exzellent, Chefkoch. Exzellent.« Und um gleich wieder hinwegzuschwcben und das Gespräch mit einer hochrangigeren Persönlichkeit zu suchen. In diesem Augenblick begriff ich, warum Paul sein posthumes Dinner inszeniert hatte.

Ich sah zum Gastgebertisch hinüber, doch es gelang mir nicht, Anna Verduns Blick aufzufangen, die abwesend ins Leere starrte. Dann fiel mir auf, wie Charles Mafitte sich zu ihr neigte, eine Hand unter dem Tisch.

Nein, beschloss ich, ich würde es ihr nicht erzählen. Sie hatte genug am Hals.

Im Übrigen genügte es, wenn ich allein wusste, warum Paul diesen Abend arrangiert hatte.

Nicht zu seinem Gedenken, sondern für mich. Mit diesem Festessen hatte mein Freund die kulinarische Elite Frankreichs wissen lassen wollen, dass ein neuer *gardien*, ein neuer »Hüter«, der klassischen französischen

Küche auf der Bildfläche erschienen war. Er hatte mich zu seinem Nachfolger erkoren, der bis zu diesem Abend eine Randfigur unter den zahlreichen talentierten Zweisterneköchen gewesen war, die es landauf, landab gab.

Doch mit diesem denkwürdigen Abend sollte sich das ändern, denn quasi über Nacht wurde ich in den Olymp der französischen Spitzenköche katapultiert. Mein guter Freund hatte – aus seinem Grab – dafür gesorgt, dass die gastronomische Elite in ihren Reihen Platz für einen ausländischen Chefkoch machte, den er persönlich dazu auserwählt hatte, die Prinzipien der französischen *Cuisine de Campagne* zu hüten, wie schon zuvor er selbst und Madame Mallory.

Kapitel Siebzehn

Der Winter verlangte uns alles ab. Die Rezession zerrte während der kalten Monate an uns, und selbst legendäre Restaurants wie das »Maxim's« oder das »Tour d'Argent« fielen schließlich der Finanzkrise zum Opfer. Es war ein Schock, die Rue Royale entlangzugehen und die zugenagelten Fenster des Maxim's zu sehen. Seit dem Krieg hatte man in Frankreich keine vergleichbare Krise mehr erlebt. Die Regierung senkte die Mehrwertsteuer, doch die Maßnahme war nur ein Tropfen auf den heißen Stein und kam zu spät. Am Ende erwies sich niemand von uns resistent gegenüber dem neuen ökonomischen Klima, und auch mir blies Ende Februar der Wind scharf ins Gesicht.

Am meisten machte mir ein hartnäckiges Personalproblem zu schaffen. Es hieß Claude und war ein gut aussehender Kellner, der mit den allerbesten Referenzen aus Lyon zu mir gekommen war. Er war schnell von Begriff, voller Elan und so höflich und aufmerksam gegenüber den Gästen, dass Jacques, mein Mâitre d'hôtel, in seinem ersten Personalbericht schrieb, der junge Kellner arbeite »äußerst professionell«.

Unsere Flitterwochen mit Claude dauerten indes gerade einmal sechs Monate und endeten genau einen Tag nach seiner Probezeit. Aufgaben, für die Claude zuvor dreißig Minuten gebraucht hatte – das Polieren der Silberkerzenleuchter zum Beispiel –, nahmen ihn jetzt eineinhalb Stunden in Anspruch. Oder noch länger. Jacques, ein Verfechter des guten Benehmens, hielt Claude nüchtern dazu an, das Tempo zu erhöhen, doch der widerliche kleine Kerl zuckte nur die Achseln und sagte, er arbeite, so schnell er könne. Als Claude zum ersten Mal sein Überstundenformular abgab – zusätzlich zu seiner Regelarbeitszeit hatte er noch einmal halb so viele Überstunden gemacht –, schleuderte Jacques, normalerweise kühl und zurückhaltend, ihm die Blätter ins Gesicht und beschimpfte ihn mit *connard* – »blöde Sau«. Doch der junge Mann zeigte Nerven wie Stahlseile und zuckte nicht mit der Wimper. Er sammelte die Formulare vom Boden auf und legte sie behutsam auf Jacques' Schreibtisch, im vollen Bewusstsein, dass das Gesetz ihn vor »kapitalistischen Ausbeutern« wie uns beschützen würde.

Claude hatte nicht nur auf die Minute genau seine Überstunden aufgelistet, sondern verlangte auch noch 6,6 bezahlte zusätzliche Urlaubstage, als Kompensation für die Tatsache, dass wir sein Recht auf eine Fünfunddreißig-Stunden-Woche verletzt hatten. Ein Restaurantbetrieb bringt nun mal lange Arbeitszeiten mit sich – das liegt in der Natur unserer Branche –, und so überraschte es nicht, dass sich das restliche Personal bald über Claude beschwerte, der nicht das seinige beitrug und den pflichtbewussteren Kollegen durch sein Verhalten zusätzliche Aufgaben aufbürdete.

Diese unhaltbare Situation spitzte sich schließlich zu, als Mehtab mir Claudes Gehaltsabrechnungen zeigte. In dem Jahr, in dem Claude im Chien Méchant gearbeitet hatte, hatte er ein Gehalt von siebzigtausend Euro erhalten, dazu waren noch etwa fünfzig Prozent Lohnzusatzkosten für uns angefallen. Außerdem standen ihm zehn Wochen bezahlter Urlaub zu.

Claude war kein Kellner, sondern ein Trickbetrüger.

Ich rief bei seinen früheren Arbeitgebern in Lyon an und sprach mit den Restaurantbesitzern, dic mir zögernd gestanden, dass er mit ihnen das Gleiche gemacht hatte. Zum Schluss seien sie so zermürbt gewesen, dass sie bereit gewesen seien, ihm ein glänzendes Zeugnis auszustellen, nur um ihn loszuwerden. Ich wies Jacques an, Claude zu feuern. Und das tat er.

Doch der junge Mann kehrte zurück – zusammen mit einem Gewerkschaftsvertreter.

»Es ist ganz einfach, Monsieur Haji. Die Entlassung des jungen Mannes ist nicht rechtmäßig.«

Mehtab verfluchte auf Urdu die ganze Familie des Gewerkschafters einschließlich sämtlicher seiner Vorfahren und geizte dabei nicht mit allen möglichen poetischen Umschreibungen, an denen diese Sprache so reich ist. Jacques hingegen explodierte auf Französisch.

Doch ich hob die Hand, um beide zum Schweigen zu bringen.

»Einen Moment, Monsieur LeClerc. Dieser Mann ist ein Schwindler. Ein Ganove. Das soll kein ausreichender Kündigungsgrund sein?«

Claude wirkte heiter und gelassen wie immer, schwieg weise und ließ den Gewerkschaftsvertreter für sich reden. »Ihre Anschuldigungen sind unfair und haltlos«, sagte LeClerc mit einem nachsichtigen Lächeln. Dabei legte er die Fingerspitzen aneinander und schürzte die Lippen. »Und vor allem haben Sie keine Beweise dafür.«

»Das stimmt nicht«, warf Jacques ein. »Ich habe anhand von Beispielen sehr genau dokumentiert, dass Claude absichtlich herumtrödelt und dass er sogar für die einfachsten Aufgaben – wie Tischdecken etwa – vier Mal so lange braucht wie alle anderen.«

»Claude mag womöglich nicht der Schnellste sein, das räumen wir durchaus ein, aber das ist kein ausreichender Grund, um ihm zu kündigen, zumal Sie ihn ja selbst in Ihrem Personalbericht als ›äußerst professionell‹ beurteilt haben. *Non, non*, Monsieur Jacques. Ihre Kündigung ist nicht rechtens. Gerade weil er so professionell ist, braucht er entsprechend Zeit, um Ihre Anweisungen auszuführen. Sagen Sie – waren Sie je unzufrieden mit der Qualität seiner Arbeit? War er in der Ausführung je schlampig? In seiner Akte kann ich nirgendwo eine Bemerkung über die mangelnde Qualität seiner Arbeit finden, sondern nur über die Zeit, die er für die jeweiligen Aufgaben benötigt ...«

»Nun, ja, das stimmt ...«

»Also könnten wir, wenn es zu einer Gerichtsverhandlung kommt, argumentieren, dass er, eben weil ihm die Qualität seiner Arbeit so sehr am Herzen liegt, mehr Zeit als andere ...«

»Das ist ja unerhört!« Jacques' Gesicht hatte die alarmierende Farbe von Roter Beete angenommen. »Sie wissen doch ebenso wie wir, was Claude bezwecken will. Er erpresst uns. Er hat seinen Stundenzettel künstlich aufgebläht. Monsieur LeClerc, Sie leisten einem Betrüger Beihilfe. Ich kann nicht glauben, dass Sie sich auf seine Seite schlagen.«

LeClerc, ein stämmiger Kerl, haute mit der Faust auf den Tisch. »Nehmen Sie das zurück, Monsieur Jacques!

Sie haben Claude zu Unrecht gefeuert, und nun zweifeln Sie meine persönliche Integrität an, um von Ihren Machenschaften abzulenken. Gut, aber damit werden Sie nicht durchkommen. Die Gesetze sind in dieser Hinsicht sehr klar. Sie müssen Claude sofort wieder einstellen. Oder – wenn Sie ihn unbedingt entlassen wollen – ihm eine angemessene Abfindung zahlen, wie es rechtlich festgelegt ist. Und damit meine ich nicht die läppische Summe, mit der Sie ihn gestern abspeisen wollten.«

Ich sah zu Mehtab, die wutschnaubend auf einem Notizblock Berechnungen machte.

»Und wenn wir uns weigern?«, fragte sie.

»Dann wird sich die Gewerkschaft gezwungen sehen, Sie vor dem *Conseil de prud'hommes* wegen unrechtmäßiger Kündigung anzuklagen – und dann Gnade Ihnen Gott. Das garantiere ich Ihnen. Wir werden sicherstellen, dass die Presse die Verhandlung verfolgt und Ihr Restaurant als Betrieb dasteht, der seine Arbeitskräfte ausbeutet.«

»Das ist Erpressung.«

»Nennen Sie es, wie Sie wollen. Wir stellen nur sicher, dass unsere Mitglieder nicht von Restaurantbesitzern wie Ihnen ausgenutzt werden und dass Sie ihnen bezahlen, wonach Sie von Rechts wegen verpflichtet sind.«

Ich stand auf.

»Schluss mit dem Theater. Gib ihnen, was sie verlangen, Mehtab.«

»Hassan! Das sind zwei Jahresgehälter und bezahlter Urlaub. Es kostet uns einhundertneunzigtausend Euro, um dieses kleine Schwein loszuwerden!«

»Das ist mir gleich. Ich habe die Nase voll. Claude erzeugt nur böses Blut unter unseren guten Mitarbeitern, und wenn wir ihn behalten, wird es auf lange Sicht noch teurer für uns. Dieser Kerl kennt sämtliche Tricks. Zahl ihn aus.«

Claude lächelte milde. Ich glaube, er wollte sich gar bei mir für die großzügige Beilegung unseres Konflikts bedanken, doch ich kam ihm zuvor, indem ich ruhig und mit fester Stimme zu Monsieur LeClerc sagte: »Und nun schaffen Sie dieses Stück Dreck aus meinem Restaurant hinaus.«

Paul Verdun war der erste der Spitzenköche Frankreichs gewesen, der erkannt hatte, dass die Finanzwelt unsere Branche in den Grundfesten erschüttert hatte und dass die großen Restaurants des Landes wie Krebspatienten am Tropf hingen und es nur eine Frage der Zeit war, bis sie ihrer Krankheit erlagen. Der französische Staat hatte es uns mit seiner Überregulierung letztendlich unmöglich gemacht, einen wirtschaftlichen Abschwung zu überleben. Die Fünfunddreißig-Stunden-Woche, die Pensionsbeiträge und unzählige weitere Sozialabgaben, die überbordende Bürokratie, die uns zwang, ein halbes Dutzend Buchhalter und Anwälte zu beschäftigen, um all die Vorschriften zu erfüllen; die Regeln und Beschränkungen und Zusatzkosten, die der ganze Apparat verschlang – all das brachte uns in jenem Winter an den Rand des Abgrunds.

Paul hatte das Finanzdesaster lange vor uns anderen am Horizont aufziehen sehen und versucht, rechtzeitig vorzubauen. Wie ich inzwischen weiß, hatte er aufmerksam die Geschichte der französischen Modehäuser verfolgt, die fünfzig Jahre zuvor einen ähnlichen Schrumpfungsprozess durchgemacht und ihre Lektion gelernt hatten. Paul war aufgefallen, dass sich die arbeitsintensive Haute Couture an der Spitze der Modepyramide mit ihrem innovativem Design eine weltweit anerkannte Reputation geschaffen hatte, doch nur wenige moderne Frauen konnten sich diese kostspieligen Kreationen leisten – mit dem Ergebnis, dass die Haute-Couture-Ateliers rote Zahlen schrieben.

Profit machten die Modehäuser stattdessen mit ihren Prêt-à-porter-Kollektionen und – am Boden der ökonomischen Pyramide – mit Parfümlizenzen. Gewiefte Mode-Impresarios wie Bernard Arnault von der LVMH-Gruppe verstanden es, solche Produktlinien effektiv zu nutzen, um die wertvolle Reputation, die ihre ansonsten verlustreichen Haute-Couture-Linien ihren Geschäftsimperien eingetragen hatten, zu Geld zu machen.

Paul hatte intuitiv begriffen, dass das Coq d'Or das kulinarische Äquivalent zur Haute-Couture-Linie eines Christian Dior war, und schuf ebenfalls eine Firmenpyramide, um die Reputation seines Spitzenrestaurants zu vermarkten. Er schloss Lizenzverträge über alle erdenklichen Produkte ab – von Tischtüchern bis zu Olivenöl. Paul hatte uns gezeigt, wie es gehen könnte. Somit wurde er zum unternehmerischen Ideengeber für uns jüngere Meisterköche, die es noch nicht ganz an die Spitze geschafft hatten und versuchten, ihre gastronomischen Betriebe durch schwierige Zeiten zu manövrieren.

Man kann sich also vorstellen, wie schockiert ich war, als ich hörte, dass Pauls angebliche Erfolgsgeschichte reine Fiktion war. Als Pleitier hatte er keinen anderen Ausweg gewusst als den Tod. Bedeutete das nicht – auch wenn es bislang niemand offen aussprach –, dass es auf französischem Boden keinen Platz mehr gab für die Haute Cuisine, wie wir sie kannten?

Wenn ich mich bis dahin noch irgendwelchen Illusionen über mein eigenes Restaurant hingegeben hatte, so riss mir das Abfindungspaket, das wir für Claude schnüren mussten, endgültig den Schleier von den Augen. Im letzten Jahr hatte das Chien Méchant einen Nettogewinn von 87 Euro gemacht, bei einem Umsatz von 4,2 Millionen Euro. Und im Jahr davor hatte das Restaurant einen Verlust von 2200 Euro geschrieben. Nun, da wir uns gezwungen sahen, Claude 190 000 Euro über den Tisch zu schieben – eine Ausgabe, die im Budget nicht vorgesehen war –, würden wir am Ende des Jahres mit einem satten Verlust dastehen. Das Fazit: Damit erhöhte sich der Break-Even-Point des Chien Méchant sprungartig auf eine Auslastungsquote von 93 %, wo sie in Wirklichkeit gerade einmal bei 82 % im Jahresdurchschnitt lag.

Plötzlich verstand ich, wie Paul still und heimlich in die Abwärtsspirale getrudelt war – weil er immer wieder neue Kredite aufnehmen musste, um seine Verluste zu kompensieren: Hier ein bisschen und dort ein bisschen, denn im nächsten Jahr wird es gewiss besser. Auch wenn ich selbst immer noch nicht ganz wahrhaben wollte, worauf das Chien Méchant unweigerlich zusteuerte, war da jedoch meine Schwester, um mir die Augen zu öffnen – sowohl im Restaurant, wo sie die Buchhaltung führte, als auch in unserer gemeinsamen Wohnung hinter dem Institut Musulman de la Mosque.

Als ich an jenem Abend dorthin zurückkehrte, legte ich Schlüssel und Handy auf den Garderobentisch im

Flur und ging in die Küche. Auf dem Küchentresen wartete mein nächtlicher Imbiss, den Mehtab eigenhändig zubereitet hatte: eine kleine Portion Baingan Bharta und Dum Aloo – pürierte Aubergine und Kartoffelcurry in Joghurt. Doch meine Schwester war nicht, wie sonst um diese späte Uhrzeit, in ihrem Bett, sondern saß im Nachthemd in der Küche vor einem Topf Chai, die Augen rotgerändert und eingesunken über tiefen Tränensäcken.

Sie stand auf, schenkte mir ein Glas Mineralwasser aus dem Kühlschrank ein und reichte mir eine Serviette. »Die Lage ist ernst«, sagte sie. »Ich sehe uns bereits wieder an einem Straßenstand Bhelpuri verkaufen.«

»Mehtab, bitte. Ich bin müde. Reg mich vor dem Schlafengehen nicht auf.«

Sie knabberte nachdenklich an ihrer Unterlippe herum, aber ich hätte wetten können, dass sie mal wieder in Streitlaune war. Und dann sagte sie völlig aus dem Zusammenhang gerissen: »Was ist eigentlich mit dieser Isabelle? Warum ruft sie nicht mehr an?«

»Wir haben Schluss gemacht.«

»*Aiii.* Du hast Schluss gemacht. Du bist noch immer wie ein Teenager, Hassan.«

»Ich gehe jetzt ins Bett, Mehtab. Gute Nacht.«

Natürlich hatten mich Mehtabs Worte nicht kalt gelassen – ihre Bemerkung, dass wir bald wieder Bhelpuri an einem Straßenstand verkaufen würden. Die ganze Nacht lang warf ich mich unruhig im Bett hin und her. Irgendwann während dieser schlaflosen Stunden musste ich an einen Ausflug aufs Land vor ein paar Monaten denken. Einer meiner Geflügellieferanten hatte eine neue Geflügelfarm eröffnet und mich, stolz auf seine hochmoderne Anlage, eingeladen, sie zu besichtigen. Die Schlachtanlage hatte die Größe eines Flughafenhangars, und es roch nach Federn und Guano. In dieser Halle gab es eine Rampe, über die die Hühner in einen Pferch hinabflogen, wo nordafrikanische Arbeiter mit Haarnetzen, weißen Kitteln und Gummistiefeln sie in Empfang nahmen. Die Bewegungen der Männer wirkten trotz ihrer kräftigen Statur und Arbeitsmontur merkwürdig anmutig und rhythmisch. Flink packten sie die kreischenden Kreaturen an ihren schuppigen Beinen und befestigten ein Huhn nach dem anderen kopfabwärts in den Halterungen eines Fließbands, das über ihren Köpfen lief und zu einer schwarzen Öffnung in der Wand führte.

Die Hühner, die mit pochendem Herzen und flatternden Kehllappen kopfabwärts an dem Fließband baumelten, tauchten in einen dunklen warmen Raum ein, wo durch eine lila Lichtröhre an der Decke ein sanftes Licht herrschte. Sofort beruhigten sich die Tiere auf ihrer automatischen Reise, ihr hektisches Flügelschlagen erstarb, und nur noch gelegentlich war ein Gackern zu hören. Das Band lief sachte und unaufhaltsam auf die nächste schwarze Öffnung zu. Kurz davor beschrieb es eine kleine Kurve und der Kopf der ruhigen Tiere streifte einen unschuldig wirkenden Draht. Der elektrische Schlag betäubte sie augenblicklich. Und als sie in die letzte Öffnung einbogen, berührten ihre Köpfe einen weiteren Draht.

Auf diese Weise sahen sie erst gar nicht die Klinge, die wie ein vollautomatischer Dosenöffner vor ihnen auftauchte und ihnen die Kehle aufschlitzte, und hörten auch nicht den Blutschwall, der auf die Wände spritzte.

Sie bekamen nicht den Schlachter zu Gesicht, der sich mit Stahlhandschuh und Messer zu ihnen beugte und jedem Hühnerhals, der nicht vollständig aufgeschlitzt war, den endgültigen Schnitt verpasste, während sich die Auffangrinne darunter mit roter Flüssigkeit füllte. Aber ich sah es. Und ich sah auch, wie die toten Hühner ihre automatische Reise fortsetzten in ein längliches Metallbecken, wo sie durch kochendes Wasser gezogen wurden, um ihr weißes Federkleid zu lockern, das dann von automatischen Rollen abgerupft wurde. Nackt und rosa erreichten sie die Reihen von Männern und Frauen, die an ihrem jeweiligen Platz saßen, um sie zu zerteilen, einzupacken und versandfertig zu machen.

Diese Vision suchte mich in jenem ruhelosen Zustand zwischen Schlafen und Wachen heim und beruhigte mich zutiefst. Denn das Bild der Hühner, die zur Schlachtbank glitten, gemahnte mich daran, dass wir im Leben oftmals an einem Punkt ankommen, an dem wir nicht um die Ecke blicken und erkennen können, was uns erwartet, an dem der Weg, der vor uns liegt, nicht einsehbar ist, sodass wir tapfer die Nerven behalten und entschlossen einen Fuß vor den anderen setzen müssen, während wir blind durch die Nacht wandern.

Und dann, kurz bevor ich endlich einschlief, kam mir einer von Onkel Mayurs Lieblingssprüchen in den Sinn, den er mehr als einmal zum Besten gegeben hatte, während wir Hand in Hand durch die Slums von Bombay spaziert waren, als ich noch ein kleiner Junge gewesen war. »Hassan, Allah gibt und nimmt«, hatte er gesagt und fröhlich mit dem Kopf gewackelt. »Und denk immer daran: Sein Wille offenbart sich erst, wenn die Zeit dafür gekommen ist.«

Und so gelange ich schließlich bei dem letzten Schlüsselerlebnis jener merkwürdiger Tage an. Nachdem wir Claude entlassen hatten, suchten Jacques und ich einen Ersatz für ihn. Ich weiß nicht mehr, wie viele Bewerber wir einluden – darunter eine Waliserin mit Nasenring, ein sympathischer Türke, der durchaus geeignet schien, abgesehen von seinen mangelnden Französischkenntnissen, und ein Franzose aus Toulouse, der auf dem Papier einen ausgezeichneten Eindruck machte, bis wir bei unseren Nachforschungen herausfanden, dass er drei Mal bei Studentenunruhen verhaftet worden war, weil er Autos angezündet hatte. Am Ende stellten wir den Halbbruder von Abdul ein, einem unserer besten Kellner, der versprach, persönlich die Verantwortung für seinen jüngeren Bruder zu übernehmen.

Gegen Ende dieses ermüdenden Prozesses steckte Jacques eines Nachmittags den Kopf durch meine Bürotür und sagte, dass unten eine Küchenchefin warte, die mich sprechen wolle.

Ich hob den Blick von den Listen mit Wareneingängen, die ich gerade durchsah.

»Warum denn, Sie wissen doch, dass wir niemanden brauchen.«

»Sie sagt, sie hat mit Ihnen zusammengearbeitet.«

»So, wo denn?«

»Im Saule Pleureur.«

Es war länger her, dass ich diesen Namen zuletzt gehört hatte. Als ich ihn nun aus Jacques' Mund vernahm, schlug er ein wie ein Blitz. Mein Herz begann schneller zu schlagen.

»Schick sie herauf.«

Ich scheue mich nicht, es zuzugeben – in dem angegriffenen Seelenzustand, in dem ich mich befand, erwartete ich halb, Madame Mallory durch die Tür marschieren zu sehen.

Aber natürlich war es nicht meine alte Lehrmeisterin.

Die Frau blieb zögernd im Türrahmen meines Büros stehen, schüchtern und zurückhaltend wie eh und je, und wartete auf meine Aufforderung einzutreten. Ich stand auf, ging um meinen Schreibtisch herum und zu ihr. Wir umarmten und küssten einander, ehe ich meine frühere Kollegin und Freundin bei der Hand nahm und sie in die Mitte des Raums führte.

»Entschuldige, dass ich einfach so hereinplatze, Hassan. Ich hätte vorher anrufen sollen.«

»Unsinn. Wir sind doch Freunde. Setz dich, bitte. Was machst du in Paris?«

Margaret Bonnier, in einem Kleid mit stilisierten Schwertlilien und einer Strickjacke, am Arm eine Kelly Bag aus Kalbsleder, spielte nervös an dem Kreuz, das sie an einer Kette um den Hals trug, und führte es an die Lippen, wie sie es Jahre zuvor immer getan hatte, als Madame Mallory uns terrorisierte. Sie war etwas fülliger geworden und trug das Haar nun wasserstoffblond. Und auch wenn die Zeit nicht spurlos an ihr vorübergegangen war, hatte sie sich ihre alte Sanftmut bewahrt, und ich erkannte auf Anhieb meine Freundin aus Jugendtagen in ihr wieder.

»Ich suche einen Job.«

»In Paris?«

»Ich habe geheiratet. Er ist Mechaniker und heißt Ernestin Borchaud. Erinnerst du dich an ihn?«

»Ja, ja. Umar, mein Bruder, hatte einen Narren an Autos gefressen. Ernestin und er haben immer zusammen an irgendwelchen Kisten herumgebastelt.«

Sie lächelte. »Ernestin ist jetzt Autohändler, er hat die Mercedes- und Fiatvertretungen. Wir haben zwei Kinder, einen Jungen und ein Mädchen. Chantal ist acht und Alain sechs.«

»Das ist wunderbar, ich gratuliere.«

»Ernestin und ich sind seit zwei Monaten geschieden.«

»Oh. Das tut mir leid.«

»Ich bin mit den Kindern nach Paris gezogen. Eine Schwester von mir lebt hier. Wir brauchten dringend eine Veränderung.«

»Ja, das verstehe ich.«

Sie sah mich ruhig an. »Vielleicht hätte ich das schon vor langer Zeit tun sollen. Nach Paris ziehen.«

Ich sagte nichts.

»Wenn es nur nicht so teuer wäre.«

»Ja, da hast du recht.«

Einen Moment lang schaute Margaret zum Fenster hinaus, ehe sie sich wieder mir zuwandte. »Verzeih mir, dass ich mit der Tür ins Haus falle«, sagte sie mit einer Stimme, die jegliches Selbstbewusstsein eingebüßt zu haben schien und kaum mehr als ein Flüstern war. »Aber ... brauchst du einen Souschef? Ich würde in jeder Position arbeiten. Heißküche, Kaltküche, Desserts, egal was.«

»Nein, ich bedaure. Ich kann leider niemanden mehr einstellen, weil ich es mir nicht leisten kann.«

»Oh.«

Margaret blickte sich panisch im Büro um und überlegte offensichtlich fieberhaft, was sie nun tun sollte. Ich bemerkte, wie sie die Schultern sinken ließ, als hätte sie eine Niederlage erlitten. Dann stand sie auf und drückte die Kelly Bag an sich, wie um sich daran festzuklammern. Sie lächelte, doch ihre Lippen zitterten ein wenig.

»Es tut mir leid, wenn ich dich gestört habe, Hassan. Ich hoffe, du nimmst es mir nicht übel. Aber du bist nun mal der einzige Restaurateur, den ich in Paris kenne, und ich wusste nicht, an wen ich mich sonst hätte ...«

»Setz dich.«

Wie ein erschrockenes junges Mädchen sah sie mich an und ließ das Kreuz los, das sie erneut an die Lippen geführt hatte.

Ich deutete auf den Stuhl. »Bitte.«

Margaret sank auf den Stuhl.

Ich griff zum Telefon und wählte die Nummer meines Kollegen Piquot.

»Bonjour, André ... Hassan ici ... Sag mal, hast du schon die freie Stelle in der Kaltküche besetzt? ... Ach, es hat nicht geklappt mit ihm ... Ja. Ja. Ich weiß. Schlimm, wie die sich heutzutage aufführen. Wie Primadonnen ... Aber weißt du was, ich bin froh, dass der Bursche nichts getaugt hat, weil ich die perfekte Kandidatin für dich habe ... Ja. Ja. Keine Sorge. Ich habe im Saule Pleureur mit ihr zusammengearbeitet. Eine erstklassige Souschefin. Sie ist harte Arbeit gewohnt. Sehr erfahren. Ich sag dir, mein Freund, du wirst mir dankbar sein ... Nein, das glaube ich nicht. Sie ist erst vor kurzem nach Paris gezogen ... Ich schicke sie gleich zu dir.«

Als ich auflegte, schien Margaret zu meinem Erschrecken gar nicht erfreut darüber, dass ich eine Position für sie im Montparnasse gefunden hatte. Stattdessen schluchzte sie in ihr Taschentuch und war unfähig zu sprechen. Während sie weinte, wusste ich nicht, was ich tun, wo ich hinschauen sollte. Doch dann – ihr Körper bebte noch immer und sie hielt den Kopf weiterhin gesenkt – wanderte Margarets linke Hand über den Schreibtisch, als suchten ihre Finger etwas, woran sie sich festhalten konnten.

Und da verstand ich, dass sie eine schlimme Zeit durchmachte.

Dass sie einfach nicht anders konnte – in diesem Moment jedenfalls.

Also streckte ich meine Rechte aus und unsere Hände trafen sich auf halbem Weg.

Kapitel Achtzehn

Die Märzsonne zog sich hinter die Dächer der Stadt zurück. Es war jene Tageszeit, zu der das Restaurant in einem seltsamen Zwischenzustand vor sich hin brütet, dem Zwielicht zwischen der Matineevorstellung und dem Abendvorhang. Das Personal, das für die Abendschicht zurückkehrte, war erschöpft und mürrisch nach der zweistündigen Pause, nicht sicher, ob es ihm nochmals gelänge, sich für die Spätvorstellung zusammenzureißen. Und der Speisesaal, der in wenigen Stunden so lebendig im hellen Licht der Abendaufführung erstrahlen würde, wirkte jetzt in der schalen abgestandenen Luft angestaubt. Man musste sich schon beherrschen, um nicht niedergeschlagen zu sein. Die Kälte des Spätwinters hatte sich in den Falten des Samtvorhangs gefangen; unter einem Stuhl lag ein Brötchen, das aussah wie die Hülle eines toten Käfers.

Ich stand wie üblich um diese Uhrzeit in der Küche und schwitzte Zwiebeln und Knoblauch in einer Pfanne an und war kurz davor, in den vertrauten Trancezustand zu gleiten, der mich beim Kochen immer überkommt. Doch aus irgendeinem Grund konnte ich mich an diesem dunklen Märznachmittag nicht völlig entspannen, als erwartete ich, dass gleich etwas Unverhofftes passierte.

Durch die Schwingtür erklangen die Schritte der zurückkehrenden Kellner vom Flur herein. Ich hörte das Dröhnen des Staubsaugers und ein Pochen, als einer der Lehrlinge den Kaffeesatz aus dem Sieb der Espressomaschine in den Abfalleimer klopfte. Nach und nach füllte sich die kalte Leere, die kurz zuvor noch im Restaurant geherrscht hatte, mit dem vertrauten Lärm und den herumschwirrenden Mitarbeitern: Messer wurden gewetzt, frische Tischtücher aufgeschlagen, und aus der Buchhaltung im ersten Stock erklang das geschäftige Rattern des Druckers. Und schon war die Trübsal wie weggeblasen.

Eine Boulevardzeitung wurde jäh durch den Briefschlitz geschoben und landete auf der Fußmatte. Das Zeitungsabonnement zählte zu den lieben Gewohnheiten, an denen Jacques auch im digitalen Zeitalter festhielt. Er ging zur Tür, hob die Zeitung auf und nahm sie mit zu dem hinteren Tisch, an dem das Servicepersonal ein rasches Abendessen einnahm, bevor der Dienst begann.

Die Zeitung unter den Arm geklemmt, ließ sich Jacques an seinem gewohnten Platz nieder. Er bediente sich von dem Gekröse mit Reis und Tomatensalat, nahm sich eines der *andouillettes* – der pikanten Würstchen – und schlug die Zeitung auf. Plötzlich entrang sich seiner Kehle ein seltsamer Laut und er ließ abrupt die Gabel fallen. Bevor die anderen herausfinden konnten, was los war, sprang er auf und durchquerte mit raschen Schritten den Speisesaal. Die anderen hefteten sich an seine Fersen, denn sie ließen sich ungern etwas Aufregendes entgehen und hofften, Zeugen des handfesten Streits zu werden, der nun folgen würde.

Atemlos und aufgeregt stürmten alle durch die

Schwingtür in die Küche. Wir anderen, die wir unschuldig Erbsen pulten, Schalotten hackten oder Fett von Fleischstücken abschnitten, hielten in der Bewegung inne und blickten uns vorsichtig um, während Jacques mit hochrotem Gesicht mit der Zeitung wedelte.

Ich dachte: Nicht schon wieder! Denn am Abend zuvor wären Jacques und Serge einander fast an den Kragen gegangen, weil jeder dem anderen die Schuld für eine verpfuschte Bestellung in die Schuhe geschoben hatte. Aus dem Augenwinkel sah ich, wie Serge das Ende einer Lammkeule ergriff, als wollte er sich mit einem Prügel wappnen, fest entschlossen, Jacques oder jeden anderen Mitarbeiter aus dem Service zu vermöbeln, der so dumm war, ihn herauszufordern. Ich hingegen war erschöpft und am Ende meiner Kräfte, eine weitere erbitterte Auseinandersetzung zwischen meinen Mitarbeitern konnte ich jetzt am wenigsten gebrauchen.

»Maître! Maître!«

Jacques deutete anklagend mit der zusammengerollten Zeitung auf mich.

»Der dritte Stern! Der *Michelin* hat Ihnen soeben den dritten Stern verliehen.«

Die ersten Begeisterungsausrufe erklangen, und meine Mitarbeiter scharten sich um den Hackblock, auf dem ich die Zeitung ausgebreitet hatte. Gebannt lauschten sie jeder Silbe, während ich laut den fünf Absätze umfassenden Artikel vorlas. Darin ging es darum, wer auf- und wer abgestiegen war. Und dann kam der Halbsatz, der *tout* Paris verkündete, dass das Chien Méchant eines von lediglich zwei Restaurants in ganz Frankreich sei, die in den Dreisternerang erhoben wurden.

Ich war verblüfft und benommen, während um mich herum eine Art Sturm auf die Bastille losbrach.

Einige schlugen dröhnend Kochdeckel zusammen, andere liefen mit lautem Jubelgeschrei um die Herdreihe herum. Jacques und Serge lagen sich wie ein Liebespaar in den Armen, Tränen flossen, es wurde auf Schultern geklopft und Freudengeschrei ertönte, und schließlich tauschten alle einen herzlichen Händedruck.

Und was dachte ich?

Ich kann es nicht mehr sagen. Jedenfalls nicht mehr genau.

Ich war aufgewühlt. Durcheinander. Ein bittersüßes Gefühl bemächtigte sich meiner.

Die aufgeregten Mitarbeiter stellten sich in einer Reihe auf – mit ihren schwarzen Kellner-Jacketts und ihren weißen Küchenkitteln sahen sie wie Schachfiguren aus –, denn jeder wollte mir persönlich gratulieren. Doch ich war noch immer zu benommen, ihnen warmherzig zu danken. Bestimmt wirkte ich unbeteiligt, als würde ich seltsam distanziert ihrem freudigen Treiben zuschauen.

Dabei muss man bedenken: In Frankreich gab es nur achtunddreißig Restaurants mit drei Sternen. Der Weg, der hinter mir lag, war lang und steinig gewesen, und ich konnte es wohl nicht so recht begreifen, dass ich endlich am Ziel angekommen war. Zumal mich die Nachricht mittels eines Halbsatzes in einer Boulevardzeitung erreicht hatte. Suzanne, die ziemlich am Ende der Schlange stand, schien meine Zweifel zu erraten, denn sie sagte: »Was, wenn der Journalist irgendwas falsch verstanden hat?«

»Merde!«, schrie Serge und deutete wütend mit einem

Kochlöffel auf sie. »Was ist los, Suzanne? Musst du immer alles durch den Dreck ziehen?«

»Das tut ich doch gar nicht!«

Glücklicherweise zog Maxine, die gerade vom oberen Stock herunterkam, unsere Aufmerksamkeit auf sich. Sie rieb nervös die Hände, während sie mir mitteilte, dass Monsieur Barthot, der *Directeur Général* des *Guide Michelin* mich dringend am Telefon sprechen wolle. Mein Herz klopfte laut, als ich zwei Stufen auf einmal nehmend die Wendeltreppe hinaufsprang, begleitet von den Rufen meiner Mitarbeiter, die mir viel Glück wünschten.

Ich atmete tief ein und ergriff das Telefon. Nachdem wir die üblichen Höflichkeitsfloskeln ausgetauscht hatten, fragte Barthot: »Haben Sie schon die Abendzeitung gelesen?«

Ich bejahte und fragte ihn ohne Umschweife, ob die Meldung stimme. »Verfluchte Zeitungen«, sagte er schließlich. »Ja, es ist wahr. Man beglückwünscht Sie zu Recht.«

Erst da gestattete ich mir, die Neuigkeit sacken zu lassen, ihr Ausmaß zu erfassen.

Das freudige Schicksal hatte mich schließlich doch mit seinem Besuch beehrt.

Monsieur Barthot erklärte mir die weitere Prozedur, und ich hatte Mühe, seinen Ausführungen zu folgen. Offensichtlich sollte ich zu einem festlichen Dinner nach Cannes reisen, das anlässlich der Preisverleihung abgehalten wurde. »Sind Sie sich darüber im Klaren«, fragte er, »dass Sie der erste Immigrant sind, der in Frankreich den dritten Stern erhält? Ich hoffe, Sie sind sich dieser Ehre bewusst.«

»Ja, ja. Ich weiß, es ist eine große Ehre.«

»Ich musste mich ganz schön für Sie ins Zeug legen, müssen Sie wissen. Nicht alle meine Kollegen sind der Meinung, dass Chefköche mit exotischem Hintergrund – nun, wie soll ich es ausdrücken? – das richtige Gefühl für die klassische französische Küche haben. Es ist eine völlig neue Situation für uns. *Mais c'est la vie.* Die Welt verändert sich. Und der *Guide* muss sich ebenfalls verändern.«

Er log freilich, und ich wusste nicht so recht, was ich darauf antworten sollte. Nicht Barthot hatte für meine Sache gefochten, da war ich mir sicher; er wäre der Letzte gewesen, der für mich gestimmt hätte. Den Ausschlag gegeben hatten stattdessen die Berichte der Restaurantester, die diese nach ihren Inkognito-Besuchen eingereicht hatten und die zwei Mal jährlich im Komitee des *Guide* diskutiert wurden. Diese Kritiker beharrten kompromisslos auf ihrer Unabhängigkeit und waren nach bestem Gewissen der Wahrheit verpflichtet.

»Monsieur Barthot«, erwiderte ich schließlich, »nochmals vielen Dank Ihnen und dem Komitee der Inspektoren. Aber verzeihen Sie, meine Pflichten in der Küche rufen mich. Das Restaurant öffnet in weniger als zwei Stunden. Sie wissen ja, wie das ist.«

Kapitel Neunzehn

Der Abend jenes Tages, an dem ich meinen dritten Stern bekam, neigte sich dem Ende zu. Die Gäste saßen erwartungsvoll da, gespannt auf die geschmackliche Kehrtwendung, die ihre Gaumen nun erwartete. Denn jetzt war es Zeit für die leichten, süßen, auf der Zunge zergehenden Desserts – die Pistazien-Madeleines, das *clafoutis* mit Sternanis und mein berühmtes Bitterkirschensorbet. Im Ofen waren nur noch ein, zwei Soufflés, und Chef-Patissière Suzanne war die Einzige in der Küche, die noch alle Hände voll zu tun hatte. Ich gesellte mich zu ihr an die Arbeitsstation, und Seite an Seite löffelten wir Beaujolais-Kompott auf den knusprigen Tortenboden, der frisch aus dem Ofen kam, und zierten die *tarte au vin* zuletzt mit kunstvollen Mascarpone-Klecksen. Wie immer um diese Zeit, wenn die Öfen des Chien Méchant einer nach dem anderen abgeschaltet wurden, war die Hitze der Küche für einen letzten Moment greifbar.

Im Speisesaal legten die Gäste ihre Leinenservietten neben die Teller und hissten damit die weiße Fahne. Von meinem gläsernen Portikus aus sah ich, wie sie unter den Tischen leger die Beine ausstreckten und sich mit schiefem Oberkörper zurücklehnten.

Jacques und sein Servicepersonal waren noch beschäftigt, hatten jedoch einen Gang zurückgeschaltet. Nun ging es nur noch darum, die Tische abzuräumen, hie und da einen mit Sauce befleckten Teller und ein Kristallglas mit Rotweinspuren hinauszutragen oder Brotkrumen von den Tischdecken zu fegen. Nur noch belebende Kaffees, Teller mit Petits Fours und Digestifs in Kristallgläsern wurden serviert, und da und dort eine Havanna aus dem Humidor.

»Jean-Pierre!«, rief ich und zog meinen befleckten weißen Kittel aus. »Bring mir bitte einen sauberen Kittel.«

Ein australisches Paar, das in jenem Raum saß, der bei uns »Sibirien« hieß, sah mich als Erstes durch die Schwingtür der Küche kommen, erkannte mich aber offensichtlich nicht.

Kaum ging ich jedoch weiter in den nächsten Salon, erstarben die Gespräche, und Jacques blickte von seinen Büchern auf und kam mir entgegen.

Der Comte de Nancy saß mit seinen Gästen, zwei Geschäftspartnern von Lazard Frères, an seinem gewohnten Tisch auf der rechten Seite des großen Salons und hob seine mit Altersflecken übersäte Hand zum Gruß, ehe er seinen Stuhl zurückschob, um sich zu erheben, was dem älteren Herrn offensichtlich Mühe bereitete. Noch bevor ich wusste, wie mir geschah, standen auch der Bürgermeister von Paris und dessen Gäste auf, ebenso wie der Modemacher Christian Lacroix und Johnny D., ein bekannter Hollywoodschauspieler, der mit seiner Tochter in einer unauffälligen Nische Platz genommen hatte. Die allgemeine Unruhe im Speisesaal lockte Serge und die anderen aus der Küche, und alle bauten sich am Eingang des großen Salons auf, um in den Beifall einzustimmen und mir zu meiner Erhebung in den allerhöchsten Stand der französischen Haute Cuisine zu gratulieren.

Nie werde ich diesen Moment vergessen.

Dieser Moment, da sich all diese berühmten und vornehmen Menschen von ihren Stühlen erhoben und mir meine *Comrades de Cuisine* ihren tiefen Respekt zollten, war der Höhepunkt meines bisherigen Lebens.

Wirklich, dachte ich, nicht schlecht. Daran könnte ich mich gewöhnen.

So stand ich also in der Mitte meines Restaurants und nahm den Applaus entgegen, indem ich jedem im Saal freundlich und dankbar zunickte. Und als ich die rotwangigen Menschen sah, die soeben meine Speisen genossen hatten, spürte ich die mächtige Präsenz meines Vaters neben mir, der schier vor Stolz platzte.

Hassan, hörte ich ihn im Geiste sagen, *Hassan, du hast ihnen tatsächlich etwas vorgesetzt, das ihnen die Sprache verschlagen hat. Gut gemacht, mein Junge.*

Maxine kam aus dem Büro herunter, um sich zu verabschieden, ehe sie in den Feierabend ging. »Es ist unglaublich, Chef«, sagte sie aufgeregt. »Heute haben wir siebenhundert Reservierungen erhalten, die E-Mails strömen nur so herein, und das Telefon steht nicht mehr still. Sogar aus Amerika rufen die Menschen an, denn die Nachricht hat sich im Nu übers Internet verbreitet. Wir sind bis April nächsten Jahres ausgebucht. Wenn es so weitergeht, werden wir am Ende des Monats eine Warteliste von zwei Jahren haben. Und schauen Sie nur, hier sind Telefonnotizen von Lufthansa, Tyson Foods und Unilever, die dringend um Rückruf bitten. Bestimmt geht es um irgendwelche geschäftlichen Deals, *non?* ... Was ist, Chef? Warum schauen Sie so traurig?«

Wenn man einen Michelin-Stern verliert, geht das Geschäft um dreißig Prozent zurück, doch ein weiterer Stern bedeutet einen Umsatzsprung von vierzig Prozent. Eine Versicherungsgesellschaft aus Lyon, die Policen verkauft, mit denen sich Restaurateure gegen »Profitverluste« bei einer Herabstufung durch einen wichtigen Restaurantführer absichern können, hat dies kürzlich im Rahmen einer versicherungsstatistischen Untersuchung errechnet.

»Ach, Maxine. Ich bin traurig, weil ich an Paul Verdun denken muss. Mein Freund konnte sich selbst nicht retten, aber dafür hat er mich gerettet.«

Die junge Frau schlang die Arme um meinen Hals und flüsterte mir zu: »Kommen Sie nachher zu mir zum Kaffee. Ich warte auf Sie.«

»Danke für das verlockende Angebot, aber heute Abend kann ich leider nicht.«

Als Letzte verließen zwei Kellner und Serge das Restaurant, und ich sagte Ihnen Gute Nacht. Der Küchenchef und ich umarmten einander herzlich und gratulierten einander ein weiteres Mal, während Serge mir abermals kräftig auf den Rücken klopfte. Doch schließlich schloss ich erleichtert die Tür hinter ihm, endlich allein.

Und das war's.

Der denkwürdigste Abend meines Lebens war vorüber, vergessen und vorbei.

Kaum hatte ich den Riegel an der Hintertür vorgeschoben, verflog auch schon der Rausch über eine weitere geglückte Vorstellung und ließ mich mit einem Kater zurück. Niedergeschlagenheit senkte sich auf mich, dieses vertraute Gefühl der Depression, das auch der Tenor kennt, der triumphierend die Bühne der Mailänder Scala verlässt, nachdem der letzte Vorhang gefallen ist.

»*Tant pis*«, wie Serge zu sagen pflegte. Ein Jammer.

Wir müssen das Schlechte wie das Gute hinnehmen.

Ich vergewisserte mich, dass die Fensterläden und die Speisekammer verriegelt waren. Dann sah ich nach, ob oben im Büro alle Computer und Lichter ausgeschaltet waren, nahm Handy und Schlüsselbund vom Beistelltisch in meinem Büro und ging wieder ins Restaurant hinunter. Ich machte die Lichter in den Speiseräumen aus. Ein letzter Blick in die Dunkelheit, in der nur noch das blendende Weiß der Madagaskar-Tischwäsche einen blassen Lichtschein verbreitete. Zum Schluss schaltete ich dic Alarmanlage ein und zog die Eingangstür ins Schloss.

Der Efeu, der das Restaurantschild mit der bellenden Bulldogge umrankte, war feucht vom Tau, aber nicht mehr mit Raureif bedeckt. Zum ersten Mal in diesem Jahr spürte ich einen milden Luftzug, den Vorboten des Frühlings. Wie jede Nacht blieb ich auf der Schwelle stehen und blickte die Rue Valette hinauf. Es gab für mich in ganz Paris keinen schöneren Anblick als den des Panthéons, das im gelben Licht der Scheinwerfer erstrahlte wie ein Ei. Dann wandte ich mich wieder um und drehte den Schlüssel im Schloss.

Mitternacht war vorüber, doch in Paris steht das Leben nie still. Ein Liebespaar mittleren Alters kam Arm in Arm die Rue Valette herunter, während in entgegengesetzter Richtung ein junger Mann, wahrscheinlich ein

Student der Sorbonne, mit röhrendem Motor auf seiner roten Kawasaki den Hügel hinaufbrauste. Bestimmt spürten auch sie den nahenden Frühling.

Zufrieden spazierte ich auf dem Nachhauseweg durch die dunklen Gassen des Quartier Latin. Es war ein kurzer Fußmarsch, an der Place de la Contrescarpe vorbei, dann durch die schmale Rue Mouffetard mit ihren billigen, zumeist nordafrikanischen Restaurants, wo sich in einem der rötlich beleuchteten Fenster die gespenstischen Umrisse eines fetttriefenden Souflakispießes über einem Grill abzeichneten.

Doch auf halbem Weg blieb ich stehen. Zuerst war ich mir nicht sicher, wusste nicht, ob ich meinen Sinnen trauen konnte. Ich schnupperte erneut in der feuchten Nachtluft. Konnte es sein? Doch ja, da war es, das unverkennbare Aroma meiner Jugend, das mir fröhlich aus einer Pflastersteingasse entgegenwehte und mich grüßte, das Aroma von Machli ka Salan, des Fischcurrys, das es bei uns zu Hause vor so langer Zeit immer gegeben hatte.

Magisch angezogen von diesem unwiderstehlichen Curryduft, konnte ich nicht anders, als meine Schritte in die dunkle Gasse zu lenken, bis zu einer schmalen Fassade am Ende. Dort, eingezwängt zwischen zwei unappetitlichen algerischen Restaurants, fand ich ein indisches Lokal namens »Madras«, das neu eröffnet hatte, aber um diese Zeit geschlossen war.

Über mir summte eine Straßenlaterne. Ich schirmte mit einer Hand die Augen gegen das blendende Licht ab und spähte durch ein Fenster in das Lokal. Dort standen ungefähr ein Dutzend raue Holztische mit Papiertischdecken, die bereits für den folgenden Tag gedeckt waren. Gerahmte Schwarzweißfotos mit indischen Motiven – Wasser-Wallahs, Frauen an Webstühlen, überfüllte Züge – schmückten die hellgelb gestrichenen Wände. Die Restaurantbeleuchtung war ausgeschaltet, doch hinten tauchten Neonröhren die Küche in ein hartes Licht, und durch die Tür hindurch konnte ich sehen, dass dort noch gearbeitet wurde.

Auf dem Herd köchelte ein Fischeintopf in einer Kasserolle, offensichtlich das Spezialgericht für den nächsten Tag. Vor dem Herd, auf einem dreibeinigen Hocker, saß ein Koch in T-Shirt und Schürze, den Kopf müde über eine Schüssel mit scharfem Fischcurry gesenkt.

Meine Hand hob sich wie von allein und presste sich, heiß und flach wie ein Chapati, ans Fensterglas. Eine schmerzhafte Sehnsucht überkam mich, so stark, dass sie mich schier niederdrückte. Ein Gefühl des Verlusts und des Heimwehs, nach Mami und Indien. Nach meinem liebenswerten, lauten Vater. Nach Madame Mallory, meiner Lehrmeisterin, und nach einer eigenen Familie, die ich nie gegründet hatte, geopfert auf dem Altar meiner Ambitionen. Nach meinem verstorbenen Freund Paul Verdun. Nach Ammi, meiner geliebten Großmutter, und ihren köstlichen Pearl Spots, nach allen, die ich vermisste, an jedem einzelnen Tag und an diesem besonders.

Doch während ich, von dieser tiefen Sehnsucht überwältigt, vor dem kleinen indischen Restaurant stand, kam mir plötzlich etwas in den Sinn, was Madame Mallory mir vor vielen Jahren an einem Frühlingsmorgen mit auf den Weg gegeben hatte. Es musste an einem meiner letzten Tage in ihrem Restaurant gewesen sein.

Wir waren zusammen in ihrer Dachwohnung über

dem Saule Pleureur gewesen. Sie saß in ihrem Bergère-Armsessel, trug einen Schal um die Schultern und nippte an ihrem Tee, während sie den gurrenden Tauben in der Trauerweide vor ihrem Fenster zusah. Ich saß ihr gegenüber, vertieft in eines ihrer Bücher, *De Re Coquinaria*, und machte mir Notizen in mein ledergebundenes Buch, das mich bis heute überallhin begleitet. Madame Mallory stellte ihre Tasse auf die Untertasse zurück – mit einem vernehmlichen Klirren –, und ich blickte von meiner Lektüre auf.

»Wenn du von hier weggehst«, sagte sie säuerlich, »wirst du wahrscheinlich bald alles vergessen haben, was ich dich gelehrt habe. Daran lässt sich nichts ändern. Aber wenn du dir nur eine Sache merkst, so möchte ich, dass es ein Ratschlag ist, den mein Vater mir als kleines Mädchen gab, nachdem ein berühmter Schriftsteller und äußerst schwieriger Gast unser Familienhotel besucht hatte: ›Gertrude‹, sagte er, ›vergiss nie, ein Snob ist jemand, dem es an gutem Geschmack mangelt.‹ Ich selbst hatte diesen exzellenten Rat allzu lange vergessen, aber ich vertraue darauf, dass du nicht so dumm bist.«

Madame Mallory nippte abermals an ihrem Tee. Dann richtete sie ihre Augen auf mich, die, obgleich sie einer älteren Dame gehörten, beunruhigend blau waren und durchdringend glitzerten.

»Ich kann nicht besonders gut mit Worten umgehen, aber ich will dir sagen, dass ich an irgendeinem Punkt meines Lebens von meinem Weg abgekommen bin, und ich glaube, du wurdest mir geschickt, vielleicht von meinem geliebten Vater, damit ich diesen Weg wiederfinde. Und dafür danke ich dir. Du hast mich gelehrt, dass guter Geschmack keineswegs das angestammte Recht von

Snobs ist, sondern eine Gottesgabe, die man bisweilen an den merkwürdigsten Orten und bei Menschen antrifft, bei denen man sie am wenigsten erwartet hätte.«

Und während ich noch immer den erschöpften Besitzer des Madras betrachtete, der sich nach einem langen Tag eine Schüssel mit einem einfachen, aber köstlichen Fischeintopf gönnte, wusste ich mit einem Mal, was ich Monsieur Barthot erwidern würde, diesem unmöglichen Kerl, wenn er mir noch einmal sagte, ich könne mich geehrt fühlen, als einziger Ausländer in die Kochelite Frankreichs aufgenommen worden zu sein. Ich würde ihm mit Madame Mallorys Zitat antworten und es einen Moment wirken lassen, ehe ich mich vertraulich zu ihm lehnen und mit indischem Akzent, und am besten noch mit etwas Spuckeregen, hinzufügen würde: »*Nah?* Was meinen Sie?«

Als eine Kirchenglocke in der Nähe ein Uhr schlug, erinnerte ich mich an die Pflichten, die mich am nächsten Morgen aus dem Bett rufen würden. Noch ein letzter, sehnsuchtsvoller Blick ins Madras, dann machte ich auf dem Absatz kehrt, ging weiter die Rue Mouffetard hinunter und ließ den berauschenden Duft von Machli ka Salan hinter mir, jenen olfaktorischen Hauch dessen, was ich war, der rasch in der Pariser Nachtluft verflog.

Kapitel Zwanzig

»Hassan? Bist du das?«

Aus der Küche unserer Penthousewohnung klangen Abwaschgeräusche.

»Ja.«

»Wie wunderbar! Drei Sterne!«

Mehtab, die offenbar beim Friseur gewesen war und sich die Augen mit Kohl umrandet hatte wie früher unsere Mutter, kam in ihrem feinsten *salwar kamiz* in den Flur und streckte lächelnd die Arme nach mir aus.

»Nicht übel, *hrrr*?« Unbewusst war ich in den Dialekt unserer Kindheit zurückgefallen.

»Oh, ich bin ja so stolz. Ich wünschte, Mami und Papa wären hier. Ich glaube, ich muss gleich heulen.«

Doch danach sah sie keineswegs aus.

Stattdessen knuffte sie mich unsanft in die Seite.

»Aua!«, jaulte ich.

Sie drohte mir neckend mit dem Finger, sodass die Goldreifen an ihrem Handgelenk klimperten. »Was bist du nur für ein mieser Kerl! Warum hast du mich nicht angerufen und es mir erzählt? Von Fremden musste ich es erfahren! Du hast mich ganz schön dumm vor den Nachbarn dastehen lassen.«

»Ach, Mehtab. Ich wollte dich ja anrufen, aber es war so viel los. Ich hab's doch auch erst kurz vor der Abendöffnung erfahren, und dann brach die Hölle los. Das Telefon stand nicht mehr still und gleichzeitig trafen die ersten Gäste ein. Jedes Mal, wenn ich zum Hörer greifen wollte, kam irgendetwas dazwischen.«

»Lauter dumme Ausreden.«

»Wer hat es dir denn gesagt?«

Mehtabs Miene wurde sanfter.

Sie legte den Finger an die Lippen und bedeutete mir, ihr zu folgen.

Margaret saß mit geradem Rücken in der Mitte unserer weißen Ledercouch im Wohnzimmer. Sie hatte die Augen geschlossen, und ihr Kopf sank im Schlaf immer wieder zurück, nur um sogleich wieder vorzuschnellen. Je eine Hand ruhte auf ihren beiden Kindern, die rechts und links neben ihr auf der Couch lagen, den Kopf in ihrem Schoß, eingewickelt in Decken aus Mehtabs Truhe. Die Gesichter der Kinder sahen so unschuldig aus, ein rührender Anblick.

»Sind sie nicht süß?«, fragte Mehtab im Flüsterton. »Und so gut erzogen. Sie haben beide ihre Teller leer gegessen.«

Der Ausdruck auf dem Gesicht meiner Schwester spiegelte die reine Freude darüber wider, endlich Kinder im Haus zu haben, etwas, was sie sich so ersehnt hatte, was ihr vom Schicksal aber verwehrt geblieben war.

Doch dann sah sie mich finster an, so wie Tantchen einst mit ihrem Zitronengesicht. »Margaret ist die Einzige aus deinem Freundeskreis, die es für nötig befunden hat, mir zu sagen, dass du den dritten Stern erhalten hast.«

Sie knuffte mich erneut, aber nicht mehr so fest wie beim ersten Mal.

»Sie hat die Zeitung mitgebracht. Sie ist ja so ein liebes Mädchen. Und dann hat sie mir von ihrem Mann erzählt. Diesem herzlosen Kerl. Was müssen sie nicht alles mitgemacht haben, sie und ihre beiden Kleinen ... Und warum hast du mir nicht erzählt, dass sie nach Paris gezogen ist?«

Glücklicherweise wurde ich vor einer weiteren körperlichen Attacke seitens Mehtabs bewahrt, da Margaret in diesem Moment die Augen öffnete. Als sie bemerkte, wie wir auf sie herabsahen, lächelte sie und ihr Gesicht erhellte sich. Sie bedeutete uns, kurz zu warten, dann hob sie behutsam die Köpfe ihrer schlafenden Kinder von ihrem Schoß und bettete sie auf die Couch, ehe sie aufstand.

Wir gingen in den Flur hinaus, wo wir einander umarmten und küssten.

»Ich kann es nicht glauben, Hassan. Es ist ja so aufregend.«

»Für mich war es ein Schock, es kam aus heiterem Himmel.«

Ich ergriff ihre Hände und sah ihr in die Augen.

»Danke, Margaret, dass du hergekommen bist und es meiner Schwester gesagt hast.«

»Wir haben uns sofort auf den Weg gemacht. Es ist ja eine so fantastische Nachricht, und ich konnte nicht anders, als dir persönlich zu gratulieren. Es ist unglaublich, was du erreicht hast, Hassan ... Madame Mallory hatte recht!«

»Ich stelle mir vor, wie sie es im Himmel Papa erzählt.«

Wir lachten.

Mehtab, ganz ihre Tante, legte den Finger an die Lippen und scheuchte uns in die Küche, zum anderen Ende der Wohnung, wo wir uns in Ruhe weiter unterhalten konnten. Wir zogen die Hocker unter dem Marmortresen hervor, dann berichtete mir Margaret, wie es ihr im Montparnasse erging. Sie versicherte mir, dass Piquot ein umgänglicher Chefkoch sei, ganz anders als viele seiner Standesgenossen, die herumschrien und ihr Personal tyrannisierten.

»Das werde ich dir nie vergessen, Hassan. Ich bin tief in deiner Schuld.«

»Ich hab ja gar nichts getan, außer zum Telefonhörer zu greifen.«

Ich holte eine Flasche Moët et Chandon aus dem Kühlfach, entkorkte sie über dem Spülbecken und füllte zwei antike Champagnerflöten. Margaret, erfrischt von ihrem Nickerchen, war in Plauderlaune.

»Es ist schön, nach so vielen Jahren deine Schwester wiederzusehen. Sie hat uns mit offenen Armen empfangen, als wir unangekündigt vor der Tür standen. Vor allem mit den Kindern war sie einfach entzückend. Und wie gut sie kochen kann! *Oh là là.* Genau wie du. Ihr Abendessen war ein Gedicht. *Délicieux.* Ein gut gewürzter indischer Rindfleischeintopf, genau das Richtige für einen kalten Abend. Und so anders als unser Bœuf Bourguignon.«

Mehtab, die so tat, als hörte sie nicht, wie ihre Kochkünste über den grünen Klee gelobt wurden, wirkte königlich distanziert, während sie ein Gedeck für meinen spätnächtlichen Imbiss auflegte.

»Komm Margaret«, sagte sie und schob eine Schale über den Tresen. »Du musst auch unbedingt mein Karotten-Halva probieren. Außerdem müssen wir über

Hassans Party reden. Das Menü. Und wen wir einladen.«

Meine Schwester drehte sich zu mir um und sagte im Befehlston: »Geh, wasch deine Hände!«

Ich hielt das Gesicht unter den Wasserstrahl, als das Telefon läutete. Kurz darauf hörte ich auf dem Flur Schritte und Mehtab sagte durch die Badezimmertür: »Zainab ist dran, hier ist das Telefon.«

In der Leitung knackte es. Die Stimme meiner kleinen Schwester klang sehr weit weg. Als sprächen wir unter Wasser.

»O Hassan. Sie wären ja so stolz auf dich. Papa und Mami und Ammi. Das ist ja nicht zu glauben. Drei Michelin-Sterne!«

Ich versuchte, das Thema zu wechseln, doch sie ließ sich nicht ablenken. Ich musste ihr alles haarklein erzählen.

»Uday will auch mit dir reden.«

Udays Bariton dröhnte durch die Leitung.

»Was für eine unglaubliche Neuigkeit, Hassan. Wir sind schrecklich stolz auf dich. Gratuliere.«

Uday war Zainabs Mann – Uday Joshi.

Nein, nicht der Restaurateur aus Bombay, der Papa ein Dorn im Auge gewesen war.

Sein Sohn.

Uday und Zainab waren Stadtgespräch in Mumbai. Sie hatten das ehemalige Hyderabad in ein piekfeines Boutique-Hotel verwandelt, außerdem betrieben sie eine Restaurantkette. Alles im neusten Chic des modernen Mumbai. Wie sich herausgestellt hatte, war die kleine Zainab Papa am ähnlichsten. Die Gründerin eines

Imperiums. Immer große Pläne im Kopf, nur dass sie es professioneller anging.

Ich erinnere mich noch, wie Zainab und Uday in Mumbai geheiratet hatten, kurz vor Papas Tod. Es war schon merkwürdig, wie Papa und Uday Joshi senior einander zum ersten Mal persönlich begegneten – bei der Hochzeit ihrer beiden Kinder. Papa redete zu viel und haute mächtig auf den Putz, während sich der alte Joshi gelangweilt auf seinen Stock stützte. Doch später posierten die beiden einträchtig für den Fotoreporter von *Hello Bombay!*. Das Bild der zwei väterlichen Pfauen sollte Teil einer fünfseitigen Fotostrecke werden, die in dem Hochglanzmagazin veröffentlicht wurde. Danach war der Bann zwischen den beiden gebrochen und sie unterhielten sich noch lange.

Anschließend sagte Papa zu mir: »Dieser alte Gockel. Ich sehe noch viel besser aus als er, findest du nicht auch? Der ist vielleicht alt geworden.«

Zu nächtlicher Stunde, als das Fest seinem Höhepunkt zustrebte, stand ich mit ihm inmitten der Gästeschar und sah zu, wie die Frischvermählten auf einem juwelengeschmückten Elefanten über den Rasen ritten, während sich Diener in weißen Jacketts mit Champagnerkelchen auf hoch erhobenen Silbertabletts einen Weg durch die zwölfhundertköpfige, glitzernde Hochzeitsgesellschaft bahnten. Und im Hauptzelt thronte eine riesige Schüssel mit Beluga-Kaviar; die geladenen Politiker drängelten sich unter Einsatz ihrer Ellbogen vor und häuften sich Suppenkellen davon auf ihre Teller – jeder Schlag seine zweitausend Dollar wert.

Papa und ich standen etwas abseits unter einer märchenhaft anmutenden Lichterkette und sahen dem Treiben zu, während wir Kulfi aßen, indisches Eis, das der Kulfi-Wallah aus einfachen irdenen Töpfen schöpfte. Noch heute habe ich den Geschmack der Eiscreme aus blanchierten Mandeln auf der Zunge. Während wir unser Eis löffelten, bestaunten wir die Smaragdohrringe der Frauen. »Klunker groß wie Pflaumen«, sagte Papa immer wieder kopfschüttelnd.

»Wir müssen über das Geschäft reden«, wiederholte jetzt der Mann meiner Schwester am Telefon. »Zainab und ich wollen dir einen interessanten Vorschlag machen. Es ist genau der richtige Zeitpunkt, um erstklassige französische Restaurants in Indien zu eröffnen. Ein Haufen Geld ist in Umlauf. Die Finanzierung steht auch schon.«

»Ja, ja. Lass uns irgendwann darüber reden, aber bitte nicht heute Nacht. Nächste Woche vielleicht.«

»Wenn er von der Arbeit nach Hause kommt, nimmt er ein leichtes Abendessen zu sich. Manchmal isst er auch nur ein bisschen Gemüse«, erklärte Mehtab Margaret, als ich in die Küche zurückkehrte. »Das hilft ihm, sich zu entspannen. Und normalerweise trinkt er Pfefferminztee dazu. Mit einem Teelöffel Garam Masala. Und Mineralwasser.«

»Ah, dieses Gebäck kommt mir bekannt vor.«

»Es stammt natürlich nicht aus der Patisserie des Restaurants, sondern ich habe es gebacken. Nach einem Rezept seiner alten Lehrmeisterin. Pistazienpaste und in der Glasur einen Hauch von Vanilleessenz. Versuch mal.«

»Hm, besser als die von Madame Mallory, finde ich. Oder zumindest besser als meine.«

Meine Schwester errötete ob dieses Kompliments und musste sich zur Spüle umdrehen, um ihre Verlegenheit zu verbergen. Ich lächelte unwillkürlich.

»Hat jemand angerufen, Mehtab?«

»Umar. Er wird mit der ganzen Familie herkommen, um an unserer Dreisterne-Party teilzunehmen.«

Umar lebte noch immer in Lumière, wo er der stolze Besitzer zweier Total-Tankstellen mit Werkstätten war. Er hatte vier prächtige Jungs; der zweitälteste sollte im folgenden Jahr nach Paris kommen, um eine Lehre in der Küche des Chien Méchant zu beginnen. Der Rest der Hajis war über die ganze Welt verstreut. Meine beiden jüngeren Brüder, die zwei rastlosen Bengel, hatte es in die Ferne verschlagen. Mukhtar arbeitete zur Zeit als Softwareentwickler für Handys in Helsinki und Arash war Juraprofessor an der Columbia University in New York.

»Morgen musst du deine zwei jüngeren Brüder anrufen, Hassan.«

»*Mais oui*«, pflichtete Margaret Mehtab bei und berührte mich am Ellbogen. »Deine Brüder müssen die fantastische Neuigkeit aus deinem Munde erfahren.«

Umar, berichtete meine Schwester weiter, wolle gerne auch Onkel Mayur mitnehmen, doch sei es ungewiss, ob ihm der Arzt eine Reise nach Paris erlaube. Mit seinen dreiundachtzig Jahren lebte er inzwischen in einem Altenheim. Keiner von uns hätte je gedacht, dass ausgerechnet er dieses Alter erreichen würde. Doch im Rückblick wundert es mich nicht: Onkel Mayur hatte sich nie Sorgen gemacht, hatte stets ein stressfreies Leben geführt, wahrscheinlich weil Tantchen sich genug für beide geärgert hatte.

Mehtab befühlte ihre Frisur. »Und, was meinst du, Margaret, wen von Hassans Freunden sollten wir noch einladen? Was ist mit diesem komischen Metzger, dem all diese Läden gehören und der ein Schloss in Saint-Étienne besitzt?«

»*Ah, mon Dieu.* Hessmann. Dieses Schwein.«

»*Hrr.* Ganz meine Meinung. Keine Ahnung, was Hassan an dem Kerl findet.«

»Setzt ihn auf die Liste«, sagte ich. »Er ist mein Freund und wird bestimmt kommen.«

Die beiden Frauen sahen mich blinzelnd an.

»Und was ist mit Maxine, unserer Buchhalterin, die immer so aufgeregt ist? Weißt du, ich glaube, sie hat ein Auge auf Hassan geworfen.«

Ich ließ die beiden weiter Pläne für meine Party schmieden und schritt derweil, von einer merkwürdigen Unruhe getrieben, von Zimmer zu Zimmer, als gäbe es noch eine dringende Sache zu erledigen, doch mir fiel nicht ein, welche.

Ich öffnete die Tür meines Arbeitszimmers.

Mehtab hatte die Boulevardzeitung auf meinen Schreibtisch gelegt.

Da fiel es mir wieder ein. Ich nahm eine Schere und schnitt vorsichtig den kleinen Artikel auf Seite drei aus. Dann klemmte ich den Ausschnitt unter Glas in einen Holzrahmen und hängte die Mitteilung, dass Hassan Haji der dritte Michelin-Stern verliehen worden sei, an die Wand.

Auf den hungrigen weißen Fleck.

Dort seit Generationen.

Danksagung

Alle Schriftsteller, vor allem jene mit journalistischem Hintergrund, kultivieren den Mythos, sie wüssten viel mehr, als sie in Wirklichkeit wissen. Auch ich neige dazu, eine Aura der Weisheit zu kreieren, indem ich den Wissens- und Erfahrungsschatz der wahren Kenner plündere und ihre Erkenntnisse als meine eigenen präsentiere. Es gibt also unzählige Menschen und Quellen, die dieses Buch erst möglich und glaubhaft machten – zu viele, um alle namentlich zu nennen und jedem Einzelnen zu danken. Doch ich hoffe, Sie werden es mir nachsehen, wenn ich ein paar Schlüsselpersonen namentlich danke und Quellen nenne, die *Madame Mallory und der kleine indische Küchenchef* maßgeblich bereicherten.

Dieses Buch ist eine Hommage an den verstorbenen Ismail Merchant, den talentierten und unerschütterlichen Filmproduzenten, dessen Namen hinter der Merchant Ivory Productions steht und der 2005 unerwartet verstarb. Ismail und ich liebten beide gutes Essen und hantierten gern mit Kochtöpfen in der Küche. Eines Tages, als wir in der »Bombay Brasserie« in London zu Abend aßen, regte ich Ismail dazu an, sich auf die Suche nach einem literarischen Stoff zu machen, der seine Liebe zum Essen mit seiner Filmleidenschaft vereinte. Ich versprach, ihm bei diesem Vorhaben behilflich zu sein, und machte mich selbst daran, einen geeigneten

Stoff zu Papier zu bringen. Traurigerweise starb Ismail, ehe ich dieses Buch zu Ende schreiben konnte, doch vertraue ich darauf, dass *Madame Mallory und der kleine indische Küchenchef* eines Tages den Weg auf die Leinwände finden wird. Das wäre doch ein gebührendes Andenken an meinen verschiedenen Freund.

Mein Schreibtisch biegt sich unter der Last kulinarischer Bücher und anderer Quellen. Ich vertraute auf den in diesen Werken enthaltenen Erfahrungsschatz, um so wirklichkeitstreu wie möglich das technische Mysterium einer Restaurantküche zu beschreiben. Hier ein paar Quellen: *Life Is a Menu* von Michel Roux; *Ismail Merchants Indian Cuisine* von Ismail; *French Chefs Cooking* von Michael Buller; *Flavours of Delhi* von Charmaine O'Brien; *The Cook's Quotation Book: A Literary Feast*, herausgegeben von Maria Polushkin Robbins; Patricia Wells' Präsentation von Joël Robuchons Kochkunst in *Cuisine Actuelle*; *Die Kunst der dekadenten Küche* von Medlar Lucan und Durain Gray; *Das Oxford Weinlexikon* von Jancis Robinson; *Cook: At Home with Peter Gordon of The Sugar Club Cookbook* von Peter Gordon; zahlreiche kulinarische Essays aus dem *New Yorker* und nicht zuletzt der bei Scribner erschienene Klassiker *Joy of Cooking* von Irma S. Rombauer, Marion Rombauer Becker und Ethan Becker. Natürlich könnte ich unzählige weitere Quellen nennen, von Internetartikeln bis zu Romanen, die mich während der Entstehung dieses Buches inspirierten. Doch mein ganz besonderer Dank gilt dem Magazin *Forbes*, das mir Raum für meine journalistische Karriere bot, im Rahmen derer ich fremde Länder und Orte bereisen und die Welt kennenlernen durfte.

In Indien verdienen vor allem Adi und Parmesh Godrej meinen Dank. Sie waren so freundlich, mich mit dem Gastronom Sudheer Bahl bekannt zu machen, der mich einlud, einen halben Tag in der Küche seines erstklassigen Restaurants »Khyber« zu verbringen – ein Schlüsselerlebnis in Sachen Feldrecherche, das mir einen lebendigen Einblick in den robusten Charakter der indischen Küche gewährte. In New York war es indessen meine Freundin Mariana Field Hoppin, die ihren Charme und ihre Verbindungen spielen ließ, um mir Zugang zu dem angesehenen Fischrestaurant »Le Bernardin« zu verschaffen. In London war ich mithilfe unserer Freundin Mary Spencer in der Lage, wertvolle Zeit in den Eingeweiden von »The Sugar Club« zu verbringen, als Peter Gordon der sternengekrönte Chefkoch des Restaurants war. Und zu guter Letzt sorgten Suraja Roychowdhury, Soyo Graham Stuart und Laure de Gramont dafür, dass ich auf dem Boden der Tatsachen blieb, indem sie mein Werk aufmerksam lasen und mich bei meinen zahlreichen kulturellen Grenzüberschreitungen immer wieder zur Sorgfalt mahnten und zur korrekten Schreibweise von Franglais-Formulierungen oder Hindi-Urduismen.

Mein Dank geht ebenso an meine Freunde Anna Kythreotis, Tony Korner, Lizanne Merrill und Samy Brahimy für ihren guten Humor, ihre Freundschaft und Unterstützung. V.S. Naipaul war während einer wichtigen Phase meines Schreibens außergewöhnlich freundlich und großzügig zu mir, obwohl wir einander nicht besonders gut kannten, ebenso wie seine Frau Nadira, die mich mit farbenfrohen Geschichten über ihre Kindheit unterhielt, von denen ich mir einige zu eigen machte.

Am allermeisten bin ich jedoch meinen lieben Freunden Kazuo Ishiguro und seiner Frau Lorna zu Dank verpflichtet. Ich weiß nicht, wie viele Male, nachdem ich wegen einer weiteren Absage oder eines technischen Schreibproblems am Boden zerstört war, Ish mich abholte, mich wieder aufrichtete und mich mit einem aufmunternden Wort und einem fruchtbaren Rat wieder an die Arbeit zurückschickte. Niemand kann sich einen besseren Freund und ein idealeres Vorbild wünschen, als ich in Ish habe.

Tom Ryder, Publizistenlegende und befreundeter Bonvivant, rührte äußerst großzügig die Werbetrommel für meinen Roman. Seine Fürsprache ebnete mir viele Wege, und ich schulde ihm ein verdammt gutes Essen. Und einen Martini oder auch zwei. Mein Dank gilt auch Esther Margolis, die mein Buch in seiner ersten Inkarnation publizierte.

Doch einen entscheidenden Teil trug schließlich Richard Pine von InkWell Management zu meinem Publikationserfolg bei. Richard verfügt über fantastische Gene: Sein Vater Artie war zu Beginn meiner Laufbahn mein Agent. Richard mit seinem verlegerischen Blick und kreativem Gespür für einen Deal spielt gewiss in einer ganz eigenen Liga.

Daneben möchte ich mehreren versierten Verlagsmitarbeitern für diese elegante deutsche Ausgabe von »The Hundred-Foot Journey« danken. Es war die international renommierte Verlegerin Doris Janhsen, die mein kleines Buch entdeckte und für den Pendo Verlag auflas. Die Lektorin Anja Rüdiger – und vor ihr Anne Tucholski – leistete einen Großteil der anfallenden Verlagsarbeit, während die feinfühlige Übersetzerin Monika Köpfer auf wundersame Weise meine englische Prosa in hervorragendes Deutsch übertrug. Zu dieser verdienstvollen Liste muss ich zudem meinen wunderbaren Subagenten Sebastian Ritscher von Mohrbooks hinzufügen – es freut mich, dass er seinem Gewerbe in meiner alten Heimatstadt Zürich nachgeht. Sämtliche meiner internationalen Verlagsverträge koordiniert äußerst kenntnisreich Alexis Hurley von Ink Well Management.

Zuletzt verneige ich mich ehrfurchtsvoll vor meiner Frau Susan und meiner Tochter Katy, die sowohl meine Erfolge als auch meine Krisen teilen mussten, mich aber durch alle Höhen und Tiefen begleiteten, die zu einem Schriftstellerleben dazugehören. Ebenso vor meinen Eltern Jane und Vasco, die mich ermutigten, und meinen älteren Brüdern John, Jim und Vasco, die den Überlebensinstinkt in mir wachriefen. Als Jüngster muss man schnell lernen, hinterlistig zu sein und schnell zu essen – wenn man seinen Teil abbekommen möchte.

Und Ihnen, lieber Leser, gelten mein aufrichtiger Dank dafür, dass Sie dieses Buch gekauft und gekostet haben, und meine besten Wünsche. Mögen Sie, auch wenn die Zeiten härter werden, immer wieder die Muße dazu finden, in Gesellschaft wahrer Freunde und einer liebenden Familie ein stärkendes Mahl zu genießen.

Richard C. Morais
Philadelphia, USA

Hassans Lieblingsrezepte

Hassans Omelett

Zutaten für 2 Personen
4 Eier
1 Tomate
1 EL frischer Koriander
1 große Prise Garam Masala
1 große Prise gemahlener Kreuzkümmel
Salz
Pfeffer
1 kleine Zwiebel
1 kleine rote Chilischote
1 EL Ghee oder Sonnenblumenöl

Die Eier in einer Schüssel schaumig schlagen. Die Tomate fein würfeln und zusammen mit dem gehackten Koriander unter die Eier rühren. Die Eiermasse mit Garam Masala, Kreuzkümmel, Salz und Pfeffer würzen.
Die Zwiebel und Chilischote jeweils fein würfeln. Die Chili gegebenenfalls vorher entkernen, um die Schärfe abzumildern. Ghee oder Öl in einer (beschichteten) Pfanne heiß werden lassen, und dann die Zwiebelwürfel darin goldgelb anbraten. Die Chilischotenwürfel dazugeben und etwa 1 Minute mitbraten, danach die Hitze reduzieren.
Die Eiermasse in der Schüssel noch einmal umrühren, dann in die Pfanne geben und bei niedriger Hitze stocken lassen. Sobald sich das Omelett wenden lässt, noch kurz auf der anderen Seite anbraten.

Chicken Masala à la Maison Mumbai

Zutaten für 4 Personen
800 g Hähnchenbrustfilet
6 EL griechischer Joghurt
25 g frischer Ingwer
4 Knoblauchzehen
3 EL gemahlener Kreuzkümmel
2 EL Kurkuma
3 EL frischer Koriander
1 EL Zitronensaft
2 Zwiebeln
6 EL Ghee oder Öl
1-2 Chilischoten
2 EL brauner Zucker
400 g passierte Tomaten
200 ml Sahne
100 ml Wasser
Salz
100 g Cashewkerne
1/4 Bund frische Minze

Das Hähnchenfilet in mittelgroße Würfel schneiden. Joghurt in einer Schüssel mit geriebenem Ingwer, gepressten Knoblauchzehen und Zitronensaft mischen. Jeweils die Hälfte des Kreuzkümmels, Kurkumas und fein gehackten Korianders unterheben. Die Fleischwürfel mit der Joghurtmischung marinieren und abgedeckt etwa 4 Stunden ziehen lassen.
Die Zwiebeln fein würfeln und in einem großen Topf in 3 EL Ghee (oder Öl) andünsten. Fein gehackte Chilis, Zucker und den Rest Kreuzkümmel, Kurkuma und Koriander hinzu-

geben. Passierte Tomaten, Sahne und Wasser dazugießen, salzen und alles kurz köcheln lassen.
Das marinierte Fleisch in einer großen Pfanne mit dem restlichen Fett bei starker Hitze goldbraun anbraten, danach aus der Pfanne nehmen und in dem Topf mit der Sauce garziehen.
In der noch heißen Pfanne die Cashewkerne anrösten und mit in den Topf geben.
Mit gezupften Blättern frischer Minze garnieren, und mit warmem Reis servieren. Als Beilage passt eine Granatapfel Raita gut dazu.

Boeuf Bourguignon à la Hassan

Zutaten für 4 Personen
1 1/2 kg Rindfleisch aus der Schulter
3 EL Öl
2 große Zwiebeln
2 Knoblauchzehen
2 EL Tomatenmark
1 TL geriebener frischer Ingwer
2 EL Mehl
1 Flasche Burgunderrotwein
4 Zweige Thymian
4 Lorbeerblätter
4 Nelken
1/2 Bund Petersilie
1 TL gemahlener Kreuzkümmel
150 g geräucherter Speck
200 g kleine Perlzwiebeln
9 kleine junge Möhren
9 kleine Steckrüben
200 g Pfifferlinge

Das Rindfleisch in große Würfel schneiden, mit Salz und Pfeffer würzen und mit 2 EL Öl in einem gusseisernen Bräter portionsweise bei starker Hitze anbraten, dann das Fleisch herausnehmen und den Bratensaft auffangen.
Zwiebeln fein würfeln und mit 2 ganzen Knoblauchzehen in dem Bräter hellbraun andünsten. Anschließend Tomatenmark und Ingwer hinzufügen, kurz mit anbraten. Die gebratenen Fleischwürfel wieder zugeben, mit Mehl überstäuben und bei

mittlerer Hitze weiterbraten. Etwas Rotwein und den aufgefangenen Fleischsaft hinzugießen. Nach und nach mit Wein ablöschen. Ein Bouquet garni mit Thymianzweigen, Lorbeerblättern, Nelken und Petersilie binden und zusammen mit dem Kreuzkümmel zum Fleisch geben. Alles zugedeckt bei kleiner Flamme etwa 2 Stunden köcheln lassen.
In der Zwischenzeit den Speck würfeln und zusammen mit den geschälten Perlzwiebeln, den Möhren und den halbierten Steckrüben in einer Pfanne mit 1 EL Öl 4 Minuten anbraten. Die Pfifferlinge putzen, große Exemplare eventuell halbieren und mit in die Pfanne geben. Dieses Pfannengemüse nach der Garzeit von etwa 10 Minuten mit in den Bräter zum Fleisch geben. Alles zusammen weitere 30 Minuten bei mittlerer Hitze schmoren lassen.

Bouillabaisse

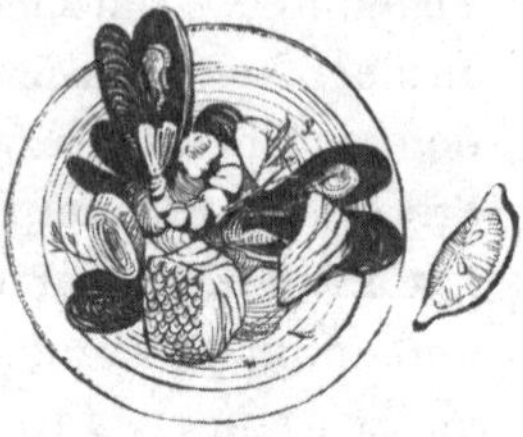

Zutaten für 4 Personen
4 Tomaten
4 Kartoffeln
2 Karotten
2 Stück Stangensellerie
1 Fenchelknolle
1 Zwiebel
1/2 Stange Lauch
2 Lorbeerblätter
1/2 Bund Petersilie
4 Zweige Thymian
2 Zweige Rosmarin
500 ml Weißwein
200 ml Pernod
500 ml Fischfond
6 EL Olivenöl
Salz
Pfeffer
Zucker
2 g Safran
200 g Loup de Mer
200 g Kabeljau
4 Garnelen
150 g Grünschalenmuscheln
200 g Seeteufel
1 Zitrone
Dill zum Garnieren

Das Gemüse je nach Belieben würfeln und in einem großen Topf mit Olivenöl bei mittlerer Hitze anschwitzen. Nach und nach mit Pernod und Weißwein ablöschen und etwas einkochen lassen. Den Fischfond hinzugießen. Aus 1/2 Bund Petersilie, Thymian, Rosmarin und Lorbeerblättern ein Bouquet garni binden und dazugeben. Die küchenfertigen Fischstücke in Portionen schneiden und zusammen mit den Meeresfrüchten im Gemüseeintopf bei niedriger Hitze garziehen. Zum Schluss den Saft einer Zitrone und Safran in den Sud geben und mit Salz und Pfeffer abschmecken. Etwas Dill auf jede fertige Portion geben.

Granatapfel Raita

Zutaten
500 ml griechischer Joghurt
1 Granatapfel
1/2 TL gemahlener Kreuzkümmel
1/4 TL gemahlener Cayennepfeffer
1/4 TL Zimt
1/4 TL Chat Masala
1 TL Zucker
1 Prise Salz
Frische Minzblätter zum Garnieren

Den Granatapfel mit der flachen Hand auf der Arbeitsplatte mit etwas Druck hin und her rollen, damit sich die Kerne lösen. Dann quer halbieren, mit einem Kochlöffel die Kerne herausschlagen und in einer Schüssel auffangen.
Den Joghurt in einer anderen Schüssel cremig rühren. Kreuzkümmel, Cayennepfeffer, Zimt, Chat Masala, Zucker und Salz hinzufügen und gut verrühren. Dann die Granatapfelkerne in gewünschter Menge unterheben. Mit klein gehackten Minzblättern und den übrigen Granatapfelkernen garnieren.
Dieses Gericht ist eine ideale Beilage zu scharfen indischen Speisen wie Curry oder Dal, wie z. B. dem Chicken Masala à la Maison Mumbai.